Tendre folie

Du même auteur
aux Éditions J'ai lu

LES SÉDUCTRICES

1 – Sur l'empreinte de tes lèvres
N° 10513

2 – Douce illusion
N° 10700

HEATHER
SNOW

LES SÉDUCTRICES – 3
Tendre folie

Traduit de l'anglais (États-Unis)
par Cécile Desthuilliers

J'AI LU

AVENTURES
& PASSIONS

Vous souhaitez être informé en avant-première de nos programmes, nos coups de cœur ou encore de l'actualité de notre site *J'ai lu pour elle* ?

Abonnez-vous à notre *Newsletter* en vous connectant sur **www.jailu.com**

Retrouvez-nous également sur Facebook pour avoir des informations exclusives : **www.facebook/jailu.pourelle**

Titre original :
SWEET MADNESS

Éditeur original :
Signet Eclipse, an imprint of New American Library, a division of Penguin Group (USA) Inc.

Ce livre est dédié à mes « garçons » et à mes « filles »...

À Jason et à nos extraordinaires fils :
je n'aurais rien fait de tout cela sans votre infaillible soutien et vos sacrifices. Merci de m'avoir encouragée à réaliser mes rêves. Je vous aime tous très, très fort.

À Karen, Keri et Leigh, mes partenaires et critiques intrépides, mais surtout mes meilleures amies. Merci de m'avoir forcée à croire en moi-même et de m'avoir aidée à raconter l'histoire qui devait l'être. Vous savez que, sans vous, je ne l'aurais pas fait. Maintenant, le monde (du moins la partie du monde qui lit mes livres !) le sait aussi.

Prologue

Leeds, juin 1817

Le jaune lui allait à ravir. Gabriel Devereaux suivit du regard la jeune femme svelte qui virevoltait sur la piste de danse entre les bras de son cavalier. Ses amples jupes de soie citron rebrodées de fleurs blanches dont il ignorait le nom frôlaient à peine le parquet tandis qu'elle tournoyait aux accords de la valse.

Il n'avait jamais raffolé de cette couleur pour les blondes. Elles perdaient tout relief, telle une peinture monochrome où rien n'attire l'œil. Lady Pénélope était l'exception qui confirmait la règle. Elle étincelait tel un rayon de soleil printanier, illuminant chaque chose, chaque être autour d'elle. Gabriel ne la connaissait que depuis quelques jours, mais il avait le sentiment qu'elle était de ces femmes qui refusent obstinément de se fondre dans le paysage.

Il en était heureux pour elle. Michael avait tendance à faire de l'ombre aux gens ordinaires.

— On convoite la nouvelle épouse de notre cousin ?

Indigné, Gabriel serra les dents et jeta un coup d'œil à son frère, qui venait de se glisser près de lui. Il ravala une réplique cinglante. Même s'il avait été sobre, le pauvre Edward n'aurait pas compris sa remarque, aussi drôle ou méprisante fût-elle.

— Ne sois pas ridicule, répondit-il avec des inflexions traînantes.

Il ne convoitait absolument pas lady Pénélope, même si un inavouable picotement le parcourait tandis qu'il observait l'heureux couple en train d'évoluer sur la piste. Luttant contre une inexplicable fascination, il détourna les yeux pour les poser sur son cadet.

Edward avait tellement bu que son nez bulbeux était déjà rouge. Gabriel fronça les sourcils. Quand son frère était-il devenu aussi stupide ? La nuit était encore trop jeune pour qu'il soit déjà ivre. Pourtant, aussi soûl soit-il, Edward le couvait d'un regard entendu.

Bon sang. Edward avait peut-être sombré dans l'alcoolisme alors que lui-même était au loin, mais il le connaissait mieux que quiconque. Pour qu'il le nargue ainsi, il avait dû distinguer une émotion sur son visage. Et Gabriel craignait qu'il ne l'ait identifiée.

La jalousie.

Incapable de lutter contre la tentation, il laissa son regard dériver de nouveau vers les danseurs. Cette fois, pourtant, il s'efforça de ne pas concentrer son attention sur son cousin Michael, troisième baron de Manton, qui affichait un sourire extatique. Et pourquoi pas ? Il avait, semblait-il, trouvé l'amour.

Et c'était *cela* que Gabriel lui enviait. Non pas la dame en elle-même, mais l'*idée* de celle-ci. Si lui-même trouvait la femme de sa vie, pourrait-il de nouveau sourire ?

Comme si je le méritais !

À contrecœur, Gabriel détourna les yeux.

— Ma foi, j'ai peur qu'il ne soit trop tard à présent, pour toi comme pour moi, marmonna Edward avant d'avaler une solide gorgée de ce qui ressemblait à un punch fortement alcoolisé.

Alarmé par la colère sourde qu'il distinguait dans ses inflexions, Gabriel lui décocha un regard aigu. Edward ne voulait tout de même pas dire que... ? Il s'aperçut que son frère n'observait plus les nouveaux mariés, ni même la piste de danse. Non, ses yeux étaient rivés sur un angle de la salle de bal.

Gabriel suivit son regard, et tressaillit en reconnaissant l'épouse d'Edward, Amélia, flirtant ouvertement avec un libertin bien connu.

Edward vida son verre, s'essuya les lèvres d'un revers de manche.

— Excuse-moi, mon vieux, dit-il avant de s'éloigner.

Enfer et damnation ! Gabriel lui emboîta le pas. Il était le chef de la famille, désormais, même s'il n'appréciait guère ce rôle, et il était de son devoir d'empêcher un esclandre susceptible de gâcher le mariage de son cousin.

Il s'arrêta net en voyant Edward faire demi-tour, franchir une porte-fenêtre et s'enfoncer dans la nuit.

Gabriel était partagé entre la tristesse et le dépit. Que de choses avaient changé pour eux tous !

— Lord Bromwich ?

Gabriel sursauta comme une main gantée se posait sur son bras et le pressait doucement. Il serra le poing avant même de s'en rendre compte.

— Oh ! Je...

Un petit rire nerveux jaillit des lèvres de lady Pénélope, la faisant paraître plus jeune que ses vingt printemps. Il n'aurait su dire ce qu'elle vit sur son visage, mais ses yeux verts s'écarquillèrent et sa main retomba.

Son expression se fit inquiète, son regard s'assombrit.

En cet instant, Gabriel avait l'impression d'avoir bien plus que ses vingt-sept ans.

Il se composa un sourire, conscient d'être tendu à craquer.

— Lady Pénélope, veuillez me pardonner. Je…

Que pouvait-il dire ? « Désolé, j'ai failli vous asséner un uppercut ? » Depuis la guerre, il réagissait mal à l'imprévu.

— J'étais absorbé dans mes pensées et… je ne vous ai pas entendue approcher.

— Bien sûr, murmura-t-elle.

Elle ne semblait pas s'en offusquer. En vérité, elle l'observait d'un air pensif qui le mettait mal à l'aise.

— Je vous ai pris de court, poursuivit-elle en hochant la tête, comme si elle comprenait. C'était maladroit de ma part. C'est moi qui vous dois des excuses, milord. Je veillerai à ne plus vous surprendre ainsi, désormais.

Intrigué, Gabriel fronça les sourcils. Il ne connaissait pas encore très bien lady Pénélope. Se moquait-elle de lui ou faisait-elle simplement preuve de politesse ? Car il était impossible qu'elle comprenne à quel point les années passées sur les champs de bataille d'Europe l'avaient transformé. Jamais il n'en avait parlé.

— Quoi qu'il en soit… reprit-elle.

Au grand étonnement de Gabriel, elle posa de nouveau la main sur son bras. Ses lèvres s'incurvèrent sur un sourire radieux et l'ombre qui s'attardait encore sur son visage disparut.

— … je crois que vous êtes censé être mon cavalier pour cette danse.

Gabriel battit des paupières, surpris par ce changement d'attitude soudain. Il prit une brève inspiration. Comment un simple sourire pouvait-il chasser la tension qui s'attardait en lui ? Car c'était bel et bien le cas. Mieux, il emplissait sa poitrine de quelque chose de… doux. D'agréable. Quelque chose qu'il avait peur de nommer.

Il n'eut pas le temps d'essayer, au demeurant, car lady Pénélope tira sur sa manche.

— Les danseurs sont déjà en place.

D'un signe de tête qui fit danser ses boucles blondes coiffées d'une couronne de violettes, elle indiqua l'autre côté de la vaste salle, puis leva les yeux vers lui.

Bien sûr. En tant que chef de famille, il devait être le cavalier de l'épouse de son cousin pour la prochaine danse. C'était pour cela qu'elle était venue le trouver, rien d'autre. Il s'efforça d'ignorer la curieuse impression de complicité qu'il éprouvait en son endroit et s'empressa de la suivre.

Un malaise diffus s'empara de lui tandis qu'ils rejoignaient les danseurs. Depuis la guerre, il supportait également très mal les salles de bal. D'ailleurs, il n'en avait fréquenté aucune depuis son retour du Continent. C'était trop… suffocant. Trop de gens dans trop peu d'espace. Trop de bruit, aussi. Sa poitrine était comme prise dans un étau.

Tandis qu'ils prenaient place dans la double rangée de danseurs, lady Pénélope glissa la main dans la sienne et leva leurs mains jointes. Un fin voile de sueur recouvrit la nuque de Gabriel.

« Prépare-toi, mon vieux », s'exhorta-t-il. Tout ce qu'il avait à faire, c'était de serrer les dents, après quoi, il pourrait se retirer.

Il s'apprêta à lutter contre l'étourdissement qui l'assaillait d'ordinaire lorsqu'il se trouvait au milieu d'une piste de danse, mais à sa grande surprise, rien ne se produisit.

Les premières notes des violons s'élevèrent, aussitôt suivies par celles d'un piano, en une mélodie rapide qu'il ne reconnut pas. Réprimant une grimace, il attendit de savoir quelle danse la mariée avait choisie. Il n'avait pas mis les pieds dans une salle de bal depuis des années et ignorait tout des danses à la mode. Il ne lui restait plus qu'à espérer qu'elle avait choisi quelque chose de simple, qu'il pourrait imiter sans se ridiculiser.

Une flûte fit entendre ses notes joyeuses, signalant le début de la danse.

Lady Pénélope serra la main de Gabriel.

— Courage, milord, murmura-t-elle. Ce sera vite terminé.

Sans lui laisser le temps de répondre, elle lui adressa un nouveau sourire, redressa le dos, puis tourna sur elle-même en un pas qu'il crut reconnaître. Lorsqu'elle lui prit les mains et l'entraîna dans la danse, Gabriel sentit son corps suivre le mouvement naturellement, comme s'il connaissait les pas.

Un instant plus tard, il comprit que c'était bel et bien le cas. Lady Pénélope avait choisi une danse campagnarde toute simple, qui avait été très populaire au cours des années passées et que, par chance, il connaissait. Il en fut aussitôt soulagé et, oubliant ses sueurs froides, rejoignit sa partenaire dans une suite de sauts et de tours si énergiques qu'il fut incapable de penser à autre chose qu'à suivre le mouvement.

Tel un bataillon d'infanterie emboîtant le pas à son officier, les autres couples, l'un après l'autre, entrèrent dans la danse.

Le morceau dura presque une demi-heure, mais Gabriel aurait parié qu'il avait souri plus souvent pendant cette trentaine de minutes qu'au cours des mois précédents. Fait plus extraordinaire encore, pas une fois il n'avait été submergé par cette peur oppressante qu'il associait désormais aux salles de bal depuis cette épouvantable soirée pendant la campagne d'Espagne[1]. Au lieu de cela, le sang courait dans ses veines, lui donnant l'impression d'être plus vivant qu'il ne l'avait été depuis une éternité.

Profitant de ce que leur tour était achevé, il jeta un coup d'œil à lady Pénélope, qui se tenait en face de lui. Souriante, elle frappait dans ses mains en rythme tout en suivant les autres danseurs du regard. Gabriel ne put détacher les yeux d'elle.

Était-ce la danse qui lui donnait cette merveilleuse sensation de vitalité ? s'interrogea-t-il. Ou sa cavalière ?

Le visage de lady Pénélope était rosi par l'effort et ses yeux brillaient. De fines mèches humides de transpiration étaient plaquées sur ses tempes. Mince et pâle, infiniment gracieuse, les chevilles et les poignets délicats, le nez patricien et le teint de porcelaine, elle était tout ce qu'une jeune Anglaise devait être.

Tout ce pour quoi il s'était battu.

« Pourquoi ne chercherais-je pas le bonheur, moi aussi ? » songea-t-il. Il existait d'autres lady Pénélope de par le monde. Peut-être le temps était-il venu de sortir de son exil volontaire et de se trouver une épouse.

Bien sûr, il lui faudrait une femme un peu plus âgée que celle de Michael, et plus expérimentée. Il

1. Allusion aux Peninsula Wars, épisode des guerres napoléoniennes ayant eu lieu sur la péninsule Ibérique entre 1808 et 1814. *(N.d.T.)*

ferait un épouvantable mari pour une débutante innocente ! Il avait vu plus de morts et de destructions dans sa vie que quiconque ne le devrait, et cela l'avait transformé à jamais. Il faudrait aussi qu'elle soit moins… rayonnante que lady Pénélope. Pour lui qui était accoutumé à vivre dans les ténèbres, tant de lumière risquait d'être difficile à supporter. Quoi qu'il en soit, l'idée était bonne.

Un tonnerre d'applaudissements retentit lorsque le dernier couple s'immobilisa sur la piste, hors d'haleine. Détournant enfin les yeux de l'épouse de son cousin, Gabriel applaudit à son tour.

Michael quitta sa place dans la rangée de danseurs pour les rejoindre.

— Bonté divine, je n'avais pas dansé celle-là depuis une éternité.

Michael ressemblait vraiment à un gamin, songea Gabriel, qui avait du mal à se dire que son cousin n'avait que deux ans de moins que lui. Il lui avait souvent envié l'énergie apparemment inextinguible qui l'animait. Michael n'était jamais fatigué. Avec son habituelle exubérance, il enroula le bras autour de la taille de son épouse et déposa un baiser sur sa tempe.

— Vous vous sentiez nostalgique, ma chérie ?

Lady Pénélope répondit au geste de son mari par un sourire affectueux.

— En effet, répondit-elle sans quitter Gabriel des yeux.

À cet instant, ce dernier comprit qu'elle avait choisi ce morceau pour lui. Elle avait perçu son malaise, même s'il avait tenté de le dissimuler. Elle en avait deviné la raison, du moins en partie, et avait choisi une danse qu'il avait des chances de connaître. Son intuition l'émerveilla. Et sa générosité.

Non, elle ne s'était pas moquée de lui, tout à l'heure. Elle avait bel et bien compris ce qu'il ressentait, même s'il ignorait par quel miracle. Pénélope connaissait-elle quelqu'un qui souffrait du même mal ? Sa cousine Liliana venait d'épouser le comte de Stratford, lequel avait été grièvement blessé dans la même bataille que lui. Peut-être que Stratford était, lui aussi, en permanence agité et nerveux, peut-être endurait-il insomnies... et cauchemars. Peut-être revivait-il nuit après nuit les batailles gagnées ou perdues...

— Eh bien, je ne veux plus de cela, ma chérie, décréta Michael. À partir de maintenant, nous ne regarderons que vers le futur.

Il prit une flûte de champagne sur le plateau d'un valet de pied qui passait. Ce dernier s'arrêta et, aussitôt, un essaim de danseurs assoiffés se forma autour de lui.

Michael, qui avait tendu une flûte à son épouse et une autre à Gabriel, leva son verre pour un toast impromptu.

— À notre avenir ! déclara-t-il en heurtant son verre contre celui de lady Pénélope dans un tintement cristallin.

— À votre avenir, renchérit Gabriel.

Se tournant de nouveau vers lady Pénélope, il ajouta :

— Je vous souhaite tout le bonheur possible.

Michael lui asséna une chaleureuse bourrade sur l'épaule. Un peu de champagne jaillit de la flûte de Gabriel, lui éclaboussant la main et le poignet. Puis son cousin le pressa à demi contre lui, de cette façon bourrue qu'ont les hommes de manifester leur affection, projetant encore un peu de champagne, sur les souliers de Gabriel, cette fois.

Lady Pénélope se contenta de murmurer :

— Merci, lord Bromwich.

— Gabriel, rectifia-t-il en secouant le pied pour en faire tomber les gouttes de champagne.

Comme elle le regardait d'un air perdu, il expliqua :

— Nous sommes cousins, à présent.

— Alors merci, Gabriel.

— Oui, merci Gabriel, répéta Michael avant de prendre des mains de son épouse la flûte encore intacte. Et maintenant, venez avec moi, femme !

Il avait prononcé ce dernier mot en agitant exagérément les sourcils comme s'il le savourait. Puis, d'une voix grave dont les inflexions étaient si intimes que Gabriel détourna les yeux, il ajouta :

— Je vous enlève.

— Volontiers, acquiesça lady Pénélope.

L'heureux couple s'éloigna, main dans la main.

Tout en les suivant du regard, Gabriel trouva enfin le mot juste pour désigner cette émotion insaisissable qui lui avait empli la poitrine quand lady Pénélope lui avait souri pour la première fois.

L'espoir.

L'espoir en son propre avenir.

Il leva sa flûte en un toast tout personnel.

— Puisse-t-il être aussi radieux que le leur !

1

Région des West Midlands, février 1820,
deux ans et demi plus tard,
peu après la mort du roi fou George III

Lady Pénélope Bridgeman, baronne de Manton, descendit de la berline. Le gravier de l'allée menant à Vickering Place crissa sous ses solides bottines d'agneau noir.

Au premier regard, la demeure du XIIe siècle ressemblait à n'importe quelle autre propriété aristocratique. Une douzaine de cheminées jaillissaient des toits d'ardoise et crachaient des nuages de fumée, indiquant que de bons feux crépitaient dans les âtres, protégeant les habitants des rigueurs hivernales de ce mois de février.

L'aile ouest était couverte de lierre, ainsi que les murs proches de l'entrée principale. Les feuilles étaient à présent d'un vert brunâtre et racornies par le froid, mais Pénélope songea qu'elles seraient belles une fois le printemps revenu. De même que la grande fontaine située devant la maison lorsqu'elle serait de nouveau mise en eau, et les vastes pelouses qui s'étendaient alentour quand elles auraient reverdi.

Elle espérait toutefois qu'elle n'aurait aucune raison de revenir à Vickering Place au printemps. En vérité, elle n'avait aucune envie d'être ici.

— Lady Manton.

Un homme mince, vêtu de noir, la salua par son nom bien qu'ils n'aient jamais été présentés. Elle n'aurait pas dû être surprise. On devait surveiller l'arrivée des visiteurs et les attendre très à l'avance, ici.

— Monsieur Allen, je suppose ? dit-elle en resserrant sa cape de laine sombre pour se protéger d'une rafale glaciale.

Tandis qu'elle frappait le sol des pieds pour tenter de les réchauffer, son regard s'égara au-delà de l'épaule de l'homme, jusqu'à la cheminée où brûlait un bon feu.

— En effet, confirma-t-il d'un ton guindé sans pour autant s'effacer.

Pénélope frotta ses mains gantées l'une contre l'autre, le fixant d'un regard insistant. Il céda finalement.

— Je vous en prie, entrez, dit-il à contrecœur.

Il n'avait de toute évidence aucune envie de la recevoir.

Elle se glissa à l'intérieur avant qu'il change d'avis, et fit quelques pas dans le hall bien éclairé où régnait une agréable chaleur. Son regard fut aussitôt attiré par le haut plafond voûté orné d'une fresque représentant des nuages vaporeux dans un ciel d'été dont le bleu se fondait, sur le pourtour, avec les riches nuances d'un soleil couchant.

Pénélope ne s'était pas attendue à une scène aussi joyeuse.

Le gémissement de détresse d'une femme brisa le silence, et les poils sur ses avant-bras se hérissèrent. Le cri s'interrompit abruptement, ne laissant qu'un étrange écho qui ricocha sur les murs de marbre du hall.

Pénélope frissonna. Voilà qui correspondait davantage à l'idée qu'elle s'était faite de Vickering Place. L'illusion que le manoir n'était qu'une demeure campagnarde comme une autre vola en éclats. Même si le papier peint damassé, les moulures de plâtre et les tableaux suspendus aux murs rappelaient son passé aristocratique, Vickering Place avait été vendue par son propriétaire et convertie en un établissement privé pour les fous. C'était un endroit où les familles aisées envoyaient leurs fils et leurs filles, leurs pères et leurs mères, leurs époux et leurs épouses pour y être soignés... ou pour les cacher aux yeux de la bonne société.

Comme l'avait fait la famille de Michael au pauvre Gabriel.

Le hurlement ne parut pas émouvoir M. Allen, nota Pénélope. À croire qu'il ne l'avait pas entendu. Sans doute finissait-on par s'y habituer, supposait-elle. D'un geste, il l'invita à entrer dans une pièce qui devait être son bureau. Tandis qu'elle prenait place dans un confortable fauteuil face à une imposante table de travail, elle s'efforça d'afficher un sang-froid qu'elle était loin de ressentir.

— Je crains que vous ne vous soyez déplacée pour rien, milady, commença M. Allen tout en s'asseyant à son bureau. Lord Bromwich semble avoir fait une nouvelle crise ce matin. Dans ces moments-là, il peut être très... dangereux. Je ne peux raisonnablement pas vous laisser le voir. Pour votre sécurité.

Pénélope arqua un sourcil, irritée par les inflexions condescendantes du directeur, puis elle pinça les lèvres.

Se méprenant apparemment sur les raisons de son mécontentement, M. Allen se défendit :

— J'ai envoyé un messager à l'auberge où vous êtes descendue ; il sera arrivé trop tard. Je suis désolé que vous soyez venue jusqu'ici pour rien.

Pénélope réprima un reniflement de mépris. La seule chose qu'il regrettait, c'était qu'elle soit venue *tout court*.

Elle esquissa un geste de la main.

— Votre messager est arrivé à temps. Cependant...

Cependant, quoi ? Elle aurait dû s'attendre à une telle résistance. Mais depuis un an et demi qu'elle travaillait avec sa cousine Liliana, comtesse de Stratford, pour soigner d'anciens soldats et leurs familles, elle avait fini par l'oublier. Personne ne remettait jamais Liliana en question au motif qu'elle était une femme. Sa cousine était dotée d'un esprit brillant qui commandait le respect de ses pairs, hommes ou femmes.

Pénélope, quant à elle, ne possédait ni l'intelligence ni l'autorité de Liliana. Elle se mordilla la lèvre, se demandant comment celle-ci se serait comportée avec M. Allen. Puis elle prit une profonde inspiration et se redressa. Elle ignorait ce que Liliana ferait à sa place, mais elle savait quelle attitude aurait adoptée sa redoutable mère avec ce monsieur s'il s'était agi d'une situation domestique.

— Cependant, répéta-t-elle de son ton le plus cassant, comme si elle était la maîtresse des lieux, j'ai cru comprendre que Vickering Place était un établissement privé. Vos pensionnaires sont ici à titre onéreux, sur ordre de leur famille, n'est-ce pas ?

Elle darda un regard hautain sur M. Allen et précisa :

— À titre *particulièrement* onéreux.

Il acquiesça d'un hochement de tête raide, et elle sut que la victoire était proche. Elle sortit alors de sa poche un paquet de lettres dans lesquelles la famille de Gabriel détaillait ses exigences. Sa main trembla légèrement lorsqu'elle se pencha pour le lui tendre par-dessus le bureau.

— Dans ce cas, je veux voir lord Bromwich immédiatement. Quel que soit son état.

Cette fois, ce fut M. Allen qui pinça les lèvres tandis qu'il parcourait les feuillets d'un air contrarié. Mais il répondit simplement :

— Très bien.

Pénélope hocha brièvement la tête, se leva, et sortit de la pièce sans se soucier de savoir si le directeur la suivait. Il la rattrapa prestement. Il n'était certes pas du genre à la laisser se promener seule sur son domaine.

— Par ici, milady, dit-il en faisant tinter un lourd trousseau.

Il isola l'une des clefs, les autres coulissant bruyamment sur l'anneau.

Alors qu'ils s'engageaient dans un large couloir, un autre hululement retentit. Cette fois, c'était un homme qui criait. Puis Pénélope entendit des coups sourds et réguliers, comme si le malheureux frappait quelque chose contre du métal… des barreaux peut-être ?

Son cœur se serra. Elle ne parvenait pas à imaginer Gabriel dans un endroit pareil. À l'instant où elle avait fait sa connaissance, elle avait eu l'intuition qu'il était fait de la même étoffe que Geoffrey, le mari de Liliana. Tous deux étaient d'anciens soldats, et tous deux étaient aussi honorables que braves. Gabriel était autoritaire, indépendant et autonome, ce qui devait lui rendre l'incarcération insupportable. Il allait devenir fou entre ces murs.

Non. C'était parce qu'il l'était qu'on l'avait enfermé ici.

Pénélope frissonna. Jamais elle n'aurait imaginé une chose pareille deux ans et demi plus tôt. Mais Gabriel était le cousin germain de Michael, et si Pénélope savait une chose, c'était que ce dernier était bel et bien fou.

Une folie qui l'avait conduit à mettre fin à ses jours six mois à peine après leur mariage.

La jeune femme ralentit, puis s'arrêta. Seigneur ! D'où tenait-elle qu'elle pouvait aider Gabriel Devereaux ? Elle avait été incapable de sauver Michael quand il avait eu besoin d'elle. Incapable.

M. Allen s'immobilisa, ayant probablement remarqué que seuls ses propres pas résonnaient sur le sol de marbre.

Il lui jeta un coup d'œil par-dessus son épaule.

— Auriez-vous changé d'avis, lady Manton ?

Oui !

Le souvenir d'une autre journée d'hiver glaciale lui revint soudain en mémoire, oppressant au point de lui couper le souffle.

Il ne respire plus ! Michael !

Elle secoua la tête, autant pour en chasser ces images que pour répondre au directeur.

— Non, dit-elle d'une voix plus ferme que ses jambes. Bien sûr que non.

Elle dut se faire violence pour avancer, sous le regard dubitatif de M. Allen qui finit par pivoter sur ses talons.

Elle n'était plus la jeune épouse naïve d'autrefois, se rappela-t-elle. Ces deux dernières années, encouragée par Liliana, elle s'était plongée dans le travail, étudiant avec acharnement les maladies de l'esprit. Au début, cela lui avait permis d'oublier son chagrin, mais avec le temps, elle avait pris conscience qu'elle possédait un don.

Des gens de tous les milieux lui avaient souvent dit qu'il était facile de se confier à elle. Aussi avait-elle dit oui lorsque Liliana lui avait suggéré de passer du temps à simplement parler avec d'anciens soldats soignés dans l'hôpital privé que son mari et elle avaient créé. Assez vite, cette activité, qui s'était révélée une véritable vocation, avait été couronnée de succès.

C'est pour cette raison que lady Bromwich, la mère de Gabriel, lui avait rendu visite à Londres, la suppliant d'aider son fils. Bien entendu, la marquise savait qu'elle garderait le secret sur la triste condition mentale de Gabriel. Pénélope ayant été unie par le mariage à leur famille, on comptait sur sa loyauté et sa discrétion.

M. Allen fit halte devant une porte de chêne massive dont la poignée de cuivre étincelait. Il l'ouvrit, révélant les barreaux installés à l'entrée des appartements où vivait désormais Gabriel.

Le directeur inséra la clef dans la serrure, la fit tourner d'un geste rapide. La lourde grille pivota sur ses gonds sans un grincement.

Pénélope se composa une expression neutre, s'efforçant de se préparer à ce qui l'attendait. D'une main nerveuse, elle lissa son voile de veuve, l'humeur soudain aussi sombre et triste que le noir qu'elle portait à présent.

Quel Gabriel allait-elle trouver, une fois ce seuil franchi ? Si son affection était la même que celle qui avait frappé Michael, il pouvait être exalté, exubérant et grandiloquent, incapable de trouver le sommeil pendant des jours, sans espoir d'amélioration en vue. Ou il pouvait être au fond d'un puits de désespoir, errant dans des ténèbres où nul ne pouvait l'atteindre, elle moins que les autres.

Était-elle prête à affronter de nouveau ce cauchemar ?

Oui. Parce que Gabriel était vivant et qu'il pouvait encore être sauvé. Elle ferait tout ce qui était en son pouvoir pour y parvenir, ne serait-ce que pour se racheter de n'avoir pas été capable d'aider Michael.

Elle entra dans la pièce, fit quelques pas… et se figea, sous le choc.

— Seigneur ! s'entendit-elle murmurer, presque surprise d'avoir seulement pu prononcer ce mot tant sa gorge était nouée. Gabriel ?

L'espace d'un instant, elle se demanda si ce n'était pas *elle* qui était folle. Car le spectacle qui se déroulait sous ses yeux défiait la raison.

Gabriel – un Gabriel extrêmement *nu*, ne pût-elle s'empêcher de remarquer, les yeux écarquillés – se tenait dans l'angle le plus éloigné de la pièce, acculé par deux surveillants qui s'approchaient prudemment de lui. Avec une force et une rapidité presque surhumaines, il s'élança sur sa gauche, attrapa d'une main une lourde méridienne de bois sculpté et, comme si elle ne pesait rien, la tira devant lui. Les pieds ripèrent sur le sol dans un grincement strident tandis que Gabriel la faisait tourner afin de créer une barrière entre les surveillants et lui.

— Soyez maudits, diables de l'Enfer ! gronda-t-il d'une voix rauque qui serra le cœur de Pénélope.

La peur panique qui étincelait dans ses yeux était si poignante qu'elle en tressaillit de compassion. Le pauvre Gabriel regardait ces deux hommes comme s'ils étaient d'authentiques démons.

— Je brûle déjà vivant ! rugit-il, les muscles de son cou tendus à se rompre. Cela ne satisfait-il pas votre soif de vengeance ?

Horrifiée, impuissante, Pénélope le vit s'emparer d'un pichet d'eau sur une console pour y boire, sans même paraître remarquer que la plus grande partie du liquide, au lieu de couler entre ses lèvres, ruisselait sur sa peau avant de former une flaque à ses pieds. Pénélope suivit du regard le cheminement de l'eau qui roulait son torse musclé, descendait sur son ventre plat jusqu'à…

Dieu du Ciel, il était vraiment nu comme un ver…

M. Allen se dressa devant Pénélope, lui masquant la vue.

— Milady, je vais devoir vous demander de partir sur-le-champ et…

Un fracas de verre brisé leur fit reporter leur attention sur la scène qui se déroulait de l'autre côté de la pièce. Gabriel venait de jeter le pichet vide sur le sol, projetant des éclats de cristal dans toutes les directions.

Pourtant, Pénélope n'avait pas l'intention de laisser M. Allen la chasser de cette pièce. Profitant de cette diversion, elle s'avança à l'intérieur du salon, obligeant le directeur à choisir entre la pousser vers la porte ou courir prêter main-forte aux surveillants.

M. Allen lui décocha un regard noir, mais se dirigea à son tour vers Gabriel. Elle songea un instant à proposer son aide, mais elle ne pouvait faire grand-chose, le malheureux étant au paroxysme de la crise.

— Seigneur ! gémit Gabriel. N'aurai-je donc aucun répit ?

Le corps ruisselant d'eau, il darda un œil accusateur sur les deux hommes qui contournaient lentement la méridienne, chacun d'un côté, les bris de verre crissant sous leurs semelles.

— Si Ta soif ne peut être étanchée, Seigneur, alors la mienne non plus ? Doit-il en être ainsi ?

— Milord, répondit le directeur d'une voix apaisante tout en s'approchant de la méridienne, les mains levées. Vous savez que jamais nous ne vous avons empêché de boire.

— Mensonge ! s'indigna Gabriel. De l'eau qui n'éteint pas le feu de la soif ! Des vêtements qui brûlent la peau !

Il se gratta les bras, et Pénélope tressaillit. Des lignes blanches apparaissaient sur sa peau mate. Était-ce pour cette raison que Gabriel avait enlevé ses vêtements ? Parce qu'ils l'irritaient ?

De quel genre de folie souffrait-il ? Jamais elle n'avait rien vu de tel.

Retenant son souffle, elle regarda M. Allen et ses employés se rapprocher de son cousin – un infirmier de chaque côté, le directeur au centre, près de la méridienne. Son pouls s'emballa comme si c'était elle qui était prise au piège. Elle pria pour que, en tentant de maîtriser Gabriel, ils ne lui fassent pas de mal.

L'un d'eux plongea en avant, essayant de l'attraper par la taille. Pénélope laissa échapper un cri de stupeur tandis que Gabriel bondissait souplement, tel un félin, et se retrouvait sur le sofa. Le surveillant ayant manqué sa proie, s'affala sur le sol dans un grognement surpris.

— Milord ! s'écria M. Allen, levant les mains en ce qui était censé être un geste d'apaisement.

Puis, comme Gabriel se redressait, il répéta plus calmement :

— Milord, je vous en conjure. Vous n'avez nulle part où aller.

Pénélope aperçut l'autre surveillant, qui profitait de ce que le directeur retenait l'attention de Gabriel pour s'approcher subrepticement de celui-ci.

— Nous ne vous voulons aucun mal, roucoula M. Allen.

Mais Pénélope voyait bien que Gabriel était au-delà des mots. Ses traits étaient tordus par la terreur. Il ne regardait même pas le directeur, se rendit-elle compte. Il observait le sol. Ses yeux allaient et venaient, comme pour suivre quelque chose qui n'était pas là. Quelque chose qui l'effrayait.

— Non, gronda-t-il. Non ! Cessez de me tourmenter ! Je n'aurais rien pu faire de plus !

Sa peur était si intense que Pénélope en avait la chair de poule. Les larmes lui brûlèrent les paupières. Que diable Gabriel croyait-il donc voir ?

Au même instant, le second infirmier heurta la méridienne du pied, alertant Gabriel. Ce dernier se tendit, puis s'accroupit derrière le dossier du siège. M. Allen choisit cet instant pour passer à l'attaque.

Gabriel aussi.

Il s'envola. Plus exactement, il effectua un bond d'une puissance prodigieuse. Se servant du sofa comme d'un tremplin, il parut littéralement voler au-dessus de la tête de M. Allen, qui s'était penché pour l'attraper. Comment Gabriel espérait-il... ?

Le tintement de milliers de gouttes de cristal retentit lorsque, tendant les bras, Gabriel referma les mains sur la partie inférieure de l'énorme lustre de cristal accroché au plafond. Dans son élan, il fit se balancer la suspension et s'éloigna de ses assaillants.

Pénélope regarda, fascinée, l'assemblage de cristal refléter la faible lumière hivernale qui entrait par les fenêtres à meneaux, et envoyer des éclats de lumière colorée sur les murs. Plusieurs dizaines de bougies s'éteignirent et se détachèrent de leur fixation avant de tomber en pluie telles des brindilles de cire soufflées par une violente rafale. L'ombre et la lumière jouaient sur la peau nue de Gabriel, ses muscles saillant tandis qu'il se retenait au lustre.

Dieu qu'il aurait été beau à peindre !

Pénélope cilla, interloquée. Bonté divine, d'où lui venait une idée aussi inconvenante ?

Elle était si choquée qu'elle comprit trop tard qu'elle se trouvait sur la trajectoire de Gabriel. Au dernier moment, elle leva les mains pour se protéger le visage, mais rien n'aurait pu la protéger contre la force phénoménale d'un homme de sa corpulence.

Elle bascula en arrière comme il la heurtait de plein fouet. Et poussa un cri.

La douleur explosa en elle. Partout. À commencer par ses fesses, qui avaient absorbé l'essentiel de l'impact. Elle avait aussi de violents élancements dans l'épaule gauche, ainsi qu'à l'arrière du crâne et, curieusement, la cage thoracique.

Elle battit des paupières, baissa les yeux, et découvrit le sommet de la tête de Gabriel. C'était donc cela qui avait causé cette douleur dans sa poitrine. Son front avait dû lui heurter le sternum quand il était tombé sur elle. Elle grimaça. Elle allait être couverte de bleus, c'était certain.

Tandis que d'autres sensations la submergeaient, elle se rendit compte qu'elle était clouée au sol sous le poids de Gabriel. Un Gabriel nu et ruisselant d'eau…

Ses épais vêtements de deuil ne l'empêchaient pas de sentir son corps contre le sien ni la chaleur humide qui émanait de lui.

Pliant les coudes, elle posa les mains par terre pour tenter de se libérer.

Gabriel leva vivement la tête et riva ses yeux aux siens. Pénélope ne put retenir un cri étouffé. Jamais elle n'avait vu des pupilles aussi dilatées. On aurait dit une éclipse – celle où la nouvelle lune passe entre la Terre et le soleil sans masquer totalement l'astre solaire. La partie encore visible de ses iris, d'une chaude nuance dorée, dessinait un cercle étincelant autour de ses pupilles noires. L'effet était saisissant. Et des plus déstabilisants.

Tous deux se figèrent. En vérité, il lui sembla que la terre elle-même s'était immobilisée sur son axe. Même les bruits de pas des trois hommes de l'autre côté du salon semblèrent ralentir, puis s'évanouirent. Le cœur de Pénélope battait comme un fou, aussi fou que l'homme étendu sur elle.

— Pénélope ? fit-il d'une voix enrouée, faisant naître en elle un élan de compassion.

Il battit des paupières plusieurs fois, soit pour y voir plus clair, soit parce qu'il avait du mal à croire que c'était bien elle. Probablement les deux. Car même s'ils avaient été amis autrefois, ils ne s'étaient pas revus depuis les obsèques de Michael.

— Oui, souffla-t-elle. Oui, je…

Il l'étreignit avec une telle force qu'elle en eut le souffle coupé – comme s'il se cramponnait à une bouée de sauvetage sur une mer en furie.

Il la garda ainsi un bref instant, mais en entendant les pas des trois hommes, il la lâcha et tourna la tête pour regarder dans leur direction.

Il posa de nouveau les yeux sur elle.

— Pénélope, répéta-t-il d'une voix dure, pressante. Aidez-moi.

— Je vous le promets, répondit-elle sur le même ton, alors même qu'elle ignorait si cela était seulement possible.

La scène dont elle avait été témoin était encore pire que ce à quoi elle s'attendait.

Gabriel se tendit, puis se souleva afin d'échapper à ses assaillants. Elle aussi se tendit. S'il s'obstinait à fuir et à se battre, elle ne pourrait rien pour lui. Tant qu'il serait dans cet état, *personne* ne pourrait rien pour lui.

— Je vous le promets, répéta-t-elle, sachant qu'elle ne pouvait faire qu'une seule chose.

Enroulant les jambes et les bras autour de lui, elle les serra de toutes ses forces, comme si sa vie en dépendait. Elle devait l'immobiliser assez longtemps pour que M. Allen et ses assistants s'emparent de lui.

Quand il comprit son intention, il poussa un gémissement de rage et de détresse mêlées qui la fit frémir. Avec un temps de retard, elle se demanda si elle avait perdu la raison. Gabriel pouvait la briser en deux s'il le voulait. Jamais l'homme qu'elle avait connu autrefois n'aurait fait une telle chose, mais il n'était de toute évidence plus lui-même. Même Michael, qui l'avait aimée, lui avait fait mal lorsqu'il était en crise.

Malgré sa peur, elle raffermit sa prise. Dieu du Ciel, elle n'allait pas tenir longtemps ! Les muscles de ses bras et de ses jambes tremblaient sous l'effort et la faisaient souffrir.

— Chut, murmura-t-elle pour l'apaiser.

Elle desserra légèrement son étreinte afin de le rassurer.

— Tout va bien se passer, je vous le promets, chuchota-t-elle, consciente qu'elle n'aurait peut-être pas la possibilité de tenir sa promesse.

Gabriel se débattit encore quelques instants, puis se détendit dans un gémissement, acceptant la défaite.

Lui avait-elle menti en s'engageant à l'aider ? Après ce qu'elle venait de voir, elle avait peur que rien ni personne ne le puisse.

Tandis qu'on l'arrachait à ses bras, elle pria pour se tromper.

2

Gabriel fut tiré d'un sommeil sans rêve par un gémissement âpre. Étrange. Il était rare qu'il ne rêve pas. Sauf si…

Le gémissement s'éleva de nouveau, plus proche cette fois. Trop. Était-il l'auteur de cette plainte pitoyable ? Gabriel tenta d'ouvrir les yeux, mais l'effort ne lui paraissait pas en valoir la peine. Il lui semblait que ses paupières étaient scellées à la cire.

Une main légère se posa sur son front. Une sensation fraîche, comme si des doigts délicats lui caressaient la peau. Une fragrance ténue de vanille et de mandarine lui chatouilla les narines, puis se dissipa aussitôt. C'était sans doute là un fantôme né de son imagination – comme tant de choses désormais.

Pourtant, il ne put s'empêcher d'essayer de l'attraper et…

Impossible de bouger les bras ! La panique l'envahit, lui noua la gorge, le forçant à ouvrir les yeux.

Il prit une douloureuse inspiration et referma vivement les paupières pour se protéger de l'aveuglante clarté.

— Baissez la lumière, ordonna une voix féminine. Ses yeux semblent extrêmement sensibles.

Gabriel aurait voulu savoir qui avait parlé, mais le simple fait de soulever les paupières était un supplice. Il tenta de nouveau de lever les bras, sans plus de succès. Tandis qu'il luttait contre ses entraves, son cœur se mit à cogner dans sa poitrine.

Seigneur, non ! Ça n'allait pas recommencer ?

Un souffle saccadé retentit à ses oreilles. Le sien, il le savait. Il sentait l'air chaud de sa respiration sur ses lèvres.

Calme-moi, mon vieux.

Gabriel s'efforça de réfléchir. La femme avait dit « baissez la lumière ». Il n'y avait pas de lampes sur les champs de bataille. En outre, il ne sentait pas l'effroyable odeur du sang, de la mort, des chairs en décomposition. Il n'était pas en Belgique. *Il n'y était pas !* Cela avait eu lieu... des années auparavant. Il en était certain.

Il tressaillit comme la main se posait de nouveau sur son visage.

— Chut, Gabriel. Tout va bien.

Une fois de plus, le doux parfum de vanille et de mandarine lui frôla les narines.

— Arrêtez de vous débattre, murmura la voix apaisante.

Gabriel se détendit, appuya la joue contre sa paume.

— C'est bien, le félicita-t-elle. Dormez, à présent.

Il dériva entre conscience et inconscience, son estomac se soulevant vague après vague. Il n'aurait su dire combien de temps il flotta sur cette mer turbulente, mais lorsqu'il atteignit de nouveau les rivages du réel, la première pensée qui lui traversa l'esprit fut : « Par les cornes du diable ! » Il avait mal partout. Et avait l'impression d'avoir été jeté sur la grève par un Poséidon rageur. Sa peau était tendue à craquer et sèche comme si son corps entier était enduit de sable brûlant.

Il voulut s'étirer pour détendre ses muscles noués, mais ses bras étaient entravés. Il ouvrit les yeux et battit des paupières. Il faisait sombre, mais pas assez pour qu'il ne voie pas qu'il était immobilisé par une camisole de force. Une fois de plus.

Bon sang. Il avait fait une nouvelle crise.

Il grimaça. Même cela, c'était douloureux. Il fouilla dans sa mémoire, avant de renoncer. Là où auraient dû se trouver ses souvenirs, il y avait un grand vide, et il avait la tête lourde. La dernière chose dont il se souvenait, c'est qu'il était en train de… lire. Oui. Il parcourait le bilan des récoltes qu'Edward lui avait envoyé. Des affaires domestiques sans grande importance. Rien qui soit susceptible de le plonger dans un état qui justifie qu'on lui passe la camisole de force, comme à un fou.

Comme à un fou ? Gabriel, tu es *fou*.

Une vive douleur lui noua les tripes tandis que tout son être se révoltait contre cette idée. Mais comment pouvait-il continuer à nier la réalité ? Son état allait en empirant. Combien de temps faudrait-il avant qu'il sombre définitivement dans la folie ?

— Vous êtes réveillé.

Gabriel sursauta en entendant une voix féminine dans les ténèbres.

Les lourdes tentures de velours du baldaquin s'écartèrent et une silhouette apparut. À Vickering Place, les dames n'étaient pas autorisées à rendre visite aux hommes. Et cependant, il y en avait une à son chevet. Sa silhouette, quoique mince, était indéniablement féminine.

De toute évidence, sa crise n'était pas encore terminée. Des témoins de ses épisodes de démence lui avaient raconté qu'il parlait souvent à des êtres inexistants quand il était le jouet de ses illusions.

— La fièvre semble être tombée, murmura la créature imaginaire en hochant la tête comme si elle était satisfaite. Prenons-nous le risque de laisser entrer un peu de lumière ?

Gabriel n'avait aucune idée du « risque » que cela supposait, mais il acquiesça néanmoins. Non seulement il y avait dans cette apparition quelque chose de rassurant, mais il avait très envie de voir quel joli minois son imagination avait créé pour l'apaiser – quand bien même il ne se souviendrait pas d'elle ensuite. Il ne gardait jamais aucun souvenir de ses crises.

Elle leva la main, tira sur la tenture. L'étoffe glissa sur la barre de bois dans un bruissement, puis la lumière du jour entra, révélant un nez patricien, des lèvres sensuelles, un petit menton…

Oh, non ! Non, non, non ! Le bien-être que ressentait Gabriel s'évanouit en un éclair.

Pénélope ?

— Savez-vous où vous êtes, Gabriel ? demanda-t-elle.

Il devait avoir l'air aussi horrifié qu'il l'était car elle tendit la main vers lui en un geste rassurant.

— Si vous l'ignorez, cela n'a aucune importance, assura-t-elle.

— Bien sûr que je sais où je suis, répliqua-t-il, sur la défensive.

Tandis que la confusion de son esprit se dissipait, une humiliante sensation de honte s'empara de lui.

S'il y avait une personne au monde dont il ne voulait pas qu'elle le voie dans cet état, c'était bien elle !

Et cependant… que diable Pénélope aurait-elle fait ici ? Voilà deux ans qu'il ne l'avait pas vue. En vérité, elle ne devait même pas savoir qu'il était à Vickering Place. Donc, elle ne pouvait pas être réelle.

Il battit des paupières pour chasser l'apparition, les yeux secs et brûlants, puis il la regarda plus attentivement. Elle était vêtue de noir de la tête aux pieds, comme la dernière fois qu'il l'avait vue, aux obsèques de Michael. Ce qui était absurde. Une femme était censée n'être en grand deuil que durant les six mois qui suivaient le décès de son mari. Pénélope aurait dû oublier depuis longtemps le noir et retrouver les couleurs joyeuses qui seyaient à sa jeunesse. La *véritable* Pénélope ne porterait-elle pas des vêtements plus colorés, à présent ?

Si, et cela prouvait que celle-ci n'était qu'une vision.

Ma foi, il lui suffisait de la soumettre à une petite épreuve. Par exemple, en lui posant une question dont seuls elle et lui connaissaient la réponse.

Un petit rire sans joie lui échappa. C'était stupide. S'il connaissait la réponse, cette Pénélope imaginaire également, puisqu'elle était le fruit de son imagination. Cela ne prouverait rien du tout.

Il ne lui restait plus qu'à ravaler ce qu'il lui restait de fierté et à lui poser la question.

— Êtes-vous réelle ? croassa-t-il.

C'était pathétique, songea-t-il, au désespoir, mais s'il discutait assez longtemps avec elle, il serait peut-être enfin fixé, d'une manière ou d'une autre. Si elle n'était qu'une chimère, elle finirait par dire quelque chose d'absurde.

Elle arqua ses sourcils délicats et inclina légèrement la tête vers la gauche.

— Vous… vous ne le savez pas ?

Gabriel secoua doucement la tête, mais cela suffit à lui donner de nouveau le vertige. Il vrilla le regard sur elle pour retrouver l'équilibre et la scruta, à la recherche de n'importe quel indice lui permettant de faire pencher la balance d'un côté ou de l'autre.

— D'habitude, je le sais, mais reconnaissez que votre présence ici n'a *rien* d'habituel.

Son visage prit une expression qu'il ne lui avait jamais vue, un curieux mélange de perplexité et de... culpabilité ?

— Dois-je en déduire que votre mère ne vous avait pas prévenu de ma visite ?

L'estomac de Gabriel se noua. Sa mère l'avait effectivement informé qu'elle lui enverrait quelqu'un. Une personne qui pourrait l'aider à se libérer de sa terrible affliction. Bien entendu, il avait accepté de consulter ce nouveau médecin. Il était prêt à tout pour être de nouveau lui-même.

Seulement, Pénélope n'était pas médecin. *Par conséquent, elle n'était pas réelle.* Son esprit avait simplement mélangé ses fantasmes avec une conversation qu'il avait bel et bien eue avec sa mère.

Gabriel laissa échapper un soupir. Il était tellement soulagé qu'il en oublia presque qu'il était toujours entravé comme un fauve.

Les lèvres du fantôme de Pénélope s'incurvèrent.

— Qu'est-ce qui vous fait sourire ainsi ? demanda-t-elle d'une voix amusée teintée de curiosité.

Gabriel sourit de plus belle. C'était plus fort que lui.

— Je viens de déduire que *vous* n'êtes pas réellement ici.

Avec un temps de retard, il s'inquiéta. Et si, en exprimant cette certitude à voix haute, il la faisait disparaître ? Quand bien même il n'aurait pour rien au monde voulu que la véritable Pénélope soit le témoin de son infortune, il était étrangement réconforté par cette Pénélope imaginaire. Il n'avait pas envie qu'elle s'en aille – pas encore.

— Ah, fit-elle.

Elle fronça les sourcils, mais ne tenta pas de le convaincre qu'elle existait.

— Et cela vous rend heureux ? demanda-t-elle.

— Parfaitement.

Où était le mal s'il disait la vérité ? Après tout, elle n'existait que dans son esprit.

— Je ne pourrais plus me regarder dans un miroir si vous me voyiez vraiment dans cet état. Cependant, puisqu'il est établi que rien de ceci n'est réel, parlons donc d'autre chose.

— Hum, dit-elle en hochant lentement la tête. Tel que ?

— Tel que…

Un demi-sourire de frustration flotta sur les lèvres de Gabriel. De quoi discutait-on avec une créature née de son imagination ? Il n'en avait pas la moindre idée.

En revanche, il savait ce qu'il dirait à la véritable Pénélope… si, un jour, il était de nouveau lui-même. Il lui dirait les mots qui consumaient son âme depuis des mois, des années même.

Il se félicitait de ne jamais avoir trouvé le courage de les exprimer. Non seulement cela aurait été une terrible erreur, mais cela leur aurait causé du tort à tous deux, surtout au vu de ce qu'il avait enduré depuis la mort de Michael.

En revanche, il pouvait dire ces mots-là à cette Pénélope née de sa fièvre. Peut-être cela l'aiderait-il à les oublier – elle, et ce maudit espoir qu'elle avait fait naître au plus profond de son cœur. En vérité, c'était peut-être dans ce but que son esprit avait invoqué son fantôme : afin qu'il puisse se libérer une fois pour toutes des idées folles qu'il nourrissait à son sujet. Car plus son avenir s'assombrissait, plus cet impossible rêve devenait douloureux.

Il prit une profonde inspiration, s'étonna que son cœur batte aussi fort alors que rien de tout cela n'était réellement en train d'arriver.

— Tels que les sentiments que je nourris pour vous. Depuis toujours.

— Gabriel…

— Je vous désire depuis si longtemps.

Elle le regarda, bouche bée, comme il avait imaginé qu'elle le ferait s'il avait été assez stupide pour lui dire ces mots après le décès de Michael.

Pour sa part, le simple fait de les prononcer allégeait son cœur. Aussi poursuivit-il :

— Vous m'avez réveillé, Pénélope. À l'instant où j'ai posé les yeux sur vous, j'ai eu la nostalgie de certaines choses que j'avais écartées de ma vie depuis longtemps. Jamais je ne vous l'aurais dit à cette époque, bien sûr. Vous étiez la femme de mon cousin. Après le décès de Michael, cela a été un calvaire de ne pas…

— S'il vous plaît ! l'interrompit-elle en plaquant la main sur sa bouche.

C'était curieux. Gabriel connaissait le pouvoir de l'esprit – le sien ne lui avait-il pas joué des tours effrayants ces derniers mois ? –, mais le « contact » du fantôme l'ébranla plus qu'il ne s'y attendait. La chaleur de sa paume, la douce fragrance hespéridée de sa peau, la pression de sa main… tout semblait étonnamment réel.

— S'il vous plaît, répéta-t-elle plus calmement. Ne dites rien que vous regretteriez.

Une voix masculine assourdie s'éleva quelque part derrière elle.

— M. Carter m'informe que notre patient est réveillé et qu'il peut parler ?

Allen ?

La main du fantôme quitta ses lèvres tandis que quelqu'un écartait davantage la tenture. Gabriel cilla de nouveau, puis reconnut le directeur et l'un de ses assistants, debout à son chevet.

Pénélope était toujours là. Non pas telle qu'il s'en souvenait, mais telle qu'elle aurait dû être s'il la voyait aujourd'hui, deux ans après leur dernière rencontre. Plus âgée, le regard plus triste, et, oui, inexplicablement vêtue de noir.

Mais toujours d'une beauté à couper le souffle.

— En effet, répondit-elle en se tournant vers le directeur.

Alarmé, Gabriel vit que ce dernier la regardait.

Il cessa de respirer tandis que l'horrible réalité s'imposait à lui, aussi improbable fût-elle. Si Allen parlait avec Pénélope…

— Il semble même tout à fait calme et lucide, continua-t-elle. Je pense que vous pouvez lui ôter sa camisole, à présent.

Seigneur ! Elle était bien réelle. Que faisait-elle ici ?

— Je suis surpris que vous soyez si prompte à lui faire confiance, lady Manton, avoua le directeur. D'autant que lord Bromwich a failli vous tuer en tombant sur vous de tout son poids, hier.

Le regard de Gabriel revint vivement sur Pénélope.

— Quoi ? s'écria-t-il en essayant de se libérer de sa camisole.

— Vous bouleversez lord Bromwich, déclara Pénélope d'un ton autoritaire qu'il ne lui avait jamais entendu. Et vous montez inutilement cet incident en épingle.

— Que diable s'est-il passé ? tonna Gabriel.

Maudite soit sa mémoire défaillante ! Et maudite aussi cette camisole !

Pénélope posa la main sur son épaule pour le calmer.

— Rien qui doive vous inquiéter, Gabriel.

Hélas ! Quand il croisa son regard, il sut. Quoi qu'il ait fait, elle l'avait vu dans le plus épouvantable des états. Il le lisait dans son regard où la compassion le disputait à l'inquiétude. Il ne se souvenait de rien, mais si cet épisode ressemblait, ne fût-ce que de loin, à ce que certains lui avaient rapporté les fois précédentes... Gabriel ferma les paupières de toutes ses forces, incapable de regarder la réalité en face.

Ce n'était pas un cauchemar. C'était pire.

Il rouvrit les yeux en prenant une inspiration saccadée. Et il avait fallu qu'il lui avoue ce qu'il...

— Maintenant que lord Bromwich va mieux, j'insiste pour qu'on le libère, reprit-elle. Je pense qu'un bon bain et des vêtements propres seraient également appropriés.

Non. Ce qui aurait été approprié, c'est qu'un gouffre s'ouvre sous lui et l'engloutisse dans ses profondeurs.

Allen et Pénélope se toisèrent, tels deux généraux essayant de s'emparer d'un même territoire. Le directeur se tenait droit, l'air buté.

— Vous n'espérez tout de même pas assister au...

— Bien sûr que non, coupa Pénélope. J'irai attendre dans le salon de lord Bromwich. Pas plus loin.

Allen pinça les lèvres et Pénélope plissa les yeux avec détermination tandis qu'un combat silencieux s'engageait entre eux. Elle avait les yeux cernés, remarqua Gabriel. Allen n'avait-il pas dit qu'elle était là depuis la veille ? Elle devait être restée à son chevet toute la nuit. Pourquoi ferait-elle cela ?

Ma foi, il ignorait peut-être la raison de sa présence, mais il n'avait pas l'intention de laisser le directeur lui manquer de respect.

— Faites apporter un repas à lady Manton dans le salon immédiatement, ordonna-t-il.

Pénélope et Allen tournèrent les yeux vers lui d'un même mouvement. La première se détendit visiblement et lui adressa un petit sourire tandis que le second pinçait les lèvres de plus belle.

— Je vous remercie, Gabriel, mais je vais attendre et je dînerai avec vous. Quand vous serez prêt à me rejoindre, nous discuterons, ajouta-t-elle d'un ton bienveillant, avant de se détourner et de quitter la chambre.

Gabriel la suivit du regard, en proie à un mélange de honte, de colère, de confusion et de désespoir. Quand il serait prêt ? Il ne le serait jamais. Comment pourrait-il affronter Pénélope, à présent qu'elle avait été le témoin de sa déchéance ?

Pénélope faisait les cent pas devant la fenêtre en regardant le soleil plonger vers l'horizon. Des domestiques s'activaient pour raviver le feu et allumer les lustres, les appliques et les chandeliers avant que la nuit tombe.

D'autres apportèrent un dîner léger et dressèrent la table, comme on l'aurait fait dans n'importe quelle demeure aristocratique, avec une nappe de lin blanc, de la porcelaine, des verres de cristal et des couverts en argent. La situation n'en paraissait que plus étrange.

Elle regarda de nouveau la porte de la chambre. Cela faisait plus d'une heure qu'elle avait laissé Gabriel aux soins du personnel de Vickering Place, mais elle n'entendait aucun bruit en provenance de la pièce. Pas d'éclats de voix, pas de coups. Rien n'indiquait qu'il y ait le moindre problème, mais plus le temps passait, plus elle avait du mal à résister à l'envie d'aller voir ce qui le retenait.

Elle soupçonnait la fierté d'empêcher Gabriel de la rejoindre. Elle tressaillit en se rappelant la façon dont il avait pâli lorsqu'il avait compris qu'elle était réelle, et ce qu'il lui avait avoué...

Je vous désire depuis si longtemps.

Elle pressa une main nerveuse sur son estomac. Elle était incapable pour l'instant de penser à cette déclaration choquante. Cela ne signifiait probablement rien. Juste des mots chuchotés dans l'obscurité à quelqu'un qu'il croyait sorti de son imagination.

Non, des mots chuchotés à ton *adresse, qu'il te croie réelle ou pas.*

Elle fronça les sourcils, mal à l'aise.

Eh bien, quoi que signifient ces paroles, elles ne faisaient sans doute qu'ajouter à l'embarras de Gabriel – ce qui ne leur serait d'aucune utilité si elle devait lui venir en aide. Ce à quoi elle était déterminée. Même si elle craignait que la tâche ne la dépasse, à l'instant où il l'avait appelée à l'aide, la veille au soir, son cœur avait répondu à son appel. Elle ne pouvait pas l'abandonner maintenant.

Elle regarda la porte une fois de plus. Elle lui accorderait encore cinq minutes. S'il ne se montrait pas, elle entrerait dans sa chambre pour...

Le battant pivota et s'ouvrit dans un grincement à peine perceptible.

Gabriel apparut sur le seuil, vêtu comme un homme du monde. Pénélope retint son souffle. Certes, elle ne s'était pas attendue à le voir en tenue d'Adam, mais elle n'avait pas non plus imaginé qu'il serait aussi éblouissant, étant donné les circonstances.

« J'aimerais aussi le peindre ainsi », songea-t-elle.

Fronçant les sourcils, elle s'empressa de chasser cette pensée mal venue.

Il portait des culottes de daim, un gilet à fines rayures ivoire et bordeaux et une élégante veste bordeaux soulignée d'une passementerie de velours d'un brun chaud, de la nuance exacte de ses cheveux. Une cravate ivoire complétait sa tenue. On aurait dit qu'il lui rendait une visite amicale avant de retourner vaquer à ses affaires.

Pénélope éprouva l'étrange impression d'avoir remonté le temps. Combien de fois Gabriel avait-il fait cela durant les premiers mois de son mariage avec Michael ? Trop souvent pour qu'elle en ait gardé le compte. En vérité, il passait les voir si souvent qu'un jour Michael avait dit, en plaisantant, que s'il lui arrivait quoi que ce soit, elle n'aurait pas besoin de chercher trop loin pour trouver un nouveau prétendant. Elle avait ri sans en penser quoi que ce soit. À présent, toutefois…

Après le décès de Michael, cela a été un calvaire de ne pas…

Elle s'efforça de chasser de son esprit les aveux de Gabriel.

— Vous semblez aller bien, Gabriel, déclara-t-elle.

Le compliment lui était venu spontanément, et il était sincère. Elle, en revanche, devait avoir une mine effroyable, se dit-elle aussitôt. Elle tenta, en vain, de lisser ses boucles rebelles. Même dans ses bons jours, sa chevelure était indomptable, alors après une nuit blanche...

— J'espère que vous ne vous êtes pas mis en frais pour moi, ajouta-t-elle, intimidée soudain.

À peine avait-elle prononcé ces paroles qu'elle comprit comment elles pourraient être interprétées. Elle écarquilla les yeux en voyant les iris brun doré de Gabriel se voiler.

— Non pas que je pense que vous vous habillez pour me plaire, bégaya-t-elle.

Juste Ciel, elle s'enferrait. La dernière chose qu'elle voulait était précisément d'ajouter à la gêne qui s'était installée entre eux. Gabriel et elle avaient toujours été à l'aise en compagnie l'un de l'autre ; il n'y avait aucune raison pour que ce qui s'était passé entre eux au cours des dernières heures y change quoi que ce soit. Secouant la tête, elle émit un petit rire ironique.

— Je voulais seulement dire ce que j'ai dit. Vous semblez aller bien, Gabriel.

Il parut se détendre un peu, mais ne lui rendit pas son sourire.

— Quant à vous, vous semblez épuisée, lady Manton.

Elle préféra ignorer sa remarque désobligeante, ainsi que le « lady Manton », tant cette tentative de dresser une barrière protectrice entre eux était flagrante. Quant à la mise presque trop soignée de Gabriel, elle avait probablement le même but.

— Vous avez aussi l'air affamé, ajouta-t-il, sourcils froncés. Allen me dit que vous avez refusé de partir et que vous n'avez même pas mangé.

Elle sourit de nouveau dans l'espoir d'alléger la tension qui régnait entre eux.

— J'avais peur, si je quittais votre chambre, que M. Allen n'en verrouille la porte pour m'en interdire l'accès.

Puis, esquissant un haussement d'épaules, elle ajouta :

— Je crains que ce monsieur n'apprécie guère ma présence.

— Oui, eh bien, moi non plus.

Prise de court, Pénélope eut un mouvement de recul. Son sourire s'évanouit.

— Je vous demande pardon ?

— Je ne sais pas à quoi ma mère a pensé, Pénélope, mais vous ne devriez pas rester près de moi.

Un muscle de sa mâchoire tressaillit, indice qu'il n'était pas aussi calme qu'il le paraissait.

— Allen m'a informé que j'ai failli vous blesser gravement, hier.

Ah, c'était donc cela !

— Je crains que M. Allen n'ait une regrettable tendance à l'exagération, rétorqua-t-elle, se félicitant que ses vêtements dissimulent l'horrible bleu que Gabriel lui avait infligé. Et à se mêler de ce qui ne le regarde pas, ajouta-t-elle entre ses dents.

— Dois-je en déduire, demanda-t-il en haussant la voix, que je ne me suis *pas* balancé à ce lustre tel un sauvage avant de vous heurter de toutes mes forces ?

Il désigna ledit lustre sans le regarder, comme si elle risquait de se méprendre sur l'objet en question.

— Que je ne vous ai *pas* fait tomber avant de vous clouer au sol sous moi ?

Il fit un pas vers elle. Elle recula d'instinct ; et prit une brève inspiration en ressentant une vive douleur à la hanche.

Gabriel pinça les lèvres et étrécit les yeux.

Bonté divine. Soit elle venait de lui confirmer qu'il lui avait effectivement fait mal, soit il pensait qu'elle le craignait. Voire les deux, ce qui était fort probable, et tout à fait fâcheux. Elle fit délibérément un pas vers lui.

— Vous n'avez rien d'un sauvage, répliqua-t-elle. Sont-ce là les mots M. Allen ?

Elle serra les dents, furieuse, et reprit :

— Parce que dans ce cas, je vais aller dire à ce monsieur le fond de ma pens…

— Non, ce sont les miens, l'interrompit-il.

Il poussa un profond soupir et se passa la main dans les cheveux en se détournant. De toute évidence, il était en train de s'adresser des reproches.

Elle s'approcha, posa la main sur son épaule. Il tressaillit. Cela ne pouvait pas continuer ainsi. Jamais elle ne réussirait à l'aider s'il s'enfermait dans la culpabilité et le mépris de soi.

— Gabriel, quoi qu'il se soit passé hier dans votre esprit, vous ne vouliez faire de mal à personne. Dieu sait que vous auriez pu, mais vous tentiez seulement d'échapper aux visions qui vous hantaient.

Il respira lentement et se tendit comme pour tenir en bride une violente émotion. Mais il ne s'écarta pas d'elle. C'était un progrès. Elle se risqua à aller un peu plus loin.

— Qu'avez-vous vu, hier ?

Il serra les poings.

— Je… je ne sais pas.

— Voulez-vous dire que vous ne sauriez pas le décrire ? Peut-être qu'en me disant ce que vous…

— Non.

Il secoua l'épaule pour se libérer de sa main et s'éloigna de quelques pas pesants.

— Je veux dire que je ne m'en souviens pas. Je ne me rappelle rien – ni ce qui s'est passé ni vous. Je ne le sais que parce qu'Allen m'a tout raconté.

— Cela n'a aucun sens, protesta-t-elle à mi-voix, plus pour elle-même que pour lui.

Elle avait compris en observant Gabriel, la veille, que ses symptômes ne correspondaient à rien de ce qu'elle connaissait. Pourtant, dans tous les cas de folie qu'elle avait étudiés, soit dans les livres soit directement auprès de certains patients, la personne gardait toujours quelques souvenirs de ce qui s'était passé pendant la crise. Ne serait-ce que des détails confus ou incohérents, voire seulement de brèves images décousues... Mais *rien du tout* ?

À quoi exactement avait-elle affaire ? Aider Gabriel s'annonçait comme un défi plus colossal que ce à quoi elle s'était préparée. Et cependant, l'idée de baisser les bras lui était insupportable.

— Rien, dans ma vie, n'a plus le moindre sens, déclara-t-il d'un ton las.

Il pivota sur ses talons, puis revint vers elle, ne s'arrêtant que lorsqu'il fut tout près. Son regard torturé ne fit que renforcer sa conviction qu'il lui fallait rester pour tenter de comprendre ce qu'il lui arrivait.

— En particulier, votre présence ici, poursuivit-il. Je vous remercie de vous montrer aussi charitable, mais j'aimerais que vous partiez.

Pénélope battit des cils, incrédule.

— Pardon ?

— J'aimerais que vous partiez, répéta-t-il d'un ton ferme. Rentrez chez vous, lady Manton.

3

— Rentrer chez moi ? répéta Pénélope, qui croisa les bras dans une attitude belliqueuse. Il n'en est pas question. Comment pouvez-vous croire seulement à l'idée ?

Son obstination le prit au dépourvu. Pourquoi se souciait-elle de lui ? Ils ne s'étaient pas vus depuis deux ans. Et pour être honnête, elle n'avait jamais dû tellement tenir à lui, sinon, pourquoi ne lui avait-elle pas permis de lui rendre visite après le décès de Michael ? Il avait été éconduit plus souvent qu'à son tour, sans autre explication que la sempiternelle réponse du majordome : « Lady Manton ne reçoit pas, milord. » Ce rejet tellement impersonnel l'avait blessé, et d'autant plus profondément qu'il avait cru qu'ils étaient amis.

— Je ne vous laisse pas le choix, rétorqua-t-il.

Allen lui avait montré la lettre d'introduction que Pénélope lui avait présentée à son arrivée, par laquelle la marquise de Bromwich l'autorisait à se rendre près de son fils.

— Je suis navré que ma mère vous ait entraînée dans tout cela. Elle n'en avait pas le droit. Ma famille m'a peut-être enfermé ici, mais c'est moi qui décide des soins que je reçois.

Pénélope plissa les yeux tout en redressant le menton d'un air rebelle. Il ne s'était pas attendu à cela. N'avait-elle pas toujours été un modèle de douceur ?

— Je vois. Et tout se passe à merveille, n'est-ce pas ?

Une soudaine irritation monta en lui.

— Écoutez-moi, à présent...

— Non, c'est *vous* qui allez m'écouter ! Votre mère me dit que vos crises sont de plus en plus violentes et fréquentes.

L'expression de la jeune femme s'adoucit, se fit plus compatissante, pour ne pas dire soucieuse.

La colère de Gabriel retomba. Quelles que soient ses raisons de l'avoir autrefois éconduit, aujourd'hui, elle se souciait sincèrement de lui.

— Tout ce que je voulais dire, reprit-elle, c'est que les soins que vous recevez ne sont peut-être pas ceux dont vous avez besoin.

Il soutint son regard.

— Parce que vous savez de quoi j'ai besoin, sans doute ?

Sans réfléchir, il se rapprocha d'elle, attiré par la lueur qui brillait au fond de ses yeux clairs. Maudite soit cette femme ! Une fois de plus, ce satané espoir qu'elle avait le don d'éveiller en lui s'était ranimé, telles des braises sur lesquelles on souffle.

— Des cohortes de médecins ont tenté d'innombrables méthodes sans aucun résultat, mais *vous* auriez je ne sais quelle potion magique à me proposer ? murmura-t-il.

Il avait pris le ton incrédule de mise, mais tandis qu'il plongeait les yeux dans les siens, il se surprit à espérer qu'elle en était capable.

S'humectant les lèvres, elle recula imperceptiblement. Cela suffit à briser le charme aussi efficacement qu'une douche glacée. Gabriel ressentit un grand froid intérieur. Il la mettait mal à l'aise. Elle devait penser qu'il était susceptible de l'attaquer à tout moment. Et vu ce qu'Allen lui avait raconté des événements de la veille, il ne pouvait lui en vouloir. Il n'empêche, cela faisait mal.

— Bien sûr que non, répondit-elle comme si sa proximité ne la dérangeait nullement. Il se trouve juste que j'ai aidé des gens à traverser des périodes difficiles. En particulier des hommes qui ont fait la guerre.

— Vraiment ?

Il s'était demandé pourquoi sa mère avait sollicité son aide. Il ne savait pas à quoi il s'était attendu, mais certainement pas à *cela*. Il la scruta quelques instants, essayant d'imaginer la charmante débutante qu'il avait connue en train de soigner des soldats endurcis.

— Je ne comprends pas.

Elle hocha la tête, pas surprise, visiblement. Puis prit une profonde inspiration, comme pour se donner du courage.

— Quand Michael est mort, j'ai été…

Elle détourna les yeux.

— Anéantie, souffla-t-elle, et son ton le fit frissonner.

Un éclair de détresse passa brièvement dans son regard, mais son écho résonna dans le cœur de Gabriel comme un long roulement de tonnerre après la foudre.

Le terme en lui-même ne sonnait pas faux – en vérité, c'était exactement celui qu'on attendrait dans la bouche d'une jeune veuve. En revanche, la façon dont elle l'avait prononcé laissait entrevoir une perte plus profonde que celle d'un époux. La perte de son innocence, peut-être ?

Et cela, il pouvait le comprendre. Lui-même avait perdu la sienne sur les champs de bataille, et avait vu trop de ses camarades vivre le même drame. Des hommes jeunes, pleins d'enthousiasme, confrontés aux indescriptibles horreurs de la guerre… Et dont l'expression ressemblait beaucoup à celle de Pénélope en cet instant. D'où lui venait donc ce regard hanté ?

— J'ai plus ou moins réussi à tenir le coup pendant les obsèques et le transfert de la propriété au frère de Michael, reprit-elle. Je me suis installée dans une petite maison en ville. Mais une fois le choc passé, je… Eh bien, disons que je me suis enfermée dans ma chambre pendant des semaines. J'ai refusé d'en sortir ou de recevoir qui que ce soit.

— Alors ce n'était pas seulement moi, murmura Gabriel sans réfléchir.

Comme elle levait brusquement les yeux vers lui d'un air surpris, Gabriel sentit ses joues s'empourprer. Malédiction. Il n'avait pas eu l'intention de lui laisser deviner combien elle l'avait blessé, à l'époque.

— Non, répondit-elle, ce n'était pas que vous. Je ne voulais voir personne, pas même ma propre famille. Jusqu'au jour où ma cousine Liliana est entrée de force et m'a emmenée chez elle sans me demander mon avis.

Un sourire amusé lui incurva les lèvres.

— Je ne sais pas si vous vous souvenez d'elle – elle était à mon mariage –, mais elle est plutôt têtue.

Gabriel n'avait pas oublié cette grande brune au bras de Stratford. Il se rappelait surtout l'affection qui semblait lier les deux jeunes femmes.

— Je suppose qu'elle s'inquiétait pour vous.

— En effet. Mais malgré ses encouragements, je suis longtemps restée emmurée dans ma souffrance.

— C'est compréhensible.

Pourtant, il avait le plus grand mal à imaginer une personne aussi radieuse que Pénélope ruminant son chagrin.

— Vous aimiez beaucoup Michael, murmura-t-il.

— Oui.

Elle détourna les yeux et pinça les lèvres en un semblant de sourire.

— Bien sûr, ajouta-t-elle.

Gabriel fronça les sourcils. L'expression de la jeune femme semblait démentir ses paroles. Son mariage était-il mal en point avant la mort de Michael ? Il n'eut pas le temps de l'interroger plus avant car elle s'empressa d'ajouter :

— Liliana a alors décidé que j'avais besoin de m'occuper l'esprit. Elle m'a demandé de l'accompagner chaque jour à l'hôpital que son mari et elle ont créé pour soigner d'anciens militaires et leurs familles. Au bout de quelque temps, j'ai commencé à travailler avec des hommes chez qui la guerre avait laissé des séquelles.

Inclinant la tête de côté, elle darda sur lui un regard empli de curiosité.

— Avez-vous envisagé que votre affection puisse être la conséquence des souffrances endurées pendant les combats ?

Il la dévisagea.

— Il faudrait être stupide pour ne pas y avoir pensé, répondit-il.

Il rêvait encore de cadavres et d'assauts, et était régulièrement réveillé par des cauchemars.

— En fait, je me suis souvent demandé si ce n'était pas l'origine de ma folie.

Les rêves apportaient leur lot de terreur et de confusion, mais il aurait préféré endurer cela chaque nuit plutôt que subir les crises de folie qui avaient jalonné ces derniers mois.

— Toutefois, même si c'était le cas, c'est devenu bien pire que tout ce que j'ai pu vivre pendant la guerre. Je crains donc que cela ne dépasse votre expérience et votre bonne volonté.

— Je dois admettre que jamais je n'ai vu un cas tel que le vôtre, reconnut-elle avec tact. Mais ne me sous-estimez pas. Je demeure convaincue que mes méthodes seront plus efficaces que tout ce que vous avez essayé jusqu'à présent. M. Allen m'a parlé des purges, des bains froids, des sangsues...

Il la vit frémir.

— Il m'a dit que vous aviez même demandé à être cautérisé.

Cette fois, c'est lui qui fut parcouru d'un frisson. Gabriel n'oublierait jamais les souffrances qu'il avait éprouvées lorsque l'on avait placé des emplâtres brûlants sur sa peau, puis qu'on avait percé et drainé les ampoules qui s'étaient ainsi formées.

— C'est barbare, Gabriel. Pourquoi les avez-vous laissés faire une chose pareille ?

— À votre avis ? répliqua-t-il d'un ton sec.

Il s'écarta d'elle, mortifié. Savait-elle donc tout ce qu'il avait subi dans cette maison de fous ?

— Un de ces satanés médicastres m'a affirmé que cela pouvait me guérir. Certains prétendaient qu'en stimulant fortement mon système nerveux, on pourrait rétablir mon équilibre naturel et m'aider à retrouver la santé mentale.

Le pire, dans cette affaire, c'était qu'il avait cru à une rémission définitive. Pendant quelques bienheureuses semaines, enfin libéré de son calvaire, il s'était pris à rêver qu'il allait pouvoir rentrer chez lui et reprendre une vie normale. Puis il avait eu une nouvelle crise, pire que les précédentes.

— J'aurais fait n'importe quoi pour être de nouveau l'homme que j'étais autrefois, conclut-il d'une voix sourde.

À sa grande surprise, Pénélope ne lui permit pas de battre en retraite. Elle s'approcha de lui, si près qu'il pouvait sentir son parfum, et leva la tête. Elle n'était ni petite ni grande, juste de la taille idéale pour le regarder dans les yeux et capter son attention.

— Alors ne refusez pas mon aide, dit-elle. Je me suis peut-être engagée dans cette voie sans l'avoir vraiment choisi, mais j'ai secouru bien des hommes au cours de ces deux dernières années. Des hommes qui avaient terriblement souffert. Vous aussi, je peux vous aider.

Gabriel secoua lentement la tête. La seule idée de se dévoiler devant Pénélope l'horrifiait. La jeune femme avait beau être persuadée que ses propres méthodes n'avaient rien de barbare, cela serait tout de même une torture pour lui, car ce serait *elle* qui les lui administrerait. Même s'il était persuadé qu'elle pouvait l'aider, il ne le supporterait pas.

— Non.

Elle pinça les lèvres d'un air buté.

— J'ai donné ma parole.

— Je me fiche que vous ne teniez pas une promesse faite à ma famille.

— Ce n'est pas à votre famille que j'ai fait une promesse, Gabriel, c'est à vous.

— Je ne vous ai rien demandé, répliqua-t-il d'un ton bourru.

— Oh, mais si !

Elle s'empourpra imperceptiblement. Elle était si près qu'il voyait même une petite veine palpiter au creux de son cou.

— Hier, précisa-t-elle. Alors que vous... que nous étions sur le sol, là-bas.

Elle indiqua la gauche d'un mouvement de tête.

Ah, oui ! Quand il l'avait renversée et molestée, alors qu'il était *nu* et trempé, s'il devait en croire Allen. Au demeurant, s'il se fiait à la façon dont Pénélope venait de rougir, il pouvait le croire.

— Vous ne vous en souvenez peut-être pas, Gabriel, mais moi si. Vous m'avez reconnue. Même au plus fort de l'hallucination, vous m'avez appelée par mon prénom. Vous m'avez serrée contre vous en me suppliant de vous aider. Je ne peux l'ignorer.

Seigneur ! Gabriel se frotta le visage, regrettant de ne pouvoir se dissimuler derrière ses mains jusqu'à la fin des temps. Ou du moins, jusqu'à ce que Pénélope renonce et rentre chez elle.

Laissant retomber ses mains, il prit une profonde inspiration. Quelle ironie ! Après en avoir rêvé pendant des années, il avait enfin tenu Pénélope dans ses bras – nu, qui plus est –, et il était incapable de s'en souvenir. C'était peut-être là le plus cruel de toute l'histoire.

À cette pensée, il fut secoué d'un rire non pas joyeux mais silencieux – le genre de rire qui vous saisit face à une situation où vous hésitez entre l'ironie et le désespoir.

— Gabriel ?

Elle semblait si surprise que ce fut l'ironie qui l'emporta. Il devait paraître encore plus fou aux yeux de la jeune femme, mais ce fut plus fort que lui : il éclata de rire. Nom de nom, que cela faisait du bien !

La voyant esquisser un sourire timide, Gabriel eut l'impression d'être de nouveau dans le salon de Manton House, à Londres, en train de partager une plaisanterie ou un ragot amusant, comme ils l'avaient si souvent fait lorsqu'elle était mariée à son cousin. Il avait l'impression d'être de nouveau lui-même. Il avait presque oublié comment l'être.

Il comprit alors qu'il ne pourrait pas la contraindre à s'en aller ce soir. Demain, peut-être, mais pas ce soir. De toute façon, le mal était fait.

— Je hisse le drapeau blanc, Pénélope, dit-il, levant les mains en signe de reddition. Nous reprendrons cette discussion plus tard.

Il se dirigea vers la table et tira une chaise pour la jeune femme.

— Pour l'heure, tout ce que je veux, c'est dîner avec vous. Comme à l'époque où nous étions amis.

Pénélope regarda le siège que Gabriel lui proposait, hésita à peine une seconde et s'y assit avant qu'il ne change d'avis.

L'espace d'un instant, elle avait cru qu'il allait la faire mettre à la porte. Et elle n'aurait certes pas pu l'en empêcher, d'autant que, soupçonnait-elle, M. Allen n'aurait été que trop content de se plier à la volonté de Gabriel.

Elle aurait bien sûr pu demander à la famille de ce dernier d'insister pour qu'il accepte de la revoir, mais elle savait que la coercition ne ferait qu'accroître sa résistance. La seule façon de lui venir en aide, c'était qu'il accepte cette aide de son plein gré.

C'était du reste crucial pour son traitement. Au cours de ses recherches sur les maladies mentales, elle avait découvert de nombreuses théories contradictoires sur la meilleure manière de soigner un patient. Certains suggéraient que la folie était la conséquence d'un déséquilibre des humeurs du corps et devait par conséquent être traitée comme une affection physiologique. D'autres répliquaient que c'était une souffrance de l'âme. Entre ces deux extrêmes, on trouvait toute une palette d'hypothèses.

Pénélope ne se considérait pas comme particulièrement savante, et elle n'était pas plus intelligente ni plus expérimentée que les autres dans ce domaine. Elle avait simplement gardé, de chaque approche, les éléments qui lui semblaient les plus sensés, et elle les appliquait lorsqu'elle supposait qu'ils pourraient être utiles.

Toutefois, pour déterminer ce qui pourrait le mieux aider Gabriel, elle avait besoin que celui-ci soit désireux de participer au traitement, et pour cela, il fallait qu'il ait confiance en elle.

Elle lui sourit tandis qu'il prenait place en face d'elle, mais le sourire qu'il lui rendit semblait crispé et forcé. Visiblement, ils avaient encore des progrès à faire en matière de confiance.

La jeune femme carra les épaules sans cesser de sourire. Tous les voyages ne commençaient-ils pas par un premier pas ?

Certes, mais comment le faire, ce fameux premier pas ?

Un répit bienvenu lui fut offert par les domestiques, qui vinrent disposer sur la table un assortiment de viande rôtie, des pommes de terre à la vapeur et un pudding de légumes au jus de viande. Son estomac émit un grondement. Embarrassée, Pénélope plaqua les mains sur son abdomen.

Gabriel ne fit aucun commentaire, se contentant de l'inviter à se servir une fois que les domestiques se furent retirés.

Ce qu'elle fit. Tout en savourant les premières bouchées d'un rôti parfaitement épicé, elle élimina successivement plusieurs entrées en matière. Comme il venait de le lui faire comprendre, même la remarque la plus innocente pouvait être interprétée de travers, et la dernière chose qu'elle voulait, c'était de le mettre davantage mal à l'aise !

Pourquoi était-ce si difficile de trouver un sujet de conversation ? s'interrogea-t-elle.

Avant la bouchée suivante, elle parvint tout de même à dire :

— Ce dîner est excellent.

Là. Ce n'était guère original, mais au moins la nourriture était-elle un sujet sans danger.

— Ma famille a insisté pour me faire accompagner d'un cuisinier, répondit-il avec flegme. Apparemment, vous pouvez faire interner vos proches sans problème dès lors que vous vous assurez qu'il mange correctement.

Pénélope cessa de mâcher. Au temps pour elle. Un silence tendu tomba entre eux tandis qu'elle cherchait comment relancer la conversation.

— Je constate que c'était un espoir impossible, reprit-il avant de boire une gorgée d'eau.

Pénélope le regarda sans comprendre.

— Penser qu'on pouvait passer une soirée comme autrefois, expliqua Gabriel d'une voix si basse que la jeune femme dut tendre l'oreille pour l'entendre. Dans cet endroit.

Il reposa son verre sans douceur.

Le cœur serré, Pénélope comprit pourquoi les choses étaient tellement plus difficiles avec Gabriel qu'avec ses autres patients. En compagnie d'étrangers, son investissement personnel n'allait pas au-delà de la simple compassion. Gabriel et elle, en revanche, avaient été amis.

Conspirateurs, même. À l'époque, Gabriel cherchait une épouse, et plus d'une femme dans l'entourage de Pénélope l'avait harcelée pour être présentée à son nouveau cousin si séduisant. Pénélope avait adoré jouer les Cupidon.

À vrai dire, elle s'était beaucoup amusée avec Gabriel. Et elle lui avait été reconnaissante de sa présence. Après son mariage, il ne lui avait pas fallu longtemps pour s'apercevoir que Michael avait trop d'énergie pour elle. Son exubérance était charmante mais épuisante. Certains soirs, elle n'était pas mécontente de laisser Michael courir les bals, et lui-même était ravi de la laisser en compagnie de son cousin.

Tout cela avait pris fin avec la mort de Michael. Dans son chagrin, elle avait coupé les liens avec tout le monde, y compris Gabriel. Pas un instant il ne lui était venu à l'esprit qu'elle avait pu le blesser. Elle n'avait songé qu'à sa propre souffrance.

Elle aurait dû être une meilleure amie.

Eh bien, elle ne pouvait pas changer le passé, mais elle allait faire de son mieux pour être l'amie dont il avait besoin aujourd'hui. Se penchant, elle posa sa main sur la sienne.

— Rien de ce que j'ai vu ou entendu ne vous a fait baisser dans mon estime, Gabriel.

Il afficha un sourire narquois et libéra sa main.

— Alors vous deviez vraiment avoir une fort mauvaise opinion de moi.

Le cœur de Pénélope se serra. Rien n'aurait pu être plus éloigné de la vérité, mais elle doutait que

Gabriel la croie si elle le lui disait. La meilleure façon de le convaincre serait de retisser des liens, de retrouver leur complicité d'autrefois.

Elle arqua un sourcil.

— Uniquement en ce qui concerne votre talent au whist, répliqua-t-elle d'un ton faussement hautain. Savez-vous que vous étiez un partenaire déplorable ? Vous m'avez coûté plus d'argent de poche que je ne saurais le dire.

Il écarquilla les yeux. Puis éclata d'un rire sonore. Comme elle l'avait espéré. Elle sourit, soulagée. La tension entre eux s'allégea un peu.

— J'étais effectivement lamentable, concéda Gabriel en secouant la tête d'un air amusé. Je me suis toujours demandé pourquoi vous vous obstiniez à jouer avec moi.

— Il fallait bien que quelqu'un se dévoue, répondit-elle en riant. Michael refusait tout net, et je ne pouvais tout de même pas vous laisser faire équipe avec des jeunes filles à marier. Si ç'avait été *leur* argent de poche que vous aviez dilapidé, elles en auraient été fort contrariées. Avouez que ce n'était pas la meilleure façon de les séduire.

Il ricana.

— Dans ce cas, je vous remercie de vous être sacrifiée à ma cause.

— Je vous en prie, riposta-t-elle d'un ton léger. À ce propos, vous me devez cinq cent soixante-dix-huit livres et neuf shillings, avec les intérêts.

Aussitôt, la conversation devint plus facile. Tout en mangeant, ils discutèrent de tout et de rien. Pénélope prit garde de mentionner le moins possible les deux années passées, et Gabriel en fit autant. C'était un échange un peu hors du temps, mais cependant agréable. Ils rirent beaucoup, Gabriel se détendant visiblement.

Lorsqu'ils achevèrent le dessert, Pénélope avait mal aux joues à force de sourire, et elle avait le sentiment d'avoir fait des progrès significatifs.

Mais maintenant qu'elle était rassasiée et après la nuit blanche de la veille, elle avait du mal à garder les yeux ouverts.

— Merci pour cette agréable soirée, dit-elle en se levant de table. J'ai une demi-heure de route pour regagner le White Horse, je dois y aller. Je reviendrai demain matin. Disons, après le petit déjeuner ?

Le sourire de Gabriel, qui s'était déjà levé, s'effaça, et il retrouva son expression méfiante. La bonne humeur de Pénélope s'évanouit quand il contourna la table et s'immobilisa devant elle.

Il lui prit la main – sa peau était chaude et sa poigne solide, nota-t-elle –, la porta à ses lèvres et, fermant les yeux, déposa un baiser à la jointure de ses doigts. Un long baiser qui avait quelque chose de définitif.

La jeune femme retint son souffle.

— Merci pour votre générosité, Pénélope, dit-il en lui lâchant la main. Ce soir, vous m'avez donné plus que vous ne l'imaginez. Cela dit, j'étais sincère tout à l'heure. Je ne veux pas que vous reveniez.

Muette de stupeur, elle le regarda faire demi-tour et se diriger vers sa chambre.

— Gabriel, attendez ! s'écria-t-elle.

Puis, comme il ne faisait pas mine de s'arrêter, elle l'implora :

— S'il vous plaît. Il y a autre chose que vous devez savoir.

Il fit halte et pivota sur ses talons. Elle détestait le voir se tenir aussi raide, comme si le simple fait de la regarder lui était une souffrance. Et elle ne supportait pas l'idée d'ajouter à sa détresse, mais il devait savoir ce qui était en jeu.

Elle s'humecta les lèvres, cherchant le moyen d'adoucir la nouvelle, avant de se résoudre à lui annoncer tout de go :

— Votre famille s'apprête à prêter serment devant la justice afin de vous faire déclarer irresponsable.

Il blêmit, mais à part cela, ne donna aucun signe qu'il l'avait entendue. Savait-il précisément ce que cela signifiait ?

— Une fois qu'ils auront prêté serment, une demande officielle sera déposée et une commission publique désignée pour juger de votre santé mentale. Sur le seul témoignage du personnel de Vickering Place…

— On me déclarera assurément fou, acheva-t-il à sa place d'une voix dépourvue d'émotion. On me jugera incapable de gérer mes propres affaires et on me dépouillera des droits et devoirs liés à mon titre et à mes propriétés.

Elle hocha la tête en essayant de toutes ses forces de ne pas laisser voir son anxiété.

Gabriel serra les poings. Ce fut le seul signe avant-coureur avant qu'il explose :

— Et même de ma personne. Seigneur ! Et c'est *vous* qu'ils ont envoyée pour m'annoncer la nouvelle ?

Il se passa la main dans les cheveux.

— C'est ma propre famille, et ils n'ont pas été fichus de me le dire eux-mêmes ? reprit-il en se mettant à arpenter la pièce avec agitation.

— Je les ai convaincus d'ajourner la procédure.

À ces mots, il s'immobilisa, fit volte-face, vrilla son regard dans le sien.

— Vous avez fait quoi ?

— Du moins, jusqu'à ce que j'aie l'occasion de vous voir, s'empressa-t-elle d'expliquer en le rejoignant. Je leur ai dit que si vos crises étaient liées à ce que vous avez vécu pendant la guerre, il y avait de bonnes chances que vous puissiez être guéri.

Gabriel ricana et se pinça l'arête du nez. Après un long moment, il laissa retomber sa main.

— Et maintenant que vous m'avez vu, Pénélope ? Pensez-vous *réellement* que je puisse être guéri ?

— Je l'ignore, admit-elle à contrecœur.

Il baissa la tête.

— Et si je ne coopère pas ?

— Alors ils demanderont une audience extraordinaire au conseiller à la cour la semaine prochaine, fut-elle contrainte d'avouer.

La tension entre eux était palpable. Gabriel s'obstinait à ne pas la regarder. Sans doute la haïssait-il de lui apporter d'aussi mauvaises nouvelles. Elle savait que sa fierté était en lambeaux.

Elle savait aussi qu'elle était son dernier espoir.

Dans le silence qui se prolongeait, elle l'étudia. Il était plus mince qu'autrefois et quelques fils d'argent étaient visibles sur ses tempes. Son regard brun, qui avait toujours été intense, était plus dur désormais. Pourtant, il était toujours le même homme. Plus anxieux, assurément, mais le même.

Pénélope tendit la main, glissa les doigts sous son menton pour l'obliger à lever la tête.

— Je veux que vous m'écoutiez, dit-elle.

Son cœur battit plus vite lorsqu'il riva son regard au sien. Ayant réussi à capter son attention, elle laissa retomber sa main.

— Depuis que nous nous sommes rencontrés, je vous ai toujours considéré comme un homme exemplaire. En vérité, je n'aurais pas pensé pouvoir vous estimer davantage.

Il détourna les yeux, manifestement incrédule. Elle était en train de le perdre.

Alors elle s'empara de ses mains et les pressa entre les siennes.

— Et j'aurais eu tort, Gabriel, poursuivit-elle.

Il la regarda de nouveau.

— Je ne peux imaginer une situation plus terrifiante que celle que vous vivez en ce moment. Et cependant, vous n'avez jamais renoncé. Vous êtes un guerrier. Je le vois dans votre regard.

Elle disait vrai. La colère étincelait dans les profondeurs ambrées, en plus de la peur et du chagrin. Mais il y avait aussi une détermination qui l'éclairait de l'intérieur.

— J'ignore ce que c'est que de souffrir comme vous en cet instant, et j'ignore si nous allons réussir. Mais ce que je sais, c'est que tant que vous vous battrez, jamais je ne renoncerai. Je vous le jure.

Ils demeurèrent immobiles, mains dans les mains, dans un silence vibrant. Elle sentit sa résistance faiblir.

— Une dame de qualité ne jure pas, dit-il doucement.

— Au diable la bienséance !

Un coin des lèvres de Gabriel se retroussa.

— En effet.

Puis, libérant ses mains des siennes, il ajouta :

— Et au diable ma famille et la justice, je suppose ?

— Au diable l'un et l'autre, confirma-t-elle.

Il hocha la tête.

— C'est bon, Pénélope. Vous avez gagné.

Cela manquait d'enthousiasme, mais elle s'en contenterait. Parce que, pour une raison qu'elle ne s'expliquait pas, l'espoir qui lui gonflait la poitrine était suffisant pour deux.

Il ne lui restait plus qu'à espérer qu'ils ne finiraient pas au diable, eux aussi.

4

Le bruit d'une clef qui tournait dans la serrure résonna dans la pièce, suivi du claquement assourdi de la porte munie de barreaux qui s'ouvrait, de l'autre côté du battant. Gabriel se leva, les yeux fixés sur ce dernier, ultime barrière entre son « salon » et le reste de Vickering Place.

Son cœur s'emballa – l'impatience, sans doute. Il avait passé la moitié de la nuit à prier pour que Pénélope se montre raisonnable et renonce à venir le voir, et l'autre moitié pour qu'elle tienne sa promesse. Il n'allait pas tarder à savoir lequel de ces deux espoirs contradictoires s'était réalisé.

En la voyant franchir le seuil, Gabriel laissa échapper un soupir tandis que ses épaules se détendaient. Elle était venue. Quelle tête de mule ! Et cependant, elle affichait un sourire si radieux qu'il ne put s'empêcher d'éprouver un regain d'optimisme.

— Bonjour, Gabriel.

Elle s'arrêta à deux pas de lui, sa cape noire dansant autour de ses chevilles. De fraîches senteurs hivernales vinrent chatouiller les narines de Gabriel. Il les huma spontanément, ses sens savourant le contraste entre cet air piquant et celui, lourd et étouffant, de ses appartements.

Elle jeta un coup d'œil à la table qu'il venait de quitter.

— Parfait. Je vois que vous avez pris votre petit déjeuner.

Il battit des paupières, et ses lèvres commencèrent à s'incurver sur un sourire.

— En effet.

Puis une pensée lui vint et son sourire se figea.

— Pourquoi ? Envisagez-vous quelque horrible traitement qui nécessite que je prenne des forces ?

Elle plissa le nez.

— J'en ai peur.

— Dans ce cas, je n'aurais pas dû me resservir une part d'œufs au bacon, marmonna-t-il.

— N'ayez crainte, milord, murmura-t-elle. Ce sera vite terminé.

Gabriel retint son souffle. Pénélope se souvenait-elle de lui avoir chuchoté exactement les mêmes mots juste avant leur première danse, voilà une éternité ?

Ou bien n'étaient-ce là que paroles lénifiantes destinées à le calmer ?

Dans un cas comme dans l'autre, il devrait lui faire confiance pour faire montre du même tact et de la même délicatesse pour ce traitement que lors de cette danse.

— Si cela peut vous consoler, ce que je vais vous proposer comporte aussi certains bénéfices, assura-t-elle.

Un frisson parfaitement inapproprié le traversa. Il était évident que ce qu'elle avait dit n'avait rien à voir avec ce que son corps avait entendu. Pourtant, il ne put s'empêcher de demander :

— Tels que ?

— La liberté.

Elle lui décocha un sourire qui se fit un peu narquois lorsqu'elle désigna Carter, l'un des surveillants, qui se tenait en retrait.

— Ou du moins, l'illusion de la liberté, rectifia-t-elle. M. Allen a insisté pour qu'il nous accompagne.

Elle esquissa une petite moue de dépit.

— Je lui ai expliqué que ce n'était pas nécessaire, mais il n'a accepté de nous autoriser à sortir qu'à cette condition.

Le surveillant se tenait dans un coin de la pièce, emmitouflé dans un long manteau et une écharpe, l'air bougon. Manifestement, il n'appréciait pas plus que Pénélope l'obligation qui lui était faite de jouer les chiens de garde.

— Allez vous habiller, ordonna-t-elle. Mettez des bottes chaudes et un manteau, il fait très froid, ce matin.

À la perspective de sortir, Gabriel éprouva un élan d'enthousiasme. Pourtant, on était en février. Il regarda par la fenêtre. Un jour gris se levait sous un ciel chargé.

Puis il reporta les yeux sur Pénélope. Elle avait les joues et le nez rosis par le froid. Même si les hivers étaient doux dans la région, le vent et l'air humide pouvaient vous glacer jusqu'aux os.

— Nous devrions peut-être attendre qu'il fasse meilleur, risqua-t-il. Je ne voudrais pas que vous tombiez malade.

Elle esquissa un geste fataliste de la main.

— Allons donc ! Vous ne m'avez connue qu'à l'époque où j'étais une dame de la bonne société, mais j'ai été élevée à la campagne. Ma seule camarade de jeux était ma cousine Liliana. Elle détestait être confinée dans la maison, où ma mère l'obligeait à s'adonner à des activités féminines. Si je ne voulais pas être seule, je devais la suivre.

Gabriel fronça les sourcils, dubitatif.

— Vous ai-je dit que ses terrains de prédilection étaient les marais et les étendues boueuses ? ajouta-t-elle. Croyez-moi, je suis loin d'être fragile.

Difficile de l'imaginer – elle dont il avait un jour entendu un groupe de dames déclarer qu'elle ressemblait à une gravure de mode – en train de crapahuter dans des marécages, les vêtements couverts de vase. Et cependant…

— J'ai vu plus d'un soldat aguerri succomber devant les éléments, rétorqua-t-il. Nul besoin d'être fragile pour attraper la mort.

— Sans doute, mais permettez-moi d'insister.

Elle arqua un sourcil d'un air de défi et poursuivit :

— À moins que *vous* n'en ayez pas envie, bien entendu.

Pour toute réponse, Gabriel se hâta d'aller se préparer.

Quelques minutes plus tard, il passait devant un Allen à la mine maussade et sortait pour la première fois depuis des semaines. Pénélope demeura à ses côtés tandis que Carter leur emboîtait le pas.

Gabriel s'arrêta au pied du perron pour inhaler l'air frais à pleins poumons. Bon sang, il avait toutes les peines du monde à ne pas écarter les bras et, rejetant la tête en arrière, à se mettre à tourner sur lui-même comme lorsqu'il était enfant.

Du coin de l'œil, il aperçut le sourire entendu de Pénélope, juste avant qu'elle rabatte sa capuche.

Elle aurait ressemblé au Petit Chaperon rouge si cette dernière avait été vêtue de noir.

— D'après M. Allen, il y a un chemin qui traverse les jardins et mène dans la forêt. Que diriez-vous de nous y aventurer ?

Elle ressemblait peut-être au Petit Chaperon rouge, mais elle s'exprimait plutôt comme le Grand Méchant Loup... un peu trop innocente pour être honnête ! Gabriel eut le pressentiment que, quel qu'il soit, l'« horrible traitement » qu'elle s'apprêtait à lui administrer commençait dans ces bois. Pourtant, il hocha la tête.

— Je vous suis.

Elle se mit à marcher d'un pas rapide. Ils cheminèrent sans mot dire, le silence n'étant troublé que par le froissement de l'herbe et des feuilles mortes sous leurs pieds, auquel le pas lourd de Carter faisait écho.

Gabriel sentir son sang courir plus vite dans ses veines. Cela pouvait s'expliquer par la crainte de ce que Pénélope lui réservait, ou par le seul fait de sa présence à ses côtés. Quoi qu'il en soit, il ne se souvenait pas d'avoir ressenti une telle énergie depuis longtemps.

Ni d'avoir été à ce point de nouveau lui-même.

Et cette impression allait croissant chaque fois qu'il inspirait une nouvelle une goulée d'air pur.

— Saviez-vous que l'émotion peut être directement reliée aux mouvements du corps ? demanda Pénélope après un certain temps, le souffle un peu court. Si vous observez une personne atteinte de mélancolie, par exemple, vous verrez que ses épaules sont affaissées et que ses gestes manquent de vigueur. Sa respiration est lente et superficielle. L'avez-vous déjà remarqué ?

Gabriel lui glissa un regard de biais.

— Pas particulièrement, non. Même si j'ai connu des accès de mélancolie depuis la guerre, ma propre folie est du genre plutôt énergique, vous ne trouvez pas ? répliqua-t-il, pince-sans-rire.

Son Grand Méchant Loup lui décocha un regard penaud, mais elle insista :

— Dites-moi ce que vous entendez par « des accès de mélancolie » ? Voulez-vous dire une tristesse occasionnelle ? Ou faites-vous allusion à des périodes de profond désespoir ?

Gabriel poussa un soupir.

— Ainsi, vous m'avez emmené dehors pour me soumettre à un interrogatoire en bonne et due forme.

— Oui.

Il fourra ses mains gantées dans ses poches.

— Cela gâche un peu le plaisir de la promenade, je trouve.

— Croyez bien que j'en suis désolée.

Il laissa l'écho de ses paroles s'attarder un instant entre eux, puis :

— Cela n'aurait-il pas été plus simple de discuter dans mes appartements ? Au moins, il y fait chaud.

Il lança un bref regard au surveillant, qui traînait les pieds derrière eux.

— Et Carter vous en aurait été reconnaissant.

— Je n'en doute pas, convint-elle, mais Carter ne m'intéresse pas.

Devait-il en déduire que *lui* l'intéressait ? À cette pensée, Gabriel commença à envisager les choses sous un angle moins pessimiste.

— Si je vous ai amené ici, enchaîna-t-elle, c'est pour différentes raisons. D'abord, le lien entre les émotions et les mouvements dont je viens de vous parler semble fonctionner dans les deux sens. D'un côté, la tristesse d'un sujet atteint de mélancolie affaiblit son système physiologique, d'où sa lenteur et sa respiration superficielle. Cependant, si cette personne choisit consciemment de se tenir plus droite, de respirer plus profondément ou de pratiquer des activités énergiques, son humeur s'améliore bien souvent. J'ignore comment cela fonctionne exactement, mais je l'ai observé à maintes reprises.

— Hmm, dit-il pour lui indiquer qu'il ne contestait pas ce point.

En vérité, il en faisait lui-même l'expérience après seulement un quart d'heure de marche.

— Ensuite, les soldats que j'ai connus sont des hommes d'action ; ils sont plus à l'aise lorsqu'ils sont en mouvement. J'ai pensé que vous vous sentiriez davantage vous-même dehors.

Tout comme lorsqu'ils s'étaient rencontrés, Gabriel ne put qu'admirer l'intuition et la bonté dont Pénélope faisait preuve.

— Vous aviez raison, confirma-t-il en inhalant l'air glacé.

— La plupart des soldats que j'ai aidés avaient passé la majeure partie de leur vie en plein air. Jour et nuit, pendant des mois – parfois des années –, sans discontinuer. Votre passé militaire étant proche du leur, il est normal que vous vous sentiez plus à l'aise à l'extérieur.

Apparemment, le remarquable instinct de Pénélope était à présent conforté par son expérience d'aide aux anciens soldats. Il avait encore du mal à se faire à cette idée.

Il balaya du regard le rude paysage hivernal, mais en esprit, il voyait les couleurs d'automne de son domaine la dernière fois qu'il y était.

— Mes domestiques se plaignaient de ce que je ne restais jamais à la maison, reconnut-il. Parfois, j'avais de bonnes raisons d'être dehors – passer les champs en revue, rendre visite aux fermiers –, mais sinon, je ne pouvais tout simplement pas me résoudre à être enfermé.

C'était ces jours-là qu'il se sentait le mieux. Même avant ses premières crises, le simple fait d'être dehors et de s'activer s'était montré le moyen le plus efficace pour tenir à distance ses effroyables cauchemars.

Et pourtant, depuis que ces épisodes de folie, plus terribles encore que les rêves, avaient commencé, il s'était emprisonné chez lui. Il s'était caché bien avant que sa famille, prenant en quelque sorte le relais, l'envoie à Vickering Place. Ce faisant, avait-il aggravé sa maladie ? C'était possible. Son état s'était dégradé jour après jour, ce qui, à tout le moins, ne l'avait pas aidé à se sentir mieux. Il avait été stupide de ne pas s'en apercevoir.

Pénélope, elle, l'avait compris, et grâce à sa perspicacité, il s'était senti plus vivant ces dernières heures qu'au cours des mois de traitements barbares administrés sur les conseils de médecins plus qualifiés et reconnus qu'elle. Si elle avait été près de lui lorsque ses crises avaient commencé, serait-il tombé aussi bas ?

Il posa les yeux sur elle. Elle avait dit avoir aidé d'autres anciens soldats. Elle n'avait aucune raison de mentir à ce sujet. Si elle ne pensait pas pouvoir le guérir lui aussi, elle ne serait pas ici.

Peut-être devait-il s'ouvrir à elle, juste un peu, et voir où cela le mènerait ?

Il regarda par-dessus son épaule pour mesurer la distance qui les séparait de Carter. Ce dernier, qui s'était laissé distancer, donnait des coups de pied agacés dans les rares cailloux qui jalonnaient le chemin. Parfait. Si Gabriel était prêt à montrer ses faiblesses devant Pénélope, il n'était pas question qu'il le fasse alors que Carter était à portée de voix.

Rassuré quant à la confidentialité de leur échange, il poursuivit :

— Pendant les premiers mois, j'ai dû m'obliger à dormir dans mes appartements. J'avais l'impression d'être…

Il chercha le mot juste.

— Emmuré vivant. J'avais passé tant de nuits à la belle étoile qu'être étendu sous un plafond, entre quatre murs, me donnait l'impression d'être dans une tombe.

— Hmm, fit-elle.

S'apercevant qu'elle n'en dirait pas plus, il fut pris d'un irrépressible besoin de combler le silence.

Il se massa la nuque, en proie à une tension soudaine. Comme si le simple fait de confesser ce souvenir inoffensif suffisait à lui faire revivre ce qu'il éprouvait autrefois lorsqu'il était enfermé la nuit dans sa chambre.

— Seulement, un marquis ne peut pas planter sa tente en pleine nature sans déclencher des ragots, poursuivit-il d'un ton léger dans l'espoir de conclure cet échange. Aussi…

Laissant sa phrase en suspens, il haussa les épaules, façon de dire que tout cela était sans importance.

— Aussi, vous avez souffert nuit après nuit, sacrifiant votre confort à votre réputation.

Il émit un petit rire sans joie. Il aurait dû se douter qu'elle ne renoncerait pas aussi facilement.

— Mon confort ne devrait avoir aucune importance pour vous.

— Mais il en a, insista-t-elle, avant d'ajouter prudemment : Jusqu'à un certain point.

Il lui décocha un regard oblique.

— Gabriel, je dois vous avertir. Pour que je puisse vous aider, nous allons devoir aborder certaines questions très inconfortables.

Il s'était attendu qu'elle dise cela. Il détourna le visage et concentra son attention sur les arbres dépouillés, observant chaque courbe craquelée, chaque nœud révélé par les rigueurs hivernales. Était-ce ainsi qu'il apparaîtrait aux yeux de Pénélope s'il lui dévoilait son âme ? Horriblement lacéré à l'intérieur ?

— Mais nous n'avons pas besoin de commencer aujourd'hui. Nous pouvons discuter de choses plus plaisantes, proposa-t-elle.

À cet instant, une grosse goutte de pluie s'écrasa sur sa pommette.

— De la pluie et du beau temps, par exemple, répliqua-t-il avec flegme en s'essuyant la joue. À propos du temps, on dirait qu'il se gâte.

Il leva les yeux vers le ciel. Ma foi, il exagérait peut-être un peu. La pluie ne menaçait pas. Cela dit, les nuages étaient bas et lourds. Cela devrait suffire à lui épargner un interrogatoire plus serré de la part de Pénélope.

— Nous devrions rentrer, ajouta-t-il.

À son tour, elle leva les yeux, puis elle lui décocha le regard que les gouvernantes réservent aux garnements qui essayent d'échapper à leur leçon.

— Je ne vais pas fondre, déclara-t-elle, et vous non plus.

— Il faut penser à Carter, grommela-t-il.

Sans relever, elle poursuivit son chemin.

Malédiction. Certes, il pouvait tourner les talons et rentrer sans elle – Carter se ferait un plaisir de le suivre –, mais Pénélope continuerait de le harceler. La seule façon d'échapper à ses questions serait de demander à Allen de lui interdire l'entrée de Vickering Place.

Seulement, sans son aide, il finirait dans une taverne locale, devant une commission chargée de juger de son état mental lors d'une audience publique qui alimenterait les rumeurs pendant des années. Le simple fait d'y penser l'oppressait.

— Dans ce cas, au diable les conversations agréables, marmonna-t-il.

Même à ses propres oreilles, son ton lui semblait injustement hargneux, mais peu lui importait. Pénélope devrait se contenter de ce qu'il pourrait lui offrir.

— Demandez-moi ce que vous avez besoin de savoir pour me guérir, reprit-il.

Elle fit halte et se tourna vers lui. Il l'imita et se tint immobile tandis qu'elle le dévisageait.

— Vous comprenez bien qu'il existe un risque pour que, quoi que nous tentions, votre guérison ne soit pas totale.

Il ne détourna pas les yeux.

— Cette probabilité est bien plus élevée si nous ne faisons rien.

Elle hocha la tête.

— Très bien, dit-elle, et elle se remit à marcher le long du sentier, le laissant libre de la suivre ou pas.

Ce qu'il fit, bien sûr, en regardant où il mettait les pieds. L'étroite allée où elle s'était engagée, qui avait déjà dû être fort peu entretenue à l'époque où Vickering Place était un manoir privé, était à présent envahie d'herbes folles à certains endroits, totalement dénudée à d'autres, et le sol était jalonné de racines.

Quand Gabriel eut rattrapé Pénélope, elle demanda :

— Vos crises précédentes ressemblaient-elles toutes à celle à laquelle j'ai assisté ?

Eh bien, elle l'avait pris au mot. C'était ce qui s'appelait aller droit au but.

Il se racla la gorge.

— N'ayant aucun souvenir de ce à quoi vous avez assisté, je ne saurais le dire, répondit-il d'une voix tendue.

Peut-être cela n'avait-il pas été une si bonne idée, à la réflexion. Néanmoins, il poursuivit :

— Toutefois, si j'en juge par ce que des témoins m'ont rapporté des moments où je n'ai plus conscience de ce qui se passe, il semble que non.

Dieu qu'il était guindé ! On aurait dit son majordome. Mais il lui était plus facile d'aborder cette question de façon aussi impersonnelle que possible.

— D'après ce que l'on m'a dit, chaque crise est plus violente que la précédente.

Elle réfléchit pendant quelques instants.

— Aviez-vous déjà vécu de tels épisodes avant d'acheter votre commission et de partir à la guerre ?

Il secoua brièvement la tête.

Quelque chose qui ressemblait à du soulagement passa sur le visage de Pénélope. Du moins lui sembla-t-il. C'était difficile à dire avec ce capuchon qui dissimulait en partie son visage.

— Très bien. Vous souvenez-vous de la date de la première crise ?

Comme s'il pouvait oublier un tel événement ! Hormis un autre fait survenu pendant la guerre, ç'avait été l'épisode le plus effrayant de sa vie.

— Il y a neuf mois.

La jeune femme tourna vivement la tête et s'arrêta net. Puis elle repoussa sa capuche, pour mieux l'observer, supposait-il. Ses yeux étaient agrandis par la surprise.

— Plus de quatre ans après la fin de la guerre ?

— Oui.

— Voilà qui est...

Sur son visage, l'incrédulité fut remplacée par la circonspection.

— ... inhabituel.

Gabriel haussa un sourcil.

— Si je me fie à votre ton, « inhabituel » est de mauvais augure.

Elle tressaillit.

— Disons que si votre maladie est due au traumatisme des combats, je me serais attendue qu'elle se déclenche peu de temps après votre retour. Voire avant.

Croisant les bras, elle posa le poing devant sa bouche et se tapota les lèvres de son pouce ganté – une espèce de geste réflexe nerveux qu'il ne lui avait jamais remarqué auparavant.

Il regretta de ne pas avoir, lui aussi, un réflexe similaire, car elle semblait si désarçonnée qu'il recommençait à douter de leur succès.

— En d'autres termes, vous soupçonnez maintenant que ma folic vient de moi et non de ce que j'ai vécu pendant la guerre, conclut-il.

— Eh bien, je n'ai jamais entendu parler de quelqu'un qui n'aurait eu aucun symptôme pendant quatre ans et, du jour au lendemain, aurait été en proie à des crises de démence.

Gabriel réfléchit à cette idée déprimante pendant quelques instants.

— J'ai d'*autres* problèmes qui ont commencé pendant ou juste après la guerre, dit-il.

— Oh, bien !

Elle avait dit cela avec tant d'enthousiasme qu'il ne put réprimer un petit ricanement sardonique.

— Eh bien, le malheur des uns fait le bonheur des autres. Vous m'en voyez ravi.

Elle rougit adorablement.

— C'était maladroit de ma part, reconnut-elle.

— C'était affreusement cruel, rectifia Gabriel en lui souriant, histoire de lui faire comprendre qu'il plaisantait.

Elle lui rendit son sourire.

— Parlez-moi de ces problèmes, demanda-t-elle.

Cela suffit pour que Gabriel retrouve son sérieux.

Il essaya de se souvenir de l'époque où des vertiges aussi intenses que soudains et une inexplicable peur panique constituaient ses pires problèmes.

— La première fois que j'ai pris conscience que quelque chose en moi avait changé, j'assistais à un bal en Espagne. C'était peu de temps après la victoire de Wellington, à Vitoria. Tout le monde était de bonne humeur et les gens avaient envie de célébrer l'événement.

Déterminé à faire comme s'il était simplement en train de raconter une histoire et que rien de tout ceci ne lui était personnellement arrivé, Gabriel garda les yeux fixés droit devant lui.

— Même si la campagne d'Espagne devait encore durer une dizaine de mois, ceux d'entre nous qui se trouvaient là savaient que nous avions brisé le goulot d'étranglement de Bonaparte en Espagne.

Pénélope ne dit pas un mot. Elle se contenta de le laisser parler, ce qu'il apprécia. Cela rendait les choses plus faciles.

— Avec d'autres officiers, j'ai assisté à un bal donné par un riche propriétaire de la région. Il n'y avait là rien d'inhabituel – juste la foule de gens en tenue de soirée, la gaieté, les danses, le bruit... Rien que je n'avais déjà connu une centaine de fois en Angleterre durant la saison. Rien qui soit susceptible de me bouleverser...

Sa gorge se noua, lui interdisant d'en dire plus.

— Pourtant, c'est ce qui s'est passé, dit simplement Pénélope après un long silence.

— Oui, coassa-t-il.

Il s'efforça de tenir les souvenirs à distance, en vain. Les gens qui se bousculaient autour de lui. L'atmosphère oppressante.

— Je ne pouvais plus respirer.

Les sensations lui revenaient, à présent, quoique moins intenses qu'autrefois. On était loin de l'horrible impression d'étouffer qu'il avait alors ressentie, quand l'air parvenait à peine à entrer et à sortir de ses poumons.

— Vous vous êtes senti piégé, devina-t-elle, Dieu sait comment.

Il hocha la tête.

— Je me suis frayé un chemin, mais quand je suis parvenu sur la piste de danse...

Des images l'assaillirent. Des couples en train de virevolter, des taches de couleur tournoyant devant ses yeux. Il ferma les paupières et pressa la main sur son front, juste au-dessus de la tempe.

— Aviez-vous la tête qui tournait ? demanda Pénélope. Des étourdissements, des nausées ?

Il acquiesça en rouvrant les yeux.

— Tout cela.

Il prit une profonde inspiration, puis une autre, et poursuivit :

— J'ai dû jouer des coudes et quitter la salle, avoua-t-il, honteux de sa faiblesse.

— Que s'est-il passé, une fois que vous avez réussi à sortir ? demanda-t-elle calmement.

Son cœur s'était mis à battre si vite et si fort dans sa poitrine qu'il avait craint qu'il n'explose, comme ces shrapnels que ses troupes avaient commencé à utiliser dans les combats.

— J'ai finalement réussi à me ressaisir, dit-il seulement. J'étais secoué, mais de nouveau moi-même.

— Avez-vous essayé de retourner au bal ?

Il secoua la tête.

— Non. Je suis allé au mess des officiers et j'ai bu un alcool fort.

— Cela vous a-t-il aidé ?

Il arqua un sourcil.

— Je me suis enivré pour oublier, précisa-t-il. La réponse est donc oui.

— Hmm.

Il entendit la respiration paisible de Pénélope tandis qu'ils poursuivaient leur chemin. Pourtant, alors que d'ordinaire le seul fait d'être dehors l'aidait à chasser les mauvais souvenirs, ceux-ci revenaient à présent l'assaillir. À chaque pas, il étira les bras aussi loin que possible afin de retrouver une impression de liberté, sans succès.

— Avez-vous de nouveau vécu une telle expérience ?

Il fut tenté de lui demander de cesser de l'interroger ainsi. Chaque mot qui sortait de sa bouche ne pouvait que le condamner à paraître aussi faible que pathétique aux yeux de Pénélope. Il la regarda, s'attendant à la voir manifester la même exaspérante pitié que sa famille, au lieu de quoi, elle se contenta de l'observer d'un air encourageant. À croire qu'elle *attendait* ses réponses !

Peut-être était-ce le cas. Peut-être les autres hommes qu'elle avait soignés avaient-ils vécu des expériences similaires. Peut-être le regardait-elle ainsi parce qu'elle savait qu'elle pouvait vraiment l'aider.

Une fois de plus, l'étincelle d'espoir se ranima. S'il y avait une chance, une seule, que Pénélope ait raison, il répondrait à ses fichues questions du mieux qu'il pourrait.

— Non. Tout s'est bien passé... jusqu'à ce que j'assiste au bal suivant, répondit-il au prix d'un effort de volonté. Il n'y avait pas beaucoup d'occasions de réjouissances, cela eut donc lieu à Paris, en 1814, quand Wellington était ambassadeur en France.

— Je vois. Diriez-vous que cette deuxième expérience a été pire ou pas ?

— Cette fois je n'ai pas été pris au dépourvu, ç'a donc été, en un sens, moins difficile, mais c'était peu ou prou la même chose. Après cela, j'ai évité les salles de bal, même quand j'étais sommé d'accompagner Wellington à différents événements mondains.

Glissant les mains dans ses poches pour dissimuler ses poings rageusement fermés, il poursuivit :

— En vérité, je n'ai pas remis les pieds dans un bal jusqu'à votre mariage.

Pénélope tourna la tête vers lui. Deux fines rides s'étaient creusées entre ses sourcils, signe d'une intense réflexion. Puis elle regarda vers le haut et sur le côté, comme si elle fouillait dans sa mémoire.

— J'avais remarqué que vous étiez mal à l'aise, dit-elle, mais je n'avais pas mesuré à quel point.

Il n'avait pas eu de crise – pas ce soir-là –, mais il ne se voyait pas lui expliquer que c'était *elle* qui l'avait aidé à éviter l'attaque de panique. C'était bien trop révélateur.

— Cela dit, enchaîna-t-elle, perplexe, vous avez assisté à plusieurs bals après mon mariage, en ville et à la campagne. Les crises se sont-elles espacées avec le temps ?

Tandis qu'elle posait cette question tout en l'observant avec attention, ses traits délicats avaient pris une expression intriguée.

Non, cela ne s'était pas arrangé. Il avait détesté tous ces bals, mais il s'était forcé à y assister parce que c'était l'endroit où il était le plus susceptible de rencontrer sa future épouse.

Au bout d'un certain temps, il avait reconnu l'inanité de ce prétexte et admis qu'il n'y allait que pour être avec Pénélope.

Ce qu'il ne risquait évidemment pas de lui avouer. Jamais il ne pourrait lui révéler la vérité. Une effrayante sensation de vulnérabilité le submergea.

— Je n'en peux plus, Pénélope, dit-il d'une voix rauque.

— Si, vous pouvez, répondit-elle d'un ton à la fois ferme et bienveillant, à l'image de son expression. Quand un sujet devient trop pénible, nous pouvons en aborder un autre, quitte à y revenir une fois que la souffrance s'est atténuée.

Comme il secouait la tête, elle s'empressa de proposer :

— Oublions un peu la guerre et parlons de votre vie avant que vous achetiez votre commission. En étudiant l'homme que vous étiez avant de partir, peut-être aurons-nous des indices sur les origines du mal qui vous affecte ?

Gabriel ne voulait plus parler. Il accéléra l'allure et eut rapidement distancé Pénélope.

Bien entendu, elle lui emboîta le pas. Il aurait dû se douter qu'elle ne le laisserait pas s'échapper.

En arrivant à sa hauteur, elle demanda :

— Vous n'avez pas répondu à ma question, tout à l'heure, quand je vous ai demandé de définir vos périodes de mélancolie. Diriez-vous qu'elles étaient intenses ? Duraient-elles plus d'un ou deux jours ?

Il poussa un soupir irrité.

— Non. Non, je connais des moments assez sombres, mais je ne dirais pas qu'ils sont extrêmes, ni qu'ils se prolongent.

— En aviez-vous vécu avant la guerre ?

Gabriel réfléchit à sa question, se demandant où elle voulait en venir. Il avait vite compris que ses questions, formulées d'une voix douce, avaient toujours un objectif.

— Parfois, répondit-il. Mais pas aussi fréquents que par la suite.

Pendant quelques instants, seul le froissement des feuilles mortes sous leurs pieds troubla le silence. Gabriel leva les yeux vers le ciel. Les nuages s'étaient assombris. Ils n'étaient pas réellement menaçants, mais il n'allait pas tarder à pleuvoir. Peut-être allait-il enfin avoir un peu de répit.

Il tournait la tête vers Pénélope pour lui proposer de faire demi-tour et de rentrer à Vickering Place quand elle lui demanda :

— Et le contraire ?

Il battit des paupières. Perdu dans ses réflexions, il avait perdu le fil de la conversation.

— Pardon ?

— Eh bien, en dehors des moments où vous étiez déprimé, avez-vous connu des périodes d'euphorie ? Des états d'exaltation où vous étiez tellement débordant d'énergie que vous vous sentiez capable d'accomplir n'importe quoi, voire que vous en perdiez le sommeil ?

Il ricana.

— Pourquoi ? C'est un symptôme classique du traumatisme des combats ?

— Non.

— Dans ce cas, pourquoi me poser cette question ? demanda-t-il, perplexe.

— Pour rien.

Il ne la crut pas. Qu'avait-elle dit, juste avant d'entamer ce nouvel interrogatoire ? Qu'elle cherchait des indices sur sa folie dans la vie qu'il avait menée avant son départ pour la guerre.

— Des émotions extrêmes sont-elles un signe de folie ? hasarda-t-il.

Elle détourna les yeux.

— Cela peut arriver, répondit-elle, évasive.

— Dans ce cas, aucune inquiétude sur ce point. Je n'ai jamais rien ressenti de tel. D'ailleurs, la seule personne de ma connaissance qui aurait pu répondre à cette description était…

Un mauvais pressentiment l'envahit, lui laissant un goût amer sur la langue.

— Michael.

Il s'immobilisa.

Elle continua de marcher.

— Pénélope !

Elle s'arrêta, sans doute surprise par son ton autoritaire, mais ne se retourna pas immédiatement. Quand elle le fit, elle était si pâle que le bout de son nez semblait plus rouge qu'une cerise.

Le malaise de Gabriel ne fit que s'accroître.

— Seriez-vous en train de dire que mon cousin était fou ?

5

— Fou ? répéta Pénélope.

Elle était en proie à un tel trouble qu'elle était incapable de dire quoi que ce soit d'autre. Gabriel la scruta, les yeux étrécis. L'intensité de son regard lui rappelait tellement Michael que c'en était insoutenable.

— Bien sûr que non, protesta-t-elle, mais son ton manquait de conviction.

Comment leur conversation avait-elle pu prendre un tel tour aussi rapidement ? Elle s'était réjouie en secret des progrès qu'ils avaient effectués, mais Gabriel avait compris où menaient ses questions et les avait retournées contre elle. Comme une arme. Elle n'avait compris qu'elle était blessée qu'en voyant son propre cœur saigner.

Elle ne parlerait de Michael avec personne. Personne !

— Je pense que nous avons suffisamment avancé pour ce matin, déclara-t-elle, soulagée que sa voix ne tremble pas. Je propose que nous rentrions nous réchauffer. Vous pourrez vous reposer et nous reprendrons cet après-midi.

Elle rabattit sa capuche sur sa tête tout en pivotant sur ses talons. À présent que son cœur était grand ouvert, les douloureux souvenirs qu'elle avait eu tant de mal à chasser semblaient se déverser dans sa poitrine, suffisamment douloureux pour lui rappeler qu'ils étaient toujours présents. Attendant qu'elle les libère. Quand c'était le cas, elle avait besoin d'être seule.

— Non.

La voix de Gabriel vibrait d'une telle autorité que la jeune femme se figea. Puis son compagnon franchit la distance qui les séparait et s'immobilisa derrière elle. Elle n'avait pas besoin de le voir pour le savoir. Elle percevait sa présence, de la même façon qu'une aveugle perçoit ce qu'elle ne peut pas voir. Elle entendait le froissement de cuir et d'étoffe, sentait de subtiles fragrances de santal et de sauge portées par la brise, et son corps était parcouru de picotements dus à sa proximité physique.

— Répondez-moi. Mon cousin était-il fou ?

Elle fit volte-face. Elle avait beau savoir qu'il était là, sa présence lui arracha un sursaut, tandis qu'un frisson d'inquiétude la parcourait. Non, rectifia-t-elle en son for intérieur, pas d'inquiétude. Elle avait juste pris consciente de lui. En tant qu'homme.

Oh, non ! Elle secoua la tête sans réfléchir. Non, non ! C'était absolument inacceptable.

Le regard de Gabriel se fit plus perçant. Il devait penser qu'elle refusait de répondre à sa question, comprit-elle.

Tant pis. Mieux valait lui laisser croire cela que lui avouer la vérité.

Elle s'écarta de lui.

— Là n'est pas la question, répliqua-t-elle avant de s'éloigner d'un pas vif.

— Ah non ? lança Gabriel derrière elle. Michael et moi avons le même sang. S'il était fou, alors ma folie pourrait être héréditaire.

Pénélope continua de marcher. Elle aperçut bientôt Carter qui avait renoncé à les suivre et s'était assis sur un tronc d'arbre abattu, attendant leur retour. Il bondit sur ses pieds à son approche tout en faisant une grimace qui devait signifier « ah, tout de même ». Puis son expression se fit perplexe quand son regard passa à Gabriel qui, supposait-elle, était à quelques pas derrière elle.

Eh bien, que Carter se rende utile et veille à ce que Gabriel rentre au manoir sain et sauf.

— Pénélope, attendez ! appela ce dernier.

Sa voix et ses pas lui parvenaient, assourdis par son capuchon, mais il lui semblait qu'il se rapprochait rapidement. Le bruit d'autres pas résonna, indiquant que Carter était tout près lui aussi. Parfait. Gabriel n'aurait aucune envie de révéler ses histoires familiales devant le surveillant.

Pénélope accéléra pourtant l'allure, battant des paupières pour chasser les larmes qui brouillaient sa vision.

Elle était parfaitement consciente de ce qu'elle faisait. Elle fuyait. Elle fuyait Gabriel et ses questions sur Michael, mais surtout, elle fuyait son attirance, totalement inappropriée, pour un homme qui non seulement était son cousin – certes, par alliance –, mais aussi un patient dont elle avait la responsabilité. Et qui, pour couronner le tout, était probablement fou.

Elle ne pouvait faire mieux pour l'instant. Elle avait besoin de temps pour réfléchir à tout cela. Elle essuya une larme. Elle avait besoin de temps pour…

Son pied se prit dans quelque chose et elle trébucha. Une vive douleur lui traversa la jambe lorsqu'elle tenta de garder l'équilibre alors même que son élan la projetait en avant. Elle poussa un cri et s'effondra, d'abord à genoux, puis à plat ventre, son visage heurtant le sol.

— Pénélope ! s'écria Gabriel d'une voix inquiète.

Elle les entendit courir, Carter et lui.

Seigneur, son mollet était en feu. Et quelque chose lui piquait la joue. Elle releva la tête et cilla, s'efforçant de retrouver ses esprits. Des aiguilles d'if séchées étaient collées à sa peau. Il y en avait sur tout le chemin, tombées de la rangée d'arbres centenaires qui le longeait, et dont les branches s'étiraient et s'entremêlaient en un inextricable fouillis végétal. Avait-elle buté contre une racine ? Elle était si pressée de s'enfuir qu'elle n'avait pas regardé où elle posait les pieds. Fallait-il être sotte !

Elle fit tomber les aiguilles de sa joue et, dans un gémissement douloureux, commença à se redresser. Soudain, des mains solides la prirent sous les bras et la firent pivoter pour l'asseoir sur le sol.

Gabriel s'agenouilla près d'elle. Il lui ôta sa capuche, puis, lui encadrant le visage de ses mains, lui fit lever la tête d'un geste empreint de douceur. Dans son regard, l'éclat intense avait cédé la place à l'inquiétude.

— Êtes-vous blessée, Pénélope ?

Elle secoua la tête, car ses lèvres se refusaient à proférer un mensonge. Bonté divine, ses genoux lui faisaient affreusement mal et son mollet droit la lançait douloureusement. Une chance qu'elle ne soit pas tombée sur le dos, car celui-ci la faisait encore souffrir…

— Ça va aller, assura-t-elle. Si vous pouviez juste m'aider à me relever ?

— Bien sûr.

Gabriel se redressa souplement, puis passa le bras derrière elle, sous ses omoplates, et recourba la main sur ses côtes. À son contact, et malgré l'épaisseur de sa cape, une douce chaleur se déploya en elle. Il plaça son autre main sur sa hanche pour l'aider à se remettre debout.

Pénélope tenta de retrouver son équilibre. Plus vite elle y parviendrait, plus vite Gabriel n'aurait plus de raison de la toucher. Rien ne justifiait que sa peau la picote ainsi là où ses mains solides la soutenaient. Mais alors qu'elle se redressait, un gémissement étouffé lui échappa. Une violente douleur fusa dans son mollet tandis que sa jambe droite cédait sous elle.

Elle s'appuya spontanément contre Gabriel afin de faire basculer son poids sur sa jambe gauche.

— Vous êtes bel et bien blessée, commenta-t-il, les sourcils froncés.

— Non, ce n'est que...

Un nouveau cri jaillit de ses lèvres. Son mollet venait de se contracter en un spasme incontrôlable. Elle sautilla sur sa jambe gauche, comme si cela pouvait chasser la souffrance, en vain Ses muscles n'étaient plus qu'une masse dure et douloureuse.

— C'est le mollet ? Une crampe ?

Elle hocha frénétiquement la tête en se mordant la lèvre.

Gabriel la fit asseoir de nouveau sur le sol. Quand il la lâcha, elle posa les mains à plat sur le sol de chaque côté de ses hanches tandis qu'il s'agenouillait près de son pied. Sans lui demander sa permission, il glissa les mains sous ses jupes et lui pressa fortement le mollet.

Pénélope émit un hoquet de douleur, car son mollet n'avait fait que se contracter davantage.

— Respirez, Pénélope, l'encouragea-t-il en cherchant son regard. Par la bouche, comme ceci.

Il se mit à haleter rapidement.

Les yeux rivés aux siens, elle l'imita.

— C'est bien, dit-il d'une voix apaisante. Continuez de vous concentrer sur votre souffle.

— Je...

Inspirer. Expirer.

— J'essaie !

Inspirer. Expirer.

Hélas, la douleur ne cédait pas ! Puis les doigts de Gabriel s'activèrent et commencèrent à la masser.

— Oh ! gémit-elle, rejetant la tête en arrière.

L'espace d'un instant, sa souffrance fut telle qu'elle crut qu'elle ne pourrait la supporter... puis elle se calma. Juste un peu. Gabriel continua de lui frictionner la jambe, la palpant, la pétrissant, faisant rouler ses muscles noués jusqu'à ce que la vague de douleur commence à refluer. Avec adresse, il lui administra des pressions plus ou moins appuyées. Et finalement, la crampe céda.

Pénélope put enfin prendre une profonde inspiration, puis une seconde, tandis que tout son corps se détendait lentement. Mais à présent que la douleur ne lui vrillait plus les nerfs, elle commençait à ressentir d'autres choses. Des choses étrangement familières, bien que pas tout à fait. Des choses... agréables.

Elle libéra sa jambe.

— Je vais mieux, maintenant, murmura-t-elle en lissant ses jupes.

Elle jeta un coup d'œil à Carter, gênée à la pensée que celui-ci en ait trop vu, mais, par chance, il leur tournait le dos.

Gabriel se redressa et lui tendit les mains.

— Laissez-moi vous aider.

Elle regarda ses mains gainées de cuir fin – des mains qui venaient de la secourir avec autant de douceur que d'efficacité. Un vertige la saisit. Elle savait que ce serait une erreur de laisser Gabriel la toucher de nouveau. D'un autre côté, elle n'était pas certaine d'être capable de se relever seule.

Elle prit les mains qu'il lui offrait.

C'était effectivement une erreur, comprit-elle aussitôt. Malgré l'épaisseur des gants que tous deux portaient, elle fut parcourue d'un frisson de plaisir indéniable. Comme si, à présent que son esprit avait pris conscience de l'attirance entre Gabriel et elle, son corps ne parvenait plus à la réfuter.

Gabriel la remit debout avec une facilité déconcertante. Elle s'appuya sur sa jambe gauche, puis posa prudemment le pied droit sur le sol afin de tester sa jambe blessée. Elle tressaillit, et leva vivement le pied.

— Eh bien ? demanda Gabriel.

— Mon mollet tremble comme un arc tendu, répondit-elle, effrayée à l'idée que l'horrible douleur ne revienne.

Ce ne fut pas le cas.

— C'est assez douloureux, avoua-t-elle. Il ne faudrait pas grand-chose pour que la crampe revienne, je le crains.

— Vous vous êtes peut-être déchiré un muscle. À tout le moins, il est froissé. Vous ne devez pas poser le pied par terre.

Sa main, toujours posée dans son dos pour la soutenir, glissa vers ses cuisses comme il s'apprêtait à la soulever dans ses bras.

Pénélope retint son souffle. Affolée, elle pivota sur sa jambe valide pour lui échapper. Elle faillit s'affaler au sol, déséquilibrée, mais en quelques petits bonds, elle réussit à rester debout et à mettre un peu de distance entre eux.

— Que faites-vous ? demanda-t-elle.

Il pinça les lèvres.

— Je vais vous porter pour vous ramener au manoir, bien sûr.

Oh, non ! Elle ne le supporterait pas. Car ses sens, assoupis depuis si longtemps, semblaient bien décidés à rattraper le temps perdu.

— C'est inutile, répliqua-t-elle d'une voix chevrotante.

Elle regarda l'allée. Ils devaient se trouver à un bon quart de *mile* de Vickering Place, estima-t-elle. Malédiction ! Elle allait souffrir le martyre.

— Je peux marcher, insista-t-elle pourtant.

Gabriel ne dit pas un mot, mais le regard sardonique qu'il lui décocha en disait long.

— Bon, d'accord, concéda-t-elle.

Peut-être aurait-elle besoin de son aide, mais elle devait réduire leurs contacts au strict minimum.

— Mais vous n'avez pas besoin de me porter.

Elle lança un regard à Carter et reprit :

— Si vous pouviez vous placer tous les deux de chaque côté de moi, comme des béquilles, en quelque sorte. Ce sera peut-être un peu long mais je suis certaine que je peux…

Les nuages choisirent cet instant pour s'entrouvrir, et l'averse qui menaçait s'abattit sur eux.

Gabriel regarda Pénélope d'un air agacé. Des gouttes d'eau roulèrent le long des fines rides de contrariété qui lui encadraient la bouche, puis coulèrent le long de son menton. Sans un mot, il s'approcha d'elle.

— Gabriel ! protesta-t-elle en tendant la main devant elle. S'il faut vraiment que quelqu'un me porte, ce devrait plutôt être Carter.

Elle se tourna vers ce dernier, qui se renfrogna. Sans doute lui en voulait-il de se trouver sous cette averse glaciale alors qu'il aurait pu être à l'intérieur, au chaud et au sec. Il n'empêche, elle préférait être portée par un étranger grincheux plutôt que pressée contre Gabriel durant tout le trajet.

— Il est... il est plus costaud, balbutia-t-elle.

Gabriel leva les yeux au ciel. Il s'approcha, se pencha, et la souleva d'un mouvement fluide. Avant qu'elle ait pu protester de nouveau, il la cala contre son torse et pivota vers Vickering Place.

— C'est ridicule, marmonna-t-elle.

Sans répondre, Gabriel se mit en route d'un pas décidé. La pluie ruisselait sur son visage, mais il ne semblait même pas s'en apercevoir. L'ex-militaire qu'il était devait, certes, être habitué à marcher sous la pluie sans émettre une plainte.

Et son intuition lui soufflait qu'elle pourrait pester sans fin et lui ordonner de la poser à terre, il ne prêterait pas plus attention à elle qu'à l'averse.

Ma foi, elle devrait peut-être s'y résoudre, mais se retrouver ainsi au creux de ses bras, comme une enfant, lui donnait l'impression de renoncer à tout contrôle. Se redressant légèrement, elle glissa le bras autour de son épaule. Gabriel la laissa faire, s'ajustant à sa position sans mot dire.

La main de Pénélope reposait à présent contre le torse de ce dernier, là où son cœur battait vigoureusement.

Elle, en revanche, était une boule de nerfs. La partie de son corps qui était en contact avec Gabriel était brûlante. À chaque pas, la solide musculature frottait contre elle, la laissant frémissante et pantelante. En comparaison, l'autre partie de son corps, celle qui était exposée aux rafales de pluie, semblait tout engourdie. Ce contraste entre le chaud et le froid la faisait trembler.

Gabriel resserra son étreinte, et Pénélope ne put s'empêcher d'éprouver une impression de sécurité.

— Nous y sommes presque, murmura-t-il.

Elle tourna la tête. L'imposante silhouette du manoir était à peine visible derrière le voile de brouillard qui accompagnait la pluie. En vérité, il leur restait encore pas mal de chemin à parcourir. Et un frémissement nouveau, quoique familier, commençait à s'éveiller au creux de son ventre. Seigneur, qu'est-ce qui clochait chez elle ? Était-elle condamnée à ne désirer que des hommes brisés ? D'abord Michael, puis Gabriel. Et entre eux, personne d'autre.

Elle prit une profonde inspiration. Elle devait impérativement se ressaisir. Voyons… si elle devait conseiller une personne venue la consulter pour se débarrasser de sentiments inappropriés, que lui dirait-elle ?

Elle réfléchit quelques instants. Eh bien, elle lui suggérerait d'affronter ses émotions au lieu de les fuir. Souvent, le seul fait de regarder les choses pour ce qu'elles étaient réellement suffisait à dissiper les peurs et autres pensées malsaines.

Elle allait donc devoir affronter son attirance pour Gabriel et l'analyser. Elle étudia son profil. Son visage était plus anguleux qu'autrefois. Et il était aussi plus mince que deux ans auparavant, ce qui du reste ne faisait que souligner la largeur de ses épaules, nota-t-elle. Ses cheveux, qu'il n'avait pourtant jamais portés très longs, étaient désormais fort courts. En un mot, il semblait plus austère.

Et cependant, il restait remarquablement bel homme. Peut-être encore plus que dans son souvenir.

Elle réprima un soupir agacé. Bonté divine, elle n'était pas censée s'attarder sur les aspects qui rendaient Gabriel encore *plus* séduisant !

Cela dit, ce n'était pas du tout son type d'homme. Physiquement, il était aussi différent de Michael que... la nuit du jour. L'élégante blondeur romantique de son mari, qui avait fasciné la jeune fille qu'elle était, contrastait en tous points avec le charme ténébreux de Gabriel.

« Peut-être est-ce pour cette raison qu'il te plaît tant, murmura une voix en elle. Parce qu'il ne ressemble en rien à l'homme qui t'a brisé le cœur. »

Une larme roula sur sa joue, se mêlant à la pluie. Elle était injuste. Si Michael l'avait blessée, il n'y était pour rien. Il était malade.

Comme Gabriel.

Quelque chose en elle se glaça. Elle s'essuya le visage et inspira de nouveau à fond. Parfait. C'était là précisément ce dont elle avait besoin pour chasser cette attirance inappropriée – une bonne dose de réalisme.

Par une cruelle ironie du sort, il avait fallu que le premier émoi sensuel qu'elle ressente depuis la mort de Michael soit suscité par un homme qui n'était pas pour elle. Car plus jamais elle ne voulait vivre avec l'épée de Damoclès qui avait caractérisé son premier mariage. Et son corps, ce traître, avait intérêt à s'aligner sur son esprit. En vérité, elle était stupéfaite de constater à quel point ils étaient éloignés l'un de l'autre.

Quoique… Et s'ils ne l'étaient pas tant que cela ? Mieux que quiconque, elle savait que la plupart du temps, le corps fonctionne à l'unisson de l'esprit. La maladie de Gabriel l'intriguait, elle ne pouvait le nier. Il n'était pas impossible qu'elle ait simplement confondu l'excitation du défi qu'il représentait avec une attirance physique.

Soulagée, elle se laissa aller contre Gabriel. Oui, c'était sûrement cela.

Du moins tenta-t-elle de s'en persuader durant le reste du chemin.

La porte de Vickering Place s'ouvrit peu après que Gabriel se fut engagé dans l'allée principale. Un domestique vint au-devant d'eux avec un grand parapluie, suivi de près par Dunnings, l'un des surveillants, un homme au physique de débardeur. Allen, remarqua Gabriel, resta prudemment à l'abri.

Lorsque Gabriel rejoignit les deux hommes, à quelques pas du perron, il serra Pénélope un peu plus fort. Ç'avait été une exquise torture de l'avoir ainsi contre lui. Le retour lui avait paru d'autant plus interminable qu'il avait eu l'impression de se retrouver dans le second cercle de l'Enfer de Dante, celui réservé aux âmes submergées par le désir, sa punition consistant à porter l'objet de sa convoitise durant l'éternité sans que jamais elle lui appartienne.

Pourtant, plutôt mourir que de la remettre à Dunnings !

Il s'était inquiété inutilement, apparemment, car celui-ci désigna Gabriel du menton et, s'adressant à son collègue, grogna :

— Besoin d'un coup de main, vieux ?

Carter secoua la tête.

Bon sang ! Dunnings avait-il supposé qu'*il* était responsable de ce qui était arrivé à Pénélope, et qu'il était donc dangereux ?

Tout en gravissant l'escalier, Gabriel poussa un soupir irrité, ne ralentissant que pour que l'autre surveillant puisse tenir le parapluie au-dessus de Pénélope.

Allen ouvrit la bouche, sans doute pour demander ce qui était arrivé, mais Gabriel ne lui en laissa pas le temps.

— Lady Manton a trébuché sur une racine, expliqua-t-il en posant le pied sur la dernière marche.

— Je peux parler, chuchota celle-ci en le fusillant du regard.

Gabriel haussa les épaules, le mouvement la plaquant davantage contre lui.

— Je vous avais dit que cette sortie était une mauvaise idée, maugréa Allen de sa voix nasillarde.

Il leur adressa un regard désapprobateur, avant de baisser les yeux sur la flaque qui se formait à leurs pieds sur le sol de marbre.

— Balivernes, répliqua Pénélope avec une autorité qui impressionna Gabriel.

Ce n'était pas donné à toutes les femmes de remettre un homme à sa place alors qu'un autre la portait comme une enfant.

— Lord Bromwich a fait de grands progrès ce matin. Sans cette malheureuse chute, j'aurais qualifié cette sortie de succès complet.

Gabriel émit un petit rire étouffé. Certes, ils avaient avancé, mais c'était loin d'être fini. Si Pénélope s'imaginait qu'il allait la laisser continuer d'éluder ses questions sur Michael, alors elle était encore plus folle que lui.

Mais d'abord, il fallait la sécher et jeter un coup d'œil à son mollet.

— Lady Manton s'est blessée à la jambe. Je pense qu'elle ne pourra pas marcher avant quelques jours.

Pénélope tressaillit.

— Ce n'est sûrement pas aussi grave que cela, protesta-t-elle.

— Elle va devoir loger ici le temps de se remettre, continua Gabriel sans relever.

Cette fois, ce fut Allen qui sursauta.

— Cela est *absolument* impossible, lord Bromwich, dit-il avec un reniflement de mépris. Vickering Place n'est pas une auberge.

Gabriel arqua un sourcil impérieux.

— Je sais parfaitement ce que Vickering Place est et n'est pas. Et je sais également que ses finances ne sont pas brillantes. J'assumerai bien évidemment les frais de séjour de lady Manton, avec une prime au personnel pour le dérangement.

Il était toujours lord Bromwich, après tout. Sa famille ne pouvait lui retirer le contrôle de sa fortune, du moins jusqu'à l'audience.

— Veuillez faire préparer votre meilleure chambre pour lady Manton, conclut-il.

— Je ne suis pas certaine que... commença Pénélope.

— De quel droit... grommela Allen en même temps.

Sans les écouter ni l'un ni l'autre, Gabriel tourna les talons, Pénélope toujours dans ses bras.

— En attendant, les interrompit-il, elle restera dans mon salon. Allen, précédez-nous pour ouvrir les portes.

Dieu que c'était bon d'être de nouveau celui qui prenait les décisions ! C'était encore meilleur que de sortir au grand air. Ces derniers mois, Gabriel avait été tellement obsédé par le besoin de freiner sa descente dans la folie qu'il s'était en partie perdu lui-même. La peur avait pris le dessus. Il se promit de ne plus jamais laisser cela se reproduire. Quoi que lui réserve l'avenir, il n'oublierait plus qui il était. Pas tant qu'il serait assez conscient pour s'en souvenir.

Il se déporta légèrement sur la droite, façon de signifier à Allen qu'il devait passer devant lui et faire ce qu'il lui avait demandé. Après une imperceptible hésitation, ce dernier s'exécuta, sans cesser pour autant de marmonner.

— Toutes les chambres qui pourraient convenir sont déjà occupées, déclara-t-il en sortant une lourde clef pour l'insérer dans la serrure.

Un instant plus tard, la porte munie de barreaux s'ouvrait. Puis celle en chêne.

— Le mieux que nous puissions faire est de donner à lady Manton une chambre au grenier, continua-t-il. Ce qui ne convient guère à une dame de sa qualité.

Gabriel franchit le seuil, les sourcils froncés. Il ne pouvait pas laisser Pénélope être traitée à peine mieux qu'une domestique.

— C'est inacceptable. Elle prendra mes appartements, décréta-t-il.

— Vos appartements ? répéta Allen, effaré. Et ou comptez-vous dormir ?

— Au grenier, bien sûr.

Allen esquissa une moue contrariée.

— Je suis désolé, milord, mais le grenier n'est pas équipé pour accueillir un homme dans votre… état.

Une bouffée d'humiliation submergea Gabriel.

— Je n'ai jamais eu de crises à quelques jours d'intervalle, rétorqua-t-il. Quelques nuits au grenier ne poseront aucun problème.

Le directeur afficha une expression censée être compatissante, mais sans grand succès.

— Peu importe, je ne peux l'autoriser.

Il avait dit cela de ce ton définitif dont on use avec les enfants réclamant des privilèges que leur manque de maturité leur interdit. L'arrogant personnage ! Il croisa les mains devant lui en une attitude respectueuse, mais Gabriel savait qu'il prenait un malin plaisir à exercer sur lui le peu d'autorité qu'il avait.

Eh bien, il ne le tolérerait plus. Ce temps-là était révolu.

— Fort bien, dit-il sèchement. Faites installer un lit de camp dans mon salon ; c'est là que je dormirai.

Allen ouvrit la bouche, mais Gabriel enchaîna :

— Laissez Carter avec moi si cela vous chante. Cette discussion est terminée.

Allen eut le bon sens de ne pas insister. Un marquis parmi ses pensionnaires, c'était une aubaine pour un directeur d'asile qui s'efforçait d'inciter les aristocrates aux poches bien garnies à placer chez lui leurs êtres chers. Il ne pouvait prendre le risque de contrarier Gabriel au point que celui-ci exige de sa famille qu'elle le change d'établissement, n'est-ce pas ? La perte de revenus serait fort mal venue, sans parler de son prestige écorné.

Gabriel congédia Allen non sans lui avoir ordonné de faire monter du thé et de l'eau chaude, puis d'envoyer quelqu'un chercher les affaires de lady Manton.

Celle-ci ne dit pas un mot jusqu'au départ d'Allen.

— Je ne peux pas rester ici, Gabriel.

Il baissa les yeux sur elle. Il était déjà assez furieux d'avoir dû se quereller avec Allen à ce sujet. Il ne tenait pas à se disputer aussi avec Pénélope.

Sans répondre, il la déposa sur le sol avec précaution.

— Appuyez votre poids sur votre jambe valide le temps que je vous aide à ôter votre cape.

Elle pinça les lèvres, mais obéit. Gabriel se débarrassa rapidement de son manteau. Son sang bouillonnait encore dans ses veines après sa prise de bec avec Allen, mais il s'efforça de ne pas le montrer.

Avec des gestes doux, il lui retira sa cape trempée, tournant autour d'elle afin de lui éviter tout mouvement inutile. Il lui frôla l'épaule, l'avant-bras, le poignet, puis le dos par inadvertance, chaque contact apaisant sa colère tandis que sa frustration prenait un tour plus intime.

Il la guida ensuite jusqu'à une méridienne et l'aida à s'y asseoir. Reculant de quelques pas, il secoua la cape. Si seulement c'était lui-même qu'il avait pu secouer ainsi afin de se débarrasser de son inavouable désir.

— Heureusement, vos vêtements sont de bonne qualité, observa-t-il, s'efforçant d'oublier que la doublure de la cape était encore imprégnée de sa douce chaleur, de son parfum. Cette cape a beau être trempée, votre robe semble sèche. Je craignais que nous ne soyons contraints d'emprunter une robe à une bonne en attendant que vos bagages arrivent.

Dans un soupir, Pénélope répéta :

— Je ne peux pas rester ici.

Bon sang, il allait devoir se quereller aussi avec elle, semblait-il.

— Non seulement vous le pouvez, mais vous allez le faire, décréta-t-il. Je suis prêt à parier que vous vous êtes déchiré un muscle.

Il drapa sa cape sur l'accoudoir d'un fauteuil et tira une ottomane devant elle.

— Vous ne guérirez pas si vous vous obstinez à marcher. Je n'ai vu que trop de soldats boiter à vie parce qu'ils n'avaient pas eu le luxe de se reposer après avoir été blessés.

Pénélope baissa les yeux. Nom d'un chien. Loin de lui l'idée de lui faire honte pour la persuader d'accepter. La jeune femme, commençait-il à comprendre, appréciait à leur juste valeur les sacrifices consentis par les soldats pour garantir la sécurité du pays. Elle devait détester qu'on puisse la soupçonner d'être ingrate. Cela dit, il était soulagé que ses paroles aient fait mouche.

Il s'assit en face d'elle et repoussa son propre siège afin de mettre suffisamment de distance pour poser son mollet sur ses genoux et l'examiner.

Quand il leva les yeux pour lui expliquer ce qu'il s'apprêtait à faire et qu'il la vit si proche, il se figea. Il y avait là quelque chose de tellement intime... C'était comme s'ils n'étaient plus Pénélope et Gabriel – une veuve et un fou –, mais deux époux se préparant à passer une paisible après-midi au coin du feu.

Une douloureuse nostalgie lui oppressa la poitrine.

Il ravala un juron. Il croyait avoir mis ses rêves de côté depuis longtemps. Depuis l'époque où il avait compris qu'il n'était fait pour personne, et encore moins pour une femme aussi précieuse que Pénélope.

Celle-ci écarquilla les yeux, comme si elle avait lu dans ses pensées, puis elle détourna le regard. Elle se déplaça sur son siège, reculant le plus loin possible.

— Peu… peu importe, balbutia-t-elle. Je ne peux pas rester ici. Avec vous.

Son expression effrayée lui fit l'effet d'un direct à l'estomac.

— Bien sûr, articula-t-il, comprenant enfin la raison de son refus. Même vous, vous avez peur d'être enfermée avec un fou.

6

— Vos belles paroles sur mes progrès, ce n'était que pour Allen, n'est-ce pas ? l'accusa-t-il.

Jamais Pénélope ne lui avait vu cette expression à la fois furieuse et désespérée.

— Non ! Bien sûr que non ! protesta-t-elle.

Pourquoi l'aurait-il crue ? Elle se comportait comme une gamine apeurée. Hélas, elle ne pouvait lui avouer que c'étaient ses propres émotions qu'elle craignait, et non lui !

Gabriel repoussa son siège. Les pieds de l'ottomane raclèrent le sol tandis qu'il se levait et lui tournait le dos. Il fit quelques pas, s'arrêta. Puis passa la main dans ses cheveux courts avec agitation avant de serrer le poing derrière la tête, comme pour contenir une violente émotion.

Il attendit quelques secondes, puis pivota, un demi-sourire empreint d'une ironie amère aux lèvres.

— C'est bon, Pénélope. Moi non plus, je ne voudrais pas être enfermé avec moi.

— Gabriel...

Une vague de culpabilité submergea la jeune femme. Dieu qu'elle avait honte ! Pour épargner sa propre fierté, elle le laissait s'accuser de tous les maux. Peut-être que cette racine dans laquelle elle s'était pris le pied était un signe – et sa chute une forme de justice divine. Après tout, n'avait-elle pas fui Gabriel afin de se préserver, sans se soucier de ses besoins à lui ? Qu'est-ce qui était le plus important ?

Elle se mordilla la lèvre. Si elle insistait pour retourner à l'auberge, Gabriel serait définitivement persuadé qu'elle avait peur de lui, et rien de ce qu'elle pourrait dire ne le convaincrait du contraire. Même si elle revenait le lendemain à l'aube, le mal serait fait. Elle avait pris le risque de réduire à néant les progrès qu'ils avaient faits juste pour protéger son propre cœur. Elle ne pouvait faire une chose pareille.

— Merci.

Il la regarda d'un air déconcerté.

— Pour m'être venu en aide, dit-elle simplement, répondant à sa question muette. Pour votre bonté. Pour votre esprit chevaleresque.

Ses pommettes se colorèrent et il pinça les lèvres.

— Mais vous n'avez pas à sacrifier votre confort pour moi, poursuivit-elle, sa décision prise. Je peux très bien me contenter du lit de camp.

Gabriel se détendit visiblement quand il comprit qu'elle acceptait de rester. Puis une expression choquée se peignit sur ses traits.

— Il n'en est pas question. Vous dormirez dans *mon* lit.

À ces mots, une inavouable chaleur envahit Pénélope tandis que la vision torride de leurs corps enlacés entre les draps froissés jaillissait dans son esprit. Elle avait beau savoir qu'il n'avait rien voulu dire de tel, son corps ne s'en embrasa pas moins de désir.

— Ju... jusqu'à ce que j'aille mieux, acquiesça-t-elle.

En s'opposant à lui elle lui ferait plus de mal que de bien. Il devait déjà en avoir plus qu'assez de M. Allen qui ne cessait de le contrarier, elle n'avait nulle envie qu'il l'associe à cet homme. Il devait la voir comme une alliée – mieux, une amie de confiance – si elle voulait l'aider à redevenir lui-même.

Une tâche à laquelle elle comptait bien s'atteler de nouveau dès maintenant. Elle lui adressa un sourire.

— Eh bien, à présent que cette affaire est réglé, vous sentez-vous prêt à poursuivre notre conversation sur votre vie avant la guerre ?

Une soudaine lassitude passa sur le visage de Gabriel, voilant son regard. Puis il étrécit les yeux d'un air pensif.

— À condition que vous vous sentiez prête à poursuivre notre conversation sur mon cousin.

Le sourire de Pénélope disparut.

Gabriel traversa la pièce et s'approcha à nouveau de l'ottomane de la méridienne. Il s'y laissa tomber et se pencha vers Pénélope, les mains crispées sur les genoux.

Incapable de se lever, Pénélope se retrouva prise au piège. Gabriel ne renoncerait pas tant qu'il n'aurait pas les réponses qu'il réclamait, elle le savait. Des réponses qu'elle n'était pas préparée à lui offrir.

— Michael était mon cousin germain, Pénélope. Bon sang, nos mères sont sœurs *jumelles*. Nous étions presque frères, lui et moi ! Si Michael était effectivement fou...

Sa voix se brisa sur ce dernier mot. Il déglutit péniblement.

— J'ai le droit de savoir si cette affection court dans mes veines.

Soudain oppressée, Pénélope chercha son souffle tandis qu'un tourbillon d'émotions chassait l'air de ses poumons : chagrin, honte, colère contre une telle injustice. Elle pouvait s'obstiner à refuser de parler de son mari, elle en avait le droit, mais cela ne serait pas honnête de sa part. Mais ce serait égoïste de sa part. Gabriel méritait de savoir à quel risque il était exposé.

Le menton tremblant, elle répondit :

— Oui, Michael était fou.

Gabriel recula imperceptiblement, comme si cette confirmation de ses craintes était un choc – un choc auquel il s'attendait peut-être, mais un choc tout de même.

— Alors il n'y a aucun espoir pour moi, murmura-t-il d'un air abattu qui arracha un frisson à Pénélope.

— Je ne le crois pas, répondit-elle avec chaleur.

À ses yeux, aucun cas n'était désespéré. Même Michael aurait pu être aidé, voire sauvé. Si elle avait été une autre femme – une épouse plus attentive, plus intelligente.

Mais elle n'était plus la jeune femme naïve d'autrefois. Et elle avait aidé des soldats tels que Gabriel. Les choses avaient changé.

— Ce que vous m'avez décrit aujourd'hui, vos symptômes, tout cela ressemble beaucoup à ce que de nombreux militaires ont enduré. Et surmonté, ajouterai-je.

Il la transperça du regard.

— Et la scène à laquelle vous avez assisté il y a deux jours ?

Elle ne put réprimer un tressaillement. Si la crise de Gabriel avait été effrayante, elle était incapable de l'expliquer. Pour le moment.

— Votre cas est très différent de celui de Michael, assura-t-elle. Ce dont vous souffrez peut fort bien avoir pour origine votre passé de soldat...

— Ou être de la folie exacerbée par la guerre, rétorqua-t-il avec feu. Bonté divine, Pénélope, si la folie est dans mon sang...

— Nous n'en savons rien, coupa-t-elle. Et nous l'ignorerons tant que nous n'aurons pas guéri les symptômes visibles. Ce que *je* vois en vous, c'est un homme brisé par les horreurs de son passé.

— Ah oui ? répliqua-t-il d'un ton moqueur teinté de désespoir. Et quand vous regardiez Michael, que voyiez-vous ?

Le coup fut tel que Pénélope cessa de respirer. L'instant s'étira jusqu'à ce qu'elle n'ait d'autre choix que de respirer de nouveau, mais cela ne suffit pas à dissiper la douleur dans sa poitrine. Il lui semblait que les souvenirs qu'elle avait eu tant de mal à emprisonner volaient à présent librement et frappaient son cœur à grands coups d'ailes rageurs.

Elle se frotta le visage et l'enfouit entre ses paumes.

Deux mains solides lui encerclèrent les poignets, avec fermeté mais sans violence. Doucement, Gabriel l'obligea à poser ses mains tremblantes sur ses genoux.

— Vous devez me répondre, Pénélope, dit-il en vrillant son regard dans le sien. Vous le savez.

— Oui, souffla-t-elle.

De fait, elle lui devait la vérité. Toute la vérité. Dégageant ses mains, elle les croisa devant elle. Puis elle ferma les paupières, le temps de rassembler ses forces et ses souvenirs.

— Je voyais ce que tout le monde voyait, dit-elle finalement en rouvrant les yeux. Michael, si plein de charme et de joie de vivre. Débordant d'énergie, de vitalité. Vous n'avez pas oublié comment il était.

L'amertume l'envahit, non pas au souvenir de son mari, mais de sa propre naïveté. Prisonnière de ses rêves de gamine, elle n'avait vu que ce qu'elle voulait bien voir. Elle n'avait pas cherché plus loin que son beau visage et le désir qu'il éveillait en elle.

— Il m'éblouissait.

Sans mot dire, Gabriel inclina légèrement la tête de côté pour l'inviter à poursuivre.

— Michael était tout ce que je croyais désirer. Non seulement il possédait le titre et la fortune que mes parents exigeaient de mon futur mari, mais il était jeune et beau, et nous partagions le même amour de la peinture…

Sa voix se brisa. Tout cela n'avait plus la moindre importance, à présent.

— J'ai jeté mon dévolu sur lui et l'ai épousé sans attendre. Je pensais avoir fait un mariage qui durerait toute la vie.

Elle laissa échapper un soupir désabusé.

— Comme j'ai été stupide…

Michael et elle avaient payé cher sa stupidité.

Elle s'agita nerveusement sur la méridienne, maudissant son mollet douloureux. Elle n'avait qu'une envie, bondir sur ses pieds et fuir le regard de Gabriel. Hélas, c'était impossible ! Elle serra les mains si fort que c'en était douloureux.

— Quelques semaines seulement après notre mariage, je me suis rendu compte que quelque chose n'allait pas. Michael s'était toujours levé tôt et il se couchait toujours après… moi.

Les joues brûlantes, elle détourna les yeux. Le seul endroit où son mariage avait été parfait, c'était la chambre à coucher. Michael se comportait au lit avec la même vigoureuse exubérance que dans ses autres activités, la laissant pantelante et rompue plus souvent qu'à son tour. Et il ne trouvait jamais le sommeil avant de l'avoir possédée à deux ou trois reprises.

— J'ai remarqué un nombre important de nouveaux tableaux dans son atelier, et j'ai compris qu'il ne pouvait y avoir travaillé que la nuit, quand il aurait dû dormir. Il ne faisait jamais de sieste pour compenser, mais ne semblait non plus jamais à court d'énergie. En vérité, il se comportait presque normalement, mais j'avais noté que l'énergie dont il faisait preuve avait gagné en intensité. Au début, c'était imperceptible, mais c'est allé croissant très rapidement, et en quelques jours, il tremblait pratiquement.

Gabriel fronça les sourcils.

— Je me rappelle l'avoir vu ainsi, dit-il. Bien sûr, c'était à l'époque où nous étions jeunes et passions nos nuits à nous amuser. Il nous ridiculisait tous par son dynamisme. Il pouvait rester éveillé durant des jours. Je lui enviais son énergie.

— Réjouissez-vous de ne pas avoir eu la même, observa Pénélope d'un air grave. Michael l'a payée très cher.

— Que voulez-vous dire ?

— Eh bien, après quelques semaines à ce rythme inhumain, il finissait inévitablement par s'effondrer. Et il tombait de très haut…

Elle haussa les épaules d'un geste fataliste.

— C'était une expérience effrayante, murmura-t-elle.

Gabriel serra les mâchoires.

— C'est là que la folie frappait ? demanda-t-il. Lui aussi avait des crises ?

Devinant qu'il cherchait des points communs entre son cousin et lui, signes qu'ils souffraient de la même maladie mentale, elle s'empressa de secouer la tête.

— Non, pas du tout. Du moins, pas comme les vôtres.

Elle pressa les lèvres, cherchant ses mots.

— Cela dit, oui, c'est alors que sa folie se manifestait. Enfin, un aspect de sa folie.

Gabriel fronça les sourcils, l'air un peu perdu.

— Voyez-vous, la maladie de Michael était marquée par des moments d'euphorie intense, pour ne pas dire extrême, suivis d'épisodes de profond désespoir. Ses délires apparaissaient différents selon qu'il était dans un état ou dans l'autre.

Elle marqua une pause avant de poursuivre :

— À l'époque, cependant, je n'avais pas compris ce qui se passait. Je n'ai commencé à mesurer la gravité de son problème que le matin où, à mon réveil, j'ai découvert qu'il était parti. Il avait disparu sans même me laisser un mot. J'ai finalement appris par les domestiques qu'il avait pris la route de Leeds peu avant l'aube, emportant ses tubes de peinture et son chevalet. Du moins, ils avaient supposé qu'il était allé dans sa maison de Leeds, car chaque fois qu'il partait sans prévenir, c'était là qu'il se rendait.

— Il vous avait quittée en pleine nuit ?

— Oui.

Elle se souvenait encore du choc qu'elle avait éprouvé. Puis de la colère contre ce qu'elle avait considéré comme un manque absolu de respect vis-à-vis d'elle. Elle n'avait pas compris qu'il était malade. En vérité, il y avait bien des choses qu'elle n'avait pas comprises…

— Comme je l'ai appris par la suite, son comportement suivait un schéma cyclique qui se répétait sans cesse – quelquefois avec moins d'intensité, quelquefois plus.

Gabriel pâlit imperceptiblement.

— Comme mes crises.

— Vous voulez dire qu'elles se répètent ?

Il hocha distraitement la tête et son regard s'assombrit.

— Et elles varient en intensité, précisa-t-il.

— Oui, mais vous m'avez dit n'avoir jamais fait l'expérience d'épisodes d'euphorie, comme Michael. Je ne crois pas que vous puissiez comparer votre cas au sien.

Il marmonna vaguement, l'air de ne pas être convaincu par sa logique.

— En outre, vos crises ne durent que quelques heures, ajouta-t-elle. Celles de Michael pouvaient se prolonger durant des jours, parfois des semaines.

Cela parut le surprendre.

— Des semaines ? répéta-t-il.

— Oui. Pour l'euphorie comme pour le désespoir. Mais je vais trop vite, dit-elle, soudain en proie à une fatigue inhabituelle. À cette époque, je ne savais que penser de son comportement. Je savais juste que je ne pourrais pas le supporter. Je l'ai donc rejoint sans attendre. Il a été ravi de me voir. En fait, il s'est comporté comme si tout était normal, déclarant que j'étais ce qu'il avait vu de plus beau, alors que j'étais fatiguée par le voyage et folle de rage.

Elle n'avait pas oublié sa profonde confusion, son total désarroi. Comment était-elle censée se comporter avec un mari aussi fantasque, et qui ne semblait même pas remarquer que quelque chose clochait ?

— Il s'est confondu en excuses, disant qu'il n'était pas encore habitué à la vie conjugale, m'expliquant qu'il avait l'habitude de partir à la campagne quand sa créativité était à son maximum, car c'était là qu'il peignait le mieux. Puis il m'a suppliée de lui pardonner. Il m'a promis de ne pas recommencer et je l'ai cru. Je l'aimais tant.

Et elle était tellement innocente...

— Ce que j'ignorais alors, c'est qu'il était au milieu d'une période d'euphorie. Je me suis dit qu'il s'était simplement épuisé à peindre et qu'un séjour à la campagne était précisément ce dont il avait besoin.

Elle poussa un soupir.

— Mais tout au fond de moi, je savais que quelque chose n'allait pas. J'ai commencé à être plus attentive. Michael ne dormait toujours pas beaucoup, mais, désormais, il veillait à me le cacher. Et sa personnalité a changé.

— Changé ? fit Gabriel en la scrutant. Comment cela ?

— C'est difficile à expliquer. Michael avait toujours été plein de charme et d'assurance, mais soudain, tout était plus... intense. Il était plus assoiffé de vie mondaine. Plus débordant de vitalité. Son esprit semblait assailli en permanence par de nouvelles idées. Il commençait des tableaux, puis les abandonnait avant d'avoir fini parce qu'il avait eu une meilleure idée. Il parlait trop vite, buvait trop, mais il était si *heureux*. Jusqu'à ce qu'il ne le soit plus.

Elle détestait se souvenir de cette partie de l'histoire. Celle du jour où ses rêves d'une vie conjugale heureuse avaient volé en éclats.

— Un jour Michael n'est pas descendu pour le déjeuner ni pour le thé. Supposant que, absorbé par sa peinture, il n'avait pas vu passer le temps, j'ai décidé de lui apporter une collation. Je suis montée à la nursery, où il installait son atelier lorsque nous séjournions à Londres. Il était en train de faire les cent pas devant les fenêtres. Le soleil entrait à flots, et son profil se découpait sur ce fond lumineux… Il était si beau que j'en ai eu le souffle coupé.

Elle ferma les paupières, assaillie par les souvenirs.

— Et puis soudain, j'ai remarqué qu'il était tout décoiffé, comme s'il avait tiré sur ses cheveux. Et j'ai vu son chevalet qui gisait sur le sol et des tubes de peinture jetés un peu partout. J'avais à peine prononcé son nom qu'il a tourné vers moi un regard si farouche que je me suis figée. Je suis restée là, aussi immobile qu'une statue.

Elle émit un petit rire sans joie.

— *Anglaise portant un plateau*, sculpture en granit et marbre, ironisa-t-elle.

Elle rouvrit les yeux, chercha le regard de Gabriel. Il avait les yeux rivés sur elle. Elle se raccrocha à la force qu'elle sentait dans son regard et, curieusement, cela l'aida à poursuivre son récit.

— Il m'a lancé un pinceau de toutes ses forces. Je me souviens encore du choc que j'ai ressenti quand j'ai vu la tache de peinture rouge vif s'élargir sur ma robe préférée. J'aurais pu rester là des heures si un deuxième pinceau n'avait pas volé au-dessus de ma tête. Quand il a lancé le troisième, j'ai lâché le plateau pour me protéger le visage de mes mains.

Elle ne reconnaissait plus sa voix. Elle dissociait ses émotions de ses paroles, elle en était consciente. Quant à Gabriel, Dieu le bénisse, il se contentait de l'écouter. Il la laissait parler à son rythme, même si elle voyait bien qu'il brûlait de lui poser des questions.

— Il y a eu un grand fracas. De la porcelaine brisée jonchait le sol autour de mes pieds et mes mules étaient imbibées de thé brûlant. Michael me criait après. Il voulait savoir qui j'étais pour oser le déranger de la sorte. Il m'accusait de gâcher son travail, de le distraire, de tenter de l'affaiblir. Puis il s'est mis à hurler que je ne comprendrais jamais son génie.

Elle avait beau faire, sa voix se faisait plus hachée à chaque accusation injuste qu'elle évoquait. Elle serra les bras autour d'elle.

— Et pendant tout ce temps, il me lançait des objets à la figure. J'ai... j'ai tenté de me défendre, mais il n'entendait rien. Alors je me suis enfuie. J'ai jeté une cape sur mes épaules, rabattu la capuche pour dissimuler mon visage et j'ai quitté la maison.

Même après tout ce temps, elle sentait encore la morsure glaciale du vent d'hiver.

— Seulement, je n'avais nulle part où aller. Je ne voulais pas que ma famille découvre dans quel état était Michael, et encore moins nos amis. Alors j'ai marché. Pendant des heures. Jusqu'à ce que je sois trop épuisée pour continuer.

Gabriel l'écoutait, le visage de marbre.

Elle prit quelques inspirations tremblantes, s'efforçant de tenir à distance les émotions qui déferlaient en elle.

— Quand je suis rentrée, la maison était calme. Seul le majordome m'a accueillie en haut des marches. Michael s'était enfermé dans notre chambre peu après mon départ et en avait interdit l'accès à tout le monde en dehors de son valet. Je ne savais pas quoi faire. J'étais certes l'épouse de Michael, mais je n'étais dans cette demeure que depuis quelques semaines. Et j'étais encore sous le choc. Alors, j'ai choisi lâchement de passer la nuit dans une chambre d'amis.

— Vous n'avez pas été lâche, Pénélope, déclara Gabriel. Vous aviez à peine vingt ans.

Elle secoua la tête, refusant sa compassion. Peut-être l'aurait-elle méritée à cette époque, mais certainement pas à la fin de leur mariage. Ni maintenant.

— Cette nuit-là, je n'ai pas fermé l'œil. Michael, lui, a dormi trois jours d'affilée. Le lendemain matin, j'ai recouvré mes esprits. J'ai exigé qu'on me laisse entrer dans nos appartements pour parler à Michael, mais il était si profondément endormi que j'avais l'impression de veiller un mort. Je suppose que son organisme avait fini par s'effondrer après tant de nuit sans sommeil. Avec l'aide de son valet, je le forçais à avaler un peu d'eau à intervalles réguliers, mais c'est tout ce qu'il pouvait accepter. Et à son réveil, ce n'était plus le même homme.

Gabriel avait pâli.

— S'est-il souvenu de ce qui s'était passé ? demanda-t-il calmement.

Il pensait à ses propres crises, bien sûr. Pénélope savait qu'on lui avait parlé de son comportement fantasque dans ces moments-là. Mais elle avait assisté à l'un de ces épisodes et avait parlé des autres avec M. Allen et avec la mère de Gabriel. Il avait été manifestement en proie à des hallucinations. Michael, lui, s'était montré cruel, et de la façon la plus intentionnelle qui soit. Si absorbé par lui-même que tout et tout le monde lui semblait inférieur. Du moins, dans les moments de grande exaltation.

Car lorsqu'il était abattu…

— Oui, répondit-elle. Il se souvenait de tout, et cela le déchirait. Il a fondu en larmes et s'est répandu en excuses, s'accrochant à mes jupes. Cela me brisait le cœur, mais il était clair que quelque chose n'allait pas chez lui. Durant les jours qui ont suivi, il a refusé de sortir de nos appartements. Il était apathique. Son regard était éteint et son moral au plus bas. Il ne mangeait pas, ne peignait pas et refusait même de me parler, sinon de petites choses sans importance. Et je ne pouvais rien faire pour lui.

Elle posa les mains sur ses genoux. Elle se souvenait très bien de sa stupeur et de son incrédulité devant ce qui s'était passé ensuite.

— Un matin, quand je suis descendue, je l'ai trouvé dans la salle du petit déjeuner devant une assiette de riz et de poisson. Il m'a *souri* alors que je le regardais bouche bée. Il s'est levé, a contourné la table pour me rejoindre, et m'a donné le plus tendre des baisers.

Elle ferma les yeux.

— Du jour au lendemain, il était redevenu lui-même. L'homme que j'avais connu et épousé.

Elle battit des paupières, incapable de retenir ses larmes.

— J'étais tellement soulagée de le retrouver, articula-t-elle en secouant la tête. Je ne saurais vous dire à quel point… Je l'ai supplié de consulter un médecin, mais il a refusé. Il a affirmé qu'il s'était laissé emporter par sa passion de la peinture au point d'en oublier de prendre soin de lui et m'a donné sa parole qu'à l'avenir il veillerait sur sa santé. Je me suis promis de m'assurer qu'il le faisait, d'être une bonne épouse et de veiller à ses besoins.

Elle serra les poings.

— Mais j'ai échoué. Plusieurs semaines se sont écoulées paisiblement jusqu'à ce qu'une nuit, je sois réveillée par un violent orage. Michael n'était plus dans notre lit. Bien sûr, je l'ai trouvé dans son atelier. Il m'a expliqué que la tempête l'avait tiré de son sommeil et qu'il n'avait pas réussi à se rendormir. J'ai réussi à le convaincre de se recoucher. Il m'a affirmé que tout allait bien, mais je n'étais pas tranquille, et je me suis mise à l'observer plus attentivement. Pour m'apercevoir que, petit à petit, jour après jour, sa personnalité se transformait. Au début, le changement était subtil, mais je pressentais qu'il allait arriver quelque chose.

Elle fit une pause et reprit :

— Moi aussi, j'ai commencé à changer. Je suis devenue nerveuse et j'étais de plus en plus tendue. Chaque fois que j'exprimais mon inquiétude, Michael la minimisait. Devant notre famille et nos amis, il était toujours aussi chaleureux et exubérant.

Gabriel hocha la tête.

— Je n'ai jamais remarqué quoi que ce soit d'anormal chez lui, avoua-t-il.

— Moi, si. Je savais qu'il perdait l'esprit, même si j'apparaissais incapable de trouver le moindre argument pour le prouver. Il avait une explication à tout. Nous nous querellions constamment. Je le pressais de se faire aider et lui me répliquait que j'étais devenue une insupportable harpie.

Elle laissa échapper un petit rire amer.

— Ce qui était vrai. Je me sentais impuissante, perdue. J'alternais les moments où je le harcelais et ceux où je le laissais se débrouiller, mais quelle que soit la méthode que j'employais, le cycle recommençait toujours.

Elle secoua de nouveau la tête. Deux années avaient passé mais la souffrance était toujours là.

— Ma vie était un enfer. J'avais l'impression de longer un précipice dont je ne voyais pas le bord. Tout ce que je savais, c'est que le gouffre était tout proche, et qu'au premier faux pas, je pouvais faire une chute mortelle. J'ai commencé à marcher avec précaution sous mon propre toit. Cela a duré des mois.

Elle le regarda, priant pour qu'il comprenne ce qu'elle allait maintenant lui révéler.

— Et un matin, après une dispute particulièrement violente, Michael a de nouveau disparu. Je l'ai su à l'instant où je me suis réveillée. J'avais l'impression d'être dans une autre maison, et qu'on m'avait ôté un poids des épaules.

Elle s'interrompit et avala sa salive.

— Il était encore parti pour Leeds. Au moins, il avait laissé un mot. Cette fois, j'ai refusé de le suivre. Je…

Sa voix se brisa et les larmes roulèrent sur ses joues.

— J'étais soulagée qu'il ne soit plus là, murmura-t-elle, confessant son pire péché.

Gabriel la scrutait. Il devait avoir compris qu'elle faisait allusion au dernier voyage de Michael. Celui dont il ne reviendrait jamais.

— Mais… vous étiez avec Michael quand il a eu son accident.

Les larmes jaillirent de plus belle, mais elle soutint son regard.

— Non. J'avais refusé de me laisser entraîner dans un nouveau cycle. Je me suis attardée à Londres quelques jours. C'était ma façon de protester. Bien sûr, je n'avais pas renoncé à l'aider. Je voulais désespérément qu'il accepte de consulter. J'ai pris la décision de l'affronter et de l'y contraindre. Puis je suis partie le retrouver à Leeds.

Elle baissa les yeux.

— Je suis arrivée trop tard, lâcha-t-elle d'une voix étranglée.

En entendant Gabriel prendre une brève inspiration, elle sut qu'il venait de comprendre.

— La mort de Michael n'était pas accidentelle ? murmura-t-il.

Elle le regarda de nouveau.

— Mon Dieu, dit Gabriel, mon cousin s'est donné la mort.

7

Un suicide.

Gabriel savait qu'il était toujours assis sur l'ottomane, mais il lui semblait que le sol cédait sous lui. Il agrippa les côtés du siège. Sous ses paumes moites, le cuir était frais et lisse.

Pourquoi Michael s'était-il donné la mort ? Il avait tout pour lui ! La fortune, un titre, le talent, quantité d'amis et de relations… Gabriel regarda Pénélope, dont le visage était ravagé par les larmes. Une épouse merveilleuse…

Seule la folie avait pu pousser son cousin à une telle extrémité.

La poitrine de Gabriel se serra tandis que cette vérité se frayait un chemin en lui. La douleur était vive, intense. Jusqu'à cet instant, il ne s'était pas rendu compte de ce que la venue de Pénélope lui avait apporté : le mince espoir qu'il n'était pas fou, qu'il pouvait être soigné. La possibilité qu'elle soit réellement capable de l'aider à guérir avait pris racine en lui sans qu'il s'en aperçoive, mais à présent, cet optimisme naissant se flétrissait telle une fleur arrosée de sang – son propre sang, empoisonné par la folie.

Il ferma les yeux, en proie à une terreur glaçante. Sa maladie mentale le conduirait-elle à un désespoir si profond qu'il finirait par imiter Michael ?

Tout en lui se révoltait à cette pensée, mais son exubérant cousin n'était-il pas la dernière personne dont il aurait attendu un tel geste ?

Et Dieu savait que la raison le désertait durant ses propres crises, au point qu'il ne s'en souvenait même plus. Il ne fallait que quelques instants pour se donner la mort, il le savait fort bien. Qu'est-ce qui le protégerait d'un tel destin ?

— On nous a dit que la mort de Michael était un accident, coassa-t-il.

Une part de lui refusait encore d'accepter l'inacceptable.

— Êtes-vous certaine que… ?

— Il a laissé une lettre, coupa Pénélope d'un ton posé. Cela dit, même s'il ne l'avait pas fait, vu comme il était quand je l'ai découvert…

Elle ferma les yeux, serra les paupières avec force. Gabriel la voyait presque repousser les images qui l'assaillaient tandis que son visage se transformait en un masque inexpressif. Quand elle rouvrit les yeux, toute émotion en avait disparu.

— Aucun doute n'est possible.

Elle avait trouvé son mari après que celui-ci s'était donné la mort. Quelle horreur ! Gabriel secoua la tête, atterré.

— Quand je suis arrivée à Leeds, Michael n'était pas à la maison. On m'a informée qu'il était sur le domaine, qu'il était parti tôt dans la matinée, seul. Le personnel ne semblait pas inquiet. Apparemment, cela lui arrivait souvent, en particulier dans ses périodes de fureur créative. J'ai déballé mes malles et réglé quelques affaires domestiques, mais comme l'heure du dîner approchait et qu'il ne rentrait toujours pas, j'ai décidé d'aller à sa rencontre. Son valet a proposé de m'accompagner mais, par chance, j'ai refusé. Je m'étais préparée à une confrontation avec lui à propos de sa maladie, et je ne voulais pas qu'il y ait de témoin. Lorsque j'ai découvert qu'il était dans sa petite maison de chasse, la nuit tombait. J'étais soulagée en trouvant son cheval attaché devant la cabane, mais j'avais l'estomac noué à la perspective de notre discussion. Je suis restée ce qui m'a paru une éternité devant la porte, m'efforçant de rassembler mon courage, mais quand je suis entrée...

Elle secoua la tête avec raideur.

— Il était visiblement mort depuis un moment – toute la journée, probablement.

Le cœur de Gabriel se serra, non pas à cause des détails du récit de Pénélope, mais à l'idée qu'elle ait été seule pour affronter une pareille situation. Le soldat qu'il était avait vu la mort dans ses aspects les plus effroyables et savait d'expérience quels dommages peut causer une arme à feu. Quelles que soient les circonstances, le spectacle est épouvantable, mais du moins la guerre justifiait-elle l'horreur de ces morts violentes. Cela avait dû être affreux pour Pénélope, d'autant que Michael s'était suicidé alors qu'il avait toutes les raisons d'aimer la vie. Et depuis, la jeune femme portait seule le poids de ce secret ?

— J'ignore combien de temps il m'a fallu pour reprendre mes esprits, dit-elle, mais je me souviens du froid glacial qui m'a envahie. Mon corps paraissait agir de sa propre initiative. J'ai arrangé les choses afin que l'on croie qu'il avait eu un accident en nettoyant son fusil de chasse. Je ne pouvais pas…

Sa voix se brisa, et Gabriel comprit qu'elle n'était pas aussi calme qu'elle voulait le lui faire croire.

— Je ne pouvais pas laisser la honte ternir la mémoire de Michael, ou de votre famille.

Incapable de rester assis, Gabriel bondit sur ses pieds et se mit à arpenter le salon. La folie de son mari avait fait de la vie de Pénélope un véritable enfer. Et, par amour et par loyauté, elle avait gardé le secret.

À présent, tout s'expliquait. Pas étonnant qu'elle ait coupé les liens avec lui après le décès de Michael. Même s'il était aussi brun que son cousin était blond, leur ressemblance physique était de notoriété publique. Et même s'ils n'avaient rien d'autre en commun, les souvenirs demeuraient. Tous ceux que Pénélope avait de Gabriel étaient reliés à Michael, sinon par la présence, du moins par association. Gabriel était surpris qu'elle accepte seulement de se retrouver dans la même pièce que lui.

— À quoi pensez-vous ? demanda-t-elle d'une voix lasse.

Gabriel secoua la tête. Il ne pouvait – ou ne voulait – pas dire à voix haute combien il était bouleversé. Tant d'émotions, tant de craintes, tant de questions. Pourquoi diable était-elle ici ? Pourquoi essayait-elle de l'aider, *lui* ? Après ce qui s'était passé avec Michael, pourquoi invitait-elle de nouveau cette folie dans sa vie ?

— Je sais que cela peut vous contrarier, mais…

Il faillit ricaner. *Le contrarier* ? C'était comme de dire que Waterloo avait été une escarmouche !

— … je suis ici pour vous aider. Ne voulez-vous pas revenir vous asseoir ? Il faut que nous parlions de tout cela.

Il s'immobilisa et se tourna vers elle. Dieu qu'elle était belle ! Elle avait essuyé ses larmes, mais ses yeux étincelaient encore. Chère Pénélope, si brave, qui trouvait encore le courage de lui offrir du réconfort après tout ce qu'elle avait enduré.

Il refusait d'ajouter à son fardeau. La fragilité mentale de Michael augmentait encore le risque qu'il sombre à son tour dans la folie. Pénélope en avait vu plus que nécessaire.

— Non, Pénélope. Je crois que vous en avez supporté assez.

Elle pinça les lèvres mais n'insista pas.

— Très bien, dit-elle, et il perçut un indéniable soulagement dans sa voix. Nous en reparlerons plus tard, ajouta-t-elle, se méprenant sur le sens de sa réponse.

— Non.

Elle le regarda d'un air à la fois perplexe et désapprobateur.

— Je vous suis très reconnaissant d'être venue jusqu'ici, reprit-il d'une voix enrouée d'émotion. Je me rends compte à présent de ce que cela a dû vous coûter.

Elle s'apprêta à protester, mais il ne lui en laissa pas le temps.

— Et j'ai confiance en vous, Pénélope. Je crois à ce que vous faites. Je trouve digne d'éloges que vous ayez choisi de soigner les traumatismes de guerre chez des soldats sains d'esprit. Seulement, ce n'est pas mon cas, Pénélope. Et je ne peux donc vous permettre de rester ici plus longtemps.

Visiblement blessée par ses paroles, elle redressa tout de même le menton. Par respect pour elle, il ne céderait pas, décida-t-il.

— Une fois votre jambe guérie, je veux que vous quittiez Vickering Place pour ne plus y revenir.

Gabriel était en proie à une telle agitation qu'il ne parvenait pas à trouver le sommeil. Au demeurant, aucune personne dotée d'une acuité auditive normale n'aurait pu dormir avec les ronflements sonores qu'émettait Carter dans le salon plongé dans l'obscurité. Ce dernier avait eu beau grommeler qu'il ne risquait pas de fermer l'œil alors qu'il était enfermé avec un fou, il était à présent avachi dans un fauteuil près de la porte fermée de la chambre, un filet de bave aux lèvres.

Pour la centième fois depuis que Pénélope s'était retirée pour la nuit, Gabriel regarda le battant. Un faible rayon de lune se reflétait sur la poignée de cuivre. La jeune femme dormait-elle paisiblement, de l'autre côté ? Il n'en aurait pas juré. Et pas seulement parce qu'il doutait que le panneau de bois suffise à étouffer les ronflements de Carter.

Il se retourna sur le lit de camp inconfortable. Pénélope n'avait pas manqué de contester sa décision, mais il avait tenu bon et elle avait fini par abandonner. Elle n'avait pas *cédé*. Nuance. Pas une fois elle n'avait accepté de partir. Elle était peut-être épuisée lorsqu'elle lui avait souhaité bonne nuit, mais ses yeux verts étincelaient de frustration. Et il était persuadé qu'étendue dans son lit, elle était en train d'affûter ses arguments pour le lendemain.

Il ferma de nouveau les yeux, s'efforça de se vider l'esprit. Il fallait absolument qu'il dorme car il allait avoir besoin de toutes ses forces pour la convaincre.

Une plainte sourde résonna soudain. Gabriel se redressa vivement. Le cœur battant, il cilla, désorienté. Il tendit l'oreille un long moment, mais n'entendit rien d'autre que les ronflements irréguliers de Carter. Ses muscles se relâchèrent. Il avait dû s'assoupir et, dans son demi-sommeil, avait cru entendre ce gémissement. Dieu savait qu'il revivait les souffrances et les horreurs de la guerre plus souvent qu'à son tour.

Il se rallongeait lorsque le cri étouffé résonna de nouveau. Cela venait de la chambre. Pénélope !

En un éclair, il fut devant la porte, la main sur la poignée. Il jeta un coup d'œil à Carter lorsque le battant émit un léger grincement, mais celui-ci ne bougea pas. Gabriel n'en fut guère surpris. L'homme devait être profondément endormi car il aurait eu dix fois le temps de se réveiller. Il veilla cependant à ne pas faire de bruit lorsqu'il pénétra dans la chambre, puis referma la porte derrière lui. Il n'était pas d'humeur à supporter ce rustre mal luné si jamais il se réveillait.

— Pénélope ? murmura Gabriel dans la pièce obscure.

Elle gémit de nouveau, lui arrachant un sursaut. Il se rua vers le lit à baldaquin, tira le rideau d'un geste vif tout en scrutant la pénombre. Pénélope remua la tête de droite et de gauche à plusieurs reprises en tressaillant de douleur, mais ne paraissait pas être réveillée.

Elle souffrait encore d'une crampe au mollet, supposa-t-il. Cela arrivait parfois, surtout la nuit, quand le muscle était au repos. Gabriel écarta le drap et les couvertures, chercha à tâtons le mollet de la jeune femme et entreprit de le masser.

Inutilement. Son mollet n'était pas durci par une crampe, comme cet après-midi. Dans ce cas, pourquoi avait-elle crié ?

Une faible plainte lui échappa de nouveau, mais ce n'était pas de la souffrance que Gabriel y entendit. C'était de la peur. Une émotion qu'il ne connaissait que trop bien. Pénélope faisait un cauchemar.

Lui lâchant la jambe, il revint à son chevet. Sa vision s'était suffisamment accoutumée à l'obscurité pour qu'il constate qu'elle dormait toujours, quand bien même des larmes ruisselaient sur ses tempes.

Il posa doucement la main sur son front. Sa peau était fraîche au toucher et un peu moite. Il fut saisi de compassion.

— Chuuut, Pénélope, murmura-t-il en lui caressant la joue.

Instinctivement, elle appuya le visage contre sa paume, comme pour y puiser du réconfort.

Ma foi, il n'était peut-être plus bon à grand-chose, mais cela, il pouvait le lui offrir – du moins, pour cette nuit. Se penchant sur elle, il passa un bras sous ses épaules et l'autre sous ses genoux, la souleva, s'installa contre la tête de lit avant de la déposer sur ses genoux. Elle se blottit contre son torse comme si elle y cherchait refuge – un refuge qu'il n'était que trop heureux de lui offrir, car il craignait d'être la raison de ses cauchemars.

S'il ne l'avait pas pressée de questions sur Michael, elle aurait probablement dormi comme un bébé.

Mais ce qui était fait était fait. Et il n'était pas certain d'être prêt à le défaire, en aurait-il eu la possibilité. Savoir, c'est pouvoir, dit-on. Sa folie était un héritage, et par conséquent, elle échappait à son contrôle. Il ignorait ce qu'il ferait de cette information. En revanche, ce qu'il pouvait faire cette nuit, c'était rester auprès de Pénélope afin qu'elle ne soit pas seule face à ses cauchemars, quand bien même elle ne le saurait jamais.

Tandis qu'il la serrait contre lui, il céda à la tentation de lui caresser les cheveux. Il adorait la texture de ses boucles en désordre. Elles n'étaient pas particulièrement douces mais elles glissaient agréablement sur sa peau. Et lorsque ses doigts s'y glissaient, elles revenaient à leur place avec une obstination têtue. Comme Pénélope elle-même.

Seigneur, que c'était bon de la tenir dans ses bras ! Il ne pouvait le nier, pas plus qu'il ne pouvait contenir le désir qui s'éveillait en lui.

Avec un petit soupir, elle se lova contre lui, sa main remontant jusqu'à son épaule. Lorsqu'elle enfouit le visage au creux de son cou, son souffle tiède arracha des frissons brûlants à Gabriel.

Il se tendit. Bon sang, même dans son sommeil, elle avait le don de le rendre fou de désir.

Il n'aurait pas dû être là. La tenir contre lui, c'était tout à la fois le paradis et l'enfer, mais il ne pouvait se résoudre à s'en aller. Alors il ferma les yeux et l'étreignit comme il en avait si souvent rêvé. L'obscurité ne faisait que rendre ses perceptions plus aiguës. Sa peau le brûlait là où son corps se pressait contre le sien. Son parfum hespéridé auquel se mêlaient les effluves de la pluie qui avait séché sur ses cheveux lui donnait envie de s'enivrer d'elle jusqu'à la fin des temps.

Il se redressa, rouvrit les paupières, et s'obligea à fixer le ciel de lit. Parce qu'il savait que s'il continuait à regarder Pénélope, il serait incapable de résister à la tentation de poser ses lèvres sur les siennes afin de goûter à sa douceur.

« Calme-toi, mon vieux », s'ordonna-t-il. Il n'était là que pour la rassurer, lui apporter du réconfort. Rien de plus. Il demeura donc là, immobile, essayant désespérément de penser à autre chose qu'au bonheur que ce serait de l'avoir. Sans succès. Son cœur battait plus furieusement et son souffle se faisait plus rapide à chaque minute qui passait.

C'est alors qu'il s'aperçut que la jeune femme respirait au même rythme que lui. À peine s'en était-il avisé qu'elle gémit :

— Non !

Elle s'éveilla dans un sanglot qui s'étrangla dans sa gorge, se transformant en hoquet.

Dans un réflexe, Gabriel la serra plus fort contre lui. Cette fois, elle poussa un cri.

— Chut, Pénélope, murmura-t-il. Ce n'est que moi.

— Gabriel ? demanda-t-elle en battant des paupières, l'air désorienté, avant de lever le visage vers lui.

— Oui, répondit-il à mi-voix en lui caressant de nouveau les cheveux.

Quelques secondes s'écoulèrent, le temps que Pénélope retrouve ses marques, puis elle murmura :

— Dieu merci !

Le cœur de Gabriel manqua un battement tandis que la jeune femme se tortillait sur ses genoux. Le bras encore coincé entre eux se leva pour rejoindre celui qui était au creux de son épaule tandis qu'elle approchait son visage du sien. Gabriel laissa échapper un gémissement quand sa hanche effleura son sexe dur comme le roc, mais elle ne parut pas s'en apercevoir. S'agenouillant entre ses jambes, elle encadra son visage de ses mains.

Il se figea, le souffle court, les yeux rivés aux siens tandis qu'elle le parcourait d'un regard… *avide* ?

— Dieu merci, répéta-t-elle.

Gabriel aurait juré qu'elle avait à présent les yeux fixés sur ses lèvres. Et il sut dans l'instant qu'il ne pourrait reprendre son souffle tant qu'il ne l'aurait pas embrassée. Tant qu'il n'aurait pas connu ce bonheur dont il rêvait depuis si longtemps.

Il se pencha vers elle au moment exact où elle en fit autant. Une étrange chaleur jaillit entre eux, tourbillonna le long de...

Un épouvantable ronflement brisa le silence, à peine atténué par l'épaisseur de la porte, et suivi par une série de pénibles petits hoquets.

Pénélope sursauta dans ses bras. Bon sang, lui aussi avait tressailli, la plaquant contre lui dans un élan protecteur tandis que son cœur se mettait à battre à un rythme frénétique.

La jeune femme se raidit une fraction de seconde avant de s'écarter de lui. Les yeux écarquillés, elle se redressa, se laissa glisser à bas du lit dans un mouvement fluide.

Avant de pousser un gémissement étouffé comme sa jambe blessée touchait le sol.

Gabriel s'assit au bord du lit tandis que Pénélope s'éloignait de lui en sautillant sur un pied, tel un lièvre fuyant le piège d'un chasseur, vivant mais blessé.

Bonté divine ! Il s'était comporté comme le dernier des goujats. Il n'avait pas le droit – pas le moindre ! – de seulement imaginer ce qu'il venait presque de faire. Mais, Dieu du Ciel, ce regard qu'elle avait posé sur lui ! Cette façon qu'elle avait eue de le remercier d'être là, comme si elle était heureuse de le trouver dans son lit ! Il en avait perdu la tête.

Elle lui décocha un regard méfiant par-dessus son épaule tandis qu'elle ouvrait son bagage. Elle en sortit une robe de chambre qu'elle enfila sur sa chemise de nuit très sage. Quand elle lui fit de nouveau face, pivotant maladroitement sur sa jambe valide, elle croisa les bras sur sa poitrine comme pour dresser une barrière supplémentaire entre elle et ses avances malvenues.

— Que faites-vous ici ? demanda-t-elle à mi-voix.

— Vous avez crié, expliqua-t-il en se passant la main dans les cheveux.

S'efforçant de maîtriser l'incendie qui continuait de lui incendier les reins, il précisa, sur la défensive :

— Plusieurs fois. Je suis venu m'assurer que tout allait bien.

Elle ne répondit pas. Ni ne lui demanda par quel miracle, alors qu'il était censé ne jeter qu'un coup d'œil sur elle, il avait fini par s'asseoir sur son lit et la prendre dans ses bras alors qu'elle dormait… avant de manquer de peu de commettre une désastreuse erreur. Car ce baiser aurait assurément été une catastrophe, pour elle comme pour lui.

Au lieu de cela, elle prit une inspiration et hocha la tête.

Gabriel se leva lentement, pour ne pas accroître la nervosité de Pénélope.

— Vous ne devriez pas fatiguer votre jambe comme vous le faites, dit-il en s'approchant d'elle à pas prudents. Laissez-moi vous aider à retourner vous coucher.

Elle prit appui spontanément sur sa jambe blessée et tressaillit de douleur.

— Allons, Pénélope, murmura-t-il en la rejoignant, je vous promets que je ne vais pas vous mordre.

Il sourit lorsqu'elle le laissa enrouler le bras autour de ses épaules pour la soutenir.

— Même si j'essaie de vous voler des baisers en profitant lâchement de votre sommeil, ajouta-t-il sur le ton de la plaisanterie tout en la raccompagnant jusqu'au lit.

Elle étouffa un petit rire et se laissa aller contre lui, ce dont il lui fut immensément reconnaissant.

Ils ne dirent pas un mot tandis qu'il l'aidait à s'allonger au milieu du vaste lit et disposait les oreillers derrière son dos. Quand elle fut confortablement installée, il recula d'un pas et se tint immobile, tendu et gauche.

— Merci, dit-elle. Une fois de plus.

— C'était un cauchemar ? voulut-il savoir.

Comme elle acquiesçait, il fut pris de remords.

— Vous avez rêvé de Michael, n'est-ce pas ? dit-il d'une voix rauque. Lorsque vous l'avez trouvé… Je suis navré, Pénélope.

Jamais le poids des regrets ne lui avait autant pesé.

— C'est ma faute, continua-t-il. Si je ne vous avais pas obligée à exhumer le passé…

— Non, l'interrompit-elle avec force. Vous aviez le droit de savoir.

Possible, mais il ne s'en sentait pas moins coupable.

— Je…

Dans le silence de la nuit, il l'entendit déglutir.

— J'ai effectivement rêvé de ce soir-là, mais ce n'est pas le corps sans vie de Michael que je retrouvais dans cette cabane. C'était le vôtre.

Gabriel retint son souffle.

— C'était vous qui gisiez là. Vous qui vous étiez donné la mort.

Sa voix se brisa.

— Parce que je vous avais abandonné, reprit-elle dans un chuchotement désespéré.

— Oh, Pénélope ! murmura-t-il.

Il ne supportait pas d'être là, près d'elle, de la regarder souffrir. Quand bien même la prendre de nouveau dans ses bras serait stupide, il s'approcha du lit. Il s'assit de biais contre la tête de lit, un pied posé sur le sol, et l'attira contre lui. Elle ne fit pas mine de résister, et il se détendit.

— Jamais vous ne m'abandonneriez.

Elle ne répondit pas. Elle tremblait contre lui, sans doute encore sous l'emprise de son cauchemar. C'était donc pour *cela* qu'elle avait paru si heureuse de le voir à son réveil, et qu'elle avait dévoré son visage du regard, comme si elle avait craint de ne jamais le revoir. Il avait pris son expression pour du désir, alors qu'il ne s'agissait que d'un immense soulagement.

Seigneur ! Pénélope était une âme généreuse, qui avait toujours pris les autres sous son aile. Cela allait de sa façon de traiter ses domestiques à celle de parler avec la plus grande estime de personnes de moindre statut social dans les salles de bal.

Et à présent, elle se sentait responsable de lui au point qu'il hantait ses rêves.

— Quoi qu'il m'arrive, Pénélope, vous n'aurez rien à vous reprocher.

Elle renifla, mais ne hocha pas la tête.

— Rien du tout, insista-t-il.

Elle semblait soudain si abattue qu'il ajouta d'un ton léger :

— Je ne doute pas que vous puissiez rendre un homme fou, mais si la démence est une maladie héréditaire, alors j'étais fou bien avant de vous rencontrer.

— Ce n'est pas drôle, Gabriel, murmura-t-elle calmement.

En effet. Rien de tout cela ne l'était !

— Pénélope, votre présence ici ces derniers jours m'a été bénéfique. Vous m'avez aidé. Vous m'avez rendu l'espoir. Vous m'avez rappelé qui je suis.

S'écartant un peu, elle leva le visage vers lui.

— Dans ce cas, pourquoi essayez-vous de me chasser ?

Pour votre propre bien, nom de nom !

Vraiment ? Jamais il n'avait vu Pénélope aussi vulnérable qu'aujourd'hui. En l'obligeant à parler de la mort de Michael, alors qu'il était évident qu'elle n'y tenait pas – bonté divine, elle s'était blessée en s'enfuyant pour échapper à ses questions ! –, il avait fait remonter à la surface ses souvenirs les plus douloureux. Et à présent, dans l'esprit de la jeune femme, il était indéfectiblement lié à ces souvenirs.

S'il la renvoyait maintenant et que le pire arrivait, se le reprocherait-elle jusqu'à la fin de ses jours ?

Il songea aux fardeaux que lui-même portait depuis la guerre. La culpabilité l'étreignait parfois quand il songeait à certaines décisions qu'il savait n'avoir eu d'autre choix que de les prendre. Mais entre savoir et croire, il y avait un monde. Surtout quand venaient les rêves.

Il ne pouvait la renvoyer chez elle. Pas maintenant. Après tout, il n'allait pas devenir fou furieux du jour au lendemain. Il l'autoriserait à rester, le temps de la convaincre qu'elle n'était pas responsable de son sort.

Il ferma les yeux, songeant que c'était peut-être là la pire décision de sa vie, puis les rouvrit, et regarda Pénélope.

— C'est bon, souffla-t-il, vous avez gagné. Mais vous devez me promettre de ne pas vous le reprocher si vos méthodes ne fonctionnent pas.

Elle humecta ses lèvres parcheminées et répondit :

— Je vous le promets.

En vérité, ils savaient l'un comme l'autre qu'une telle promesse était impossible à tenir. Elle ne pouvait même pas soutenir son regard, alors elle posa de nouveau la joue contre son torse.

Gabriel appuya le menton sur le sommet de son crâne. Les appréhensions, les doutes, les inquiétudes se bousculaient dans son esprit – il serait incapable de fermer l'œil, il le savait. Et Pénélope ? Ses cauchemars allaient-ils continuer de la tarauder jusqu'à l'aube ?

— Vous devriez essayer de dormir, murmura-t-il. Je vais rester encore un peu avec vous.

— Ce n'est pas convenable…

— Je serai parti avant le lever du jour, assura-t-il, réticent à l'idée de la quitter. C'est juste que, comment dire, à mon retour en Angleterre, je rêvais de la guerre presque chaque nuit. Parfois, les images étaient si vivaces que je n'osais me rendormir de peur qu'elle ne jaillisse de nouveau.

Elle frissonna entre ses bras. Gabriel devina qu'elle comprenait parfaitement ce qu'il voulait dire.

— Je pense que ç'aurait été plus facile pour moi si je n'avais pas été seul.

Il posa son autre jambe sur le lit, puis resserra son étreinte autour de la jeune femme.

— Permettez-moi de rester auprès de vous jusqu'à ce que je sois certain que vous dormez paisiblement. C'est le moins que je puisse faire, puisque c'est moi qui ai ravivé ces souvenirs. Si vous avez fait ce cauchemar, c'est entièrement ma faute.

Un instant, il crut qu'elle allait protester, mais elle n'en fit rien.

Les secondes s'égrenèrent. Pénélope parut se détendre car elle s'appuyait de plus en plus lourdement contre lui, son corps se moulant au sien comme s'ils étaient faits pour s'épouser. Il en éprouva un indicible contentement.

Jusqu'à ce que Pénélope, sortant de sa torpeur, murmure d'une voix ensommeillée :

— Non, Gabriel. Tout est ma faute.

8

Dès son réveil, Pénélope sentit un délicieux parfum de sauge et de santal.

Gabriel.

Les souvenirs affluèrent comme les rayons du soleil qui entraient par les fenêtres de la chambre à coucher. Elle regarda autour d'elle. Fidèle à sa promesse, Gabriel était parti. L'oreiller à côté d'elle portait encore la marque de sa tête. Elle le contempla longuement.

Cela faisait presque deux ans qu'elle n'avait pas partagé un lit avec un homme. Et jamais elle n'avait passé une nuit dans les bras de quelqu'un pour le seul réconfort qu'ils offraient. Les visites nocturnes de Michael se concluaient toujours par une étreinte, après quoi il s'endormait en lui tournant le dos… quand il ne regagnait pas son atelier.

Une curieuse sensation lui gonfla la poitrine, déconcertante, déstabilisante. Bien qu'il ne se soit rien passé d'inconvenant entre Gabriel et elle cette nuit, ces quelques heures entre ses bras lui avaient paru plus intimes que tout ce qu'elle avait jamais vécu.

Elle lui avait tout avoué – enfin, presque tout. À cette pensée, elle attendit le pincement au cœur que les regrets n'allaient pas manquer de provoquer en elle, mais il ne se passa rien. Parler de Michael et de sa mort avait été douloureux, mais ce matin, elle avait le cœur plus léger que la veille. Peut-être parce qu'elle n'avait ressenti aucune condamnation de la part de Gabriel.

Certes, il ne connaissait pas toute la vérité. Personne ne la connaissait, pas même Liliana, même si celle-ci avait réussi à lui faire avouer une partie de l'histoire.

Au demeurant, elle ne voyait aucune raison pour que quiconque ait besoin d'apprendre le reste. Elle se promit de ne pas reproduire avec Gabriel les erreurs commises avec Michael. Elle était bien plus sage, à présent – ou du moins, plus expérimentée. Elle espérait que cela suffirait.

Elle se leva en hâte, pressée de reprendre le traitement de Gabriel là où ils en étaient restés, avant qu'il change d'avis et lui demande de partir. Il n'en avait pas été loin la veille et n'avait capitulé qu'à contrecœur. Elle avait bien l'intention lui prouver qu'il avait pris la bonne décision.

Après une toilette de chat – à peine ralentie par sa jambe qui, à sa plus grande satisfaction, semblait guérir rapidement –, elle s'apprêta à rejoindre Gabriel dans le salon. Une appréhension compréhensible s'empara d'elle à la perspective de le revoir en plein jour après avoir passé la nuit entre ses bras, même si cela avait été tout à fait innocent.

« Pas tout à fait innocent », rectifia une petite voix en elle. Alors qu'elle était blottie contre son torse musclé, ses pensées avaient peut-être pris un tour légèrement charnel à une ou deux reprises. Et quand elle s'était enfin endormie, Gabriel avait de nouveau été l'objet de ses songes. À la différence que, cette fois, il était infiniment plus vivant et plus…

Hum. Les joues en feu, elle poussa la porte qui séparait la chambre du reste de l'appartement. L'inimitable parfum du bacon fumé lui chatouilla les narines, ainsi que celui des petits pains chauds et du thé de Ceylan parfaitement infusé. Son estomac gronda, chassant son embarras. En vérité, elle avait très envie de passer la matinée en compagnie de Gabriel, se rendit-elle compte. Bien plus qu'elle ne s'y attendait.

Jusqu'à ce qu'elle voie *qui* était à table avec lui.

Les deux hommes se levèrent à son entrée. Gabriel – superbe en pantalon clair, gilet vert sombre et veste du même brun doré que ses iris – et M. Allen, toujours aussi solennel et sobrement vêtu de noir, comme elle.

En revanche, elle espérait ne jamais avoir l'air aussi pincé et sévère que le directeur de Vickering Place en cet instant.

Gabriel l'accueillit avec un sourire chaleureux, bien qu'un peu crispé.

— Bonjour, lady Manton. J'espère que vous avez bien dormi.

— Très bien, je vous remercie, répondit-elle en lui adressant son sourire le plus charmant.

Il savait qu'elle avait bien dormi puisque c'était grâce à lui. Quand il lui avait proposé de rester avec elle au cas où le cauchemar resurgirait, elle était certaine d'être incapable de retrouver le sommeil. Mais entre ses bras solides et rassurants, elle s'était rapidement assoupie, pour ne se réveiller que lorsque la vive lumière du jour l'y avait contrainte.

— Comment va votre jambe, ce matin ? s'enquit-il d'un ton poli quoiqu'un peu guindé, sans doute en raison de la présence de M. Allen.

— Mieux que je ne m'y attendais, avoua-t-elle en s'approchant de la table d'un pas prudent. Surtout vu la douleur que j'ai ressentie hier. Ce matin, c'est tout à fait supportable. Juste un élancement douloureux.

— Dans ce cas, vous devriez pouvoir retourner à l'auberge ce soir, je suppose, déclara M. Allen.

Il n'y avait rien d'impoli dans ces paroles, mais le ton sur lequel elles avaient été prononcées fit grincer les dents de Pénélope. Manifestement, il était plus que ravi à la perspective qu'elle s'en aille.

— Oh, je ne sais pas ! répliqua-t-elle en accentuant délibérément sa claudication pour franchir les derniers pas. C'est encore douloureux, et je n'aimerais pas aggraver ma blessure.

Ce qu'elle n'aimait pas, en vérité, c'était l'idée que M. Allen essaie de se débarrasser d'elle. Elle chercha le regard de Gabriel.

— Enfin, si lord Bromwich accepte de passer encore une nuit ou deux sur son lit de camp.

— Bien entendu, répondit celui-ci d'un ton ferme.

Elle prit le siège que lui tirait un domestique et déplia sa serviette sur ses genoux tandis que les deux hommes s'asseyaient de nouveau.

Le petit déjeuner se déroula dans une atmosphère tendue, Gabriel jetant des coups d'œil inquisiteurs au directeur par-dessus son assiette, tandis que ce dernier adressait à Pénélope des regards hostiles – où brillait parfois ce qui ressemblait à un éclair de condescendance. Après seulement quelques bouchées, elle perdit tout appétit.

Elle ne put réprimer un petit soupir de soulagement quand ce pénible repas prit fin.

— Eh bien, dit-elle avec une bonne humeur qu'elle était loin de ressentir, c'était délicieux. Je suis certaine qu'une longue journée de travail vous attend, monsieur Allen, ajouta-t-elle en se levant. Diriger un endroit tel que Vickering Place est une lourde tâche, j'en suis sûre. Quant à lord Bromwich et moi, nous avons aussi beaucoup à faire et j'aimerais que nous commencions sans tarder.

— Cela tombe bien, répliqua le directeur, qui se tapota le coin des lèvres avec sa serviette avant de la jeter sur la table. J'ai décidé de passer la journée avec vous pour observer vos *méthodes*.

Pénélope sentit l'irritation le disputer en elle au malaise. M. Allen, assis avec eux ? Quelle sorte de progrès attendre de Gabriel s'ils ne pouvaient parler seul à seul ?

— Je me ferai un plaisir de vous exposer ma méthode d'un point de vue théorique, mais ma pratique requiert de longs échanges tout à fait personnels, dont je suis certaine que lord Bromwich préférerait qu'ils restent privés.

L'expression pincée de M. Allen s'accentua, si tant est que ce fût possible.

— Peut-être, mais je suis le directeur de Vickering Place et lord Bromwich est sous *ma* responsabilité. Je sais que sa famille vous a demandé de le voir, mais si vous voulez continuer, vous le ferez à mes conditions.

— Allen, gronda Gabriel.

— Non, l'interrompit Pénélope en voyant Dunnings, l'imposant collègue de Carter, se redresser dans le coin de la pièce.

Comme si sa mine patibulaire ne suffisait pas, l'homme serra le poing et leur décocha un regard hostile qui ne lui plut pas du tout.

— Si tel est votre désir, monsieur Allen, vous êtes le bienvenu, mentit-elle.

Avec un peu de chance, il se lasserait rapidement et irait vaquer à ses occupations.

Quand ils furent assis tous les trois, elle sur la méridienne et eux deux sur les fauteuils en face d'elle, Pénélope s'éclaircit la voix, puis :

— Comme nous l'avons dit hier, lord Bromwich...

Elle lui adressa un petit sourire qui signifiait « que faire d'autre ? » et poursuivit :

— ... *je* pense que votre état pourrait avoir en partie, sinon totalement, pour origine les traumatismes de la guerre.

M. Allen émit un ricanement méprisant.

— Vous croyez cela ? Lord Bromwich est atteint de démence, lady Manton. Auriez-vous oublié dans quel état il était à votre arrivée ?

Une bouffée de colère monta en elle.

— Je n'ai pas oublié, non, rétorqua-t-elle. Mais cet épisode mis à part, lord Bromwich a toute sa lucidité.

— Nombre de fous ont des moments de lucidité, contra froidement le directeur.

— Des moments, acquiesça Pénélope. Mais je n'ai jamais vu de fous qui soient lucides la plupart du temps. Entre les périodes de crise, des vestiges d'instabilité demeurent, ce que je n'ai pas remarqué dans le cas présent.

— Vous n'êtes pas à proprement parler une experte.

— Allen, cela suffit, tonna Gabriel.

Pénélope ravala une réponse acerbe et leva une main apaisante. Elle était tout à fait capable de se débrouiller avec M. Allen.

Se composant un sourire calme, elle se tourna vers ce dernier.

— Je ne le conteste pas. En revanche, j'ai étudié de façon approfondie de nombreuses maladies de l'esprit et le cas de lord Bromwich m'apparaît tout à fait inédit. Ce que j'ai remarqué, cependant, c'est que les traitements violents ont démontré que non seulement ils n'amélioraient pas l'état des patients, mais qu'ils l'aggravaient. La consultation du dossier de lord Bromwich m'a appris que vous avez recommandé un certain nombre de procédures abominablement cruelles. Saignées, purges, cautérisations…

— Sont toutes parfaitement adaptées au traitement des fous, coupa M. Allen qui étrécit les yeux.

— Ce sont des méthodes barbares et dépassées, répliqua posément Pénélope.

Il émit un reniflement hautain, façon de lui dire « qu'est-ce qu'une femme comme vous en saitelle ? », puis riposta :

— Elles ont été considérées comme assez bonnes pour notre roi.

— George III n'a jamais été guéri et est *mort* de sa folie, lui rappela-t-elle, ce qui lui valut un regard noir.

Pénélope refusait de croire que la plupart des « traitements » infligés aux malheureux atteints de folie étaient appropriés ou utiles. Selon elle, c'était une insulte au bon sens et à la compassion.

Mais ce n'était pas la raison de sa colère à l'égard du directeur. Si elle lui parlait sur ce ton, c'était parce qu'elle était furieuse de constater qu'il refusait ne serait-ce que d'envisager que Gabriel ne soit pas fou, mais bien plutôt brisé. Et qu'il n'était pas disposé à admettre que son état n'exigeait nullement qu'il soit interné à Vickering Place pour le restant de ses jours.

Elle s'en voulut pourtant de lui avoir manifesté une telle hostilité. Que lui avait-il pris ? D'ordinaire, elle se montrait douce et respectueuse dans ses relations avec autrui. En outre, elle savait parfaitement que contrarier M. Allen n'était pas la meilleure façon de le gagner à sa cause.

Elle prit donc une profonde inspiration, et ajouta :

— Veuillez m'excuser. Je sais que nous voulons tous deux ce qui convient le mieux à lord Bromwich. Nous avons simplement des points de vue différents quant à la manière de procéder.

Les paroles suivantes lui écorchèrent la bouche, mais elle les prononça néanmoins.

— J'espère que vous me pardonnerez d'avoir défendu les miennes avec passion.

M. Allen demeura droit comme un i, le visage imperturbable.

— L'équilibre de l'esprit peut être mis à mal par un excès de passion, lady Manton. C'est là une cause de folie bien connue.

À ces mots, Pénélope se hérissa, heurtée par son ton et le mépris qui le sous-tendait.

— Ma foi, s'il est exact que les effets du traumatisme de guerre sont moins connus, la plupart des symptômes dont souffre lord Bromwich en sont caractéristiques, déclara-t-elle, orientant la conversation vers un terrain moins glissant.

Elle avait vu Gabriel serrer les dents quand elle avait décliné son soutien, et à présent, il avait les poings serrés. Dunnings s'était approché de leur petit groupe, son regard passant sans cesse de l'un à l'autre. Quant à M. Allen, les mains croisées devant sa poitrine, il frottait en rythme les doigts d'une main avec les doigts de l'autre.

Pénélope se tourna vers Gabriel, comprenant que le directeur refuserait d'entendre ses arguments.

— Je pense que nous pouvons atténuer, peut-être même guérir, certains de ces symptômes en découvrant les associations cachées derrière.

— Pardon ? s'écrièrent Gabriel et M. Allen d'une même voix.

Pénélope réfléchit, puis :

— Nous sommes tous d'accord, je pense, pour dire que l'esprit est puissant et mystérieux. Les médecins et les philosophes débattent depuis des années sur l'origine des maux de l'âme et la façon de les guérir.

Elle marqua une pause.

— Pour ma part, j'appartiens à l'école associationniste. Nous croyons que chaque individu est, à la naissance, une ardoise vierge et que ce dont nous faisons l'expérience au cours de notre vie est relié à notre raison. Celle-ci tire des conclusions de nos expériences et les associe à des idées et à d'autres expériences passées afin de déterminer nos actions futures.

Les deux hommes affichèrent la même expression perplexe.

Pénélope ne s'en étonna guère. Elle-même avait dû arborer à peu près la même expression le jour où Liliana avait tenté de lui expliquer les lois de la chimie.

— Pensez à cela en termes de cause et d'effet, suggéra-t-elle. Si un enfant touche un poêle chaud, il fait l'expérience de la brûlure. Dans son esprit, il associe le poêle et la douleur si bien qu'il n'y touchera plus. L'exemple est certes simpliste, mais notre esprit fonctionne de la même façon pour tout ce que nous vivons. En général, l'association est évidente, mais il arrive que l'esprit établisse à notre insu des liens illogiques – en particulier dans le cas de situations traumatiques telles que la guerre –, qui peuvent prendre le pas sur nos perceptions normales et nous pousser à nous conduire de manière incompréhensible.

— Ridicule, commenta M. Allen en secouant la tête.

En revanche, une lueur d'intérêt avait éclairé le regard de Gabriel, comme si ces explications avaient un sens pour lui. Comme s'il avait envie d'en savoir davantage, voire de l'autoriser à tester sur lui sa théorie.

Hélas ! Jamais ils ne pourraient sonder son esprit assez profondément pour dénicher et en extirper les associations erronées, et installer un changement durable dans son existence en la présence si négative de M. Allen.

Maudite soit sa jambe blessée ! Si elle avait pu marcher, Pénélope aurait proposé à Gabriel de sortir, et Allen aurait peut-être renoncé à les suivre. À en juger par son teint blafard, il ne devait pas prendre l'air très souvent. Mais c'était pour l'heure un choix impossible.

Il ne lui restait qu'à prier pour que M. Allen perde tout intérêt, maintenant qu'il semblait avoir décidé qu'elle n'avait rien à lui apprendre, et s'en aille.

Quatre jours plus tard, Pénélope priait pour que le directeur perde plus que son intérêt. Ne pouvait-il *se* perdre en chemin, entre la conciergerie où il logeait et le manoir ? Ou même perdre sa licence – Vickering Place accueillant plusieurs pensionnaires, il avait droit à au moins une visite annuelle du Collège royal des médecins comme le stipulait la loi sur les asiles d'aliénés de 1774. Elle était tellement furieuse contre lui qu'elle se prit même à espérer qu'il perdrait la santé. Pas définitivement, bien sûr, mais juste assez pour rester alité quelques jours. Ce qui lui permettrait de parler en tête à tête avec Gabriel.

Car malgré le dédain qu'il affichait à l'égard de ses théories et de ses méthodes, Allen tenait à assister à toutes ses entrevues avec Gabriel. Et si une urgence l'appelait ailleurs, Dunnings ou Carter restaient à proximité. Peut-être était-elle injustement soupçonneuse, mais elle avait l'impression qu'ils se tenaient plus près d'eux qu'auparavant – et toujours à portée d'oreille. Dunnings, avait-elle remarqué, semblait plus vigilant que Carter. Le résultat était que Gabriel et elle n'avaient fait aucun progrès depuis la nuit passée dans la chambre de ce dernier.

Et même si sa jambe allait si bien qu'elle regagnait l'auberge en fin de journée depuis deux jours, Dame Nature s'était mise de la partie pour contrecarrer ses projets de promenades. Pénélope n'avait jamais aimé la pluie, mais à présent, elle la détestait.

Elle secoua son parapluie d'un geste irrité et attendit sous le porche. Ce matin, comme la veille, elle avait l'estomac noué. Elle ne pouvait se défaire de la crainte qu'un jour, peut-être aujourd'hui, M. Allen refuse tout simplement de lui ouvrir la porte.

Il n'avait jamais paru très heureux de l'accueillir – après tout, il ne la recevait que sur la demande expresse de la marquise de Bromwich, mais à présent, son hostilité envers elle semblait prendre le pas sur son désir de ne pas s'opposer à la mère de Gabriel, qui était une femme influente. Et Pénélope voulait savoir pourquoi. Elle devait comprendre ce que M. Allen avait contre elle, dans l'intérêt de Gabriel.

Quand le directeur lui ouvrit la porte et, la saluant sèchement, s'effaça pour la laisser entrer, sa tension se dissipa un peu. Elle confia son manteau et son parapluie à un domestique, puis se tourna vers M. Allen en espérant qu'ils allaient parvenir enfin à conclure une trêve.

— Avant de me rendre auprès de lord Bromwich, j'aimerais vous parler en privé, dit-elle.

Il la fixa un instant, les yeux étrécis, mais lui désigna son bureau.

M. Allen alla se poster derrière sa table de travail, et resta debout. Plutôt que de prendre un siège, Pénélope l'imita et se tint face à lui.

Même si elle le déplorait, elle était consciente qu'en cet instant, le directeur était en position de force. S'il était prêt à encourir la colère de la famille de Gabriel et une perte potentielle de revenus au cas où celle-ci déciderait de le placer dans un autre établissement, il pouvait fort bien mettre Pénélope à la porte sur-le-champ. Aussi choisit-elle ses mots avec soin.

— Je me rends compte que vous vous êtes montré conciliant en me permettant de voir lord Bromwich, commença-t-elle, surprise de ne pas s'étrangler avec son mensonge. Et je comprends également que vous n'ayez pas le même point de vue que moi concernant son traitement.

M. Allen ricana, ne se donnant même pas la peine de dissimuler son mépris puisque Gabriel n'était pas témoin de sa grossièreté.

Pénélope pinça les lèvres. Quel était le problème de cet homme ? Pensait-il que les femmes n'avaient pas leur place dans un asile autrement que comme patientes ? Estimait-il que ses théories étaient farfelues et qu'elle risquait de faire plus de mal que de bien ?

À moins que... Une horrible pensée lui vint à l'esprit. Ne voulait-il tout simplement pas que Gabriel guérisse ? Après tout, c'était malheureux mais c'était ainsi, la plupart des gens considéraient que les fous ne pouvant être soignés, il fallait se contenter de les enfermer. Héberger et s'occuper d'un marquis atteint de crises de démence était aussi prestigieux que lucratif pour Vickering Place. M. Allen convaincrait plus facilement les nobles fortunés de placer leurs proches chez lui si la famille d'un marquis lui avait fait confiance.

Pénélope se reprocha cette pensée peu charitable. Non, M. Allen devait juste être persuadé qu'elle ne savait rien de la façon de traiter un malade mental. Elle avait la possibilité de le convaincre qu'il se trompait à condition qu'il consente à travailler *avec* elle. Et, avec un peu de chance, il cesserait de se dresser en travers de son chemin.

Elle enchaîna poliment :

— Toutefois, il me semble que vous et moi avons beaucoup à offrir à lord Bromwich. Sa famille nous fait confiance, à tous les deux, pour le soigner, lui rappela-t-elle. Ne pourrions-nous trouver le moyen de coopérer, vous et moi ?

— Sa famille... répéta-t-il avec des inflexions traînantes.

Il vrilla sur elle un regard scrutateur puis, croisant les mains, il fit tourner ses pouces l'un autour de l'autre.

— Je me demande si elle vous fera encore confiance lors qu'elle sera informée de vos méthodes discutables.

Ils en revenaient à cela ? Pénélope réprima un mouvement d'humeur.

— La famille de lord Bromwich a fait appel à moi précisément à cause de mes méthodes « discutables ». Elle aussi se demande si le traumatisme de la guerre ne serait pas à l'origine de ses crises, souligna-t-elle, au cas où il serait tenté de se plaindre auprès des proches de Gabriel.

Pourtant, plutôt que d'accepter cet argument, le directeur arqua un sourcil d'un air de défi des moins subtils.

— Carter m'a appris qu'il avait vu lord Bromwich sortir de sa chambre à l'aube, voilà quelques jours. La chambre où *vous* passiez la nuit. Je suis tout à fait certain que ce n'est pas ce genre de traitement que sa famille avait à l'esprit.

Pénélope ne fut pas plus capable de dissimuler sa surprise qu'elle ne réussit à s'empêcher de rougir – sous l'insulte, bien entendu, même si le directeur interpréterait sans doute sa réaction différemment.

— J'ai fait un cauchemar et j'ai poussé un cri dans mon sommeil. Lord Bromwich est simplement venu s'assurer que j'allais bien.

Elle tressaillit intérieurement. Même pour elle, la vérité semblait pathétiquement invraisemblable.

M. Allen tapota ses longs doigts osseux l'un contre l'autre.

— Je vois. Toute la nuit, bien sûr.

Pénélope serra les dents, s'efforçant de garder son calme.

— Puisque nous étions tous les deux réveillés, nous en avons profité pour parler de sa maladie.

Le directeur lui décocha un sourire onctueux.

— Si vous le dites. Quoi qu'il en soit, il est de mon devoir de veiller aux intérêts des pensionnaires placés sous ma responsabilité. Pour cette raison, j'ai écrit au frère de lord Bromwich, lord Devereaux, pour lui faire part de mes inquiétudes.

Pénélope en avait la nausée. Elle ne doutait pas qu'il l'eût fait, non seulement avec plaisir, mais en présentant la situation sous le jour le plus défavorable. Cela suffirait-il à ébranler la famille de Gabriel ? L'expression assurée du directeur indiquait qu'il le pensait.

Il confirma la supposition de Pénélope en ajoutant :

— Je m'attends que la famille de lord Bromwich vous interdise de lui rendre visite d'un jour à l'autre. Et soyez certaine, lady Manton, qu'à l'instant où j'aurai reçu leur réponse dans ce sens, je me ferai un plaisir de vous escorter moi-même jusqu'à la porte.

À en juger par son sourire suave, il disait vrai.

— Et je ne serai que trop heureux de vous interdire tout contact avec mon patient à l'avenir.

Seigneur, c'était épouvantable. Elle ne pensait pas que la famille de Gabriel irait jusque-là, mais après tout, elle n'avait rencontré que sa mère. M. Allen avait envoyé son courrier directement au frère de Gabriel, lord Edward, qui était désormais le chef de la famille. Aussi injuste que cela paraisse, les hommes avaient toujours le dernier mot dans ce genre d'affaires. Edward Devereaux était-il de ceux qui prenaient le parti d'un autre homme contre une femme, comme tant d'hommes ?

Si c'était le cas, elle serait chassée à jamais de la vie de Gabriel.

Ou du moins aussi longtemps qu'il serait enfermé à Vickering Place, ce qui, étant donné les probabilités que les traitements de M. Allen l'aident à guérir, revenait à dire pour toujours.

Le cœur de la jeune femme se serra. Devait-elle prendre le risque d'attendre le retour du messager envoyé par le directeur pour savoir à quoi s'en tenir ? Et même si lord Devereaux prenait son parti, M. Allen ne lui avait pas caché qu'il s'opposerait à elle à la moindre occasion. Peut-être, dans ce cas, devait-elle convaincre la famille de Gabriel de l'envoyer ailleurs ? Peut-être...

Elle ne pouvait pas mettre en danger l'avenir de Gabriel avec des « peut-être ». Peut-être était-il fou. Peut-être la maladie de Michael courait-elle dans son sang. Mais elle avait l'intime conviction que les traumatismes de guerre étaient en partie responsables de son état. Qu'ils n'aient fait qu'exacerber un déséquilibre latent ou qu'ils en soient l'unique cause, elle savait qu'elle pouvait l'aider.

Mais pas ici.

Si elle voulait tenir sa promesse à Gabriel, ainsi que l'engagement qu'elle avait pris envers elle-même de faire tout ce qui serait en son pouvoir pour l'aider, elle devait le sortir d'ici.

Avant que M. Allen reçoive sa réponse.

Le seul avantage de la pluie, c'était qu'elle avait retardé le messager. Même si elle s'en félicitait, Pénélope avait besoin d'une belle journée pour que son plan, fomenté à la hâte, fonctionne. Une belle journée et beaucoup de chance.

Elle eut la première trois jours plus tard. Le soleil apparut à l'horizon ce matin-là, et quand Pénélope arriva à Vickering Place, peu avant midi, il brillait toujours dans un ciel sans un nuages.

La jeune femme rassembla son courage et descendit de l'attelage. Elle était heureuse que la pluie ait enfin cessé, mais pour réussir dans son entreprise, elle avait besoin d'autres coups de pouce du destin... en particulier que Gabriel accepte de coopérer.

Comme d'habitude, M. Allen l'accueillit à la porte. Les jours passant sans apporter la réponse tant attendue de la famille de Gabriel, le sourire triomphant du directeur avait disparu. Aujourd'hui, il était pourtant de retour, plus obséquieux que jamais, peut-être. De toute évidence, il était convaincu que le messager avait été retardé par le mauvais temps.

— Belle journée, n'est-ce pas, lady Manton ? dit-il d'un ton trop aimable pour être honnête lorsqu'elle franchit le seuil.

— En effet, acquiesça-t-elle. J'aimerais en profiter pour emmener de nouveau lord Bromwich marcher un peu.

Le directeur arqua un sourcil.

— Vous ne complotez pas une autre chute bien commode, j'espère ?

Pénélope lui répondit d'un sourire courtois, refusant de mordre à l'hameçon, même si elle bouillait de rage. Son plan dépendait de sa capacité à faire sortir Gabriel du manoir, or M. Allen était du genre malveillant. Il était fort capable de refuser pour le seul plaisir de la contrarier. Elle se composa une attitude modeste, docile, inoffensive.

— Le soleil est excellent pour la santé. J'ai pensé que cela pourrait faire du bien à lord Bromwich.

Le directeur réfléchit à sa demande tandis qu'ils se dirigeaient vers les appartements de Gabriel.

— Lord Bromwich semble aller bien depuis votre dernière sortie, concéda-t-il. Je suppose que cela ne peut pas lui faire de mal. À condition que Carter vous accompagne, bien sûr.

Une bouffée d'espoir gonfla le cœur de la jeune femme. Une toute petite. Elle venait de franchir un obstacle, mais il restait encore de nombreux points d'achoppement potentiels. Cela dit, Carter était le choix idéal car il était moins vigilant que Dunnings.

— D'ailleurs, ajouta le directeur en insérant sa clef dans la lourde serrure qui verrouillait la porte des appartements de Gabriel, le jardin conviendra tout aussi bien pour vous faire vos adieux.

Un calme glacial envahit la jeune femme tandis qu'elle le précédait dans le salon. Si tout se passait bien, elle allait effectivement faire des adieux ce jour-là, mais à Vickering Place et non pas à Gabriel.

Comme de bien entendu, Carter maugréa, mais Pénélope n'était pas dupe. La tension de ces derniers jours leur avait pesé à tous, et elle soupçonnait le surveillant de se réjouir en secret de ce changement de décor.

Une demi-heure plus tard, Gabriel, Carter et elle arpentaient les jardins à l'arrière du manoir.

Ils n'étaient pas les seuls à profiter du redoux, nota-t-elle. Dans une autre allée, un infirmier poussait un fauteuil roulant où somnolait un fragile vieillard. Sur un banc, près d'une fontaine vide, une jeune fille – si jeune que c'en était poignant – se balançait d'avant en arrière en se parlant à elle-même sous la garde d'une nurse.

Pénélope jeta un coup d'œil à Gabriel, qui marchait à ses côtés. Son pas était sûr et régulier, son allure confiante. Il observait le paysage d'un regard acéré, comme s'il évaluait le terrain – un peu à la façon dont il avait dû examiner des champs de bataille, imagi-nait-elle. Avec attention, vigilance et lucidité.

Cet homme n'était pas fait pour rester enfermé dans un tel endroit. Même s'il ne parvenait jamais à vaincre ses crises, elle devait pouvoir l'aider à les dominer suffisamment pour qu'il puisse vivre chez lui. Et même s'ils n'arrivaient pas à le guérir complètement et que sa famille allait jusqu'au bout de la procédure légale afin de le déclarer irresponsable, peut-être pourrait-elle convaincre les Devereaux de lui laisser une propriété de moindre importance et d'engager du personnel afin de veiller sur lui. Elle pourrait apprendre à ces gens à l'aider à affronter les épisodes de gravité moyenne. Et si son état s'améliorait au point que les crises s'espacent et perdent en intensité, il pourrait même mener une vie satisfaisante – bien que différente de celle pour laquelle il était né.

La conviction qu'elle faisait ce qu'il fallait – quoique pas nécessairement de la façon la plus défendable – grandit en elle.

— Prenons-nous le même chemin que l'autre jour ? suggéra-t-elle en tournant dans cette direction.

Gabriel parut hésiter, puis fit halte.

— Il a plu pendant des jours, lui rappela-t-il. Et ce sentier était déjà assez dangereux avant. Je ne veux pas prendre le risque que vous vous blessiez de nouveau. Restons plutôt dans le jardin.

Sur ce, il l'entraîna vers une allée de gravier parfaitement entretenue qui faisait le tour du petit parc. Au diable, ses instincts protecteurs ! Le moment était mal choisi pour se montrer protecteur. Elle devait absolument l'attirer sur le sentier qui s'éloignait du manoir.

Pour l'heure, elle n'avait d'autre choix que de le suivre. Si elle se montrait trop insistante, Carter soupçonnerait quelque chose. Ils avaient parcouru la moitié du circuit quand une occasion se présenta. Sans tourner la tête, elle murmura :

— Si nous restons dans le jardin, jamais nous ne pourrons semer Carter et parler tranquillement.

Gabriel lui lança un regard intrigué.

— Quand nous ferons demi-tour, prenez le même chemin que la semaine dernière, ordonna-t-elle en dardant sur lui un regard autoritaire.

L'ombre d'un sourire passa sur ses lèvres, mais il hocha imperceptiblement la tête afin de lui indiquer qu'il avait compris et qu'il était d'accord.

Le cœur de la jeune femme battit un peu plus vite lorsqu'ils franchirent le troisième virage. Elle porta le regard au-delà des deux femmes qui se dirigeaient vers eux, vers l'entrée du sentier. Ils n'étaient plus qu'à quelques pas. Une fois qu'ils seraient dans le chemin, il n'y aurait plus qu'à convaincre Gabriel d'aller un peu plus loin que la dernière fois et...

— Lord Bromwich.

Pénélope reporta son attention sur l'allée. Les deux femmes, emmitouflées dans d'épaisses capes, s'étaient arrêtées devant eux.

— Mademoiselle Creevey, dit Gabriel qui s'immobilisa à son tour pour saluer la plus jeune des deux. J'ignorais que vous deviez rendre visite à votre sœur, aujourd'hui.

— Milady avait un rendez-vous cet après-midi, alors elle m'a donné ma journée. Vous savez que je passe autant de temps que possible avec Ann.

Pénélope tira discrètement sur la manche de Gabriel. Ils n'avaient vraiment pas de temps à perdre avec des mondanités.

Gabriel se méprit sur son geste.

— Pardonnez-moi, dit-il, j'ai oublié de faire les présentations. Lady Manton, voici Mlle Creevey et sa sœur, Mme Boyd.

— Enchantée, répondit machinalement Pénélope, en regardant à peine les deux femmes.

Elle savait qu'elle se montrait impolie, mais ils devaient vraiment s'en aller.

— Puisque vous êtes ici, voulez-vous vous joindre à nous pour le thé ? demanda Gabriel à Mlle Creevey.

— Je ne sais pas, répondit-elle en baissant la tête. Si vous avez de la visite…

— Je suis sûr que lady Manton n'y verra aucun inconvénient, déclara Gabriel.

— Bien sûr que non, s'empressa de renchérir Pénélope, qui aurait promis n'importe quoi pour abréger cette conversation.

— Entendu, dit Mlle Creevey. Je vous rejoindrai tout à l'heure, dans ce cas.

Puis, sur un hochement de tête, elle poursuivit sa promenade avec sa sœur, tandis que Pénélope entraînait Gabriel vers le sentier.

Lorsqu'ils s'y engagèrent, elle hâta le pas. Gabriel l'imita, mais pas Carter. Elle l'entendit ralentir l'allure derrière eux, comme elle l'avait espéré. Il restait à portée de vue, mais pas d'oreille. Avec un peu de chance, il allait s'asseoir sur le même tronc que la dernière fois, s'attendant qu'ils fassent encore quelques pas avant de rebrousser chemin. Elle n'avait guère envie de se rabattre sur son plan de secours.

— Je vous écoute, Pénélope, dit Gabriel, l'arrachant à ses pensées. Qu'avez-vous en tête, exactement ?

Elle le regarda en battant des paupières. Était-elle donc aussi transparente ? La lueur rusée dans le regard de Gabriel suggérait que oui.

Bonté divine ! Carter aussi se doutait-il de quelque chose ? Elle lui jeta un coup d'œil par-dessus son épaule. Probablement pas, décida-t-elle en découvrant qu'il était loin derrière eux. Et s'il avait eu des soupçons, Gabriel les avait involontairement dissipés en invitant Mlle Creevey à prendre le thé un peu plus tard.

Devait-elle tout dire à Gabriel dès maintenant ? Non. Son intuition lui soufflait qu'elle aurait davantage de chances d'obtenir sa coopération si elle ne lui donnait pas trop de temps pour réfléchir.

Aussi lui posa-t-elle une question en retour afin de faire diversion.

— Comment avez-vous connu Mlle Creevey ? J'imagine que vous n'invitez pas la famille de tous les résidents à prendre le thé.

Cette fois, ce fut Gabriel qui battit des paupières. Puis son regard se voila, éveillant la curiosité de Pénélope. Elle n'avait posé la question que pour gagner du temps, mais elle s'aperçut qu'elle avait très envie de connaître la réponse.

— Mlle Creevey rend visite à sa sœur chaque semaine si elle est libre, comme vous l'avez sans doute compris, expliqua-t-il. Mme Boyd a perdu son mari à Waterloo. Il…

Gabriel s'interrompit, hésita, puis :

— Le lieutenant Boyd servait dans mon régiment, en fait, et c'est ainsi que j'ai fait la connaissance des deux sœurs. Mlle Creevey a la bonté de me rendre également visite, désormais, quand elle vient voir Ann.

— Oh, dit simplement Pénélope.

Elle avait l'impression que l'histoire allait au-delà de cela, mais elle n'avait pas le temps d'approfondir la question pour l'instant. Ils venaient de dépasser le tronc où Carter était censé s'asseoir, ce qui signifiait qu'ils n'étaient plus très loin de l'endroit où l'attelage de location devait les attendre.

Pénélope accéléra encore le pas.

Enfin, elle aperçut l'écharpe qu'elle avait attachée à un arbre trois jours plus tôt afin de savoir à quel endroit ils devraient s'engager dans les bois. Elle s'empressa d'aller la détacher.

— Qu'est-ce que c'est ? demanda Gabriel en la rejoignant.

Pénélope regarda derrière eux pour s'assurer que Carter ne les avait pas suivis. Il n'était nulle part en vue. Son cœur se mit à cogner dans sa poitrine. Ils y étaient presque.

Elle se tourna vers Gabriel et s'empara de sa main.

— Avez-vous confiance en moi ?

Il regarda leurs mains jointes, les sourcils froncés.

— Si je...

Ses yeux brun doré croisèrent de nouveau les siens.

— Oui, bien sûr.

Sa réponse avait été si spontanée qu'elle eut l'impression que quelque chose en elle se réchauffait, mais elle n'avait pas le temps de s'interroger plus avant.

— Tant mieux, dit-elle en le tirant par la main pour s'enfoncer dans les bois. Alors suivez-moi.

— Pénélope... commença-t-il, mais il la suivit néanmoins.

Les fourrés étaient plus épais à présent et elle devait enjamber des lianes noueuses et des branchages ramifiés, tandis que des brindilles s'accrochaient à ses jupes. Elle continua toutefois sa progression sans ralentir, entraînant Gabriel dans son sillage. Si Carter ne s'était pas assis sur le tronc, il avait peut-être déjà atteint la lisière du bois et compris où ils étaient allés. Peut-être même était-il déjà à leur poursuite, à moins qu'il ne soit retourné à Vickering Place pour donner l'alarme.

Elle haletait lorsqu'ils débouchèrent enfin sur une petite route étroite. L'étau qui lui oppressait la poitrine se desserra légèrement quand elle découvrit l'attelage qui attendait là où elle l'avait demandé.

Elle lâcha la main de Gabriel pour détacher une autre écharpe d'un arbrisseau – elle était venue l'attacher le matin même afin d'indiquer au cocher où il devrait la retrouver.

— Qu'est-ce que cela signifie ? tonna Gabriel.

Elle pivota vers lui et tressaillit devant son expression menaçante. Dieu du Ciel, ils n'avaient pas le temps de tergiverser !

— Vous avez dit que vous aviez confiance en moi, lui rappela-t-elle. À présent, prouvez-le. Montez dans cette voiture.

9

— Êtes-vous folle ?

Le regard incrédule de Gabriel passa de Pénélope, d'ordinaire si raisonnable – dont la cape et les jupes étaient couvertes de bardane et le chignon défait après leur course éperdue dans les bois – à l'antique voiture noire qui attendait le long de la route. La jeune femme projetait-elle de l'enlever ? Cela en avait toutes les apparences.

— Bonté divine, Pénélope, une seule semaine à Vickering Place, et vous êtes encore plus folle que moi.

— Aucun de nous deux n'est fou, assura-t-elle, mais nous devons partir d'ici au plus vite, Gabriel.

Le regard de celui-ci passa plusieurs fois de la jeune femme à la voiture. Le cocher était perché sur son siège, l'air de s'ennuyer, comme s'il prenait tous les jours des voyageurs venant d'apparaître sur une petite route de campagne derrière un asile d'aliénés. Un autre homme était présent.

— M. Allen a l'intention de me mettre à la porte. Aujourd'hui s'il le peut.

— Pardon ? s'exclama Gabriel en concentrant son attention sur Pénélope.

— Il sait que nous avons passé une nuit dans votre chambre et il en a tiré les pires conclusions. Il m'a accusée de la façon la plus infamante quand je lui ai demandé l'autre jour pourquoi il était si résolu à contrecarrer mon traitement. J'ai essayé de lui expliquer ce qui s'était passé mais depuis, il me menace.

La stupeur de Gabriel céda la place à la colère.

— Le fourbe !

— S'il ne m'a pas encore jetée dehors, c'est uniquement parce que j'ai la bénédiction de votre famille, mais il a écrit à votre frère. Je ne peux qu'imaginer les horreurs qu'il lui a racontées. Si les vôtres s'allient avec lui contre moi, on ne me permettra plus de vous voir.

La rage lui noua les tripes. De quel droit Allen osait-il harceler Pénélope au point qu'elle était prête à commettre une telle imprudence ?

D'un autre côté ne valait-il pas mieux que le directeur la bannisse de Vickering Place ? Cela résoudrait le problème avec lequel il se débattait depuis des jours. Si Pénélope n'avait plus le droit de venir le voir, quoi qu'il lui arrive, elle ne pourrait pas se le reprocher. N'est-ce pas ?

Il lui suffit d'un seul regard pour comprendre qu'il était bien naïf s'il croyait cela. Elle s'inquiéterait, elle comploterait, mais en aucun cas elle ne renoncerait.

Toutefois…

— Dans ce cas, je vais écrire à mon frère pour lui expliquer la situation. Vous serez de nouveau autorisée à venir dans quelques jours.

— Peut-être, mais je ne veux pas prendre ce risque. M. Allen n'aura qu'à le convaincre que je représente un danger pour vous, ou simplement que je ne suis pas compétente, et votre frère aura beau jeu d'arguer qu'il serait plus sage de ne rien entreprendre.

Un désagréable frisson parcourut Gabriel. Il détestait penser cela d'Edward, mais la dernière fois que leur mère lui avait rendu visite, elle n'avait pas manqué de souligner qu'Edward et son épouse, Amélia, s'étaient habitués sans peine à dépenser l'argent de la famille en l'absence de Gabriel. Elle avait même laissé entendre que si ce dernier ne se remettait pas et ne reprenait pas rapidement les rênes, ils seraient tous dans un bureau de placement avant la fin de l'année.

L'argent et le pouvoir qui allait avec pouvaient devenir un besoin irrépressible. Edward n'aurait pas besoin de trouver quantité de raisons pour décider qu'il devait rester définitivement à Vickering Place.

Quant à lui, il commençait à comprendre qu'il ne guérirait jamais dans cet endroit.

Il avait été stupéfait quand, quelques jours auparavant, Pénélope avait exposé sa théorie sur les associations erronées. Ses paroles si justes avaient trouvé un profond écho en lui. Peut-être parce qu'il voulait désespérément croire qu'il n'était pas fou, même s'il doutait de sa santé mentale...

Voilà des mois qu'il était dans cet établissement, se soumettant volontairement à tous les traitements qu'Allen et différents médecins avaient préconisés. Aucun n'avait amélioré son état. En revanche, non seulement le nuage gris de la mélancolie allait s'alourdissant, mais les crises s'étaient aggravées. Alors, s'il devait croire Pénélope, s'il existait vraiment un espoir qu'il retrouve sa vie d'avant...

— Nous devons nous hâter, insista-t-elle, interrompant son débat intérieur.

Elle jeta un regard inquiet en direction des bois.

— Carter a dû remarquer notre absence, à l'heure qu'il est. Il n'y a pas de retour en arrière, du moins en ce qui me concerne. Vous devez faire un choix, Gabriel.

Et quel choix, Seigneur ! Il n'avait pas confiance en Allen pour défendre ses intérêts. Il ignorait s'il pouvait faire confiance à son frère pour ne pas saisir l'occasion qui lui était offerte de l'enfermer définitivement. Et il n'avait pas la moindre confiance en lui-même.

En revanche, il avait confiance en Pénélope. Elle n'était peut-être pas capable de le sauver, mais elle essaierait de toutes ses forces.

Dieu la protège, c'était elle qu'il choisissait !

— Allons-y, répondit-il simplement.

Les épaules de la jeune femme s'affaissèrent de soulagement. Avait-elle vraiment cru qu'il pourrait lui refuser quoi que ce soit ? Quand il s'agissait d'elle, il était bel et bien fou, quoique pas autant qu'elle, apparemment.

Elle acquiesça d'un hochement de tête et se tourna vers la voiture. Le cocher sauta à bas de son siège.

Bon sang ! Absorbé par ses réflexions sur l'urgence de quitter Vickering Place, il avait donné son accord sans réfléchir. Il regarda la minuscule voiture, et sa gorge se noua. Elle ressemblait à un corbillard. Non, rectifia-t-il, un corbillard aurait été plus grand. On aurait dit un cercueil.

Il regarda la portière ouverte par laquelle Pénélope venait de s'engouffrer. L'intérieur était sombre, et comme la jeune femme était tout habillée de noir, il avait l'impression que l'habitacle l'avait avalée.

Comme il m'avalera. Allons, c'était absurde, se dit-il en prenant une profonde inspiration. Depuis Waterloo, il n'aimait pas les espaces confinés, mais il n'y avait de place que pour une seule personne sur le siège du cocher – et encore, une personne mince. S'il devait partir avec Pénélope, il n'avait d'autre choix que de voyager à l'intérieur.

Mieux valait ne pas trop y réfléchir. La voiture s'abaissa sous son poids lorsqu'il y grimpa. Elle avait manifestement connu des jours meilleurs. Le soleil avait beau briller de tous ses feux, l'habitacle défraîchi était affreusement obscur, car dénué de fenêtre. Seules deux petites lampes projetaient de faibles lueurs sur les murs noirs et les coussins fanés.

Gabriel s'installa en face de Pénélope en faisant de son mieux pour ne pas marcher sur ses jupes.

Il essaya désespérément de ne pas penser aux petits espaces sombres, sans parvenir à chasser le poids qui pesait sur sa poitrine. Il s'efforça alors de respirer profondément, mais l'air lourd et l'odeur de moisi ne l'aidèrent guère.

Il glissa un regard à Pénélope en espérant que sa détresse n'était pas trop évidente. Par chance, la jeune femme était occupée à arranger autour d'elle ses jupes. Le genou de Gabriel frôla celles-ci. Elle leva les yeux et lui sourit. Il lui retourna un sourire crispé avant de s'agiter sur son siège, mal à l'aise, puis de presser ses épaules contre la banquette au maigre rembourrage en s'étirant discrètement. Seigneur, il pouvait toucher les deux côtés s'il relevait les coudes !

Pénélope dut comprendre car ses lèvres s'incurvèrent en une petite moue navrée.

— Je suis désolée, mais je n'ai pas pu trouver mieux en si peu de temps. J'ai dû laisser ma voiture personnelle ostensiblement garée devant l'entrée de Vickering Place afin de ne pas éveiller les soupçons. Mon cocher a l'ordre de retourner à Londres dès que notre disparition aura été signalée. Si quelqu'un pense à le suivre en espérant qu'il le mènera à nous, il l'entraînera dans la direction opposée à celle où nous allons.

La voiture s'affaissa davantage quand le cocher monta sur son siège, et de nouveau quand son compagnon prit place à l'arrière. L'habitacle fut légèrement secoué lorsque l'attelage s'ébranla.

— Nous nous dirigeons vers le nord, n'est-ce pas ? fit Gabriel d'un ton qu'il espérait léger alors même qu'il avait la gorge nouée. Je suppose que ce serait trop espérer que de penser que nous nous rendons à Gretna Green ?

Pénélope le fixa, bouche bée, tandis que, dans la faible lueur des petites lampes, ses joues se coloraient de manière charmante.

— J'en ai peur, répondit-elle avec un sourire amusé.

— Quel dommage, murmura Gabriel tandis que la voiture prenait de la vitesse.

Il appuya la tête à la banquette et ferma les yeux.

— J'ai toujours imaginé que si un jour je m'enfuyais vers le nord, ce serait pour un mariage secret.

Et non pour folie furieuse. À quoi pensait-il en fuyant Vickering Place en compagnie de Pénélope ? Et croyait-il vraiment qu'il supporterait le voyage, ainsi enfermé, quelle que soit leur destination ?

— Je suis certaine que cette histoire connaîtra une fin heureuse, Gabriel, murmura-t-elle en se penchant vers lui pour couvrir son poing fermé de sa main gantée.

Rouvrant les yeux, il remarqua son air soucieux. Peut-être n'avait-il pas réussi à dissimuler sa détresse aussi bien qu'il le croyait. Désireux de se montrer plus convaincant, il se composa un sourire encore un peu tendu.

— Dans ce cas, je vais faire confiance à *votre* confiance sur ce point.

Elle lui sourit de nouveau et lui lâcha la main. Gabriel se concentra sur son sourire et, tentant d'ignorer le voile noir qui se formait à la périphérie de sa vision, lutta contre la panique qu'il sentait monter en lui.

Regarder Pénélope l'y aidait. Comme toujours. Son visage en forme de cœur était aussi lisse que l'albâtre. Elle avait un petit menton délicat mais volontaire, à peine creusé par une fossette. Que disait le vieil adage ? *Fossette au menton, gare au démon ?* Eh bien, Pénélope avait certainement fait preuve d'une force de volonté qu'il n'avait jamais devinée en elle. Et d'une audace insoupçonnée.

— Depuis combien de temps complotiez-vous cette folie ? demanda-t-il.

Peut-être que parler l'empêcherait de penser à la peur qui grandissait en lui.

Pénélope rougit.

— Depuis que M. Allen m'a menacée, voilà trois jours. J'ai alors compris que j'allais devoir recourir à des mesures radicales. Quand je suis revenue à l'auberge ce soir-là, j'ai mis mon plan au point et loué cette voiture en demandant au cocher de nous attendre jusqu'à ce que nous puissions nous enfuir.

Gabriel écarquilla les yeux.

— Ces deux malheureux sont restés à nous attendre tous les jours ? Sous la pluie ?

Elle lui adressa un sourire navré.

— Je n'avais pas vraiment le choix. Il pouvait y avoir une éclaircie à tout moment, qui justifierait une promenade. Cela dit, ne vous inquiétez pas. Ils n'ont pas protesté un seul instant. Et ils ont reçu une compensation confortable.

À tout le moins, car il s'agissait non seulement d'attendre des heures durant sans rien faire, mais de couvrir la fuite d'un fou échappé de l'asile pour l'emmener en un lieu secret. Gabriel se demanda ce que Pénélope leur avait dit à son sujet, et quelles garanties elle leur avait offertes. Puis une autre pensée lui vint.

— Qu'auriez-vous fait si Carter nous avait suivis ?

La jeune femme parut se troubler.

— Je dois admettre que j'ai misé sur sa paresse naturelle. J'ai espéré qu'il s'assiérait de nouveau sur ce tronc pour nous attendre, mais s'il ne l'avait pas fait…

Elle haussa légèrement les épaules.

— Les cochers étaient prêts à le neutraliser jusqu'à ce que nous puissions nous enfuir.

Gabriel la regarda, interdit.

— Contre une prime supplémentaire, naturellement, ajouta-t-elle.

— Naturellement, approuva-t-il sans réfléchir.

Puis, arquant un sourcil, il avoua :

— Jamais je ne vous aurais crue aussi assoiffée de sang, Pénélope.

Elle fronça le nez.

— Je doute que nous en serions venus à une telle extrémité. Carter n'est pas du genre à se sacrifier pour des principes. Je suppose qu'il se serait docilement laissé attacher à un arbre et aurait attendu qu'on vienne le délivrer.

Elle avait raison, supposait-il. Et vu son expression déterminée, il supposait aussi que si les choses ne s'étaient pas déroulées ainsi, ils se seraient tout de même retrouvés dans cette minuscule voiture, fonçant vers le nord.

Il baissa les yeux sur les mains de Pénélope, croisées sur ses genoux. Elle n'était pas aussi sereine qu'elle le prétendait.

Bon sang, Carter n'était peut-être pas du genre à se sacrifier, mais elle, si ! Avait-elle envisagé les conséquences de son geste ? Gabriel secoua la tête tandis que la réalité de leur situation s'abattait sur lui, plus suffocante encore que cet habitacle exigu.

— Pénélope, dit-il avec gravité, Carter est probablement toujours assis sur cette souche en train de grommeler, ou peut-être même de somnoler. En dépit de ce que vous avez dit, nous pouvons encore faire demi-tour et...

Elle leva vivement les yeux vers lui et émit un petit rire.

— Non, Gabriel, je sais ce que je fais.

Mais ses mains se crispèrent davantage, démentant son affirmation.

— Et que faisons-nous ? Ou plutôt, où allons-nous ? Je suppose que vous avez un plan.

Ils ne pouvaient certes pas se rendre dans sa résidence de campagne, où Edward et sa petite famille s'étaient installés quand il avait été interné à Vickering Place. Et, pour autant qu'il sache, la seule maison dont Pénélope disposait était sa résidence londonienne.

— Nous nous rendons à Somerton Park.

Gabriel ne s'était pas attendu à cela.

— Le fief du comte de Stratford ?

Il savait que ce dernier avait épousé une cousine de Pénélope et que les deux femmes étaient très proches.

— Oui. C'est exactement l'endroit qu'il nous faut.

Il détourna les yeux et concentra son attention sur la cloison qui les séparait du cocher. La seule bonne nouvelle, c'était que le Shropshire n'était pas loin. Il ne serait confiné dans cette voiture que quelques heures et non pendant des jours.

Au moins, Stratford et son épouse ne seraient pas là. Le comte était très impliqué en politique, et le Parlement s'était rassemblé tôt en ce début d'année à cause du massacre de Peterloo, à l'automne dernier. Ce devait être pour cette raison que Pénélope avait choisi cet endroit.

— Stratford a accepté que nous nous installions chez lui pendant que son épouse et lui sont en ville ? demanda-t-il tout de même.

— Oh, mais Geoffrey et Liliana sont là, même si Geoffrey se rend régulièrement à Londres, le Parlement étant en session ! Liliana doit mettre leur deuxième enfant au monde dans quelques semaines, ils ont donc décidé de ne pas aller à Londres pour la saison cette année.

Gabriel se redressa, et se cogna le crâne contre le toit de la voiture. Bonté divine ! Se penchant en avant, il frappa la cloison du poing, frôlant au passage l'épaule de Pénélope.

— Arrêtez cette voiture immédiatement ! rugit-il.

L'attelage s'immobilisa si brutalement que Gabriel et Pénélope furent projetés l'un contre l'autre. La jeune femme dut se cramponner à lui pour ne pas tomber par terre.

— Gabriel ? Que faites...

— Vous êtes folle ! s'écria-t-il d'un ton accusateur. Comment avez-vous seulement pu envisager de mettre votre propre famille en danger ?

Elle le lâcha tandis que, sur ses traits, la stupeur cédait la place à l'indignation.

— Vous n'êtes pas dangereux, Gabriel. Vous n'avez blessé personne. Votre mère et M. Allen me l'ont tous les deux affirmé.

— Tout de même, dit-il d'un air sombre. Nom de nom, Pénélope…

Il se passa la main dans les cheveux, heurtant la cloison du coude dans son mouvement.

— Que vous insistiez pour rester avec moi malgré mon comportement imprévisible est déjà bien assez grave, je refuse de mettre en péril une mère et ses *enfants*. Trouvez un autre point de chute.

Pénélope étrécit les yeux et pinça les lèvres d'un air têtu.

— Nous prendrons toutes les mesures de sécurité que vous jugerez nécessaires, nous demanderons des domestiques supplémentaires ou engagerons des surveillants si cela vous rassure, mais nous *allons* à Somerton Park.

La voiture fit un bond comme le cocher sautait à bas de son siège.

— Écoutez-moi bien, Gabriel, reprit-elle avec passion, ses yeux clairs jetant des étincelles. Je n'ai pas choisi Somerton Park pour la beauté de son cadre. Nous avons besoin de la protection de Geoffrey. Vous êtes peut-être encore considéré comme parfaitement sain d'esprit par la loi, mais cela ne vous offre qu'un bien maigre rempart contre des témoins prêts à attester que vous souffrez de crises de démence. Vous savez aussi bien que moi que votre famille peut vous faire ramener de force à Vickering Place. Qui sait ce que vos proches pensent maintenant qu'ils ont reçu le courrier de M. Allen ? Et une fois qu'ils auront appris que nous sommes partis… Il leur suffirait de vous contraindre physiquement et je ne pourrais rien faire pour les arrêter. Geoffrey, lui, le peut. Jamais ils n'oseront venir chez lui pour vous récupérer.

Gabriel s'était échappé de Vickering Place depuis quelques minutes seulement, mais il lui semblait que cela faisait une éternité. La seule idée d'y retourner et d'être de nouveau enfermé, aussi dorée soit la cage, ne faisait qu'ajouter à la sensation d'oppression contre laquelle il luttait déjà.

— Comment savez-vous que Stratford m'accueillera ?

— Parce que je le lui ai déjà demandé, et qu'il a accepté, répondit-elle. Liliana et lui nous attendent d'un jour à l'autre. Ils sont habitués aux défis que représentent des hommes ayant connu la guerre.

Sa voix était censée être apaisante, devinait-il, mais en vérité, elle le mettait à vif.

— Vous ne pourriez espérer des hôtes plus compatissants.

La honte lui brûlait la poitrine, mêlée à une peur irrationnelle. Il sentait une onde de chaleur remonter vers son cou, lui chauffer les oreilles.

— Je ne veux pas de compassion, Pénélope, articula-t-il. Je veux…

La portière s'ouvrit dans un grincement et le cocher passa la tête à l'intérieur.

— Faites excuses, m'dame, m'sieur. Il y a un problème ?

Gabriel regarda l'homme, qui les observait d'un air inquiet. C'était là sa dernière chance. S'il restait avec Pénélope, il entraînerait non seulement la jeune femme dans ce bourbier qu'était sa vie, mais aussi sa cousine et l'époux de celle-ci. En avait-il le droit ?

Il pouvait exiger qu'ils fassent demi-tour. Et s'il n'était pas obéi, il pouvait bousculer le cocher pour sortir et rentrer à pied à Vickering Place. Son regard dériva vers la portière ouverte. Ce serait si facile.

D'autant qu'il avait déjà toutes les peines du monde à rester enfermé dans cette voiture étouffante.

D'un autre côté, Pénélope devait vraiment croire qu'il avait des chances de guérir si elle avait été jusqu'à demander l'aide de ses proches. Pouvait-il lui tourner le dos et refuser la générosité de sa famille ?

Cela l'exaspérait de devoir accepter la charité des autres, et il avait désespérément besoin d'échapper à cet espace clos, mais aucun tourment n'était assez puissant pour éteindre l'étincelle d'espoir qu'éveillait la confiance que Pénélope avait en lui.

Il secoua brièvement la tête.

— Non. Veuillez m'excuser. Nous repartons.

L'homme pivota sur ses talons en reniflant et en marmonnant, et claqua la portière. La voiture oscilla quand il remonta sur son siège, puis s'ébranla.

— C'est la meilleure solution, assura Pénélope. Vous verrez.

Gabriel ferma les yeux en priant pour qu'elle ait raison.

Pénélope regarda Gabriel, qui baissait les paupières, et remercia le Ciel. Il n'avait pas pris la fuite. Elle avait vu la panique sur son visage et compris qu'il songeait à s'échapper, dût-il bondir hors de la voiture. Elle aurait détesté devoir ordonner aux cochers de le rattraper et de le ligoter pour le reste du trajet, mais elle l'aurait fait sans hésiter.

— Outre la protection de Geoffrey, il y a d'autres raisons, vous savez, dit-elle, déterminée à apaiser ses scrupules. D'abord, quoi qu'il arrive par ailleurs, vous conviendrez avec moi, j'en suis sûre, que votre état a pour origine, au moins en partie, les traumatismes de la guerre, n'est-ce pas ?

Il acquiesça d'un marmonnement sans rouvrir les yeux.

— L'isolement ne fait qu'aggraver les choses, poursuivit-elle. Vous avez besoin d'être entouré de gens, des gens capables de vous apporter une stimulation sociale et intellectuelle, et de faire appel à votre esprit rationnel. Non seulement Geoffrey et Liliana sont à Somerton Park, mais ils emploient plusieurs anciens militaires sur leur domaine.

Gabriel ne l'écoutait plus. Son visage était d'une pâleur alarmante et son torse se soulevait et s'abaissait bien trop vite. Ses mains, remarqua-t-elle, agrippaient si fort le bord de la banquette qu'elles en tremblaient. Elle sentit son cœur se loger dans sa gorge.

— Gabriel, qu'est-ce qui ne va pas ?

Il souleva les paupières. Des gouttes de sueur lui perlaient au front, luisant à la faible lueur des lampes. Il commença par secouer la tête comme pour nier tout problème, puis se ravisa.

— Je ne peux pas... respirer, haleta-t-il en tirant sur sa cravate.

Ses doigts s'agitaient maladroitement comme il tentait de desserrer le nœud. Pénélope bondit en avant pour l'aider, le souffle court. Elle dut pratiquement s'asseoir sur ses genoux, et se pencha gauchement sur lui, tout en s'appuyant d'une main au dossier de la banquette derrière lui. De son autre main, elle tira sur le nœud de la cravate jusqu'à ce qu'il cède.

— C'est mieux ainsi ? murmura-t-elle.

Il hocha la tête en aspirant de longues goulées d'air. Son corps, tendu comme la corde d'un arc, était parcouru de frissons.

— Nous ne sommes même pas… à une demi-heure de Vickering Place que… je sombre déjà… dans la folie.

Il esquissa un sourire désabusé, mais il respirait toujours trop vite au goût de Pénélope. En vérité, son souffle semblait encore s'accélérer.

Elle avait déjà vu cela. Nombre d'hommes souffrant de traumatismes de guerre étaient en proie à des attaques nerveuses. La plupart du temps, celles-ci étaient déclenchées par un bruit soudain, un souvenir, ou quand ils se trouvaient malgré eux dans une situation qui leur rappelait le choc originel, qu'ils en soient conscients ou non. Elle n'avait aucune idée de ce qui pouvait avoir causé cette crise. Cela pouvait n'être que la tension due à la situation, ou le fait de quitter l'apparente sécurité de l'asile.

Ou bien… Gabriel s'était comporté bizarrement depuis qu'il était monté dans l'habitacle. Pénélope jeta un coup d'œil autour d'elle. Se pouvait-il qu'il souffre de ce mal lié à la peur des espaces confinés ?

Elle prit son visage entre ses mains et le tourna vers le sien.

— Non, vous ne sombrez pas dans la folie, déclara-t-elle d'une voix ferme.

S'il était persuadé qu'une crise de démence était imminente, rien ne pourrait le calmer. Déjà, son cœur battait la chamade et son pouls était visible au creux de sa gorge.

— Vous n'avez jamais aucun signe avant-coureur quand vos crises se déclenchent, vous vous en souvenez ? Ceci n'est qu'une attaque nerveuse, elle va passer. Regardez-moi dans les yeux.

Il chercha son regard. La panique qui commençait à l'envahir se lisait dans ses iris ambrés. Pénélope lui prit la main et la posa, paume à plat, contre son propre cœur. Puis elle encadra de nouveau son visage de ses mains.

— Essayez de caler votre respiration sur la mienne, Gabriel, ordonna-t-elle en prenant de lentes et profondes inspirations par le nez, puis en soufflant par la bouche. Sentez comme ma poitrine se soulève et s'abaisse et concentrez-vous sur ce mouvement. Inspirez par le nez…

Il hocha fébrilement la tête et fit de son mieux, dilatant les narines en inhalant. Mais il ne semblait pas prendre assez d'air et ouvrit la bouche pour aspirer avec avidité. Sa panique allait croissant.

Elle devait trouver un moyen de le calmer, de l'arracher à la spirale infernale avant que celle-ci devienne incontrôlable.

Elle pouvait le gifler. Non. Non, elle ne pourrait se résoudre à un tel geste.

Alors elle se rabattit sur l'autre solution de première urgence.

Elle l'embrassa.

10

C'était assurément un remède désespéré. Certainement pas le plus avisé. Et peut-être pas d'une efficacité garantie, songea Pénélope tout en pressant ses lèvres sur celles de Gabriel.

Son torse continuait de se soulever rapidement sous elle, mais le reste de son corps s'était figé de stupeur. Des bouffées d'air frais frôlaient sa lèvre supérieure, à présent que Gabriel ne pouvait plus respirer que par le nez.

L'espace de quelques instants, il parut se calmer. Puis il asséna un violent coup de poing sur la portière, juste à côté d'elle. Bonté divine, cela ne l'aidait en rien.

Elle interrompit leur baiser.

— Regardez-moi, Gabriel, ordonna-t-elle.

Des yeux fous aux reflets d'or se vrillèrent dans les siens. Il soutint son regard, puis cessa de lutter. C'était une amélioration, même si sa respiration était encore trop rapide.

À demi inclinée sur Gabriel, la position de Pénélope était des plus inconfortables. Elle replia donc les jambes, et s'assit sur les genoux de son compagnon. Là, c'était mieux. À présent, elle pouvait lui caresser la joue. Puis elle lui frotta doucement le lobe de l'oreille, comme elle l'aurait fait pour calmer un animal.

Peu à peu, il parut recouvrer ses esprits. Elle le perçut à la façon dont ses muscles se détendaient subtilement sous elle.

— C'est bien, l'encouragea-t-elle sans cesser de le caresser.

Les épaules de Gabriel s'abaissèrent légèrement. La tension était en train de le quitter...

Pour la submerger avec force.

Plus le souffle de Gabriel ralentissait, plus celui de Pénélope s'accélérait. Plus ses muscles se détendaient, plus les siens se contractaient. Plus la fièvre refluait en lui, plus elle montait en elle. Un peu comme si leurs corps luttaient pour partager équitablement le fardeau de Gabriel. L'intimité de ce lien l'effrayait... mais pas assez pour l'empêcher de savourer les frissons qu'elle éveillait en elle.

Et soudain, Gabriel fut de nouveau avec elle, le regard clair et direct. Leurs poitrines se soulevaient au même rythme saccadé. Il enroula les bras autour de sa taille et elle se raccrocha à lui comme s'ils vacillaient au bord d'un précipice. Pénélope ignorait comment ils en étaient arrivés là, mais elle avait une certitude. Quel que soit le côté où ils tomberaient, la folie les attendait.

Elle posa de nouveau ses lèvres sur les siennes.

Cette fois, il n'y avait rien de maladroit dans son geste. Gabriel gémit sourdement et se redressa vers elle tout en la plaquant contre lui. Il n'y avait nulle tendresse dans ce baiser. Juste un désir explosif. De celui de Gabriel ou du sien, elle n'aurait su dire lequel était le plus brûlant.

Elle décida que cela n'avait pas grande importance quand il força de la langue la barrière de ses lèvres. Loin de résister, elle l'accueillit et le laissa prendre possession de sa bouche. Leur audace mutuelle lui arracha un soupir de plaisir tandis qu'elle se cramponnait à ses épaules et répondait à son baiser avec fougue.

Une violente vague de désir la traversa, tourbillonna le long de son dos pour se loger entre ses cuisses.

Gabriel changea de position, la souleva légèrement tout en la faisant pivoter pour la plaquer davantage contre lui. Dans un mouvement qui lui sembla le plus naturel du monde, Pénélope se redressa et glissa la jambe sous elle jusqu'à le chevaucher. Ses seins frottèrent délicieusement contre son torse comme elle s'installait sur lui. De son côté, il écarta ses pieds, qui étaient fermement plantés sur le sol, favorisant un contact des plus intimes.

Traversée par une nouvelle onde de volupté, Pénélope interrompit leur baiser dans un cri étouffé. Seigneur, cela faisait si longtemps qu'elle n'avait pas été aussi vivante ! Malgré les épaisseurs de tissu qui les séparaient, elle sentait le sexe de Gabriel durci par le désir. Mais cela ne suffisait pas. Elle en voulait plus.

Prenant appui sur le dossier d'une main, elle approcha son autre poignet de sa bouche. Saisissant le bord de son gant entre ses dents, elle tira pour s'en débarrasser, puis le laissa tomber sans plus y penser. Elle en fit autant avec l'autre, pressée de toucher Gabriel de ses mains nues.

— Pénélope, gémit-il avec une nostalgie qui résonna douloureusement en elle.

Elle répondit d'un soupir alors même que ses mains couraient sur le torse de Gabriel. Au même moment, il enfouit les doigts dans ses cheveux, interrompant son exploration.

Les quelques épingles qui retenaient encore son chignon après leur course folle à travers bois volèrent dans les airs en cliquetant joyeusement. La longue crinière bouclée de Pénélope retomba autour de son visage tandis que Gabriel se redressait afin de s'emparer à nouveau de ses lèvres.

Elle prit une brève inspiration, s'attendant qu'il se montre aussi hardi que pour leur baiser précédent, au lieu de quoi, il se contenta de promener la langue sur ses lèvres, d'en titiller les commissures, d'explorer sa bouche, avant de mêler sa langue à la sienne en une danse intime, à la fois douce et impérieuse.

Une sourde frustration envahit la jeune femme. Jamais on ne l'avait embrassée ainsi. Jamais elle n'avait joué à ce jeu si excitant de donner et de recevoir, qui la laissait tremblante de désir. Elle n'était plus innocente. Même si elle n'avait pas connu d'homme depuis deux ans, son corps savait ce qui allait se passer ensuite. Il le savait et n'avait pas l'habitude qu'on le fasse attendre aussi longtemps, une fois parvenu à ce stade d'excitation. Serrant les hanches de Gabriel entre ses cuisses, elle commença à onduler afin de l'inciter à lui offrir ce qu'elle attendait.

Hélas ! S'il la prit effectivement par les hanches pour la presser plus fortement contre sa virilité, il ne se hâta pas pour autant. Pire, son baiser se fit encore plus langoureux. Puis sa bouche quitta la sienne pour descendre sur sa gorge. Elle sentit sa langue s'attarder là où une petite veine battait furieusement, et son cœur s'emballa. De plus en plus tendue, elle en gémit de frustration.

Il *fallait* qu'il soulage la fièvre qui la consumait ! Elle se cabra, essayant instinctivement de le pousser dans ses retranchements, mais cela ne lui valut qu'un rire un peu rauque qui lui arracha un frisson. Le diable d'homme ! Elle était en feu, et lui prenait tout son temps, en pleine possession de ses moyens…

Le souffle de Pénélope se bloqua soudain comme si on venait de déverser sur elle un baquet d'eau glacée.

Que suis-je en train de faire ? Elle avait embrassé Gabriel dans une tentative désespérée pour mettre fin à une crise de panique imminente. Certes, le stratagème avait fonctionné… Mieux qu'elle ne l'aurait imaginé, même. Mais c'était elle qui avait perdu pied dans la foulée.

Rougissante, elle s'écarta vivement de Gabriel.

Le geste fut si soudain qu'il battit des paupières en la regardant d'un air surpris, puis se rembrunit, visiblement déconcerté.

— Pénélope ?

— Je suis désolée, souffla-t-elle en le repoussant.

Puis, soulevant le genou, elle se leva d'un mouvement gracieux qui aurait fait la fierté du maître de danse le plus exigeant. Elle reprit place en face de lui, plaquant les épaules contre le dossier de la banquette pour mettre le plus de distance possible entre eux.

Pendant quelques instants, seul leur souffle haletant emplit le silence. Pénélope ne pouvait se résoudre à croiser le regard de Gabriel. Elle garda les yeux obstinément baissés lorsqu'elle entendit le crissement de la banquette. Gabriel devait s'être redressé, devina-t-elle. Après quoi, un froissement d'étoffe lui indiqua qu'il rajustait sa tenue.

— Pénélope…

Elle se risqua enfin à le regarder. Il semblait en proie aux mêmes tourments qu'elle, à la fois éperdu de désir et s'efforçant de le dissimuler. Il était assis un peu trop droit, ses mâchoires étaient un peu trop serrées, ses pupilles étaient un peu trop dilatées.

— Que...

— Je... je ne sais pas ce qui m'a pris, coupa-t-elle d'une voix chevrotante.

Ce qui n'était pas tout à fait exact. Si elle ignorait ce qui l'avait poussée à lui offrir ce second baiser, elle ne savait que trop bien ce qu'elle avait ressenti une fois qu'elle avait commencé. Du désir, pur et simple ! Et son esprit rationnel trouvait cela intolérable.

Encore maintenant, un inavouable brasier grondait en elle – la brûlure torride de la passion. Cela faisait si longtemps qu'elle n'avait pas ressenti un tel embrasement de tous ses sens ! Durant son mariage, elle avait connu une vie intime pleine de vitalité, aussi n'était-ce pas le désir qu'elle éprouvait qui la surprenait. C'était bien plus la rapidité avec laquelle son attirance naissante pour Gabriel s'était transformée en passion au seul contact de ses lèvres sur les siennes.

Elle porta la main à sa bouche. Ses doigts, pourtant glacés, n'en apaisèrent pas le feu.

— Je suis désolée, répéta-t-elle, autant pour elle que pour lui. Je n'aurais pas dû vous embrasser.

Moins, toutefois, que ce qui s'était ensuivi !

Gabriel demeura silencieux un long moment, se contentant de l'observer sans ciller. Elle commençait à penser qu'il considérait ses excuses comme mettant fin à cette conversation quand il demanda :

— Dans ce cas, pourquoi l'avoir fait ?

— Je...

Que lui répondre alors qu'elle n'en savait rien elle-même ? Du moins, en ce qui concernait le second baiser. Aussi, après s'être raclé la gorge et avoir redressé les épaules, lui donna-t-elle la raison du *premier* baiser.

— C'était nécessaire pour... votre traitement.

Gabriel ouvrit des yeux ronds. Il ne s'était manifestement pas attendu à cette réponse.

Et elle devait admettre qu'ainsi formulé...

— Pour détourner votre attention de votre crise de panique, je veux dire, précisa-t-elle. Et cela a fonctionné, n'est-ce pas ? Vous ne semblez plus ressentir le moindre malaise.

Battant des paupières, il examina l'intérieur de la voiture, le front barré d'une ride perplexe.

— En effet, confirma-t-il, non sans surprise.

Puis il arqua un sourcil amusé.

— Cela dit, je commence à me demander si Allen n'avait pas raison en vous accusant de pratiques immorales...

Son ton était moqueur, mais ses yeux étaient encore voilés d'une passion inassouvie – comme devaient l'être les siens, devina Pénélope.

Bien que rougissante, elle répliqua sur le même ton :

— J'ai également envisagé de vous gifler. Ç'aurait peut-être été tout aussi efficace. Pensez-vous qu'il aurait davantage approuvé cette méthode ?

Gabriel réprima un frisson théâtral.

— Très probablement, mais pour ma part, je ne l'aurais pas autant appréciée.

Il lui sourit, et elle lui sourit en retour, malgré ses joues qui s'enflammaient de plus belle. Puis il s'adossa à la banquette et ferma les yeux, les mains posées sur l'abdomen, les jambes croisées, comme s'il s'apprêtait à dormir.

Pénélope laissa échapper un profond soupir. Elle n'avait pas la moindre idée de ce qu'il pensait, mais elle lui était reconnaissante de ne pas insister. Peut-être parviendraient-ils à oublier cet épisode et faire comme si de rien n'était.

Elle l'espérait de tout son cœur.

— Pénélope ? dit-il en soulevant à demi les paupières. Traitez-vous tous vos patients masculins de la sorte, ou suis-je le seul bénéficiaire de cette méthode ?

— Je... pardon ? bafouilla-t-elle. Non ! Bien sûr que non !

Refermant les yeux, il hocha la tête.

— Donc, je suis le seul.

Pénélope l'aurait juré, l'ombre d'un sourire avait incurvé ses lèvres.

Elle comprit alors que lui non plus n'était pas près d'oublier.

Gabriel n'aurait su dire combien de temps passa tandis qu'il était assis en face de Pénélope, feignant de dormir. Tout ce qu'il savait, c'est que s'il rouvrait les yeux et la regardait, elle se retrouverait sur ses genoux en un éclair, les jupes troussées jusqu'à la taille, et qu'il serait en elle avant qu'elle ait le temps de comprendre ce qui lui arrivait.

Dieu du Ciel, il n'avait jamais rien goûté de plus doux que ses lèvres ! Il ne risquait pas de les oublier, pas plus qu'il n'oublierait son corps contre le sien ni ses gémissements.

Loin de lui l'idée de se plaindre, mais que s'était-il passé exactement ?

Il se souvenait qu'elle l'avait arraché aux ténèbres qui se refermaient sur lui. Il entendait encore sa voix qui l'appelait, sentait ses mains apaisantes... Puis elle l'avait embrassé et une flamme s'était allumée en lui, consumant tout ce qui n'était pas elle, se transformant en un véritable brasier qui avait échappé à son contrôle. Si elle ne s'était pas ressaisie...

En ce moment même, ils seraient tous deux en train de gémir de plaisir.

Ravalant un grondement de frustration, il s'installa de biais, histoire de dissimuler son désir, au cas où Pénélope aurait la mauvaise idée de regarder dans sa direction.

— Vous n'avez pas besoin de faire semblant de dormir à cause de moi, vous savez.

Il rouvrit les yeux et la regarda. Elle avait rattaché ses cheveux de son mieux. Il l'avait entendue ramasser ses épingles un peu plus tôt et, eût-il été un gentleman, il l'aurait aidée. Sauf qu'il se méfiait de ses impulsions.

Bon sang, il s'en méfiait encore en cet instant ! Même dans cette austère robe de deuil, Pénélope demeurait éminemment désirable.

Son regard s'attarda sur ses lèvres, où flottait un sourire ironique, et il s'imagina faire courir sa langue le long...

— Après tout, ce n'était qu'un petit baiser entre amis, non ?

Gabriel leva les yeux. Elle souriait toujours, mais il y avait quelque chose d'un peu forcé dans ce sourire. Ainsi donc, elle était embarrassée.

Décroisant les jambes, il se redressa tout en cherchant quoi répondre. Il serait malvenu de souligner que cela n'avait certainement pas été un *petit* baiser. D'autant que s'il en jugeait au ton de Pénélope, trop léger pour être honnête, elle essayait désespérément de minimiser l'affaire.

— Ce que je voulais dire, poursuivit-elle, c'est que nous n'avons pas besoin d'en faire quelque chose de plus qu'il n'était.

— Hmm, marmonna-t-il, évasif.

Il en serait peut-être resté là si ce baiser n'avait pas été le plus affolant de toute sa vie. Comment aurait-il pu prétendre qu'il ne s'était rien passé ? Se penchant imperceptiblement vers Pénélope, il demanda :

— Et qu'était-il, au juste ?

La jeune femme avala sa salive.

— Eh bien… vous savez.

Gabriel arqua un sourcil, façon de lui indiquer qu'il n'en avait pas la moindre idée. Pénélope s'empourpra. Elle avait remis ses gants et se triturait nerveusement les mains. Peut-être était-ce cruel de sa part, mais il adorait la voir aussi fébrile. Cela signifiait que leur baiser n'avait pas été une expérience banale pour elle, ce qu'il n'imaginait d'ailleurs pas. Cela voulait également dire qu'elle en avait été aussi troublée que lui.

Mais contrairement à lui, elle semblait résolue à tourner la page.

— Ce n'est que la manifestation de notre vitalité naturelle, si vous tenez absolument à mettre un nom dessus, lâcha-t-elle finalement.

Gabriel étrécit les yeux mais ne dit mot.

— Rien dont nous devions nous sentir coupables, s'empressa-t-elle d'ajouter, se méprenant sur son expression. Nous sommes tous deux jeunes, célibataires et… et nous nous sommes laissé emporter par l'intensité de l'instant. C'était on ne peut plus naturel.

— Naturel, répéta Gabriel d'une voix traînante.

Cela lui semblait certes naturel, à présent. Ils étaient assis l'un en face de l'autre dans cette minuscule voiture, si près qu'il pouvait sentir l'excitation de Pénélope se mêler à son parfum subtil aux arômes de vanille et de mandarine. Une fragrance douce et cependant capiteuse, à l'image de la jeune femme. Cela lui donnait envie de…

— Mais c'était aussi une erreur, poursuivit-elle, l'arrachant à ses réflexions. Une erreur qui ne peut pas se reproduire.

Gabriel croisa les bras sans cesser de l'étudier. Elle avait rougi de nouveau, nota-t-il malgré la faible lumière. Il trouvait en outre tout à fait intéressants les termes qu'elle avait choisis… Qui essayait-elle de convaincre ? Lui, ou elle ?

— Ne peut pas ? demanda-t-il d'une voix suave. Ou ne doit pas ?

Elle prit une inspiration saccadée.

— Les deux, répéta-t-elle avec conviction. L'un et l'autre.

Gabriel ne put réprimer un sourire. Ce fut plus fort que lui. Pénélope avait beau prétendre le contraire, elle le désirait. *Lui.* Il ne croyait pas un instant à cette histoire de « vitalité naturelle », même si elle semblait y croire dur comme fer. Sans doute était-ce sa façon de justifier son geste, mais pour sa part, il trouvait le prétexte des plus fallacieux.

Il aurait volontiers poussé un cri de triomphe. Pour la première fois depuis des mois, il se sentait… puissant. Comme autrefois. Comme un homme de son âge devrait l'être.

Plus important, peut-être, il songea à tout ce qu'il ne se sentait pas. Désespéré. Replié sur son malheur. En état d'infériorité.

Là, c'était Pénélope qui était vulnérable face à lui et non l'inverse. Ou du moins étaient-ils aussi vulnérables l'un que l'autre.

Et il aimait plutôt cela.

— Ce qui s'est passé ne se reproduira pas. Il n'y a pas de place pour…

Elle s'interrompit, cherchant ses mots.

— Pour l'intimité entre nous. Cela ne vous aidera en rien à guérir.

— Ah, murmura-t-il, savourant l'instant. Je croyais que votre approche thérapeutique si particulière exigeait justement une certaine intimité. Que je devais vous dévoiler mon âme, et toutes ces choses-là ?

— Votre âme, oui. Le reste, non, répliqua-t-elle d'un air guindé.

Gabriel ne put s'empêcher d'éclater d'un rire si sonore que tous deux sursautèrent, pris de court. Ils échangèrent un sourire.

— Je suis très sérieuse, Gabriel, dit-elle d'un air amusé qui démentait ses paroles.

— Je le sais, Pénélope, répondit-il.

Mais il ne lui fit aucune promesse. Il ne s'était pas senti aussi optimiste et heureux de vivre depuis une éternité. Il avait l'impression d'avoir laissé son ancienne vie derrière lui, à Vickering Place, et que celle qui l'attendait, bien qu'encore inconnue, était pleine de risques mais aussi de possibilités. Et quoi qu'en dise Pénélope, il n'avait pas l'intention de fermer la moindre porte susceptible de le mener à une vie où ce bonheur-là serait une réalité quotidienne.

Il n'avait acquiescé que du bout des lèvres, mais cela sembla apaiser la jeune femme. Manifestement plus détendue, elle passa le reste du trajet jusqu'à Somerton Park à bavarder. Cela ne lui ressemblait pas de se montrer aussi loquace. Il comprit vite qu'elle ne parlait que pour éviter toute conversation au sujet de ce fameux baiser ou de leurs sentiments à ce sujet.

Peu lui importait. Il avait toujours aimé le son de sa voix. Il aurait pu l'écouter pendant des heures. Il aimait aussi la voir sourire lorsqu'elle parlait des siens, et enviait l'affection si évidente qu'elle éprouvait pour eux.

Il trouva curieux qu'elle dise à plusieurs reprises combien lady Stratford était brillante. Elle semblait persuadée que sa cousine serait un formidable atout pour l'aider à le guérir, peut-être plus qu'elle-même. Chère Pénélope ! Sans vouloir manquer de respect à lady Stratford, comment pouvait-elle ne pas se rendre compte que s'il entrevoyait de nouveau une lueur d'espoir, c'était uniquement à cause d'*elle* ?

Avant peu, la voiture franchit les grilles du manoir. À vrai dire, plus de trois heures avaient dû s'écouler, car l'horizon s'assombrissait, mais Gabriel n'avait pas vu le temps passer.

Alors qu'il descendait de voiture et inspirait l'air frais, il songea, émerveillé, que la terreur suffocante qui avait failli avoir raison de lui n'était pas revenue le hanter après leur baiser. Une fois qu'il avait tenu Pénélope dans ses bras, il lui avait semblé que son corps et son esprit s'étaient concentrés sur elle, ne laissant pas la moindre place en lui pour la peur.

Et tandis qu'il la regardait étreindre sa cousine avec enthousiasme, une pensée lui traversa l'esprit en dépit de la promesse qu'il s'était faite à lui-même de protéger la jeune femme de sa folie.

Si seulement je pouvais la garder auprès de moi pour toujours.

11

Le marbre froid de la balustrade glissait sous la main de Pénélope tandis qu'elle descendait d'un pas vif les marches de l'escalier monumental, le lendemain matin.

Elle avait trop dormi – ou, plus précisément, pas assez –, mais ce n'étaient pas ses cauchemars qui l'avaient tenue éveillée. Non, ses rêves, bien que fort agités, avaient été d'une tout autre nature.

Jamais elle n'aurait dû embrasser Gabriel, et pas uniquement pour les raisons qu'elle lui avait données la veille. À présent qu'elle avait ouvert cette porte, l'étincelle de désir qu'elle avait ressentie à son endroit avait pris les proportions d'un véritable feu de joie. Ce n'était peut-être pas encore un incendie, mais jamais, de sa vie, elle n'avait éprouvé un tel désir, pas même avec Michael. Et cela la terrifiait.

Voilà ce qui se passait quand elle suivait son instinct ! Pourquoi n'avait-elle pas plutôt choisi de gifler Gabriel ?

Elle passa la tête dans la salle du petit déjeuner, mais elle était vide. Elle n'en fut pas autrement surprise car le soleil était déjà haut dans le ciel, et Liliana et Geoffrey étaient des lève-tôt.

Pénélope aurait aimé l'être aussi, mais trop d'années d'oisiveté citadine l'avaient habituée à des horaires bien plus tardifs. Même si elle n'avait pas passé la nuit à se retourner dans son lit, en proie à un désir lancinant, elle aurait eu du mal à être debout aux aurores.

Ce qui n'était pas le cas de Gabriel, apparemment. La bonne occupée à faire le ménage dans sa chambre l'avait informée qu'il s'était levé peu après l'aube. Pénélope se dirigea vers la bibliothèque, ennuyée. Quel manque d'attention de sa part, de laisser Gabriel seul dans cette maison qu'il ne connaissait pas ! Il ne lui restait plus qu'à espérer qu'il s'entendrait bien avec Liliana et son mari.

Elle inspecta la bibliothèque, le salon et même le petit salon de musique, en vain. Où diable était Gabriel ? Et les autres, d'ailleurs ?

Elle cherchait un domestique à qui poser la question quand elle entendit la voix de sa cousine au loin. Elle prit la direction d'où elle provenait.

Au détour du couloir, elle vit Liliana sortir de l'escalier de service qui menait à la nursery en compagnie d'une jeune femme. Tout en se dirigeant vers Pénélope, elle parlait en faisant de grands gestes, l'autre l'écoutant en hochant poliment la tête de temps à autre.

Pénélope s'immobilisa et les attendit.

Quand sa cousine la remarqua enfin, elle sourit et lui adressa un signe de la main.

— Pénélope, dit-elle, je te présente Mlle Eden. Mademoiselle Eden, voici ma cousine, lady Manton.

La jeune femme la salua d'une révérence.

— Mlle Eden s'est portée candidate pour être notre nouvelle nurse une fois que le bébé sera là, expliqua Liliana.

— Ma foi, mademoiselle Eden, dit Pénélope en souriant, j'espère que vous avez de l'énergie à revendre. La fille de ma cousine déborde de vitalité, et j'imagine que son frère ou sa sœur aura le même tempérament.

— Je ne manque pas de vitalité non plus, madame, répondit la jeune femme. Cela ne devrait donc pas être un problème.

— Je ne veux pas vous interrompre, dit Pénélope à sa cousine. Si tu pouvais juste me dire où trouver…

— En fait, nous avions presque fini. Donne-moi un instant.

Pénélope hocha la tête et suivit les deux femmes. Elle ne put s'empêcher d'écouter leur conversation. Liliana parlait des habitudes de sa fille et la nurse faisait des suggestions. Mais à mesure que l'échange se déroulait, Pénélope s'aperçut qu'elle n'aimait pas Mlle Eden.

Elle n'aurait su expliquer pourquoi. La nurse était correctement habillée, propre et polie. Elle répondait aux questions de Liliana avec une calme assurance. En vérité, elle n'avait rien fait ni dit qui soit de nature à mettre Pénélope si mal à l'aise. Et pourtant, c'était le cas.

— Merci d'être venue, mademoiselle Eden, dit Liliana avant de la remettre entre les mains de la gouvernante, sans doute pour que celle-ci la raccompagne. Je vous tiendrai au courant.

Liliana se tourna vers Pénélope.

— Allons nous asseoir un peu au salon, veux-tu ? Ces derniers temps, je ne peux pas rester debout aussi longtemps que d'habitude.

Un sourire narquois aux lèvres, elle referma les mains sur son ventre proéminent.

— En fait, je cherche Gabriel. Sais-tu où il est ? s'enquit Pénélope tandis qu'elles faisaient demi-tour dans le couloir pour gagner le salon.

— Il est allé inspecter le domaine à cheval avec Geoffrey.

— Ah !

Pour la première fois depuis qu'elle s'était mise en quête de Gabriel, elle se détendit.

— Tant mieux, dit-elle. J'avais l'espoir qu'ils s'entendraient bien. Après tout, ils étaient l'un et l'autre dans la cavalerie.

— Oui, j'ai supposé que c'était en partie pour cette raison que tu l'as amené ici, répondit sa cousine.

Elles entrèrent dans le salon rouge, ainsi nommé à cause de ses murs tendus de damas vermillon, ponctué de pilastres blancs et de moulures dorées.

— Je t'ai vue soigner suffisamment de patients pour avoir repéré certaines de tes tactiques, poursuivit Liliana en s'asseyant sur un sofa. Je sais que tu les incites à renouer des liens avec leur entourage, qu'il s'agisse d'amis, de proches ou d'anciens soldats. J'ai aussi remarqué que tu commençais par leur prescrire une activité physique. Quand j'en ai parlé à Geoffrey, il a spontanément répondu présent sur ces deux fronts. Comme je ne peux plus l'accompagner pour nos promenades à cheval matinales, ajouta-t-elle en faisant courir sa paume sur son ventre rond, je suppose qu'il était ravi d'avoir de la compagnie.

Pénélope, qui avait pris place dans une bergère, se pencha et serra la main de sa cousine avec gratitude. Quelle chance elle avait d'avoir Liliana et Geoffrey dans sa vie ! À quelle autre porte que la leur aurait-elle pu frapper – accompagnée d'un homme qu'elle venait d'enlever d'un asile d'aliénés – en étant certaines qu'ils seraient *tous deux* accueillis à bras ouverts ?

— Tactiques ? Fronts ? répéta Pénélope, amusée. Tu commences à parler comme ton mari, tu sais.

Avant d'hériter de son comté, Geoffrey avait été un officier décoré et un héros de guerre. On chuchotait en ville qu'il préparait ses escarmouches parlementaires avec le même soin qu'il mettait autrefois à planifier ses batailles.

Le visage de Liliana s'éclaira d'un sourire attendri.

— C'est bien possible. Sans doute parce que je passe tellement de temps en sa compagnie.

Pénélope sourit aussi, mais un petit pincement d'envie lui serra le cœur. Liliana s'était mariée à peine un mois avant elle, et trois ans plus tard, elle était visiblement heureuse en amour, tandis qu'elle-même était veuve et désespérément seule.

Cela allait au-delà du fait que le mari de Liliana était vivant et pas le sien, Pénélope le savait. Liliana avait choisi un homme qui la complétait idéalement : il désirait ce qu'elle avait à offrir et, en retour, il était capable de lui donner ce dont elle avait besoin. Elle-même, en revanche, s'était étourdiment liée à un homme qui avait besoin de bien davantage que tout ce qu'elle aurait jamais pu lui apporter. Dès le premier jour, son union avec Michael avait été vouée à l'échec. Peut-être, si elle n'avait pas été aussi naïve, uniquement préoccupée de faire un beau mariage, aurait-elle vu les signes avant-coureurs avant qu'il soit trop tard.

Elle battit des cils pour chasser une larme. Se lamenter sur ce qui ne pouvait être changé ne servait à rien. La seule chose qu'elle pouvait se dire, c'était qu'elle n'était plus cette jeune fille stupide. Et que la prochaine fois, elle choisirait mieux.

Car il y aurait une prochaine fois. Si ennuyeuse et malvenue son attirance pour Gabriel fût-elle, elle lui avait révélé au moins une chose : la part d'elle-même qui se languissait de retrouver un compagnon n'était plus endormie. Peut-être le moment était-il venu de revenir dans le monde, de plonger de nouveau dans le bain… et de chercher un nouveau mari.

Elle regarda sa cousine, qui était occupée à caler un coussin dans son dos, et un autre désir, enfoui depuis longtemps, jaillit en elle avec force. Elle voulait des enfants.

Ce qui lui rappela Mlle Eden.

— Était-ce juste un entretien avec Mlle Eden, ou lui as-tu déjà offert le poste ?

Liliana lui adressa un regard surpris.

— Je le lui ai quasiment proposé. C'est assez difficile de trouver la personne idéale. Charlotte n'est pas encore assez âgée pour avoir une préceptrice, mais elle est si précoce que notre nurse actuelle est dépassée. J'ai besoin de quelqu'un qui puisse à la fois s'occuper du bébé et d'une petite fille de deux ans particulièrement éveillée, et Mlle Eden semble à la hauteur de la tâche. Pourquoi ?

Pénélope hésita. L'idée de risquer de faire perdre son poste à quelqu'un lui répugnait, mais quelque chose la gênait chez la jeune femme.

— Je n'ai pas une bonne intuition à son sujet. Je ne saurais pas t'expliquer pourquoi, mais je ne suis pas à l'aise avec elle.

Liliana parut surprise.

— Elle a d'excellentes références.

— Alors je dois me tromper, dit Pénélope.

Elle avait toujours suivi son instinct mais elle avait commis tant d'erreurs avec Michael qu'elle avait tendance à s'en méfier plutôt que de l'écouter.

Pourtant, Liliana semblait troublée.

— Non, dit-elle, tu as toujours eu un bon instinct, Pénélope. Tu vois chez les gens des choses qui m'échappent. Tu lis très bien en eux. C'est un don que je t'ai toujours envié. Si tu as des doutes, moi aussi. Je vais demander à Geoffrey d'étudier de plus près les références de miss Eden avant de prendre une décision.

Plusieurs pensées se bousculèrent dans l'esprit de Pénélope. Si elle était flattée que sa cousine lui manifeste une confiance aussi aveugle, elle était aussi stupéfaite qu'elle puisse lui envier quoi que ce soit. Charles, l'oncle de Pénélope, était chimiste, et Liliana, en digne fille de son père, avait fui l'existence frivole qu'elle-même avait recherchée. S'il y avait bien une chose que Pénélope lui enviait, c'était son intelligence exceptionnelle et sa stabilité. Et puis...

— Comment peux-tu croire que j'ai un instinct si fiable, moi qui ai épousé un fou ?

Liliana inclina la tête de côté, étudiant Pénélope comme s'il s'agissait d'un spécimen de laboratoire.

— Je sais que tu es persuadée que tu aurais dû repérer des signes de la maladie de Michael, mais je ne suis pas de ton avis.

Pénélope secoua la tête.

— Si je n'avais pas été aussi impulsive, si j'avais envisagé ma vie avec plus de sérieux, plus de *logique*, comme toi, j'aurais peut-être...

Liliana éclata de rire.

— Ne dis pas cela ! Tu es parfaite comme tu es. Crois-tu que je serais ce que je suis si je ne t'avais pas eue ? Alors que ta mère s'efforçait de me transformer, après la mort de mon père, tu m'as toujours acceptée telle que j'étais, sans jamais critiquer ce que je voulais faire de ma vie. Tu as été la seule à m'encourager et à m'aimer, parce que tu ne voyais que la personne que j'étais à l'intérieur.

Après une pause, elle reprit :

— Et regarde tout le bien que tu as fait à l'hôpital. J'ai passé ces deux dernières années à soigner le corps des gens. Toi, tu les as consacrées à guérir leur âme. Tu puises dans une somme de connaissances et tu les utilises de façon pragmatique, en modifiant les théories en fonction des besoins de tel ou tel patient. Je serais incapable d'en faire autant. Tu as considérablement amélioré la vie de ces hommes et de leurs proches. Cela compte plus pour l'humanité que n'importe quelle logique.

Pénélope fixa Liliana, interdite. Sa cousine la voyait-elle vraiment sous un jour aussi flatteur ?

— Je dois toutefois dire qu'enlever lord Bromwich de l'asile était un geste assez... radical. As-tu pris cette décision en écoutant ton instinct ?

Pénélope connaissait suffisamment Liliana pour savoir qu'il n'y avait nul jugement dans sa question, juste de la curiosité.

— Oui. Tout au fond de moi, j'ai compris qu'il ne guérirait jamais là-bas.

— De nombreuses personnes ne guérissent jamais, Pénélope. C'est triste, mais c'est ainsi.

Pénélope se rembrunit.

— En effet, mais je *sais* que Gabriel le peut.

— Hum, murmura sa cousine. Cela ne me semble pas une raison très logique pour avoir agi comme tu l'as fait. Cela dit, il est évident que tu es convaincue que lord Bromwich a des chances de guérir.

— Je n'ai jamais été aussi sûre de moi, reconnut Pénélope, et en même temps je n'ai jamais eu aussi peur de me tromper.

Liliana lui prit la main.

— C'est ce que je voulais dire tout à l'heure. Une personne aussi rationnelle que moi n'aurait jamais fait ce que tu as fait. Si lord Bromwich a des chances de guérir, c'est parce que *tu* es qui tu es. Tu suis ton instinct, même quand tu as peur.

Pénélope cilla pour retenir ses larmes.

— Et maintenant, enchaîna Liliana, l'œil un peu trop brillant, dis-moi d'où te vient cette certitude.

Pénélope prit une profonde inspiration.

— Eh bien, à part ses crises, les autres manifestations que j'ai observées ou dont j'ai pu parler avec Gabriel correspondent parfaitement aux symptômes du traumatisme de guerre.

Même son attaque de panique la veille dans la voiture, qu'elle attribuait plus à une peur anormale des espaces clos qu'à la folie, était typique.

Ce souvenir lui rappela la méthode qu'elle avait employée pour y mettre un terme… et les baisers passionnés qui s'étaient ensuivis. Les joues en feu, elle pria pour que sa cousine ne remarque pas son trouble.

— Un cas extrême de traumatisme de guerre pourrait-il mener à la folie ? demanda Liliana.

Pénélope hocha la tête.

— Oui. Je l'ai du reste envisagé, mais il devrait y avoir des signes d'instabilité en dehors des périodes de crise, or je n'en ai pas vu. Je ne peux pas non plus ignorer ses liens avec Michael, mais une fois de plus, il y avait des signes quand celui-ci était au bord de la crise.

Elle laissa échapper un soupir de frustration.

— Les crises de Gabriel n'ont rien à voir avec cela. C'est vraiment étrange. J'ai presque l'impression d'avoir affaire à *deux* maladies distinctes en même temps.

Ce n'était pas possible, n'est-ce pas ? Si quelqu'un avait la réponse à cette question, c'était Liliana, ce qui était une des raisons pour lesquelles Pénélope avait tant tenu à amener Gabriel ici.

Elle se pencha vers sa cousine.

— As-tu une idée de ce qui pourrait expliquer ce mystère ?

— C'est toi, l'experte sur les questions de déséquilibre mental. Je ne peux parler que de l'aspect physiologique, j'en ai peur, mais je serais heureuse d'essayer. Peux-tu me décrire ce que tu as observé ?

Pénélope rapporta sa première rencontre avec Gabriel à Vickering Place de la manière la plus détaillée possible. Elle omit toutefois le passage où il était tombé sur elle et où, la reconnaissant, il l'avait suppliée de l'aider. Cela lui semblait trop personnel pour être partagé, même avec Liliana. Elle se dit en outre que Gabriel serait mortifié si elle en parlait, mais elle se soupçonnait de vouloir garder ce moment pour elle.

Sa cousine, qui l'avait écoutée attentivement, fronça les sourcils.

— Pourrais-tu revenir à cette crise et ne me faire la liste que des symptômes physiques ?

— Bien sûr, répondit Pénélope, reconnaissant l'expression de Liliana.

Quelque chose avait, de toute évidence, retenu son attention, et elle était occupée à l'analyser, ce qui était exactement ce qu'elle avait espéré. Elle décrivit donc de nouveau Gabriel tel qu'elle se le remémorait, s'efforçant de se montrer à la fois précise et exhaustive.

— Il avait trop chaud et se grattait la peau…

— Comment sais-tu qu'il avait trop chaud ? l'interrompit Liliana. Ses vêtements étaient-ils humides de transpiration ?

— Euh… non. Il était… hum… entièrement dévêtu.

À ce souvenir, Pénélope sentit ses joues s'embraser de nouveau.

Liliana écarquilla les yeux.

— *Entièrement ?*

Pénélope hocha la tête. Maintenant qu'elle n'était plus sous le choc, elle se souvenait de la puissante musculature de Gabriel avec plus de netteté que ce jour-là. Dans ses moindres détails.

— Oui, répéta-t-elle, pressée de passer à autre chose avant que Liliana fasse un commentaire sur ses joues en feu. Et il se grattait comme si ses vêtements l'avaient irrité.

— Hmmm… fit de nouveau Liliana en la regardant un peu trop attentivement.

Par chance, elle ne posa aucune question indiscrète.

— Et tu dis qu'il ne transpirait pas ?

— Non. Sa peau était chaude au toucher, mais sèche. Il paraissait déshydraté, mais il avait beau boire, cela ne semblait pas étancher sa soif.

Ç'avait été horrible de l'entendre supplier qu'on lui donne encore de l'eau. Jamais Pénélope ne s'était sentie aussi impuissante.

— Oh, et ses pupilles étaient dilatées ! reprit-elle. À tel point que ses iris ressemblaient à deux billes noires. Et ses yeux étaient encore très sensibles à la lumière plusieurs heures après.

Liliana hocha la tête, se tapota les lèvres du bout de l'index.

— As-tu de nouveau observé l'un ou l'autre de ces symptômes depuis, même à un degré moindre ? Soit isolément, soit combinés ?

Pénélope poussa un soupir contrarié.

— Non.

— Imaginons que j'ignore tout de l'état mental de lord Bromwich et qu'on me le présente comme un patient par ailleurs en parfaite santé…

Sans cesser de se tapoter la bouche du doigt, Liliana s'adossa plus confortablement au dossier du sofa pour réfléchir, sous le regard anxieux de Pénélope, qui attendait avec impatience son diagnostic.

— Si tel était le cas, reprit-elle, je dirais que le tableau que tu me décris me semble correspondre fortement à un rejet par son organisme d'une quelconque substance. Peut-être quelque chose que lord Bromwich aurait touché ou ingéré.

Pénélope la regarda, bouche bée.

— Pardon ?

— Tu as dit toi-même que ton intuition te poussait à chercher ailleurs. Si cette crise n'a pas été déclenchée par un déséquilibre mental, l'autre type de cause à rechercher est d'ordre physiologique.

Pénélope en eut la chair de poule. Elle tenta de réprimer un fol espoir, en vain. S'avançant tout au bord de son siège, elle se pencha vers sa cousine.

— C'est possible ? Vraiment ?

— Bien sûr. Le corps humain est complexe et mystérieux, un peu comme l'esprit. Je pense que nous pourrions étudier l'un comme l'autre pendant des siècles sans jamais les comprendre pleinement.

Dieu du Ciel. Si les crises de Gabriel n'étaient pas de la folie, mais tout autre chose…

« Il n'y aurait aucune raison de refuser ses baisers », murmura la voix de la tentation.

« Il n'est pas question de l'embrasser de nouveau », lui rétorqua-t-elle en silence. Bonté divine, n'était-ce pas *elle* qui perdait la raison ?

— Très bien, mais qu'est-ce qui aurait pu déclencher une telle réaction ?

Le visage de Liliana se ferma.

— Je n'en ai pas la moindre idée. Je ne connais aucune substance susceptible de produire cette combinaison particulière de symptômes.

Pénélope se laissa aller dans son siège, déçue.

— La dilatation des pupilles semble indiquer une réaction à un médicament, continua Liliana. Un opiacé tel que le laudanum peut affecter les iris. Toutefois un opiomane aurait les pupilles comme des pointes d'aiguille et non comme des billes. Dans l'immédiat, je ne vois rien qui provoque l'inverse.

Pénélope ravala un soupir.

— La bouche sèche peut être attribuée à une multitude de causes, donc à elle seule, elle ne nous donnera pas d'informations.

Elle se remit à taper du doigt.

— Tu dis que lord Bromwich se grattait. As-tu remarqué une éruption cutanée ? Des plaques, des boutons ?

— Non, répondit Pénélope en s'enfonçant davantage dans son fauteuil. La démangeaison semblait venir de l'intérieur.

— Étrange, commenta Liliana. Je m'attendrais qu'une réaction alimentaire ait au moins une manifestation extérieure. Cela ne signifie pas pour autant que nous n'avons pas avancé.

Elle se mordit la lèvre inférieure, visiblement perdue dans ses pensées.

Pénélope s'efforça de lutter contre sa déception, qui allait croissant.

— Même si nous pouvons expliquer les autres symptômes, est-il possible d'ingérer une substance qui cause des hallucinations ? risqua-t-elle.

— Là, je peux te répondre un « oui » définitif. Une intoxication à l'ergot de seigle peut déclencher des hallucinations, voire des épisodes de démence. La chaleur corporelle et la soif extrêmes que tu décris font aussi partie des symptômes.

À ces mots, l'espoir envahit de nouveau Pénélope, chassant le découragement.

— Il s'agit bien de ce champignon qui pousse dans le seigle, n'est-ce pas ? Si Gabriel a consommé du pain confectionné avec des grains atteints…

— Il aurait eu des vomissements et des convulsions, très probablement, l'interrompit Liliana. Ainsi que tous ceux qui en auraient aussi mangé. Non, je doute qu'il s'agisse d'un cas d'intoxication à l'ergot. Surtout si, comme tu l'as mentionné, ces crises sont survenues avec une certaine régularité. Je dis juste qu'il existe bel et bien des substances naturelles qui peuvent déclencher des hallucinations chez des personnes n'ayant par ailleurs aucun problème mental. En revanche, je n'en vois aucune qui provoque l'ensemble des symptômes que tu décris.

Pénélope, quant à elle, ne voyait personne qui possède les connaissances de Liliana en matière de chimie et d'herbes médicinales. Si sa cousine ignorait de quoi il pouvait s'agir…

— Eh bien, tant pis, dit-elle en s'efforçant de ne pas avoir l'air trop abattu.

Liliana s'esclaffa et secoua la tête.

— Je ne sais pas tout, Pénélope, mais je me ferai un plaisir d'effectuer quelques recherches.

Elle se tapota le ventre.

— Pour l'instant, je ne suis pas vraiment en mesure d'aller baguenauder dans la campagne pour collecter des spécimens, dit-elle avec une petite moue. Je ne peux même plus travailler dans mon laboratoire. Tu n'imagines pas le nombre d'éprouvettes que j'ai brisées à cause de mon ventre. C'est triste. Cela finit par me coûter cher !

Les deux jeunes femmes éclatèrent de rire, puis Liliana posa les mains sur ses hanches et s'étira dans un soupir. Les yeux clos, elle demeura immobile contre les coussins.

L'instant se prolongea... et se prolongea encore. Alors que Pénélope commençait à se demander si sa cousine ne s'était pas assoupie, celle-ci murmura sans ouvrir les yeux :

— Parfois, les erreurs que nous commettons nous font devenir meilleurs. Nous apprenons et nous grandissons. Tu dois recommencer à te faire confiance, Pénélope.

La jeune femme déglutit péniblement, la gorge nouée. Puis elle s'éclaircit sa voix et déclara :

— Oui, eh bien, je vais te laisser te reposer. Geoffrey a-t-il dit quand Gabriel et lui comptaient rentrer ?

S'ils ne devaient pas revenir avant un moment, peut-être allait-elle faire un tour à la nursery pour voir sa petite cousine chérie.

— Mmm... murmura Liliana d'une voix somnolente. Pas avant la fin de l'après-midi. Geoffrey a parlé d'aller inspecter la nouvelle galerie creusée à la mine.

La mine ? Jamais Gabriel ne pourrait y descendre ! Il avait à peine pu effectuer le trajet en voiture. Il n'allait pas supporter de se trouver dans un souterrain obscur. Le seul fait d'essayer pouvait déclencher une attaque de panique. Il n'essaierait même pas.

Sauf que Pénélope avait travaillé avec assez d'anciens soldats pour savoir combien les hommes détestaient avouer leurs faiblesses devant un autre homme.

La visite à la nursery devrait attendre.

Dans le fracas du galop de sa monture sur la prairie, Gabriel s'engagea à la suite de Stratford vers le sommet de la petite colline qui se dressait devant eux. L'air froid lui fouettait le visage et lui emplissait les poumons d'une merveilleuse sensation de fraîcheur et de pureté.

Cette course à cheval en direction du levant, dans l'éblouissante lumière du soleil et les halètements de sa monture qui se mêlaient aux siens, lui était un pur bonheur.

Alors comment l'hypothèse de Pénélope pouvait-elle tenir debout ? Selon elle, tout ce qui lui rappelait la guerre pouvait déclencher une crise. Or s'il y avait bien une chose qui lui rappelait ses années de service dans le 10e régiment de hussards du prince de Galles, c'était bien de galoper à bride abattue à travers champs ! Pourtant Gabriel se sentait plus fort qu'il ne l'avait été depuis des mois.

Certes, ce que l'on pouvait voir, entendre ou sentir sur un champ de bataille était très éloigné de ce paysage pastoral du Shropshire, mais son esprit n'aurait-il pas dû effectuer certaines de ces mystérieuses associations que Pénélope avait tenté de lui expliquer ?

Stratford fit ralentir sa monture comme ils parvenaient au sommet de la colline. Gabriel l'imita et tira sur les rênes de son étalon.

— Vous vous débrouillez plutôt bien, sur un cheval, Bromwich, lança le comte en se penchant pour flatter le cou de son pur-sang.

Puis il se redressa et, se tournant vers Gabriel, le sourire aux lèvres, il ajouta :

— Pour un hussard.

Gabriel émit un reniflement de mépris, mais ne put s'empêcher de sourire. Il appréciait Geoffrey Wentworth. Les deux hommes n'avaient guère eu l'occasion de faire connaissance par le passé. Bien sûr, ils avaient entendu parler l'un de l'autre, mais à l'école, Stratford avait quelques classes d'avance sur lui, et ils n'avaient pas eu le temps de fraterniser pendant la guerre. Ils avaient l'un et l'autre appartenu à la cavalerie légère, mais Stratford avait été affecté aux 12e dragons légers.

— Du calme, mon vieux, reprit le comte en riant. Au moins, vous aviez ces drôles de cols et ces superbes moustaches.

Gabriel fronça les sourcils d'un air faussement furieux. Qu'il avait détesté ces uniformes, avec leurs passementeries recherchées et leurs couleurs voyantes ! Une idée de Prinny, bien sûr.

« Non, rectifia-t-il en son for intérieur. L'homme s'appelait désormais le roi George IV. » Beaucoup de choses avaient changé pendant qu'il était enfermé à Vickering Place, dont la mort du roi fou n'était pas la moindre.

Quoi qu'il en soit, ce maudit uniforme ne s'était pas révélé très pratique sur un champ de bataille. Sans parler de ces satanées moustaches ! Non seulement elles grattaient, mais elles attrapaient la poussière si bien que tout avait perpétuellement un sale goût.

— Je crains que vous ne soyez victime d'une grave méprise, Stratford, répliqua Gabriel avec flegme.

Nous, les hussards, n'étions pas derrière vous parce que vous étiez plus rapides, mais parce qu'il fallait bien que quelqu'un surveille vos arrières.

Dans un grand éclat de rire, Stratford dirigea sa monture le long de la ligne de crête.

Ils cheminèrent un moment en silence, chacun savourant cet instant de liberté. Quand Stratford lui avait proposé de l'accompagner ce matin, Gabriel ne savait pas à quoi s'attendre. Il s'attendait à demi que son hôte le soumette à un interrogatoire serré au sujet de ses crises de folie. Bon sang, c'est ce que *lui* aurait fait, si un homme soupçonné de démence avait séjourné sous le même toit que son épouse et ses enfants ! Il aurait voulu s'assurer que son visiteur ne représentait pas un danger.

Mais Stratford s'était montré accueillant et courtois, le traitant avec respect. Tandis que leurs montures allaient au pas au bord d'une falaise surplombant une large vallée, il fut le premier à rompre le silence.

— J'ai entendu dire que c'étaient vos hommes et vous qui aviez rencontré Blücher et l'armée prussienne. Si vous ne les aviez pas dirigés vers nous… s'ils n'avaient pas mobilisé les réserves de Napoléon à ce moment-là…

Le comte fixa l'horizon, les yeux étrécis.

— Eh bien, disons seulement qu'aujourd'hui, même les paysans d'ici parleraient français.

Gabriel pinça les lèvres en un vague sourire. En vérité, c'était plutôt une grimace. Comme chaque fois que quelqu'un évoquait Waterloo, il était pris de nausées. Les gens lui disaient qu'il s'était comporté en héros ce jour-là, mais il n'en avait aucun souvenir. Tout ce qu'il savait, c'était qu'il avait été le seul de ses hommes à revenir vivant de cet assaut fatal.

D'ordinaire, quand on abordait le sujet, il se contentait d'un hochement de tête poli et en changeait. Pénélope avait affirmé qu'il pourrait guérir s'il affrontait les traumatismes qu'il avait subis pendant la guerre, mais comment aurait-il pu regarder celui-là en face s'il ne parvenait même pas à se le rappeler ? Peut-être qu'en discutant avec un homme qui se trouvait lui aussi sur le champ de bataille ce jour-là, il pourrait retrouver la mémoire.

— Vous avez bien entendu, répondit Gabriel, mais je ne m'en souviens absolument pas.

Stratford tourna vers lui un regard surpris.

— La dernière chose que je me rappelle, précisa Gabriel, c'est cette maudite canonnade.

Les Français s'étaient alignés sur le promontoire au-dessus de la ferme de la Haye-Sainte et avaient fait feu directement sur le centre et le flanc gauche des troupes de Wellington. L'épouvantable fracas et la puanteur âcre de la poudre, de la fumée et des chairs brûlées lui revinrent grâce à la mémoire des sens.

Stratford hocha la tête, songeant à ce même moment, mais sans doute le revoyait-il depuis l'endroit où il se trouvait pendant la bataille.

— Oui, répondit-il avec gravité. Ç'a été le barrage le plus effroyable que j'aie affronté au cours de mes douze années dans l'armée.

Gabriel ne comprenait que trop bien ce qu'il voulait dire. Il avait été pétrifié de terreur, mais il savait qu'il n'obtiendrait pas davantage d'un soldat commentant le sujet que cette déclaration posée.

— Ma foi, nous savions qu'il y avait un risque que les Français nous séparent des renforts que nous attendions de l'armée prussienne. J'avais chargé l'un de mes hommes de porter les messages entre

Blücher et Wellington. Les Prussiens suivaient un chemin parallèle à celui de nos propres forces, légèrement en arrière, mais quand les Français ont contraint Wellington à faire marche arrière, il est devenu évident que le point de jonction prévu ne pourrait être atteint.

Sa poitrine se serra quand il se souvint de l'instant précis où il l'avait compris.

— Je savais que nous devions retrouver les Prussiens et les faire bifurquer dans la bonne direction. J'ai désigné quelques-uns de mes meilleurs hommes pour qu'ils traversent les lignes françaises.

— Bonté divine, mon vieux, c'était une mission suicide.

— Oui.

La culpabilité le consumait.

— Si j'avais eu la certitude de pouvoir rejoindre Blücher vivant, je serais parti seul. Mais vous vous souvenez comment c'était.

Stratford hocha la tête, le visage sombre.

— Je me suis efforcé de ne choisir que des hommes sans famille, ou du moins sans enfants, car la plupart avaient une épouse ou une fiancée.

Ou une relation avec l'une de ces malheureuses qui suivaient l'armée.

— Certains, déjà pères, ont pourtant insisté pour venir.

— De nobles âmes.

— Oui. Quatorze d'entre nous ont retiré leurs manteaux et leurs shakos afin d'être moins faciles à identifier comme soldats anglais, puis nous nous sommes mis en route deux par deux, suivant des trajets différents. Ensuite…

— Ensuite ?

Gabriel serra les poings sur ses rênes.

— Ensuite, rien. Ce sont mes derniers souvenirs. Je me suis réveillé dans un hôpital une semaine plus tard. Il paraît que j'avais retrouvé Blücher – je ne le sais que parce qu'il a lui-même mentionné mon nom devant Wellington par la suite. Il paraît aussi que j'étais au premier rang, mais comme je vous l'ai dit, je ne m'en souviens pas.

— Et les autres ? demanda Stratford.

— Tombés. Jusqu'au dernier.

Stratford tressaillit.

— Je suis désolé, dit-il d'un ton de regret sincère.

Stratford comprenait probablement, dans une certaine mesure. En tant que commandant, lui aussi avait perdu quantité d'hommes. Mais Gabriel savait aussi que l'expérience que Stratford avait de Waterloo différait grandement de la sienne. Le comte avait la réputation d'avoir sauvé nombre de soldats ce jour-là, il avait même reçu un coup de baïonnette qui ne lui était pas destiné et s'était retrouvé plusieurs mois dans un hôpital en Belgique. Tandis que lui avait mené ses hommes au massacre.

— On vous a donc emmené à Bruxelles ?

Gabriel hocha la tête.

— Apparemment, on m'a retrouvé trois ou quatre jours après la fin des combats. Je n'ai jamais su où.

Il ne pouvait qu'imaginer les horreurs dont il avait été le témoin. Le champ de bataille avait été jonché de cadavres d'hommes et de bêtes en décomposition – et la boue et l'humidité n'avaient rien arrangé.

— C'est sans doute une bénédiction que je n'en aie aucun souvenir.

— En effet, mais à votre réveil, personne n'a pu vous aider à reconstituer les événements ? Celui qui vous a retrouvé, par exemple ?

— On ignore son identité. Je suis simplement arrivé à une église près de Waterloo dans une ambulance avec quelques autres rescapés, m'accrochant à la vie. Quand on a constaté qu'on n'arrivait pas à me réveiller, on m'a transféré dans un hôpital de Bruxelles. Comme j'avais ôté mon manteau et mon shako, ainsi que les insignes qui auraient permis de m'identifier comme un officier britannique, personne n'a su qui j'étais jusqu'à ce que je sois capable de parler. Tout ce qui s'est passé entre le moment où je suis parti en mission et mon réveil a disparu de ma mémoire.

Pendant un long moment, les deux hommes chevauchèrent côte à côte sans mot dire, chacun perdu dans ses réflexions. Puis Stratford déclara :

— Je n'ai pas vraiment repris conscience des semaines durant. La fièvre, voyez-vous. J'ai déliré pendant un certain temps, mais à mon réveil, je me souvenais de tout.

Il ajouta d'une voix sourde :

— De chaque abominable instant.

Il tourna vers Gabriel un regard hanté.

— Honnêtement, j'ignore ce qui est le pire.

Stratford regarda de nouveau l'horizon.

Étrangement, Gabriel se sentait plus léger après cette conversation, si morose soit-elle. Peut-être Pénélope avait-elle raison. Parler avec quelqu'un avec qui il partageait certaines expériences l'aidait à se sentir mieux. Plus fort, en quelque sorte.

Quand il prit conscience de cela, d'autres pensées suivirent. La première fois qu'il avait rencontré Pénélope, il se souvenait de s'être demandé si elle le comprenait si bien parce que le mari de sa cousine Liliana avait traversé le même enfer que lui. Cela semblait logique. Après tout, Stratford avait servi dans l'armée pendant douze ans, soit presque quatre ans de plus que lui, il avait été grièvement blessé et avait enduré une douloureuse convalescence – si ce n'était pas *là* un traumatisme, alors Gabriel ignorait ce que c'était.

Peut-être était-ce l'une des raisons pour lesquelles Stratford avait créé cet hôpital pour anciens militaires qu'il dirigeait aujourd'hui avec son épouse, et où Pénélope travaillait : parce qu'il savait de première main ce qu'affrontaient les hommes de retour de la guerre. Si le comte avait souffert de traumatismes liés aux combats et qu'il s'en était remis, peut-être y avait-il de l'espoir pour lui-même.

Il suffisait de lui poser la question. Pourtant, cette perspective lui laissait un goût de poussière sur la langue, un peu comme ces satanées moustaches autrefois. Les hommes ne parlaient pas de telles choses, et surtout pas avec d'autres hommes.

Cela dit, Pénélope semblait persuadée que parler pouvait l'aider.

Il s'éclaircit la voix.

— Pardonnez-moi, mais puis-je vous poser une question assez personnelle ?

Stratford le regarda.

— Je vous en prie.

— Je présume…

La maudite boule dans sa gorge était toujours là, l'obligeant à toussoter de nouveau.

— Je présume qu'avec votre activité à l'hôpital, vous connaissez bien les traumatismes de guerre.

Le comte acquiesça d'un signe de tête.

Gabriel soutint son regard, mais cela lui coûta. Bon sang, il avait plus de mal à poser cette fichue question qu'il en avait eu autrefois à affronter l'infanterie française !

— En avez-vous été affecté vous-même ?

Une lueur de sympathie s'alluma dans le regard de Stratford.

— Non. Du moins, pas tel que Pénélope me l'a décrit. Mes blessures étaient strictement physiques.

Gabriel détourna les yeux, les joues brûlantes d'embarras. Et de colère. Que lui arrivait-il, nom de nom ? De quelle tare était-il affligé pour être ainsi atteint d'une telle faiblesse alors que Stratford ne l'était pas ?

— Enfin, presque toutes étaient physiques, rectifia Stratford après quelques instants de réflexion. Je dois admettre qu'à mon retour en Angleterre, je n'étais plus le même homme. Certaines choses qui me semblaient importantes autrefois m'apparaissaient ridicules. J'ai eu du mal à reprendre mon ancienne vie. Elle ne semblait plus faite pour moi.

Gabriel approuva d'un marmonnement. Il souscrivait à tout cela… Mais Stratford, lui, n'était pas devenu fou pour autant.

— Je n'avais plus rien à dire aux personnes que je fréquentais, non plus. Si je n'avais pas rencontré Liliana… C'est elle qui m'a guéri. Je ne parle pas des blessures physiques, même si elle m'y a aidé. Elle est brillante dans ce domaine. Le plus important, c'est qu'elle a guéri mon âme. Sans elle, je ne serais pas l'homme que je suis aujourd'hui, conclut-il calmement.

Gabriel chercha son regard. De cela non plus, les hommes ne parlaient pas entre eux. Stratford esquissa un haussement d'épaules et lui adressa un sourire ironique avant de tourner de nouveau les yeux vers le chemin.

Stratford n'ayant pas de raison de trahir ainsi sa vulnérabilité, Gabriel le soupçonnait de n'avoir agi ainsi que pour l'aider à ne pas se sentir en position d'infériorité. Il ne l'en appréciait que plus.

Quelques minutes plus tard, ils atteignaient les contreforts de la vallée.

— Nous y sommes, annonça Stratford.

Éperonnant sa monture, il l'engagea dans l'étroit sentier qui descendait vers le petit village en contrebas.

Gabriel le suivit, puis le rejoignit pour chevaucher à sa hauteur lorsqu'ils atteignirent le pied de la colline.

— Je pensais que vous deviez inspecter votre exploitation minière, dit-il en balayant du regard ce qui ressemblait plutôt à l'entrée d'un petit bourg.

Une rangée de jolies maisons toutes identiques, dont l'architecture palladienne faisait écho à celle du manoir de Somerton Park, semblait avoir jailli de terre récemment. Toutes étaient dotées de hautes fenêtres à meneaux qui ouvraient sur une petite place, et leurs portes étaient peintes d'un vert doux qui contrastait joliment avec la brique rouge.

Il y avait aussi un bâtiment assez vaste qui semblait plus ancien mais pas vraiment destiné à durer, ainsi qu'une petite bâtisse trapue, dont l'enseigne proclamait qu'il s'agissait d'une taverne. Une rangée de ce qui ressemblait à des échoppes longeait l'autre côté de la place, dont l'extrémité était fermée par un grand kiosque.

— Nous y sommes, répondit Stratford en désignant un endroit à l'écart.

Et en effet, Gabriel repéra une façade de pierre discrètement taillée dans la colline, de l'autre côté de la vallée.

— Voilà l'entrée de la première galerie.

Une arche basse était percée au centre du mur et la bouche sombre du tunnel était protégée par des barreaux métalliques. Quelque part au fond de ce puits, des mineurs s'activaient pour ramener à la surface des wagons de minerais de plomb. Rien que d'y penser, Gabriel sentit sa gorge se serrer.

— La deuxième galerie est ici, ajouta Stratford en indiquant une autre colline un peu plus loin, avec une entrée similaire ménagée dans son flanc. Et nous envisageons de creuser la troisième l'an prochain. J'espérais commencer le chantier cette année, mais j'ai dû diviser mon temps et mes revenus entre ce projet et l'hôpital, ce qui a ralenti les choses.

— Et ce village ? demanda Gabriel, intrigué.

— C'est là que vivent les hommes qui travaillent ici. Je n'ai ouvert mes terres à la prospection minière que pour donner un emploi à d'anciens militaires, voyez-vous. Ils sont venus de toute l'Angleterre pour s'établir ici, et nous consacrons les profits à construire en priorité des logements et autres bâtiments. Une fois que les comptes seront équilibrés, nous pensons financer d'autres projets destinés à fournir du travail.

Gabriel arqua les sourcils et observa le village avec un intérêt renouvelé. Il savait que Stratford avait lutté sans répit au Parlement ces dernières années pour améliorer le sort des centaines de milliers de soldats rentrés au pays et qui n'avaient aucun avenir. Son admiration pour l'homme s'accrut quand il comprit que celui-ci ne s'était pas contenté de belles paroles, mais avait aussi investi sa fortune personnelle dans la réalisation de ses projets.

— La plupart des hommes sont logés dans les baraquements qui sont là tant qu'ils n'ont pas de famille, poursuivit Stratford en montrant la bâtisse que Gabriel avait remarquée. Mais dès qu'ils se marient, nous construisons des maisons adaptées à des femmes et à des enfants. Il y a déjà plusieurs épouses, quelques bébés, et même un ou deux jeunes enfants. J'imagine que nous aurons un vrai village en moins de temps qu'il n'en faut pour le dire !

Stratford rayonnait de satisfaction tandis qu'il contemplait ce qu'il avait créé, et Gabriel ne put s'empêcher de ressentir une pointe d'envie. Le comte faisait quelque chose de significatif de sa vie et de ses ressources personnelles. Il avait un *but*.

La sensation de frustration qui avait taraudé Gabriel ces dernières années se réveillait, accompagnée du douloureux sentiment de sa propre inutilité.

Stratford arrêta sa monture près des baraquements et en descendit. Gabriel mit pied à terre à son tour, et noua les rênes de son alezan à côté du pursang de Stratford.

Ce dernier sortit une montre de gousset et la consulta.

— Mon intendant ne devrait pas tarder à arriver.

Puis il jeta un coup d'œil à l'entrée de la mine en plissant les yeux et ajouta :

— Pile à l'heure.

Remettant la montre dans sa poche, il salua l'homme qui venait d'émerger de la première galerie. Celui-ci ne semblait pas plus âgé qu'eux et marchait du pas rapide et assuré d'un soldat.

Les deux hommes se serrèrent la main comme deux vieux amis.

— Tom, fit Stratford.

— Major, répondit l'autre avec un sourire, confirmant la première impression de Gabriel.

Stratford ayant effectué les présentations, l'intendant demanda :

— Êtes-vous prêt à inspecter la nouvelle section du tunnel ?

— Et comment ! s'exclama Stratford en suivant son employé vers le gouffre obscur qui s'enfonçait dans la roche.

Regardant par-dessus son épaule, il demanda :

— Vous venez, Bromwich ?

Plutôt aller en enfer !

— Si cela ne vous dérange pas, je préfère rester en surface, répondit Gabriel aussi nonchalamment que le lui permettait sa gorge nouée.

— À votre guise, répondit Stratford d'un ton amical. Je ne devrais pas en avoir pour plus d'une heure. N'hésitez pas à visiter. Allez à la taverne, si cela vous dit.

Gabriel acquiesça d'un hochement de tête et se détourna, incapable de regarder le tunnel avaler les deux hommes.

Il n'alla pas directement au pub, bien qu'il eût besoin d'une boisson forte après les aveux qu'il venait de faire à Stratford. Au lieu de cela, il déambula dans le petit village, émerveillé par ce que Stratford était en train de créer. Il commença par longer la ligne d'échoppes. Certaines étaient encore vides, attendant que le bourg grandisse et que des occupants s'y installent. Il vit toutefois un boulanger au travail, ainsi qu'un drapier et un tailleur. Ces derniers lui jetèrent des regards curieux mais amicaux.

Gabriel se dirigea ensuite vers les maisons de l'autre côté de la place. Il s'arrêta devant l'une d'entre elles, tout à l'extrémité, et regarda à l'intérieur par une fenêtre. Elle semblait vide. Il se risqua à tourner la poignée de la porte d'entrée. Elle n'était pas verrouillée.

— Il y a quelqu'un ? appela-t-il en entrouvrant le battant.

Comme il ne recevait pas de réponse, il entra. Le soleil hivernal, bien que faible, éclairait suffisamment pour que Gabriel apprécie la qualité de l'aménagement intérieur. Si la demeure n'était pas très grande, l'espace était utilisé intelligemment. Elle était bien plus accueillante que n'importe lequel des cottages où vivaient ses métayers, dans le Birminghamshire.

Les hommes qui vivaient et travaillaient ici devaient s'estimer chanceux, et pas uniquement à cause de leur logement. La situation de nombreux ex-soldats était des plus fragiles. Stratford les sauvait d'un avenir incertain. Apparemment, le comte n'était pas un héros que sur les champs de bataille, alors que lui-même avait du mal à s'occuper de sa propre vie, de sa santé mentale. À qui faisait-il du bien ?

Une trentaine de minutes plus tard, Gabriel se dirigea vers le pub. Une agréable odeur de feu de bois, de viande grillée et de bière l'accueillit lorsqu'il pénétra dans la taverne. Comme le reste dans le village, l'établissement était neuf et propre, percé de grandes fenêtres par où la lumière entrait à flots. Il était vide, à part une fille de salle occupée à passer un chiffon sur les tables. Sans même le regarder quand la clochette retentit, elle lança :

— Vous arrivez tôt, aujourd'hui. Enfin, vous connaissez la chanson. Asseyez-vous où vous voulez, le déjeuner sera bientôt prêt.

Gabriel choisit un siège près de l'une des hautes fenêtres et laissa son regard errer sur la place en songeant à l'énergie que l'on puisait dans le fait d'avoir un but dans la vie. Stratford en avait à revendre, et cela semblait lui apporter une grande satisfaction. À Pénélope aussi, qui lui avait expliqué à quel point son travail avait donné un sens à sa vie après la mort de Michael. Une raison de continuer.

La souffrance qui le tenaillait, mais s'était un peu apaisée ces derniers temps, se réveilla. Il était ambitieux, autrefois. Un meneur d'hommes. Mais sa maladie l'avait brisé, dépouillé de sa force, et il désespérait d'être de nouveau cet homme-là. Quel être sensé suivrait-il un fou ?

Qui avait seulement besoin de lui ?

— Désolée de vous avoir fait attendre, dit la serveuse.

Gabriel se détourna de la fenêtre pour la regarder.

— Que puis-je vous...

La jeune femme ouvrit des yeux ronds, et sans doute Gabriel dut-il en faire autant.

— Major Devereaux ? souffla-t-elle, l'air stupéfait. C'est bien vous ?

12

La jeune femme plaqua la main sur sa bouche.

— Oh, bon sang ! Je voulais dire, lord Bromwich, bien sûr.

Gabriel ne put retenir un sourire devant son langage direct. Cette fille avait été sur les champs de bataille…

— Mary Finley, s'écria-t-il chaleureusement en se levant pour la saluer. Est-ce bien vous ?

Elle hocha de tête. Dieu qu'elle avait changé, s'émerveilla-t-il. La dernière fois qu'il l'avait vue, elle était pâle et émaciée, et son regard bleu était d'une tristesse sans nom. La femme qui se tenait à présent devant lui resplendissait de santé, ses joues étaient pleines, son teint coloré, et son regard étincelant la rendait presque jolie.

Elle lui décocha un sourire joyeux.

— Difficile à croire, hein ?

En effet. Ce n'était pas là un manque de charité de la part de Gabriel, mais Mary avait connu l'existence difficile de ces femmes qui suivaient l'armée plus ou moins clandestinement, vivant, travaillant et parfois même se battant aux côtés des hommes tandis qu'ils se frayaient un chemin à travers le Continent.

Toute jeune fille, elle avait quitté sa campagne natale pour suivre son bien-aimé jusqu'en Espagne, mais ce dernier était tombé à Badajoz. Gabriel n'osait penser à ce qu'elle avait dû faire pour survivre, livrée à elle-même. Il ne l'avait connue que quelques mois plus tard quand, s'étant attachée à son régiment, elle avait commencé à faire partie des visages familiers autour de leurs feux de camp. Finalement, elle était devenue très proche de l'un de ses lieutenants.

— Que faites-vous ici ? demanda Gabriel, qui avait encore du mal à réconcilier l'image qu'il avait gardée d'elle et celle de la jeune femme qui se tenait devant lui.

Rougissante, elle tritura son tablier entre ses doigts.

— Vous n'êtes pas fâché contre moi, j'espère, major ? Je sais que vous avez été plus que généreux quand vous m'avez trouvé cette place au Cygne d'Argent, et je vous en suis très reconnaissante, parole. Mais là-bas, j'ai rencontré un garçon très gentil et il est venu travailler ici à la mine, et...

Elle esquissa un haussement d'épaules penaud.

Voilà qui expliquait qu'elle ait quitté son emploi à l'auberge de Birmingham où il l'avait placée.

— Je ne voudrais pas que vous me preniez pour une ingrate, acheva-t-elle d'un air inquiet.

— Rassurez-vous, répondit-il. Tout ce qui m'importe, c'est que vous ayez un toit sur la tête et une existence digne de ce nom après...

Mary hocha la tête en pinçant les lèvres. Ni lui ni elle n'avaient besoin de finir cette phrase : après que le lieutenant Baker était tombé au cours de cette mission fatale à Waterloo, et qu'elle s'était retrouvée seule une fois de plus.

Elle prit une profonde inspiration et sourit, alors même qu'un voile de tristesse avait assombri son regard à ce souvenir.

— Eh bien, j'ai un superbe toit sur la tête, à présent, répondit-elle en désignant la rangée de maisons au-delà de la fenêtre.

» La troisième porte, c'est chez mon mari et moi. Et avant la fin de l'été, il y aura un bébé, ajouta-t-elle en posant la main sur son ventre.

— C'est merveilleux, Mary... Je veux dire, madame... ?

Le sourire de la jeune femme s'élargit, creusant dans sa joue une fossette qu'il n'avait jamais remarquée.

— C'est Mary Landings, maintenant, milord, déclara-t-elle fièrement.

— Eh bien, mes félicitations pour le mariage et le futur bébé, madame Landings, fit Gabriel.

Au même instant, il entendit tinter la clochette derrière lui. Apparemment, les premiers clients arrivaient pour le déjeuner.

Mary lui prit les mains et les serra, les yeux humides.

— Je suis très heureuse de vous revoir et de pouvoir vous remercier comme il faut, milord. Sans vous, je ne serais pas ici, assura-t-elle, soulignant ses paroles d'une pression des mains. Et je ne crois pas que j'oublierai jamais. Rien ne vous obligeait à faire ce que vous avez fait pour moi, ni même pour les *vraies* veuves que vous avez aidées – alors je ne parle pas d'une fille comme moi. Vous êtes un ange, milord, comme votre prénom le dit, conclut-elle en rougissant.

Puis, se hissant sur la pointe des pieds, elle déposa un rapide baiser sur sa joue avant de lui lâcher les mains pour aller accueillir les nouveaux arrivants.

Gabriel demeura là un long moment, un sourire amusé sur les lèvres. On lui avait donné de nombreux qualificatifs dans sa vie, mais en dépit de son prénom, celui d'*ange* n'en faisait pas partie. C'était Michael que l'on avait comparé à un ange, avec sa blondeur, son visage romantique et son charme. Gabriel, lui, était plutôt perçu comme anguleux, entier et ténébreux – même avant que la guerre le transforme.

Et il ne pensait pas davantage mériter d'être considéré comme un ange aujourd'hui. Ce qu'il avait fait pour Mary ne lui avait coûté que quelques pièces, et il en avait plus qu'il ne lui en fallait. Certes, il avait dû consacrer du temps et quelques efforts pour la retrouver, mais il le lui devait bien, lui qui avait envoyé Baker à la mort.

L'habituel pincement de culpabilité se fit ressentir mais, étrangement, il était moins douloureux que d'ordinaire. Le fait de voir Mary heureuse, en bonne santé et bien établie l'emplissait d'une gratitude qui chassait les regrets – ou du moins, leur laissait moins de place dans son cœur. La reconnaissance qu'il avait lue dans son regard était une récompense et un honneur.

Il avait fait quelque chose de bien pour elle. Si modeste soit son aide, cela lui faisait du bien, à *lui*. Il avait oublié à quel point c'était bon.

— Je constate que le service est amical, ici.

Gabriel sursauta en reconnaissant la voix de Pénélope. Pivotant sur ses talons, il découvrit qu'elle se tenait à quelques pas de lui. Il cilla, pris au dépourvu, et fronça les sourcils. Elle était vêtue de noir, comme d'habitude, et coiffée d'un petit chapeau incliné sur le côté. L'ensemble était à la fois sage et élégant, mais ce n'était pas sa tenue qui éveillait la curiosité de Gabriel.

Non, c'était Pénélope elle-même, qui était tout sauf impeccable. Son teint était trop coloré, son chignon à demi défait, et ses vêtements en désordre. Elle avait apparemment galopé à bride abattue. Ses boucles blondes retombaient autour de son visage comme si un amant y avait fait courir ses doigts. Comme la veille dans la voiture – à la différence qu'alors ses lèvres étaient rouges et gonflées par leurs baisers. Il ne put s'empêcher de regarder sa bouche, et son sang se mit à bouillonner dans ses veines.

Bonté divine, il se sentait moins ange que démon, en cet instant !

— Pénélope ? fit-il d'une voix enrouée. Quelle charmante surprise !

Il fit un pas dans sa direction et constata avec bonheur qu'elle rougissait de plus belle. Elle aussi se remémorait-elle leur baiser ?

À vrai dire, ce qu'il lisait dans son regard n'avait rien à voir avec le désir. N'était-ce pas plutôt de la curiosité ? Ou même de la... jalousie ? se demanda-t-il comme elle étrécissait les yeux.

— Vous connaissez cette serveuse ? s'enquit-elle abruptement.

Gabriel jeta un coup d'œil à Mary, qui riait avec une tablée de clients à qui elle venait de servir de la bière. Puis il regarda de nouveau Pénélope. Oh oui, ses yeux étincelaient, à présent ! Cela lui plaisait. Beaucoup même.

— Oui, répondit-il simplement.

Puis, comme elle semblait attendre qu'il en dise plus, il eut pitié d'elle.

— Je l'ai connue à la guerre. Elle était la...

Comment dire cela avec délicatesse ?

— ... la *bien-aimée* de l'un de mes lieutenants.

Elle parut enfin comprendre.

— Je vois, murmura-t-elle.

Et c'était probable. Les réalités de la vie militaire n'étaient pas un sujet de conversation – surtout dans les cercles élégants –, mais Pénélope avait côtoyé suffisamment d'ex-soldats pour avoir entendu parler de ces femmes qui suivaient la troupe.

Si chaque compagnie autorisait quatre à six épouses à voyager avec leur mari, les autorités avaient tendance à fermer les yeux sur les autres femmes qui les accompagnaient. Beaucoup de soldats trouvaient une compagne en chemin, parfois parmi les gens du pays, parfois en se rapprochant de la fiancée d'un camarade tombé au combat.

Ces femmes étaient censées gagner leur vie en cuisinant, en faisant la lessive ou, bien trop souvent, en soignant les blessés – entre autres tâches.

— Elle semble vous être particulièrement reconnaissante d'un service que vous lui avez rendu, commenta Pénélope sans se donner la peine de dissimuler sa curiosité.

Aurait-elle écouté leur conversation ? Sa belle humeur s'envola. Il était prêt à lui dire comment il avait connu Mary, mais rien de plus.

— Je...

La porte de l'auberge s'ouvrit à la volée et heurta bruyamment le mur, tandis qu'un groupe de mineurs entrait en riant et en plaisantant. La petite salle s'emplissait rapidement et serait bientôt bondée.

Gabriel prit Pénélope par les épaules et la fit pivoter sur elle-même avant de la pousser vers la porte, la main posée au creux de ses reins.

— Allons marcher un peu, proposa-t-il.

Pénélope sortit de la taverne en compagnie de Gabriel. Elle l'avait vu tressaillir lorsque la porte avait claqué, mais il avait fait de son mieux pour dissimuler sa réaction. En outre, il n'était de toute évidence pas descendu dans la mine avec Geoffrey, elle n'avait donc pas de raison de s'inquiéter.

Sinon au sujet de ses propres sentiments, qui avaient certainement de quoi l'alarmer. Elle se souciait plus de Gabriel que la sagesse ne le commandait. Elle l'avait compris lorsqu'elle s'était rendue aux écuries pour demander qu'on lui prépare le phaéton de Geoffrey. Comment expliquer autrement qu'elle se soit lancée à l'assaut de collines dangereuses à bord de cette petite voiture à deux roues, au mépris de sa propre sécurité, dans le seul but de s'assurer que Gabriel allait bien ?

Vraiment, c'était ridicule.

Et ce qui l'était encore plus, c'était cette bouffée de jalousie qu'elle avait ressentie lorsque cette serveuse avait pris les mains de Gabriel dans les siennes avant de l'embrasser avec une telle familiarité. Qui plus est, en le voyant répondre si chaleureusement à cette jeune femme, elle avait compris qu'il y avait entre eux une sorte de lien profond qui la laissait, comment dire... pensive.

Elle ravala un ricanement ironique. Qui espérait-elle tromper ? Elle n'était pas pensive. Elle était jalouse.

Et cela non plus ne lui plaisait pas.

Toutefois, cela n'atténuait en rien son désir d'avoir quelques explications. Glissant la main au creux du coude que Gabriel lui offrait, ils descendirent les marches et cheminèrent le long de la pelouse qui ornait la petite place.

— Vous disiez ? insista-t-elle.

Ils marchèrent en silence pendant un moment. Un moment qui dura si longtemps qu'elle finit par se demander s'il allait répondre à sa question.

Finalement, il se racla la gorge.

— Mary a… hum… accompagné mon régiment pendant près de deux ans.

Cette serveuse avait été une fille à soldats ?

Glissant un regard de biais à Gabriel, Pénélope remarqua qu'il avait rougi. Était-il gêné ? Il ne devrait pas. À l'instant où il s'était emparé de ses lèvres, la veille, elle avait compris que c'était un homme aux solides appétits. Elle se doutait bien qu'il n'avait pas vécu en moine pendant toutes ces années passées loin de l'Angleterre.

Non pas que sa vie intime la regarde en rien, bien sûr.

— Mary était une fille très vaillante. Toujours prête à travailler dur et à faire sa part au camp, avec le sourire aux lèvres. Pendant les six mois qui ont précédé Waterloo, elle a noué une relation plus exclusive avec l'un de mes lieutenants.

Ils saluèrent d'un hochement de tête un homme qui balayait le seuil de son échoppe.

— J'ignorais totalement quelles étaient les intentions de Baker vis-à-vis de Mary une fois que la guerre serait terminée, et je ne le saurai jamais. Il est mort à Waterloo.

— Je suis désolée, murmura Pénélope, qui se demandait où il voulait en venir.

Il aurait pu se contenter de lui dire qu'elle faisait partie de ces femmes qui suivent les armées, mais son intuition lui soufflait que l'histoire ne s'arrêtait pas là.

— Saviez-vous que lorsque nos armées ont quitté la Belgique et la France, quantité de femmes et d'enfants ont été abandonnés sur les champs de bataille jonchés de cadavres, obligés de se débrouiller seuls, sans la protection d'aucun homme ? poursuivit-il.

Pénélope se sentit pâlir.

— Seuls ? répéta-t-elle.

— Oui, répondit Gabriel, la voix rauque d'émotion. Il n'y avait pas que des veuves et des cantinières dont les maris ou les compagnons étaient tombés au combat. L'armée ne prenait la responsabilité que des femmes d'officiers et de quatre à six épouses légitimes pour une centaine d'hommes. Ce furent les seules à être autorisées à rentrer en Angleterre. Les femmes et les enfants des autres soldats sont restés là-bas, sans provisions, sans moyen de rentrer au pays. C'est l'une des pires réalités de la guerre.

— C'est épouvantable, articula Pénélope, le cœur serré.

Après la mort de Michael, elle avait été perdue, à la dérive, sans le moindre ancrage, mais si triste qu'ait été sa situation, au moins était-elle en sécurité en Angleterre, avec un foyer, un revenu, le soutien de sa famille. Des larmes de compassion lui montèrent aux yeux à la pensée de ces femmes et de ces enfants.

C'est alors qu'elle comprit.

— Vous avez trouvé Mary et l'avez ramenée au pays avec vous, n'est-ce pas ?

Ils venaient d'atteindre le grand kiosque rectangulaire situé à l'extrémité de la place. Gabriel l'aida à en gravir les deux marches avant de passer sous l'arche qui en marquait l'entrée. Puis il la guida jusqu'à l'un des bancs de pierre, lui lâcha le bras, et s'écarta d'elle.

— Oui, répondit-il. Et lorsque nous sommes arrivés en Angleterre, je l'ai aidée à trouver un emploi et un toit. C'est tout.

— C'est tout ? Gabriel, c'était…

C'était bien plus que ce qu'avait fait leur propre gouvernement ! C'était bon, noble…

— … héroïque.

Le mot arracha un tressaillement à Gabriel. Quelle étrange réaction ! Il ne lui avait pas tout dit, devinait-elle.

Puis elle songea à une allusion que Mary avait faite au sujet des *vraies* veuves.

— Vous n'avez pas aidé seulement Mary, n'est-ce pas ?

Il secoua la tête.

— Non.

Il fallut quelques instants à Pénélope pour se rendre compte qu'il n'avait pas l'intention d'en dire plus. Eh bien, elle n'allait pas le laisser en rester là. Ce qu'il semblait si décidé à taire était peut-être la clé qui permettrait de comprendre ses souffrances.

— Pourquoi ? demanda-t-elle.

Il poussa un long soupir, se frotta le visage des deux mains, et elle sut qu'elle avait vu juste. Pivotant sur ses talons, il alla s'asseoir sur l'un des bancs ornés de motifs complexes, non loin d'elle. Après quelques instants de réflexion, il dit :

— C'était la seule chose à faire puisque j'étais responsable de la mort de leurs maris.

Pénélope retint son souffle.

— Je doute que ce soit vrai, murmura-t-elle en se levant pour le rejoindre.

— Oh, ça l'est !

Il redressa légèrement la tête, la tourna vers elle en arquant un sourcil hautain.

— Je suppose que vous allez me dire qu'il faut que j'en parle, que c'est pour mon bien.

Ses lèvres s'incurvèrent en un demi-sourire à la fois juvénile et fragile qui serra le cœur de la jeune femme. Pour toute réponse, elle haussa à son tour les sourcils.

— Je savais que vous alliez dire cela, marmonna-t-il d'un ton faussement contrarié.

Il se redressa, s'adossa au banc et croisa les mains sur son abdomen. Le regard perdu au loin, il reprit :

— C'était en fin d'après-midi. La bataille faisait rage depuis presque sept heures...

Pénélope écouta sans mot dire le récit de Gabriel. Il y était question de messages entre Wellington et un général prussien, d'escarmouches qui menaçaient un rendez-vous prévu, d'une dangereuse mission à travers les lignes ennemies où il avait envoyé des hommes dont aucun n'était revenu. Il s'exprimait d'une voix un peu hésitante, mais malgré son envie de lui presser la main pour le consoler, Pénélope se l'interdit de crainte d'interrompre ses confessions.

Son cœur battit un peu plus vite quand il évoqua une semaine dont il n'avait rien gardé en mémoire. Il y avait là quelque chose d'important, sentit-elle, mais, comme ce n'était pas le sujet pour l'instant, elle mit cette information de côté et le laissa poursuivre.

— C'est à l'hôpital que j'ai appris que tous mes hommes étaient morts. Naturellement, j'ai tout de suite pensé à leurs veuves. L'une était autorisée à suivre le régiment, donc j'ai su qu'elle pourrait rentrer au pays, mais je ne pouvais pas vivre en sachant que les autres allaient rester derrière nous à cause d'un choix que j'avais fait.

Pénélope avait envie de contester ce point, mais elle se contenta de demander :

— Combien y en avait-il ?

— Trois, en comptant Mary. Et l'une d'entre elles avait deux enfants.

Dieu que ces malheureuses avaient dû avoir peur, songea-t-elle. Même après avoir survécu aux combats, la perspective de se retrouver seules en terre étrangère devait être effrayante.

— Alors vous les avez retrouvées et les avez également ramenées au pays, dit-elle doucement.

Il hocha la tête.

— Je ne pourrais jamais rien faire pour compenser la perte de leurs compagnons, bien sûr, mais au moins, je pouvais les ramener au pays. Je les ai aussi aidées à trouver une situation. Dans la mesure où je l'ai pu, j'ai ensuite recherché chacune des femmes de mes hommes tombés au combat. Ici, en Angleterre. Elles étaient sept en tout. Je voulais juste m'assurer qu'elles s'en sortaient et les aider de mon mieux.

Ils gardèrent le silence un long moment. Puis un souvenir revint à la mémoire de Pénélope.

— Cette femme, à Vickering Place – la veuve de votre lieutenant –, était-ce l'une de ces sept épouses ?

Gabriel se tourna enfin vers elle.

— Oui. Quand j'ai trouvé Mme Boyd, elle était dans une situation désespérée. Elle avait sombré dans la folie dans les mois qui avaient suivi l'annonce du décès de son mari.

Il frissonna.

— Sa sœur, Mlle Crevey, a dit que c'était comme si son esprit avait été brisé par le chagrin et la difficulté d'élever seule ses enfants. Elle avait renoncé à son propre emploi en ville afin de s'occuper de Mme Boyd et des petits, mais le fardeau était trop lourd pour elle.

Après un silence, il enchaîna :

— J'ai payé une famille de confiance pour prendre les enfants en pension et trouvé un nouvel emploi à Mlle Crevey. Puis j'ai cherché un asile pour Mme Boyd. Assez ironiquement, ajouta-t-il, c'est ainsi que j'ai découvert Vickering Place.

Il laissa échapper un rire sans joie qui résonna sous le plafond de pierre du kiosque.

— Si l'on m'avait dit que je l'y rejoindrais bientôt…

Pénélope battit des paupières.

— Pendant tout ce temps, vous avez financé le séjour d'une veuve sans ressources à Vickering Place ?

Les asiles privés coûtaient fort cher, elle le savait. Elle ne connaissait personne qui soit capable d'un tel geste en faveur d'une étrangère – folle, de surcroît – quel que soit son degré de culpabilité.

— Bien sûr, répondit-il, comme si cela allait de soi.

— Gabriel…

Cette fois, elle tendit la main, la posa sur les siennes. Ce fut plus fort qu'elle. Elle avait toujours su que c'était un homme bon, mais jamais elle n'avait mesuré à quel point il était honnête et généreux.

Elle aurait pourtant dû le deviner. À force de traiter des hommes atteints de traumatismes de guerre, elle avait remarqué que la majorité d'entre eux étaient des âmes sensibles. Elle avait émis l'hypothèse que s'ils étaient frappés par la maladie, contrairement à d'autres qui avaient vécu les mêmes situations, c'était en partie à cause de l'intensité avec laquelle ils avaient ressenti ce qui leur était arrivé.

Certaines personnes semblaient mieux à même de se protéger des peurs négatives et des expériences douloureuses que d'autres. C'était comme si elles pouvaient les ranger dans une boîte et les cacher, y compris à leurs propres yeux. D'autres, en revanche, les entretenaient.

— Vous êtes bien conscient que si ces hommes sont morts, ce n'est pas votre faute, n'est-ce pas ? demanda-t-elle posément.

Des rides se creusèrent de chaque côté de sa bouche et il poussa un soupir.

— En théorie, oui. Je comprends que la guerre est dangereuse. Je comprends que cette mission était inévitable. Je comprends aussi que ce n'est pas moi qui leur ai ôté la vie mais l'ennemi. Ce que je ne comprends pas, en revanche, ajouta-t-il d'une voix étranglée, c'est pourquoi j'ai survécu et pas eux.

Pénélope se demanda si la maladie de Gabriel pouvait être exacerbée par la culpabilité qui le rongeait. Plus elle tentait de dérouler l'écheveau des causes de sa souffrance, plus il lui semblait découvrir de nœuds. Elle allait devoir le défaire patiemment, en priant pour qu'il ne soit pas définitivement emmêlé. Car plus elle le connaissait, plus elle avait envie de le voir guérir. Il avait tant à offrir au monde.

Elle lui pressa les mains avec force.

— Certaines choses échappent à toute compréhension, dit-elle. Nous n'avons aucun contrôle sur elles. Tout ce que nous pouvons contrôler, c'est comment y survivre. Comment donner un sens à notre vie.

Gabriel hocha pensivement la tête.

— C'est aussi mon avis. Cela m'a fait du bien d'apprendre que Mary était bien installée et heureuse. Et j'ai été très surpris de voir tout ce que Stratford fait pour nos ex-soldats. J'aimerais faire quelque chose d'identique, mais pour leurs veuves et leurs enfants.

Une chaleur inattendue se déploya dans la poitrine de Pénélope.

— Je pense que c'est une excellente idée, Gabriel, approuva-t-elle. Ce que Geoffrey raconte sur la pauvreté et les conditions de vie des anciens militaires m'a toujours semblé épouvantable, sans parler de l'inaction du gouvernement à leur égard. Je ne peux qu'imaginer combien la situation de leurs veuves doit être terrible. Elles auraient bien besoin d'un défenseur.

Et un Gabriel en pleine possession de ses moyens en ferait un merveilleux. Plus elle y pensait, plus cette idée lui plaisait. Un homme avec un but dans la vie avait plus de chances d'être en bonne santé.

— Sans doute, répondit Gabriel, le regard déterminé. Mais je ne pourrai aider personne si je finis à Vickering Place.

Pénélope posa son autre main sur leurs mains jointes. Comme pour conclure un pacte.

— Alors nous ferons tout ce qui est en notre pouvoir pour que cela n'arrive pas, promit-elle.

13

— Je sais que j'ai affirmé être disposé à faire tout ce que vous suggéreriez, mais en quoi *ceci* est-il censé m'aider ? demanda Gabriel en dardant sur Pénélope un regard sceptique.

C'était le lendemain, au milieu de l'après-midi, et ils se trouvaient dans la longue galerie de Somerton Park. Sous le haut plafond, l'immense pièce était dotée de bancs capitonnés, de profondes méridiennes, d'un piano en bois de châtaignier et de confortables bergères. Un bon feu crépitait dans la vaste cheminée qui occupait le centre d'un des murs. L'autre côté de la pièce était percé de hautes fenêtres très proches les unes des autres, et le moindre espace mural était occupé par des portraits ou des paysages dans des cadres dorés aux formes et aux tailles variées.

Pourtant, le seul tableau qui intéressait Gabriel pour le moment était la toile vierge posée sur le chevalet devant lui.

Pénélope lui sourit tout en ôtant le couvercle d'un pot cylindrique de la taille d'un grand potiron.

— Quand j'ai commencé à rendre visite aux soldats à l'hôpital, répondit-elle, je n'avais aucune idée de la façon de les atteindre.

Plongeant la main dans le pot, elle en sortit un sachet pas plus gros qu'une noix, qu'elle secoua jusqu'à ce qu'il cesse de goutter.

— La plupart du temps, nous parlions simplement de nos vies, de nos centres d'intérêt. Quand ils apprenaient que je peignais, ils demandaient à voir mon travail.

Elle prit une épingle pour percer le sachet. Un filet de peinture rouge en jaillit, puis l'odeur forte de l'huile de lin chatouilla les narines de Gabriel. Pénélope pressa le sachet pour déposer quelques gouttes de peinture sur une palette de bois, referma le trou avec une punaise, et remit le sachet dans son récipient.

— Après quelques échanges sur l'art, ils voulaient une démonstration, alors je peignais quelque chose pour eux.

Elle prit un autre sachet, le perça. Cette fois, ce fut un vert lumineux qui en jaillit.

— Puis je les encourageais à essayer, et après quelques semaines, je découvrais des choses intéressantes.

Sur la palette, de la peinture jaune fut ajoutée à côté de la verte.

— Je savais déjà que le seul fait de peindre m'aidait à me sentir mieux. J'ai appris à déverser mes émotions sur la toile le jour où je me suis emparée de mon premier pinceau. Je vous rassure, enchaîna-t-elle avec un sourire, les œuvres mélodramatiques de ma jeunesse ont été détruites depuis longtemps.

Un pigment bleu rejoignit les autres sur la palette.

— Quoi qu'il en soit, tandis que ces hommes créaient des œuvres personnelles, j'ai commencé à remarquer des représentations symboliques sur certaines toiles. D'autres étaient capables d'exprimer leurs émotions par leurs peintures, et une fois celles-ci sur la toile, ils mettaient assez de distance entre eux et leurs sentiments pour pouvoir en parler.

Du violet vint s'ajouter aux autres pigments.

— Pour d'autres encore, le fait de peindre les aidait simplement à vivre, jour après jour.

Gabriel croisa les bras et baissa le menton.

— Vous voulez que je… *peigne* mes émotions ?

Pénélope sourit tout en déposant une nouvelle couleur sur la palette.

— Je pense que le seul acte de créer nous fait éprouver une émotion positive. Parfois, le simple fait d'observer ce que nous avons représenté nous permet de comprendre certaines choses. Et je crois que parfois, le processus artistique peut ramener des sentiments au premier plan de notre conscience, de sorte que nous pouvons les voir même si ce n'était pas notre intention première. Une fois que nous les avons observés en toute objectivité, nous avons le choix de nous en séparer si nous le jugeons approprié.

Une dernière touche, blanche, celle-ci, fut déposée auprès des autres, puis Pénélope remit le couvercle sur le pot. Elle posa la palette sur la table proche du chevalet et prit des pinceaux dont elle lissa les poils avec les doigts.

— Liliana veut que j'écrive un article sur mes découvertes, mais si je le fais, je suppose que ces messieurs de la Royal Society éclateront de rire avant même d'avoir lu le titre. Comme si je prétendais être intelligente, moi qui ne suis pas une scientifique !

Gabriel la regardait tandis qu'elle continuait de préparer ses fournitures tout en parlant avec passion des méthodes qu'elle avait mises au point pour soulager les souffrances d'hommes comme lui. Ne voyait-elle donc pas qu'elle était remarquablement intelligente ? Elle était en outre généreuse et pleine de compassion. Toute l'intelligence du monde serait vaine sans ces qualités, qu'elle possédait en abondance.

S'arrachant à sa réflexion, trop profonde pour le moment, il se contenta de répéter avec flegme :

— Vous voulez que je peigne mes émotions.

Elle pinça les lèvres, mais il vit les coins de sa bouche s'incurver malgré ses efforts pour garder son sérieux.

— Cela pourrait vous faire du bien d'essayer, vous savez.

Gabriel émit un reniflement incrédule, décroisa les bras et s'approcha du chevalet.

— Je vous préviens, je n'ai pas la moindre fibre artistique en moi.

La jeune femme enfila une blouse de peintre par-dessus sa robe.

— Tout le monde possède une étincelle de créativité en lui, répliqua-t-elle.

— Pas moi. Je suis totalement dépourvu d'imagination, croyez-moi.

Elle arqua un sourcil.

— Je suis certaine que nous trouverons un sujet qui vous inspirera.

Le souffle de Gabriel se bloqua dans sa gorge. Pénélope était à présent occupée à disposer les pinceaux sur la table et ne le regardait pas. Il savait qu'il n'y avait pas le moindre sous-entendu dans ses paroles, mais en observant ses gestes gracieux, il songea : « Vous, Pénélope. Vous pourriez m'inspirer au point que je ferais tout ce que vous voulez. » Il peindrait si elle le voulait. Il chanterait à tue-tête. Bon sang, il lui bâtirait un temple à mains nues si elle le lui demandait, et en taillerait chaque pierre lui-même – à la cuiller s'il le fallait.

— Quoi qu'il en soit, reprit-elle, aujourd'hui, c'est *moi* qui vais peindre. Et *vous* serez mon modèle.

— Quoi ?

— J'ai réfléchi à vos différents symptômes. Même s'ils font partie d'un tout, j'aimerais les aborder l'un après l'autre, et celui que j'aimerais traiter aujourd'hui, c'est ce vertige qui vous saisit dans les salles de bal.

— Je vois, dit Gabriel en s'emparant d'un pinceau à long manche. Et nous allons le combattre à coups de brosse.

Il brandit l'outil devant lui, telle une épée. Sans doute parce qu'il lui était plus facile de plaisanter que d'avouer qu'une boule d'angoisse se formait déjà au creux de son estomac.

Pénélope s'esclaffa et lui reprit le pinceau.

— En quelque sorte, dit-elle. Je vous ai dit que notre esprit effectue parfois des associations – souvent à notre insu – capables de prendre le pas sur nos sensations, vous vous en souvenez ?

Il hocha la tête.

— Eh bien, je pense que quand vous entrez dans une salle de bal, votre esprit peut interpréter quelque chose de parfaitement inoffensif comme une menace et convaincre votre corps qu'il est en danger, quand bien même votre raison sait qu'il n'en est rien.

Gabriel réfléchit. Il avait beau souhaiter de tout son cœur que les méthodes de Pénélope l'aident à guérir, elles lui semblaient tout de même assez aléatoires.

— Comment est-ce possible ?

— Je *suppose* que vous voyez, entendez ou sentez quelque chose qui vous rappelle un danger que vous avez affronté autrefois, et que votre corps réagit en conséquence.

— Voilà une théorie intéressante.

Et effrayante, aussi. Si sa réaction n'était pas consciente, que pouvait-il y faire ?

— Admettons que vous ayez raison. Comment pouvons-nous empêcher mon esprit de faire cette association ?

— Dans certains cas, c'est assez simple. Il suffit d'analyser une situation donnée pour déterminer quel élément votre esprit associe de façon erronée à un danger. Une fois que votre pensée rationnelle sait ce qui déclenche ce réflexe, vous pouvez empêcher cette association. Ce que je veux, à présent, c'est que vous fermiez les yeux.

Plutôt que d'obéir, Gabriel arqua un sourcil.

— Faites-moi confiance, l'encouragea-t-elle.

— Si vous le dites…

Il ferma les paupières, mais il se sentait ridicule.

— Cela ne peut pas être pire que les cautérisations, je présume.

— Très drôle, répliqua Pénélope avec un sourire dans la voix. Maintenant, je voudrais que vous vous concentriez sur ce premier bal, en Espagne, et que vous me racontiez tout ce que vous avez vu et ressenti, de façon aussi détaillée que possible. Je vais peindre ce que vous me décrirez. Quand nous aurons fini, je vous placerai devant la toile et vous me direz la première chose qui vous viendra à l'esprit quand vous la regarderez, sans réfléchir. Avec un peu de chance, cela nous donnera un indice sur ce qui vous effraie.

Gabriel entrouvrit un œil et jeta un regard dubitatif à la jeune femme.

Levant son pinceau, elle le regarda sans ciller.

Gabriel referma la paupière en soupirant.

— Bien. Vous avez dit que vos vertiges vous prenaient quand vous approchiez d'une piste de danse. Est-ce une coïncidence, ou y a-t-il un détail lié aux pistes de danse qui vous rappelle autre chose ?

Gabriel essaya de se rappeler. Il se souvenait de l'air moite, de la brise humide qui soufflait depuis les rives de la Zadorra en cette chaude soirée de juin. Il était entré dans la villa par un antique portail de pierre cintré, savourant à l'avance cette rareté : une soirée de fête au terme d'une bataille durement gagnée.

— Je vois que vous réfléchissez, mais il faut que vous me décriviez ce que vous voyez pour que je puisse le peindre, lui rappela-t-elle.

— C'était la nuit, mais la salle était très éclairée. Des bougies, des torches et des feux étaient allumés et projetaient une lueur dorée qui ressemblait à celle d'une fin d'après-midi.

— Vous vous exprimez comme un artiste, commenta-t-elle d'une voix enjouée.

Il entendit le frottement du pinceau sur la toile, ce qui l'encouragea à poursuivre.

— La salle était grande, rectangulaire, avec des murs en pierre de taille grise. Elle ressemblait à un cloître, avec des arcs cintrés côte à côte.

Ce qui l'avait frappé d'emblée, ce soir-là, c'était le bruit. Une cacophonie de voix. Elles égaient joyeuses, certes, mais elles l'avaient mis mal à l'aise, surtout quand quelqu'un s'était mis à crier.

— Il y avait du monde. Beaucoup de monde. Pas seulement sur la piste de danse mais dans toute la salle, et même sur la pelouse. Je me suis dirigé vers la piste à la recherche d'une cavalière, mais quand je m'en suis approché…

Le cœur de Gabriel se mit à lui marteler la poitrine tandis qu'un voile de sueur lui couvrait le front. Il avait beau savoir qu'il se trouvait en sécurité dans un manoir du Shropshire, la tête lui tourna.

— Je ne peux pas, Pénélope, dit-il en rouvrant les yeux.

— Ne regardez pas ! s'écria-t-elle.

Elle tendit vivement la main. Comme ses doigts se posaient sur ses yeux, une odeur d'huile de lin et de noix lui emplit les narines.

— Vous le pouvez, assura-t-elle. Emmenez-moi avec vous. Imaginez que je suis à votre côté.

Il se représenta Pénélope, non pas telle qu'elle était en cet instant, en robe de deuil et blouse constellée de taches de peinture, mais telle qu'il l'avait vue à son mariage, vêtue d'une élégante robe d'un jaune lumineux. Il hocha la tête.

Elle ôta la main de ses yeux.

— Les gens dansaient, reprit-il d'une voix tremblante. C'était un morceau assez entraînant. Tout le monde tournait et bondissait parfois.

— Décrivez-moi les gens, demanda-t-elle d'une voix un peu sifflante comme si elle tenait un pinceau entre ses dents. Y avait-il autant de femmes que d'hommes ? Quelles couleurs portaient-ils ?

En esprit, Gabriel s'engagea sur la piste, Pénélope à ses côtés. Il avait toujours des vertiges, mais en imaginant la jeune femme près de lui, ceux-ci lui semblaient moins pénibles. D'ailleurs, son cœur battait moins vite et son souffle n'était plus aussi saccadé.

— Deux fois plus d'hommes que de femmes. La plupart des officiers sont en uniforme. Je vois des fantassins, avec leur courte veste rouge et leur pantalon gris. Il y a des fusiliers en vert, et les officiers portugais sont en bleu. Certains sont coiffés de shakos noirs. Les femmes portent toutes les couleurs : blanc, bleu clair, jaune…

— Très bien, l'encouragea-t-elle.

Mais comme elle parlait avec son pinceau entre les dents, cela ressemblait plutôt à « krès vien ».

— Que sentez-vous ?

Gabriel fronça les sourcils.

— Comment pouvez-vous *peindre* un parfum ?

— Je ne le peux pas, mais faites-moi plaisir et répondez.

— La fumée de cigare, dit-il après un moment.

En vérité, avec ses nombreuses croisées grandes ouvertes, la salle de bal était pratiquement en plein air, mais elle était surpeuplée, et les officiers s'étaient regroupés sous les fenêtres pour fumer le cigare ou le cigarillo.

— Il y avait une légère brume bleutée qui flottait au-dessus de la piste, apportée par la brise.

— Hmmm, fit Pénélope.

À présent, le grattement évoquait un staccato, comme si elle donnait des coups de pinceau brefs et nerveux.

— C'est tout ce dont je me souviens, conclut Gabriel après l'avoir écoutée peindre pendant quelques instants.

Puis, se sentant ridicule de rester là, les yeux fermés, il demanda :

— Je peux regarder ?

— Bientôt.

Scratch, scratch, scratch... Tap, tap, tap...

Finalement, il entendit un claquement lorsqu'elle posa sa palette et ses pinceaux sur la table. Puis il sentit ses mains se refermer sur ses épaules tandis qu'elle le poussait vers le tableau. Quand elle l'eut amené là où elle voulait qu'il soit, elle le lâcha et s'écarta.

— Quand je vous demanderai d'ouvrir les yeux, je veux que vous me disiez la première chose qui vous vient à l'esprit.

Il hocha la tête en guise de réponse.

— C'est bon... Vous pouvez regarder.

Gabriel obéit. Avant même que son regard ait pu embrasser l'ensemble du tableau, il prit une inspiration douloureuse.

— C'est le champ de bataille, murmura-t-il.

Ce n'était pas le cas, bien sûr, pourtant...

— Les couleurs, reprit-il, la bouche soudain sèche.

En vérité, il y avait plus que cela. Il observa le tableau, abasourdi. Pénélope avait su rendre la lumière de cette salle de bal telle qu'elle était dans son souvenir. Maintenant qu'il y songeait, elle lui rappelait étrangement celle des crépuscules du nord de l'Espagne. La fumée des cigares flottait au-dessus de la scène, semblable à celle des canons, et les corps pressés les uns contre les autres évoquaient un combat sanguinaire.

— Vous auriez du mal à le croire, dit-il tandis qu'une scène de guerre se superposait au tableau de Pénélope, mais un champ de bataille peut être beau, à sa façon. Toutes ces armées, ces innombrables régiments, chacun suivant son tambour, chacun portant un uniforme particulier, et faisant cependant partie d'un tout... s'encerclant... combattant...

— Je pense, observa Pénélope en le rejoignant, que votre esprit, en voyant cette scène de bal, l'a associée à la bataille dont vous veniez de réchapper. Votre corps a cru que vous affrontiez de nouveau le danger, même si votre esprit savait que ce n'était pas le cas, et cette confusion entre le physique et le mental est à l'origine de votre réaction.

Gabriel se souvenait de la terreur qui s'était emparée de lui. Il avait cru qu'il perdait la raison. Ç'avait été le premier pas sur la sombre route qui l'avait mené à Vickering Place. N'est-ce pas ?

— Alors, je n'étais pas en train de sombrer dans la folie ?

La main de Pénélope se glissa dans la sienne ; il la serra avec force.

— Non, répondit-elle d'un ton ferme. Une fois que votre esprit a forgé cette association entre les salles de bal et les champs de bataille, votre corps n'a plus supporté de s'y trouver. Voilà tout.

Ébranlé, Gabriel continua de fixer la toile du regard.

— Cela pourrait-il vraiment être aussi simple ? risqua-t-il.

— Peut-être. Maintenant que vous avez conscience de cette association, j'ai l'espoir que vous réussissiez à la briser. La prochaine fois que vous assisterez à un bal, si vous sentez la panique vous gagner, vous pourrez retrouver votre calme en vous rappelant cet instant, quand vous avez compris que votre peur était infondée. Que cela n'est pas réel.

Certes, il s'en souviendrait, mais c'est à la femme qui se trouvait à ses côtés qu'il se raccrocherait, exactement comme il était en train de le faire en ce moment même. S'arrachant à la contemplation du tableau, il se tourna vers elle. Chère, chère Pénélope !

Sa main semblait tellement à sa place dans la sienne. Il ne pouvait s'empêcher d'être convaincu que s'il la gardait à jamais auprès de lui, elle le guérirait, tout comme Stratford affirmait que son épouse l'avait guéri.

Était-ce mal de sa part d'espérer cela ? D'espérer que Pénélope accepterait de rester près de lui ? Certes, elle était là, mais uniquement parce qu'elle croyait à ses chances de rétablissement. Au demeurant, même si cela était mal, il ne pouvait étouffer le désir qui brûlait en lui.

Pénélope dut déchiffrer ses pensées car elle libéra doucement sa main en rougissant.

— Ce... ceci n'est que la première étape vers la guérison, bien sûr, dit-elle en se mettant à triturer ses pinceaux. L'esprit est subtil et complexe. Il est peu probable que ce soit là l'unique association douloureuse que vous ayez faite. Parfois, ces associations parlent d'elles-mêmes. L'un des hommes que j'ai traités, par exemple, était pris de terreur chaque fois qu'il sentait l'odeur de la poudre ou qu'il entendait une déflagration, qui lui rappelaient de façon très claire les champs de bataille. Inutile de dire qu'il ne va plus à la chasse.

Gabriel hocha la tête.

— Moi non plus.

— Oui, mais cela peut aussi être moins douloureux et plus difficile à comprendre, comme certains dégoûts alimentaires. Un autre homme se mettait à trembler quand il goûtait de la viande de mouton. Nous avons dû examiner cela en détail pour comprendre qu'il était en train d'en manger quand les Portugais ont attaqué, à Fuentes de Oñoro. Il a perdu une jambe dans cette bataille, aussi vous pouvez imaginer ce que son esprit associait à une innocente bouchée de viande.

— A-t-il renoncé à manger de l'agneau ? s'enquit Gabriel avec curiosité.

La jeune femme leva les yeux des pinceaux qu'elle était occupée à nettoyer et lui sourit.

— En fait, non. Voyez-vous, il adorait en manger et il a refusé d'y renoncer. Une fois que nous avons identifié la raison de sa réaction, il a réussi à la surmonter. Cela a pris un certain temps, mais maintenant, cela ne lui pose plus aucun problème.

— Étonnant, murmura Gabriel.

Et ça l'était bel et bien. Dire que, s'il parvenait à annuler les désastreuses conséquences de ses années de guerre, il pourrait reprendre sa vie d'avant ! Ou plutôt, on pourrait la lui rendre. Il contempla le beau visage de Pénélope.

— Vous êtes extraordinaire, Pénélope. Comment avez-vous seulement eu l'idée d'essayer de telles méthodes ?

Plissant le nez, elle secoua la tête et reposa les brosses sur la table.

— Je ne suis certainement pas extraordinaire, protesta-t-elle. Mon intelligence n'a rien d'exceptionnel, mais la théorie des associations m'a semblé pleine de bon sens la première fois que j'en ai entendu parler. En toute honnêteté, je n'ai pas compris la moitié de ce que j'ai lu sur le sujet et je suis en désaccord avec la moitié de ce que j'ai compris.

Elle poussa un soupir, ouvrit la bouche puis la referma, comme si elle cherchait ses mots.

— Peut-être est-ce justement la simplicité de mon esprit qui m'a guidée sur cette voie. J'ai juste essayé d'enchaîner les étapes logiquement, en combinant la théorie à ce que j'avais observé par moi-même, et le hasard a voulu que j'obtienne quelques succès.

Gabriel émit un petit rire.

— Vous n'avez rien d'un esprit simple ! s'exclama-t-il. Dès que j'ai fait votre connaissance, j'ai su que vous étiez extraordinairement intuitive. Et cette capacité que vous avez à vous appuyer sur cette intuition pour obtenir des résultats démontre une grande intelligence, Pénélope.

Elle fronça les sourcils.

— Ma foi…

Elle prit une profonde inspiration et fit quelques pas, obligeant Gabriel à pivoter sur lui-même pour la suivre du regard, puis elle se mit à marcher de long en large.

— Nous avons découvert ce qui était peut-être à l'origine de vos vertiges dans les salles de bal, mais il nous reste encore beaucoup à faire.

Gabriel la laissa changer de sujet.

— Comme je vous l'ai dit, reprit-elle, nous allons commencer par rechercher les associations cachées susceptibles d'expliquer les symptômes les plus pénibles. J'aimerais aussi examiner ce qu'il y a derrière votre crainte des espaces clos.

Elle s'arrêta pour le regarder et se mit à tapoter sa lèvre inférieure avec le pouce de son poing fermé.

— Je parie que votre semaine d'amnésie, après la bataille de Waterloo, n'y est pas étrangère. Peut-être, si nous réussissons à exhumer ces souvenirs, cette peur cessera-t-elle.

— Ce serait une bonne chose, avoua Gabriel. Une très bonne chose. Cependant…

Un nœud douloureux était en train de se former sous son sternum, comme chaque fois qu'il songeait à la folie qui rôdait dans l'ombre, attendant de frapper.

— Ne sommes-nous pas en train d'oublier mon véritable problème ?

— Vos crises ?

Il hocha la tête.

— Ce que j'espère, dit-elle en reprenant sa déambulation, c'est qu'elles ne sont pas dues à une maladie mentale, mais aux effets cumulés de plusieurs associations erronées. En d'autres termes, si nous pouvons chasser les démons mineurs, peut-être découvrirons-nous que le diable n'est pas si terrible qu'il le paraît.

Seigneur, si c'était possible ! L'espoir et la peur se mêlaient en lui – l'espoir que Pénélope ait raison, la peur qu'elle se trompe – en un tourbillon d'émotions à l'équilibre fragile.

— Avez-vous déjà vu un tel cas ?

Elle ne tressaillit pas, mais Gabriel la sentit se reprendre en hâte.

— Comme je vous l'ai dit, répondit-elle, je n'ai jamais vu de crises telles que les vôtres jusqu'à présent.

Elle semblait presque s'en excuser.

Un instant, l'équilibre incertain en lui menaça de basculer vers la peur, mais il refusa de la laisser prendre le dessus. Nom de nom, il avait fait plus de progrès en quelques jours avec Pénélope qu'en plusieurs mois à Vickering Place ! Sans parler des années où il avait tenté seul de guérir. Même si leur collaboration ne menait à rien, il avait enfin l'impression de faire vraiment quelque chose de tangible pour guérir. De maîtriser en partie son propre destin, si illusoire que cela soit peut-être.

Tandis que Pénélope finissait de nettoyer son matériel, Gabriel revint se poster devant la scène de bal. C'était un bon tableau, avoua-t-il. Mieux que ne l'auraient fait des traits nets et précis, les coups de pinceau flous suggéraient au lieu de souligner. Était-ce là le style personnel de la jeune femme, ou était-ce dû au fait qu'elle avait peint très rapidement ? Dans un cas comme dans l'autre, elle était manifestement très douée.

Il savait que Michael et elle s'étaient rencontrés à Hyde Park. Tous deux peignaient des paysages. Alors qu'il rangeait son matériel et s'apprêtait à s'en aller, Michael s'était arrêté pour regarder par-dessus l'épaule de Pénélope.

La toile sur laquelle elle travaillait avait par la suite été accrochée au-dessus de la cheminée de leur maison à Londres.

Ce tableau, en revanche, c'est pour Gabriel qu'elle l'avait réalisé.

— Puis-je le garder ? demanda-t-il.

Elle tourna la tête et lui décocha un regard perplexe.

— Comme souvenir. Pour me rappeler que la peur n'est pas réelle, précisa-t-il, lui retournant ses propres mots.

Elle lui sourit.

— Bien sûr. À vrai dire, c'est une excellente idée. Écoutez, il doit y avoir une soirée à la salle des fêtes dans une quinzaine de jours ; j'aimerais que vous y assistiez avec moi. Ce sera l'occasion de voir si l'expérience d'aujourd'hui est probante.

À cette idée, Gabriel ne put réprimer une inquiétude, mais la perspective d'avoir Pénélope comme cavalière l'atténua de façon tout à fait significative.

— Peut-être que si vous passez quelques minutes chaque jour à contempler cette peinture, cela vous aidera, suggéra-t-elle.

Elle le rejoignit devant le chevalet et tendit le doigt.

— Regardez, je vous ai dessiné ici, au centre. Quand vous regarderez cette toile, je veux que vous fixiez votre attention sur l'image de vous-même. Imaginez-vous au milieu de la salle de bal, avec les danseurs qui tourbillonnent autour de vous. Si vous sentez la panique vous gagner, continuez de regarder en vous rappelant que ce n'est pas un champ de bataille. Dites-vous que vous êtes en sécurité. Peut-être cela... comment dire... *entraînera*-t-il votre esprit à se confronter à la réalité.

Gabriel observa avec attention le point qu'elle indiquait. Et discerna effectivement une silhouette masculine au centre de la composition. Il y avait une femme aux cheveux blonds à son côté. Et il lui semblait qu'ils se tenaient par la main.

— Est-ce vous ? s'enquit-il en désignant celle-ci.

Pénélope battit des paupières, plissa les yeux et se pencha vers la toile. Puis une délicate rougeur envahit ses joues.

— Oh ! Hum...

Elle s'esclaffa.

— Ma foi, on dirait bien.

Sous-entendait-elle que la ressemblance n'était pas intentionnelle ?

— Eh bien...

Elle se passa la langue sur les lèvres, un peu embarrassée.

— Eh bien... cela a paru vous aider quand je vous ai suggéré de m'imaginer à votre côté. Et... hum... je suppose qu'il était tout naturel que je me représente près de vous.

Gabriel écouta ses explications hésitantes avec fascination. Qu'avait-elle dit, un peu plus tôt ? Que parfois, la toile était le lieu des représentations symboliques, que le peintre laissait transparaître des émotions qu'il n'aurait pas exprimées autrement ? Il reporta son attention sur la silhouette féminine qui lui tenait la main, et une douce chaleur se déploya en lui. C'est alors qu'il remarqua un autre détail. Si ce n'était pas *là* un symbole...

— Vous vous êtes même représentée vêtue de noir, murmura-t-il.

— Pardon ? demanda-t-elle, manifestement perdue.

Gabriel tendit la main, effleura les pigments encore humides, puis montra ses doigts à Pénélope : ils portaient des traces noires.

— Vous êtes bien consciente que la mort de Michael n'est pas votre faute, n'est-ce pas ? demanda-t-il posément, répétant mot pour mot la question qu'elle lui avait posée à propos de ses propres soldats.

Elle prit une inspiration saccadée, pinça les lèvres. Ses yeux s'embuèrent tandis qu'elle fixait du regard la peinture noire qui lui maculait l'index. Ce noir, couleur de deuil, manifestation visible de sa culpabilité.

— Vous n'aviez aucun contrôle sur lui ou sur ses actes.

Elle secoua la tête en une vigoureuse protestation.

— Je sais où vous voulez en venir, mais ce n'est pas du tout la même chose, articula-t-elle. Si je l'avais suivi à Leeds sans attendre, il serait encore en vie.

— Si je m'étais chargé seul de cette mission, mes hommes seraient encore en vie eux aussi, rétorqua-t-il. J'aurais pu, vous savez. J'ai retrouvé Blücher et je lui ai délivré le message. J'aurais pu laisser ces hommes derrière moi et réussir malgré tout. Mais je ne l'ai pas fait.

Elle pressa ses lèvres l'une contre l'autre.

— Ce que je veux dire, Pénélope, c'est que ni vous ni moi ne pouvions savoir ce qui adviendrait. Nous avons fait ce que nous pensions devoir faire sur le moment. Vous n'avez pas plus assassiné Michael que je n'ai assassiné mes hommes. Ni vous ni moi n'avons appuyé sur ces détentes.

Une larme roula sur la joue de la jeune femme. Gabriel esquissa un geste pour la cueillir, avant de se souvenir qu'il avait de la peinture sur le doigt. Le temps qu'il l'essuie sur son pantalon, Pénélope l'avait chassée du revers de la main. Il le regretta. Il aurait tant aimé avoir une raison de la toucher.

— Vous m'avez dit que la seule chose que nous pouvions contrôler, c'était ce que nous faisions de notre vie après le traumatisme, lui rappela-t-il. Le sens que nous donnions à notre existence.

Elle baissa la tête et garda les yeux rivés sur le sol. Gabriel lui souleva doucement le menton. Dieu qu'il détestait la sentir trembler ainsi !

— Et en cela, je ne peux que m'efforcer de suivre votre exemple. Regardez ce que vous faites. Pensez à tous les gens que vous avez aidés. Vous êtes un modèle pour moi, Pénélope.

Elle ferma les paupières.

— En revanche, cela…

Il désigna sa tenue puis, comme elle ne pouvait le voir, précisa :

— Ce deuil que vous vous obstinez à porter… c'est une abomination.

Elle rouvrit vivement les yeux.

— C'est en totale contradiction avec ce que vous êtes. Il faut y renoncer. Voulez-vous que je vous dise ce que j'ai pensé la première fois que mes yeux se sont posés sur vous ?

Elle hocha la tête avec lenteur, presque comme malgré elle.

— Je me souviens de vous avoir comparée à un rayon de soleil un jour d'été. Le simple fait de vous regarder me rendait heureux. Vous attiriez les gens à vous, à cette époque. C'est encore le cas, mais votre lumière a perdu de son éclat. Et ce n'est pas juste. Cette pénitence... cette punition, ou quel que soit ce qui dissimule votre éclat naturel, doit cesser.

Lui lâchant le menton, il se dirigea vers la table où était posée la palette. Puis, ayant choisi un pinceau propre et pris un peu de peinture, il s'empara d'un chiffon et revint devant le chevalet. Là, il tamponna le surplus de pigment noir jusqu'à ce que la surface soit sèche. Puis il déposa un trait de couleur sur la robe de la femme.

Il dut passer la brosse plusieurs fois pour la recouvrir entièrement, mais quand il recula d'un pas, un jaune vibrant avait remplacé le noir.

— *Voilà* ce que vous êtes, Pénélope, murmura-t-il. Et j'estime qu'il est temps que vous redeveniez vous-même.

Elle ne répondit pas. Les yeux écarquillés, elle se contenta de fixer ce détail si symbolique qu'il venait de placer devant elle.

Puis elle parut se recroqueviller sur elle-même. La tête baissée, les épaules voûtées comme pour se protéger, elle enfouit le visage entre ses mains.

Un sanglot étouffé lui échappa, qui serra le cœur de Gabriel et fit naître une inquiétude en lui. Lâchant brosse et chiffon, il prit Pénélope par les épaules et se baissa légèrement afin que son visage soit au niveau du sien.

— Pénélope, ne pleurez pas, je vous en prie. S'il vous plaît, regardez-moi.

Il lui écarta doucement les mains du visage.

La souffrance qu'il lut au fond de ses yeux le transperça aussi douloureusement que les baïonnettes que les Français avaient brandies à Waterloo avec une si mortelle efficacité. Bonté divine, il n'avait pas voulu cela ! Il avait seulement tenté de l'aider, comme elle-même l'avait aidé.

— Oh, Pénélope ! chuchota-t-il en caressant ses joues mouillées de larmes.

Il fallait qu'il fasse cesser ses pleurs. Cela le déchirait de la voir souffrir ainsi, quand bien même il n'avait eu d'autre choix que de lui dire la vérité.

Alors il lui offrit quelque chose à quoi se raccrocher, comme elle l'avait fait pour lui, la veille, dans la voiture, pour l'aider à maîtriser sa panique.

Il l'embrassa.

14

Pénélope se figea, stupéfaite, quand les lèvres de Gabriel recouvrirent les siennes. Puis il pressa sa bouche sur la sienne avec passion, chassant de son esprit comme de son cœur tout ce qui n'était pas *lui*.

Tout à coup, elle n'eut plus d'autre désir que de s'abandonner, de se perdre en lui. Ses mains remontèrent sur ses épaules musclées, les étreignirent, mais elle n'était pas encore suffisamment proche de lui. Oh, non ! Alors elle noua les bras autour de son cou et, se hissant sur la pointe des pieds, se plaqua contre lui.

Il laissa échapper un gémissement si rauque qu'un long frisson la parcourut. Qui ne fit que s'intensifier lorsqu'il referma les bras autour d'elle pour la presser étroitement contre son torse, *là* où elle voulait être.

Mais aussi délectable que fût ce contact, elle sut qu'elle ne s'en contenterait pas. Alors que ses seins s'écrasaient contre sa musculature puissante, le désir monta en elle, telle une vague brûlante impossible à contenir. De langues de feu se déroulèrent au creux de son ventre, s'étirèrent, l'envahirent, avides.

Gabriel enfouit les mains dans ses cheveux, lui orienta la tête de sorte que leurs lèvres se rencontrent selon un angle idéal. Puis il glissa sa langue entre ses lèvres et elle l'accueillit avec un doux gémissement de bonheur. Elle désirait ce baiser… et bien plus encore.

Sans cesser de se cramponner à son cou, elle se haussa davantage sur la pointe des pieds, juste assez pour frotter son bassin contre le sien, leur arrachant à tous deux un soupir d'impatience. Encouragée, elle se mit à onduler lentement contre son érection tandis que le feu se propageait dans tout son corps. Il se transforma en brasier lorsque Gabriel l'empoigna par les hanches pour la plaquer contre lui.

Elle s'arracha à sa bouche.

— Je vous veux, haleta-elle.

C'était la vérité. Elle voulait se rappeler ce que c'était de s'abandonner à la passion. Elle voulait oublier la souffrance de la culpabilité qui semblait ne jamais la quitter. Elle voulait ressentir quelque chose, *n'importe quoi* plutôt que la douleur qui lui transperçait le cœur. Elle fit courir ses doigts le long de ses bras, puis les referma sur ses mains qui lui pétrissaient les hanches avec une sensualité affolante. Reculant d'un pas, elle murmura :

— Venez.

Sans lui laisser le temps de protester, elle l'entraîna à sa suite droit vers sa chambre. Par chance, Liliana les avait logés tous deux à l'étage plutôt que dans l'aile familiale, car leurs chambres, séparées par un petit salon, donnaient sur la grande galerie, où elle savait que Pénélope souhaiterait travailler si le temps tournait à la pluie. Pour l'instant, toutefois, Pénélope ne pensait qu'à sa chambre et au bienheureux oubli qu'elle y trouverait bientôt.

Tenant fermement la main de Gabriel, elle manœuvra la poignée de la porte. À peine le battant s'était-il entrouvert qu'elle tira son compagnon à l'intérieur.

Une fois la porte refermée derrière eux, Pénélope lui fit face. Son torse se soulevait et retombait à un rythme rapide et ses yeux étincelaient de passion. Il s'adossa au battant comme s'il avait besoin d'un soutien. Jamais elle ne l'avait vu aussi délicieusement ténébreux, mais il était beaucoup trop vêtu à son goût. Il semblait fou de désir... et inexplicablement hésitant.

Une inquiétude la saisit. Elle ne voulait pas qu'il se ressaisisse. Elle ne le supporterait pas. Alors, s'approchant de lui, elle pressa de nouveau son corps contre le sien, des épaules jusqu'aux pieds, et encadra son visage de ses mains.

— Je vous en prie, Gabriel. Ne réfléchissez pas, souffla-t-elle en déposant une pluie de baisers légers sur ses joues, le long de son cou... avant d'être arrêtée par sa cravate.

Alors elle revint vers sa bouche pour murmurer contre ses lèvres :

— S'il vous plaît. Faites-moi l'amour.

Sa supplique brisa ses dernières résistances. D'un geste vif, il la fit pivoter et la plaqua contre la porte. Puis il prit possession de ses lèvres avec voracité tout en fléchissant les genoux pour remonter lentement le long de son corps en une longue caresse érotique, son sexe appuyant contre son mont de Vénus. En dépit des multiples couches de vêtements qui les séparaient, la chaleur qui émanait d'eux était telle qu'elle aurait pu s'évanouir. Si elle n'avait été solidement prise en étau entre la porte et le corps musclé de Gabriel, elle se serait sans doute affalée sur le sol.

— Gabriel… murmura-t-elle, achevant de prononcer son nom dans un gémissement.

Sa bouche avait glissé jusqu'à son oreille, dont il mordilla délicatement le lobe avant de l'apaiser de la langue.

Pénélope entreprit de tirer nerveusement sur sa chemise. Elle la lui aurait volontiers fait passer pardessus la tête, mais cela aurait retardé d'autant le moment de toucher sa peau nue, aussi glissa-t-elle simplement les mains sous l'étoffe et les fit-elle courir sur son abdomen. Ses muscles roulèrent sous ses doigts tandis qu'il prenait une brève inspiration. Puis ce fut lui qui lui coupa le souffle en laissant ses lèvres descendre le long de son cou, avant de le lui mordre tendrement à la naissance de la gorge.

Pénélope ne supporterait pas d'attendre plus longtemps. Les doigts tremblants, elle s'attaqua aux boutons qui fermaient son pantalon. Dès qu'elle le put, elle baissa ce dernier sur ses hanches, puis jusqu'aux genoux. Lorsque sa virilité jaillit, libérée de sa gangue de tissu, Gabriel poussa un gémissement qui ne fit qu'accroître l'excitation de la jeune femme. Du pied, elle repoussa son pantalon jusqu'à ses chevilles.

— Pénélope, murmura-t-il d'une voix enrouée de passion avant de la faire tourner sur elle-même.

Il dénoua les lacets de sa robe, et, un instant plus tard, elle sentit son corsage se desserrer. Ses doigts lui frôlaient le dos tandis qu'il se débattait avec le laçage de la robe. Dès qu'elle le put, elle tira sur les manches de celle-ci, puis la fit descendre sur sa taille avant de la laisser glisser jusqu'au sol.

— Dieu du Ciel, murmura Gabriel, derrière elle.

Elle tenta d'imaginer ce qu'il voyait : sa taille étroitement prise dans son corset, ses hanches rondes, ses fesses offertes à son regard. Jamais elle ne s'était sentie aussi dévergondée. Impatiente de le tenter, elle se cambra pour se presser contre sa virilité.

Elle réussit au-delà de ses espérances. Dans un grondement rauque, Gabriel la plaqua contre la porte, posa les mains de part et d'autre d'elle. Son corps dur couvrit le sien, son érection se logea entre ses cuisses, si proche de sa féminité que c'en était un supplice. La fièvre continua de monter en elle en même temps que son désir. Avec un soupir, elle appuya le visage contre le battant, qui parut presque frais sous sa joue brûlante, puis ondula de nouveau des hanches.

Les lèvres contre sa nuque, Gabriel gémit sourdement. Puis il commença à imprimer un mouvement de va-et-vient à son bassin, son sexe frottant contre la chair humide de Pénélope, qui frémit de la tête aux pieds. Ses coups de reins se succédaient, excitants, et pourtant incapables d'apaiser l'incendie qui grondait en elle. Après quelques instants de ce délicieux petit jeu, elle commença à s'impatienter. Allait-il enfin la prendre ?

Elle commençait à se dire qu'elle n'allait pas endurer cela une seconde de plus lorsqu'il la fit pivoter face à lui. Elle referma spontanément les bras autour de son cou, et il lui souleva la jambe droite pour la caler sur sa propre hanche. Incapable de se retenir, elle glissa la main entre eux et enroula les doigts autour de son sexe dur gonflé de sève, délicieusement chaud et lourd. Quelque chose en elle se mit à trembler à l'idée qu'elle était à présent tout près d'obtenir ce qu'elle voulait, d'assouvir les violents appétits qui s'étaient réveillés en elle.

Depuis combien de temps n'avait-elle pas éprouvé une telle passion ? Au cours des deux dernières années, elle avait reçu plus d'une proposition, mais aucune ne l'avait tentée.

Mais à présent, elle était plus que tentée ! Dieu sait comment, Gabriel avait réussi percer la carapace de tristesse qu'elle s'était bâtie, pour l'atteindre en plein cœur. Elle ignorait pourquoi il avait fait cela ni ce que cela signifiait. Tout ce qu'elle savait, c'était que ce qu'elle éprouvait pour lui en cet instant allait au-delà du désir physique. C'était un besoin profond et désespéré qui l'effrayait – quoique pas suffisamment pour l'empêcher de vouloir cet homme. *Maintenant.* Elle frotta l'extrémité de son érection entre les pétales de son intimité en frissonnant de plaisir, puis la positionna à l'orée de sa féminité.

— Gabriel, venez en moi, le supplia-t-elle.

Il murmura son nom avant de s'emparer de sa bouche. L'agrippant aux hanches, il la souleva du sol, l'incita à enrouler son autre jambe autour de lui, puis, alors qu'elle enfonçait les talons dans ses fesses musclées, il entra en elle.

« Oui ! » aurait-elle crié si elle n'avait pas eu le souffle coupé. Alors elle se contenta de mêler avec fougue sa langue à la sienne tandis qu'il plongeait de nouveau entre ses cuisses.

Seigneur, elle avait tellement besoin de cela ! Elle se cambra contre lui encore et encore dans l'espoir qu'il comprendrait ce qu'elle voulait. Il comprit parfaitement à en juger par les coups de reins vigoureux, presque sauvages, dont il la gratifia. Oh, Seigneur ! C'était exactement ce qu'elle avait espéré… en mieux. Lorsqu'il interrompit leur baiser pour reprendre son souffle, elle appuya la tête contre la porte, accueillant les coups de boutoir puissants, se préparant à l'explosion de volupté qui n'allait pas tarder à l'emporter.

Et soudain, le plaisir fut là, si soudain, si violent que Pénélope ne put retenir un cri. Sa jouissance déclencha celle de Gabriel qui plongea encore une, deux, trois fois en elle, avant d'exploser à son tour.

Peu à peu, leurs gémissements se transformèrent en halètements tandis que la sueur refroidissait sur leur peau. Pénélope était toujours clouée contre le battant de bois, Gabriel fiché en elle. Elle songea confusément qu'elle aimerait rester là pour toujours, intimement unie à lui, puis ses membres commencèrent à trembler sous l'effort.

Et son esprit se remit à fonctionner. Seigneur !... Qu'avait-elle fait ? Desserrant l'étreinte de ses cuisses autour des hanches de Gabriel, elle voulut reposer les pieds sur le parquet. Comme il se retirait, elle ressentit une affreuse sensation de vide qui ne fit qu'accroître son inquiétude.

Elle tenta de se libérer, mais Gabriel ne l'entendait pas ainsi. Il l'attira contre lui, si près qu'elle n'eut d'autre choix que de presser le visage contre son torse. Elle ne put s'empêcher de respirer son odeur, et même si elle savait qu'elle venait de commettre une erreur, elle savoura l'instant.

— Je suis désolé, Pénélope, murmura-t-il contre ses cheveux.

Elle s'écarta de son torse et le regarda sans comprendre.

— Ce n'est pas ainsi que j'avais imaginé la première fois où je vous ferais l'amour. Vous méritez mieux qu'une étreinte brutale contre un mur.

— C'était une porte, rectifia-t-elle sans réfléchir.

Elle perçut le roulement rocailleux de son rire plus qu'elle ne l'entendit.

Elle laissa son regard errer sur son beau visage, se demandant pourquoi il arborait cette expression navrée. Il n'avait rien à se reprocher. Elle, en revanche...

La honte l'envahit. Il avait dit « la première fois », comme s'il espérait ou même s'attendait qu'il y en ait plus d'une. Et pourquoi ne l'aurait-il pas supposé ? Il lui avait pratiquement déclaré sa flamme ce premier jour à Vickering Place, même s'il n'avait pas conscience de s'adresser bel et bien à elle. Cela rendait encore plus impardonnable son propre manque de bon sens. Elle n'avait pas le droit – non, pas le moindre ! – de franchir la frontière qui séparait l'amitié de l'intimité comme elle venait de le faire.

Incapable de le regarder dans les yeux, elle appuya de nouveau le front contre le torse de Gabriel et répondit :

— C'est *moi* qui suis désolée, Gabriel.

— Pourquoi ? s'étonna-t-il.

Pourquoi ?

— Je n'aurais pas dû vous embrasser. De nouveau, ajouta-t-elle, s'avisant qu'elle l'avait *déjà* embrassé la veille, dans la voiture.

Bonté divine, peut-être que M. Allen avait raison à son sujet, après tout !

Gabriel rit doucement.

— Cette fois, c'est moi qui vous ai embrassée, rappelez-vous.

Elle n'avait pas oublié. Rien que d'y penser, elle en était toute chavirée.

— Peut-être, mais j'aurais dû vous repousser. Vous ne comprenez donc pas ? fit-elle en le regardant de nouveau. Vous vous êtes dévoilé devant moi dans le cadre de votre traitement, ce qui vous a rendu vulnérable. Il est inadmissible que j'aie profité de vous pour...

Le rire sonore de Gabriel l'interrompit.

— Profité de moi ? répéta-t-il d'un air incrédule. Pénélope...

Il secoua la tête et la regarda comme si elle avait perdu la raison.

— Ce qui vient de se passer entre nous est la *meilleure* chose qui me soit arrivée depuis... Eh bien, peut-être depuis toujours.

Le pouls de Pénélope s'emballa en dépit de la culpabilité qui s'ajoutait à la honte.

— Vous pensez peut-être cela maintenant, mais j'ai brisé la confiance implicite qui existait entre nous. Au cours du genre de traitement que nous avons entrepris, une certaine confusion des sentiments peut s'installer et...

Son cœur se serra tandis qu'une nouvelle pensée lui venait.

— Seigneur ! gémit-elle. Je ne me le pardonnerai jamais si mon erreur a ruiné tous vos progrès.

Gabriel prit son visage entre ses mains.

— Chut, souffla-t-il. Ce qui vient de se passer n'était pas une erreur. Et mes sentiments n'ont rien de confus. À part mes épisodes de folie, j'ai tous mes esprits.

Elle secoua la tête, refusant de le croire. Il lui sourit tendrement.

— Je crois que je pourrais comprendre la raison de vos scrupules si j'étais un simple patient que vous ne connaissez ni d'Eve ni d'Adam, mais...

Il fronça les sourcils comme s'il avait du mal à trouver ses mots. Puis son visage s'éclaircit.

— Un jour, vous m'avez demandé pourquoi j'avais pu danser à votre mariage et assister à d'autres bals à l'époque où nous nous voyions souvent sans que vous remarquiez mon malaise.

Du pouce, il lui caressa la joue.

— N'avez-vous pas compris ? C'est parce que vous étiez là. C'est vous qui chassiez mes ténèbres. Quand la crise menaçait, vous aviez cette espèce d'intuition qui vous poussait à me divertir d'un mot d'esprit ou d'une remarque pleine d'ironie… Et si, en m'approchant d'une piste de danse, j'avais la tête qui tournait, le souffle court et le cœur battant, je n'avais qu'à vous regarder pour que tout rentre dans l'ordre. Bien avant d'avoir accepté de me soigner, vous étiez déjà mon talisman, Pénélope. Vous l'avez toujours été.

Le cœur de Pénélope manqua un battement. *Son talisman ?*

— Ce qui vient de se passer entre nous ne fait que renforcer cette impression, alors cessez de vous tourmenter. En outre…

Son sourire se fit coquin, ranimant l'étincelle de désir en elle.

— Maintenant que je vous ai tenue dans mes bras, j'ai le sentiment que je pourrais conquérir le monde. Je crois que vous devriez m'embrasser de nouveau. Peut-être cela m'aidera-t-il à associer ce sentiment et vos lèvres, si bien que chaque fois que j'en aurai besoin…

Il effleura sa bouche de la sienne.

— … je n'aurai qu'à vous voler un baiser pour le retrouver. C'est *cela* qui m'aidera à guérir, plus que toutes les discussions du monde, et j'irais même jusqu'à dire que cela vous fera le plus grand bien, à vous aussi.

Sur ce, il captura de nouveau ses lèvres. Pénélope ne protesta pas. Parce que malgré ses scrupules, en cet instant, elle se sentait vivante. Et puissante. Et pleine d'un formidable espoir non seulement pour lui, mais aussi pour elle-même. Elle ne voulait pas que cette impression se dissipe avant de n'avoir plus d'autre choix.

Alors, sa décision prise, elle mit fin à leur baiser et pivota sur ses talons.

— Aidez-moi à ôter mon corset, ordonna-t-elle d'une voix enrouée de passion.

Gabriel hésita, comme s'il ne parvenait pas à croire qu'elle allait l'autoriser à la toucher de nouveau, puis ses doigts s'activèrent sur les lacets, les tirant fébrilement. Lorsqu'il eut terminé, Pénélope tourna lentement sur elle-même tandis qu'il lui enlevait son corset. Puis elle ôta sa camisole, et se tint devant lui uniquement vêtue de ses bas et de ses bottines.

Gabriel la parcourut d'un regard si brûlant qu'elle crut en sentir la chaleur sur sa peau. Elle entreprit de dénouer sa cravate, et ne put retenir un rire en constatant que son pantalon était encore à ses chevilles, retenu par ses bottes.

Gabriel baissa brièvement les yeux, puis lui décocha ce demi-sourire flegmatique qu'elle commençait à adorer.

— Cela ne va pas du tout, déclara-t-il. Vous en bas et jarretières, et moi tout habillé.

— *Encore* tout habillé, rectifia-t-elle avec des inflexions sensuelles.

Une lueur s'alluma dans les yeux de Gabriel, pour le plus grand plaisir de Pénélope.

— Ne devrions-nous pas être nus tous les deux ? suggéra-t-elle. Ne serait-ce que pour rétablir une certaine égalité entre nous…

Sans attendre son assentiment, elle tira sur sa cravate. Conjuguant leurs efforts, ils finirent par se débarrasser des vêtements qui leur restaient, tout en ponctuant leur tâche de baisers et de caresses. Pourtant, derrière chacune de ces tendres attentions, les doutes et les inquiétudes demeuraient. Ne commettait-elle pas une terrible erreur en devenant la maîtresse de Gabriel ? se demandait Pénélope. Ne risquait-elle pas de lui faire mal ? Ou avait-il raison de penser que renforcer leurs liens d'une façon aussi intime pouvait leur faire du bien à tous deux ?

Elle l'ignorait. Tout ce qu'elle savait, c'était que cela lui semblait juste – plus juste que tout ce qu'elle avait fait depuis des années.

Lorsqu'ils furent nus, elle se hissa sur la pointe des pieds pour l'embrasser. Seigneur, c'était tellement plus agréable de presser son corps contre le sien quand rien ne les séparait ! Gabriel était un très bel homme à la musculature puissante mais déliée.

Il la laissa prendre ses lèvres une première fois, puis une seconde, tout en lui caressant le dos et les fesses, mais alors qu'elle approfondissait leur baiser, il détourna le visage pour l'enfouir au creux de son cou tout en resserrant son étreinte.

— Pénélope, attendez, dit-il d'une voix un peu haletante. Vous allez me trouver idiot de vous poser une telle question, mais...

Il recula pour plonger son regard dans le sien.

— Êtes-vous certaine que c'est ce que vous voulez ?

Cette question était apparemment innocente, mais ses implications multiples. Parlait-il d'eux deux ? De l'avenir ?... Quoi qu'il ait en tête, qu'il s'inquiète ainsi de ses sentiments emplit Pénélope de gratitude. Ce dont elle était certaine, c'était qu'elle le voulait, *lui*. Maintenant. Et c'était tout ce qui comptait. Elle fit courir ses doigts sur son visage aux traits bien dessinés, puis, l'attirant à elle, murmura tout contre ses lèvres :

— Oui.

Un désir vertigineux envahit Gabriel. Ce simple petit « oui » chuchoté d'une voix tremblante venait de renverser l'ultime digue qu'il avait érigée entre eux.

Une petite partie de lui demeurait légèrement inquiète, mais elle était noyée sous le flot de pur plaisir qui déferlait en lui. Il ignorait par quel miracle Pénélope lui était tombée dans les bras, mais même si cela ne devait durer qu'un instant, il ne briserait pas le charme.

Et cette fois il allait lui faire l'amour dans un lit ! La prenant par le poignet, il l'entraîna doucement vers le vaste baldaquin. Elle le suivit volontiers, le laissa même la soulever pour l'asseoir au bord du matelas. Encadrant son visage de ses mains, elle le gratifia d'un baiser profond auquel il répondit avec ferveur.

Puis il lui écarta les genoux juste assez pour se glisser entre ses cuisses tièdes et soyeuses. Ils demeurèrent ainsi un long moment, lèvres scellées, langues entremêlées. Elle enroula les bras autour de son cou et lui caressa les cheveux en un geste à la fois apaisant et excitant tandis que lui faisait courir ses doigts le long de son dos et sur ses hanches.

Mais les baisers de Pénélope prirent vite un tour si sensuel qu'il sentit le désir rugir en lui tel un fauve déchaîné. Or il n'était pas question de perdre le contrôle et de la prendre de nouveau à la sauvette ! Interrompant leur baiser, il glissa la main derrière sa nuque et posa les lèvres à la naissance de sa gorge. Sous sa langue, il sentit son pouls rapide et désordonné.

Le cœur de Pénélope battait au même rythme fiévreux que le sien. Il devait trouver un moyen de les calmer tous les deux. Cette fois, il était résolu à la savourer, car il faudrait qu'elle soit stupide pour l'accueillir de nouveau dans son lit.

Sa tendre Pénélope ! Il s'écarta pour la contempler, graver son image dans sa mémoire. Sa silhouette était plus mince que voluptueuse mais ses seins, sans être gros, étaient parfaits. Leurs pointes étaient d'un rose très pâle, et ils devaient avoir un goût de paradis.

Glissant la main sous l'un d'eux, il le soupesa, puis le souleva juste assez pour qu'il rencontre sa bouche alors qu'il inclinait la tête. Un doux gémissement jaillit des lèvres de Pénélope lorsqu'il en aspira la pointe qui durcit sous sa langue. Enivré par cette manifestation tangible de son désir, il s'enhardit. Elle était à l'évidence très sensible à ce genre de caresses, aussi appuya-t-il la langue plus franchement. Pénélope frémit si voluptueusement que sa main libre se referma spontanément sur son autre sein et se mit à le pétrir joyeusement.

De son côté, la jeune femme ne demeura pas passive. Elle plongea les doigts dans ses cheveux afin d'approcher son visage de son sein, sur lequel il était occupé à dessiner des cercles sensuels de la pointe de la langue. Il eut à peine le temps de se rendre compte qu'elle avait glissé la main entre eux, que ses doigts fuselés se refermaient sur sa virilité. La bouche toujours collée à son sein, Gabriel se figea en laissant échapper un gémissement. Suivi d'un bref halètement lorsqu'elle imprima à sa main un délectable mouvement de va-et-vient qui faillit lui faire oublier ses bonnes intentions. Il recula, hors de portée de ses petites mains avides.

— Bonté divine, Pénélope ! s'esclaffa-t-il. Si vous continuez ainsi, tout sera fini avant d'avoir commencé.

Elle inclina la tête de côté et son regard était empli de… confusion ?

— Ce n'est pas… ? commença-t-elle. Vous ne voulez pas que… ? reprit-elle avant de s'interrompre de nouveau.

Gabriel comprit. Et cela refroidit ses ardeurs, du moins, juste assez pour qu'il puisse réfléchir posément.

Il avait été un peu surpris, il devait l'admettre, par son audace, d'abord dans la voiture, puis un peu plus tôt. Non, ce n'était pas cela. Ce n'était pas sa sensualité sans contrainte qui l'avait pris de court. Après tout, elle avait été mariée et aimait manifestement les jeux de l'amour. Ce qui l'étonnait, c'était plutôt sa façon d'aller… comment dire… droit au but.

Puis dans un éclair de lucidité, il se demanda comment il avait pu ne pas y penser plus tôt. Elle ignorait que l'amour pouvait être lent et sensuel, tout simplement. Ce qui tombait sous le sens. Son mari avait toujours *tout* fait avec une énergie frénétique. Cela devait s'être traduit dans la chambre à coucher par des rapports vigoureux mais désespérément brefs. Pénélope avait donc appris à prendre son plaisir pendant les quelques minutes que devait durer leur étreinte.

Bon sang, il aurait dû s'en apercevoir avant. Mais elle le rendait tellement fou de passion qu'il n'avait pas su déchiffrer les signes.

Il contempla ses seins aux pointes dressées, son corps mince qui vibrait d'une énergie sensuelle terriblement communicative, et s'obligea à garder son calme tandis que d'affolantes possibilités se déployaient dans son imagination fiévreuse.

Il ignorait ce qui les attendait. Il ignorait s'il serait un jour de nouveau suffisamment lui-même pour obtenir ce qu'il désirait tant – une vie avec elle. En revanche, il savait que dans le domaine des jeux de l'amour du moins, il avait quelque chose à lui offrir. Il pouvait l'initier aux véritables plaisirs de la chair et lui ouvrir la porte d'un royaume dont elle semblait ne pas connaître grand-chose.

— J'en ai très envie, assura-t-il. Mais ce que je veux d'abord, c'est que vous vous détendiez et me laissiez vous caresser.

Une petite ride se creusa entre ses sourcils tandis qu'elle le regardait sans comprendre.

— Je vous demande pardon ?

— Faites-moi confiance, dit-il simplement en reprenant sa place entre ses cuisses.

Puis il intercepta la main qu'elle tendait de nouveau vers son sexe et la coinça doucement mais fermement dans son dos.

— C'est *moi* qui vous caresse, lui rappela-t-il, et non le contraire.

Elle se mordit la lèvre inférieure d'un air adorablement perplexe mais hocha la tête avec docilité.

La fièvre de Gabriel grimpa d'un cran. Il allait procéder avec lenteur et lui prodiguer tous les plaisirs possibles jusqu'à ce qu'elle tremble de volupté. Alors seulement, il la posséderait. Il n'aurait peut-être plus jamais la possibilité de lui faire l'amour, aussi ferait-il tout pour qu'elle s'en souvienne.

Lorsque Gabriel lui caressa le visage, Pénélope se mit à trembler. La lueur déterminée qui brillait au fond de ses yeux raviva la flamme du désir en elle. Elle dut serrer les poings pour ne pas le toucher, mais Dieu qu'elle avait envie de l'attirer en elle !

Apparemment, il avait d'autres projets. Du bout du doigt, il suivit l'ovale de son visage. Son être entier vibrait d'une telle excitation qu'elle ressentit cette caresse impalpable jusqu'au plus secret de son corps. Son souffle s'accéléra lorsque Gabriel lui souleva le menton pour l'embrasser.

Oh, oui ! songea-t-elle en entrouvrant les lèvres tout en essayant de glisser la langue dans sa bouche. Il lui pinça tendrement le menton entre le pouce et l'index, et elle comprit que là non plus elle ne devait pas prendre d'initiatives. Elle avait envie de hurler de frustration mais elle obtempéra pourtant.

Gabriel l'explora de la langue – les dents, l'intérieur des joues, le palais –, et ses caresses étaient si langoureuses qu'elle en éprouva un vertige que la fièvre qui continuait de monter en elle ne fit rien pour apaiser. Incapable de résister à la tentation, elle s'empara de ses mains et les pressa sur ses seins. Il se plia à son désir, mais avec une lenteur si exaspérante qu'elle se cambra contre lui avec un soupir impatient.

— Chut, mon ange, lui murmura-t-il à l'oreille. Soyez patiente. Je vous promets que vous ne regretterez pas d'avoir attendu.

Elle gémit. Que diable entendait-il par là ? À ce rythme-là, elle ne tiendrait jamais jusqu'à la fin !

Il continua de lui prodiguer de longs baisers sensuels, faisant naître en elle un plaisir étrange... enivrant. Voluptueux. Ses mains plongèrent dans ses cheveux, à la fois caressantes et excitantes. Puis il laissa soudain échapper un soupir bref et elle comprit que, si maître de lui qu'il paraisse, lui aussi était en équilibre au bord de l'abîme.

Elle aurait pu l'y faire tomber, elle le savait. Elle l'avait déjà fait. Il serait peut-être fâché contre elle ensuite, mais, au moins, cela éteindrait l'incendie en elle. Elle se ferait pardonner plus tard.

Et cependant... elle était intriguée par cette lente montée du désir qui la submergeait. Une part d'elle-même brûlait de savoir pourquoi Gabriel lui avait promis qu'elle ne regretterait pas d'avoir attendu. Alors elle s'obligea à garder les mains le long de son corps, poings serrés.

Gabriel lui caressa de nouveau les seins, et elle crut mourir de bonheur. Et lorsqu'il en mordilla tendrement la pointe, ce fut comme si un éclair la traversait pour se ficher au cœur de sa féminité, telle une flèche. Gabriel continua de la mordre, de la lécher, de la sucer, lui arrachant des cris de volupté.

— Allongez-vous, mon amour, ordonna-t-il comme elle s'arquait vers lui.

Seigneur, il allait enfin entrer en elle, la posséder, la pilonner longuement jusqu'à ce qu'elle bascule dans la jouissance ! Avec un soupir de soulagement, elle s'étendit sur la courtepointe.

Mais plutôt que de la rejoindre, comme elle s'y attendait, il lui empoigna les hanches et la tira au bord du lit. C'était une curieuse position, songea-t-elle, mais peu lui importait. S'il préférait rester debout, à sa guise, tant qu'il la prenait.

Sauf qu'au lieu de se placer entre ses cuisses, il les écarta davantage et s'agenouilla sur le sol. Comme elle levait la tête, surprise, il glissa les doigts entre les replis de sa féminité et entreprit de caresser doucement sa chair gonflée de désir.

Elle se cabra, le corps en feu, et creusa les reins lorsque Gabriel commença à masser lentement le délicat bouton de chair.

— Oooh ! gémit-elle tandis qu'une spirale de sensations se concentrait *là*.

Gabriel poursuivit son habile massage du pouce tout en insérant deux doigts en elle. C'était presque ce qu'elle voulait... presque, mais pas tout à fait. Ivre de plaisir et de frustration mêlés, elle se cabra de nouveau.

— Vous me torturez, l'accusa-t-elle entre deux halètements.

— Pas encore, répondit-il d'une voix rauque qui la fit frémir.

Ses doigts trouvèrent un rythme qui offrait un parfait contrepoint à celui de son pouce. La tension monta en elle, si intense qu'elle ne pouvait que se tordre d'impatience. Si audacieuses soient ses caresses, elles ne l'emplissaient pas comme elle rêvait de l'être. Pourquoi diable ne voulait-il pas la prendre ?

Elle venait à peine de se poser cette question que Gabriel pressa la bouche sur son sexe, sa langue prenant le relais de son pouce.

— Gabriel ! cria-t-elle.

Un spasme de jouissance la fit se convulser.

Jamais on ne l'avait prise ainsi, avec la *bouche*. Ses mains se crispèrent sur la courtepointe, tandis que Gabriel la léchait avec fougue avant d'enfoncer la langue dans sa féminité.

Un long tremblement la secoua de la tête aux pieds. Elle se tendit telle la corde d'un arc sur le point de se briser, mais Gabriel continua de la fouailler sans relâche, l'emmenant vers l'extase avec une vigueur têtue.

Elle jouit dans un long cri jailli du plus profond de son être, et bascula dans une extase indescriptible. Jamais, au grand jamais, elle n'avait connu pareil plaisir. Les lèvres de Gabriel ne la lâchèrent que lorsqu'il eut tiré d'elle jusqu'à la dernière goutte de plaisir.

Lorsqu'elle fut de nouveau capable de respirer, de penser, de parler, elle admit dans un souffle :

— Vous aviez raison. Cela valait la peine d'attendre.

Le rire étouffé de Gabriel vibra contre sa peau, puis il déposa un baiser à l'intérieur de sa cuisse avant de déclarer :

— Ma douce Pénélope, ce n'était que le début.

Le souffle coupé, elle le regarda se relever. Pouvait-on ressentir davantage de plaisir que celui dont elle venait de faire l'expérience ?

Gabriel consacra les heures qui suivirent à répondre à cette question avec un luxe de précisions. Et lorsque, finalement, il se cabra entre ses cuisses en criant sa jouissance, il ne restait plus un endroit de son corps qu'il n'ait adoré, de ses mains ou de ses lèvres. Avant qu'il la possède enfin, elle avait joui à deux reprises, et l'orgasme qu'il venait de lui offrir, à coups de reins puissants et maîtrisés, l'avait propulsée au septième ciel alors même qu'elle croyait n'en avoir plus la force.

Qui aurait imaginé que ce puisse être ainsi ? s'était-elle demandé plus d'une fois au cours de leurs merveilleuses étreintes. Elle pressentait confusément qu'il y avait là davantage qu'une simple prouesse technique, mais elle ne voulait pas y penser. Tout ce qu'elle savait, c'était qu'après avoir fait l'amour avec Gabriel, elle ne serait plus jamais la même.

Et elle ne voulait pas penser à cela non plus.

15

Deux heures avant de partir pour le bal, qui avait lieu ce soir-là, Pénélope remonta la grande galerie en direction de sa chambre pour s'habiller. Elle avait demandé à sa femme de chambre de lui préparer la seule robe de bal qui lui semblait convenir à cette petite soirée campagnarde, une tenue toute simple de mousseline grise rayée de noir et bordée de satin noir. Des bandes de satin ornaient également le devant et le dos du corsage, formant un V élégant.

La taille haute, de style Empire, était un peu passée de mode. Pénélope avait commandé cette robe à l'époque où elle était censée être en demi-deuil, mais elle ne l'avait jamais portée. Peu importait. Elle doutait que quiconque, ici, la regarde de haut parce que ses vêtements n'étaient pas du dernier cri.

Si quelqu'un devait être déçu par sa tenue, ce serait Gabriel. Il savait qu'elle avait fait envoyer chercher une partie de sa garde-robe quinze jours plus tôt, après leur discussion, et chaque matin, quand elle sortait de sa chambre toujours vêtue de noir, elle voyait la déception se peindre sur ses traits. Il ne commentait toutefois pas son choix, ce dont elle lui était reconnaissante.

Parce qu'en vérité, elle n'était plus totalement à l'aise avec le fait de porter encore le deuil. Pourtant, pour une raison qu'elle ne s'expliquait pas, elle ne parvenait pas à mettre l'une des robes qui étaient arrivées la semaine dernière. Le lendemain du jour où ses malles avaient été déposées dans sa chambre, elle avait tenté d'enfiler une très jolie robe lavande, mais l'effort l'avait littéralement rendue malade. Après réflexion, elle s'était souvenue qu'elle portait une robe de cette couleur le jour où Michael l'avait chassée de son atelier – le jour où son existence heureuse avait volé en éclats. Elle ne pourrait sans doute plus jamais s'habiller en lavande.

Quant aux autres jolies robes à présent rangées dans sa penderie, elles semblaient la narguer. Pénélope contemplait chaque matin l'arc-en-ciel jaune, bleu, ivoire et rose, vestige de sa vie d'autrefois. Elle laissait courir ses mains sur les riches étoffes et s'imaginait les porter – elle en choisissait même une pour la journée. Mais pour finir, elle descendait prendre son petit déjeuner vêtue de l'une des sempiternelles robes noires qui avaient été à la fois sa pénitence et sa protection ces deux dernières années.

Elle n'arrivait pas à croire qu'elle ait pu ne pas se rendre compte de ce qu'elle faisait pendant tout ce temps... Elle qui avait aidé tant de gens à découvrir leurs associations erronées ! Peut-être, à force de se consacrer exclusivement aux problèmes des autres afin d'oublier son chagrin, en avait-elle oublié d'observer ses propres comportements avec assez d'attention. Ou peut-être, à son insu, avait-elle voulu fuir son existence frivole d'autrefois. Pourtant, malgré le regard lucide qu'elle portait désormais sur elle-même, elle continuait de se cantonner au noir, et ce bien que Gabriel ait affirmé que le noir était l'antithèse de qui elle était. Qu'en savait-il ? Même *elle* ne savait plus qui elle était.

En entrant dans sa chambre, elle trouva la femme de chambre en train de verser de l'eau chaude dans une cuvette de porcelaine. Elle commença à déboutonner son corsage lorsque son regard fut attiré par la tenue suspendue au paravent.

Elle se pétrifia, le souffle coupé. À la place de la robe grise qu'elle avait choisie, se trouvait une somptueuse création de soie couleur jonquille. Le modèle, de coupe très simple, était cintré à la taille avec d'amples jupes, selon la ligne désormais à la mode, et bordé d'un ruban de dentelle de satin de la même nuance printanière.

— D'où vient cette robe ? s'enquit-elle.

En vérité, elle connaissait déjà la réponse. Le responsable ne pouvait être que Gabriel.

— Je ne sais pas, milady, répondit la domestique en se rembrunissant. J'ai accroché la robe grise, comme vous me l'avez demandé. Et quand j'suis remontée de l'office avec l'eau chaude, il y avait celle-ci à la place. J'ai cru que vous aviez changé d'avis.

Pénélope ne put retenir un imperceptible coup d'œil en direction de la porte intérieure qui reliait sa chambre à celle de Gabriel via un petit salon privé. Puis elle se tourna vers la femme de chambre et déclara d'un ton qu'elle espérait convaincant :

— Alors elle vient d'être livrée.

Puis, mentant sans vergogne, elle ajouta :

— Je l'avais commandée, mais je n'espérais pas la recevoir pour le bal de ce soir. Je suis ravie de constater que je me suis trompée.

La domestique accueillit ces explications d'un hochement de tête satisfait, et poursuivit sa tâche.

— Elle est très jolie, milady, et la couleur va bien avec votre teint. Vous serez très en beauté, ce soir.

Pénélope contempla la robe. Comment ne pas être du même avis ? Elle avait du mal à croire que Gabriel ait réussi à lui acheter une robe de bal, et elle ignorait comment il avait réalisé un tel exploit. Son obstination à se vêtir en noir avait dû l'agacer plus qu'elle ne le supposait. Mais puisqu'il s'était donné tant de mal, elle devait la porter, n'est-ce pas ?

Tout en s'interrogeant sur les motivations de Gabriel, elle fit sa toilette. Elle se le rappelait recouvrant de jaune la robe qu'elle avait initialement peinte en noir, cette fameuse après-midi, dans la grande galerie. « Voilà ce que vous êtes, Pénélope, avait-il dit. Et j'estime qu'il est temps que vous redeveniez vous-même. » Cette robe était-elle sa façon de la pousser dans cette direction ? Ou l'avait-il achetée pour des raisons plus personnelles ? Peut-être craignait-il sa propre réaction en entrant dans la salle de bal, et voulait-il que son « talisman » ressemble à l'image qu'il en avait conservée afin que, dans cette robe lumineuse, elle chasse les ténèbres qui le menaçaient.

Tout cela lui donnait le vertige, et ses sentiments étaient des plus confus, mais si Gabriel avait besoin qu'elle s'habille en jaune pour se sentir plus fort ou en sécurité, elle pouvait lui offrir cela. Pour une soirée.

Pourtant, une fois habillée, alors qu'elle se tenait devant le miroir pour examiner son reflet, elle fut saisie d'un doute. Les espoirs de Gabriel seraient-ils satisfaits ? Elle n'avait pas du tout l'impression d'être un rayon de soleil. Oh, la robe était superbe, la coupe parfaite, la couleur idéale ! Mais c'était *elle* qui avait changé. Il y avait maintenant en elle des zones d'ombre qui ne s'y trouvaient pas autrefois, et elle était certaine que cela se voyait.

Quoi qu'il en soit, Gabriel ne parut pas s'en apercevoir.

— Pénélope, souffla-t-il lorsqu'elle pénétra dans le salon, où il l'attendait en compagnie de Liliana et de Geoffrey.

Elle rougit. Depuis qu'ils étaient amants, elle s'était habituée à ce qu'il la couve ainsi du regard, mais ce soir, il y avait autre chose dans ses yeux. De la passion, certes, mais aussi de la tendresse. De l'affection. Et un immense plaisir mêlé de fierté. En voyant son expression, elle se félicita d'avoir accepté de porter cette robe.

Ils se rendirent en cabriolet ouvert à la propriété voisine où avait lieu le bal afin d'éviter à Gabriel de se trouver dans un espace clos. La nuit était froide, mais claire. Et Pénélope ne voyait aucun inconvénient à s'enrouler dans une lourde cape si cela pouvait aider Gabriel. Le cabriolet offrait aussi un autre avantage sur la voiture fermée. Puisqu'ils n'avaient pas besoin de cocher, ils bénéficièrent d'un moment d'intimité.

— Merci pour la robe, murmura Pénélope tandis qu'ils s'engageaient dans l'allée de Somerton Park.

— Merci de la porter, répondit Gabriel d'une voix rauque, et si basse qu'elle l'entendit à peine par-dessus le martèlement des sabots.

— Elle me va à la perfection, avoua-t-elle. Comment avez-vous fait ?

La lueur argentée de la lune et la lanterne suspendue près de son visage se conjuguèrent pour éclairer le sourire ironique de Gabriel.

— J'ai volé une robe dans votre penderie, bien sûr. Je l'ai apportée chez un tailleur que j'avais repéré au village des mineurs et je lui ai demandé s'il pouvait en fabriquer une selon ces mesures. Il a réussi à se procurer du tissu et de la dentelle dans un magasin en ville, et sa femme et lui ont travaillé nuit et jour pour qu'elle soit prête à temps. Je sais qu'elle n'est pas aussi élégante que les tenues que vous portiez dans les bals…

— Non, Gabriel, l'interrompit-elle. Elle est parfaite.

De fait, elle l'était. Ce style simple et moderne était certes très différent de ce qu'elle portait autrefois, mais c'était précisément ce qui lui plaisait. Elle n'avait pas l'impression d'essayer de retrouver celle qu'elle avait été. Peut-être était-ce pour cette raison qu'elle n'avait eu aucun mal à l'enfiler, contrairement à ses autres robes.

Le sourire de Gabriel se fit plus chaleureux, puis il reporta son attention sur la route.

La lune brillait, haute et claire, et les chemins de cette région du Shropshire étaient bien entretenus si bien que le trajet jusqu'à la propriété de M. et Mme James Bell ne leur prit que quelques minutes.

— J'ai réfléchi au bal de ce soir, déclara Gabriel comme ils s'engageaient dans l'allée qui menait au manoir de style géorgien. Si notre principal objectif aujourd'hui est de vérifier que le travail que nous avons accompli ensemble m'a aidé à vaincre mon aversion pour les salles surpeuplées – et par conséquent, de nous assurer que votre théorie des associations peut m'aider à guérir –, je pense que je devrais essayer d'y aller seul.

Pénélope se tourna vers lui, intriguée.

— Il se trouve, poursuivit-il, que j'en ai déjà été capable quand vous étiez à mon côté, mais pas en votre absence. Pour me prouver que je progresse, il faut que j'affronte cette peur seul.

— Sans votre « talisman », murmura-t-elle.

— Précisément, déclara-t-il d'un ton moins assuré que ses paroles. J'aimerais que nous fassions notre entrée ensemble, mais une fois que nous aurons salué nos hôtes, je vous demanderai de vous retirer dans une pièce voisine et de me laisser pénétrer seul dans la salle de bal.

Il lui adressa un sourire.

— Si je n'ai pas battu en retraite après un quart d'heure, nous pourrons considérer que nous avons réussi.

Pénélope hocha lentement la tête. Même si elle n'aimait guère cette idée, elle en comprenait les raisons.

Le cabriolet s'arrêta devant le manoir brillamment éclairé. Une intense activité régnait, nota Pénélope, un peu étonnée. De nombreuses voitures déversaient leurs chargements de passagers, tandis que d'autres étaient garées en désordre dans l'allée, là où il y avait de la place.

Un valet à l'air débordé s'avança vers eux pour prendre les rênes du cabriolet, tout en jetant sur leur voiture découverte un regard surpris qui n'échappa pas à Pénélope. Gabriel sauta sur le sol et lui tendit la main pour l'aider à descendre, puis il lui offrit son coude et ils se dirigèrent vers le perron.

Des accords de musique et des éclats de voix joyeux leur parvenaient. Bell Hall n'était pas aussi vaste que Somerton Park, loin s'en fallait, mais c'était malgré tout une superbe demeure campagnarde. Pénélope, qui avait déjà été invitée à un ou deux bals, se souvenait que le grand salon de réception n'était pas loin de la porte principale. Les soirées des Bell attiraient généralement beaucoup de monde, et si elle en jugeait au nombre de gens massés dans le hall d'entrée et dans le petit salon, il y avait foule ce soir.

Le bras de Gabriel se raidit sous sa main, mais il ne manifesta pas d'autres signes de nervosité. Pénélope s'interdit de lui murmurer des paroles d'encouragement, le laissant procéder comme il l'avait souhaité.

Une fois qu'un valet de pied les eut débarrassés de leurs capes, ils pénétrèrent dans le salon attenant à la salle de réception pour aller saluer leurs hôtes.

— Lady Manton ! s'exclama Mme Bell avec chaleur quand ils les eurent rejoints, son mari et elle. Quelle chance que vous séjourniez chez vos cousins au moment même où nous donnons cette petite soirée.

— C'est moi qui ai de la chance, répondit Pénélope en souriant. Lady Stratford vous demande de l'excuser, mais comme son terme approche…

Mme Bell s'esclaffa.

— Oh, je ne me souviens que trop bien de ces moments-là, ayant eu moi-même cinq enfants – toutes des filles, savez-vous ? ajouta-t-elle en décochant un regard empli de curiosité en direction de Gabriel.

Pénélope ne put retenir un sourire en voyant ce dernier écarquiller imperceptiblement les yeux.

— Puis-je vous présenter lord Bromwich ? dit-elle. Gabriel, M. et Mme Bell.

En vérité, il n'était sans doute guère utile de présenter un marquis célibataire. Elle était certaine que la nouvelle de la présence de Gabriel dans le Shropshire, et plus précisément au bal de ce soir, était parvenue aux oreilles de toutes les mères de jeunes filles à marier dans un rayon d'une vingtaine de miles. Ce qui expliquait peut-être qu'on se presse si nombreux à Bell

Hall ce soir. Une foule qui aurait pu rivaliser avec celle de n'importe quel bal londonien ! Pénélope glissa un coup d'œil inquiet à Gabriel. Peut-être n'était-ce pas une si bonne idée, après tout, de le laisser affronter seul une telle meute ?

Toutefois, après avoir remercié leurs hôtes et échangé quelques remarques polies avec M. Bell, il leur demanda de les excuser et se fraya un chemin vers la salle de bal, laissant Pénélope discuter avec Mme Bell. À peine était-il parti qu'une poignée de mères de famille accostèrent Pénélope et cette dernière, visiblement impatientes d'en apprendre davantage sur le séduisant marquis.

Les questions fusaient, et Pénélope eut le plus grand mal à répondre à toutes. Oui, c'était bien le marquis de Bromwich. Non, elle ne savait pas s'il était à la recherche d'une épouse, ni quel genre de femme avait sa préférence. Oui, il était effectivement très riche, puisqu'il possédait trois propriétés et un superbe hôtel particulier à Londres, dans Grosvenor Square. Non, elle n'avait pas entendu parler de maîtresses ni d'enfants illégitimes. Mais tandis qu'elle parlait, elle ne pouvait s'empêcher de laisser son regard dériver du côté des portes donnant sur la salle de bal. Le valet avait annoncé d'une voix forte l'entrée de lord Bromwich, puis plus rien. À mesure que les minutes passaient, l'anxiété commençait à lui nouer l'estomac. Comment supportait-il l'épreuve ? Était-il en train de lutter contre l'envie de s'enfuir, ou avaient-ils réussi à le libérer de son association erronée entre les salles de bal et les champs de bataille ? Tandis que la grande aiguille de l'horloge posée sur le manteau de la cheminée avançait, son inquiétude grimpait d'un cran. Cette attente était insupportable !

Moins de sept minutes plus tard, Pénélope décida qu'elle ne pouvait en endurer davantage. Elle s'excusa, puis gagna d'un pas rapide le salon de réception. Elle dut jouer des coudes à travers l'assemblée compacte. On semblait danser un quadrille endiablé. Lorsqu'elle atteignit enfin le bord de la piste, elle parcourut la foule à la recherche de Gabriel.

Elle le trouva presque tout de suite, et demeura bouche bée. Non seulement il se trouvait toujours dans la salle bondée, mais il *dansait*. Mieux encore, il souriait. Jusqu'aux oreilles ! Elle porta la main à son cœur, qui se serra de bonheur devant ce spectacle. Le sourire de Gabriel était celui d'un homme qui vient d'être libéré d'un terrible fardeau. Les yeux de Pénélope s'embuèrent. Dieu qu'elle était heureuse, et reconnaissante, d'avoir joué un rôle, si minime fût-il, dans cette guérison !

Le regard de Gabriel croisa le sien, comme s'il avait perçu sa présence malgré la foule qui les entourait. L'émotion qu'elle y lut la bouleversa, mais déjà il reportait son attention sur sa cavalière, l'aînée des filles Bell, si elle ne se trompait pas.

Maintenant qu'elle était rassurée sur son compte, Pénélope était impatiente de se fondre de nouveau dans la foule. Gabriel saurait la trouver s'il avait besoin d'elle. Elle mit le cap sur un endroit tranquille, près d'une immense plante en pot, puis s'adossa au mur. Là, elle ne serait pas importunée, et elle pouvait voir Gabriel.

Il allait mieux. Même si, elle le savait, il leur restait encore beaucoup à faire, ils avaient accompli des progrès significatifs. Elle en ressentit un tel soulagement que les larmes menacèrent de rouler tout de bon sur ses joues et que ses mains se mirent à trembler. Elle avait eu raison d'enlever Gabriel de Vickering Place. Ce n'est que maintenant qu'elle pouvait se l'avouer : elle avait eu très peur d'avoir commis une erreur. De n'avoir fait qu'aggraver la situation. Comme avec Michael.

Mais il suffisait de regarder Gabriel aujourd'hui ! En le voyant rire à une remarque de sa partenaire, Pénélope s'émerveilla de le découvrir aussi à l'aise. Dire qu'à peine quelques semaines plus tôt, la seule perspective de se retrouver dans une salle de bal le faisait frémir d'angoisse ! À présent, c'était *elle* qui se tenait à l'écart de la foule, comme ces malheureuses au carnet de bal désespérément vide – ce qui n'avait jamais été son cas – en tremblant comme une feuille.

Les dernières notes du quadrille retentirent. Pénélope regarda Gabriel raccompagner Mlle Bell auprès d'un groupe de jeunes filles sans doute pas beaucoup plus jeunes qu'elle-même. Pourtant, en les voyant pépier et rire gaiement, elle eut l'impression d'être à des lieux d'une telle innocence, au point qu'elle se demanda si elle l'avait jamais été.

Une soudaine flambée de colère la submergea, rapidement éteinte, cependant, par un flot de confusion et de culpabilité. Contre *qui* était-elle furieuse ? Michael ? Mlle Bell et ses amies ? Elle ne pouvait blâmer personne du tour qu'avait pris sa propre vie sinon elle-même. Elle n'aurait toutefois jamais imaginé se sentir un jour aussi mal à l'aise dans une salle de bal. Quand cela avait-il commencé ? Difficile à dire. Elle avait évité les mondanités depuis la mort de Michael, car cela appartenait à un passé qui lui semblait révolu – qu'elle ne voulait en tout cas pas revivre. Mais de même que son penchant pour le noir, c'était un changement auquel elle n'avait jamais pris le temps de réfléchir. Elle avait laissé l'habitude s'installer, tout simplement.

— Tout va bien ?

La question de Gabriel lui arracha un sursaut. Perdue dans ses pensées, elle ne l'avait pas vu saluer Mlle Bell et ses amies, et traverser la salle pour la rejoindre.

Non. Non, tout n'allait pas bien. Elle voulait rentrer à Somerton Park. Mais elle n'avait aucune envie d'en parler, et surtout pas ici. Alors elle se composa bravement un sourire.

— Bien sûr, mais c'est à moi de vous poser la question. Est-ce que tout va bien ?

Sans disparaître tout à fait, son inquiétude fut remplacée par une expression de triomphe.

— Jamais je n'ai été aussi bien. Vraiment, répondit-il, comme s'il venait de découvrir le monde sous un jour entièrement nouveau. Merci, Pénélope. Votre traitement marche réellement.

Elle hocha la tête, et cette fois son sourire se fit sincère.

— C'est aussi mon impression.

Les premières notes d'une valse s'élevèrent et Gabriel lui tendit une main.

— Danserons-nous une valse pour célébrer notre victoire, milady ? proposa-t-il.

Pénélope considéra sa main, hésitante. Elle avait toujours adoré la valse mais y avait renoncé depuis la mort de Michael. Encore une part d'elle-même apparemment perdue, songea-t-elle, car en cet instant, elle n'imaginait pas qu'elle pourrait de nouveau valser. Même avec Gabriel. La colère la saisit de nouveau, et s'évanouit aussi rapidement qu'elle était née, la laissant encore plus désemparée.

Elle secoua la tête.

— Une… une autre fois, peut-être ?

Le regard de Gabriel se fit soucieux, mais il n'insista pas.

— Comme vous voudrez.

— En fait, reprit-elle en portant la main à son front, j'aimerais rentrer à Somerton Park si vous n'y voyez pas d'inconvénient.

Un pli inquiet se forma autour des lèvres de Gabriel.

— Certainement, dit-il en lui prenant le coude avec douceur.

Tandis qu'il la guidait à travers la foule, Pénélope perçut la tension qui vibrait en lui, mais elle savait que cela n'avait rien à voir avec lui-même et tout avec elle. Une fois qu'ils eurent regagné le hall, elle éprouva un indicible soulagement quand on lui drapa sa cape sur les épaules. Elle s'y enveloppa avant d'en rabattre la capuche sur sa tête. Quelques minutes plus tard, Gabriel l'aidait à monter dans le cabriolet et ils reprenaient la direction de Somerton Park.

Durant les quelques minutes que dura le trajet, il ne lui posa aucune question, même s'il en avait très envie, à en juger aux regards inquiets qu'il lui décochait. Elle resserra frileusement sa cape autour d'elle et regarda défiler le paysage. Il faisait si froid que tout était couvert d'un voile de givre qui scintillait sous la lune. Ce froid faisait écho à celui qui l'avait envahie, et la campagne sombre lui apparaissait presque aussi triste qu'elle-même.

Lorsqu'ils arrivèrent à Somerton Park, Pénélope descendit de son siège sans attendre que Gabriel vienne l'aider, puis gravit le perron d'un pas rapide. Sans attendre qu'on lui ouvre, elle entra et monta directement dans sa chambre, dont elle referma la porte derrière elle. Pour la première fois depuis deux semaines, elle alla se coucher seule.

Gabriel se tenait dans le petit salon qui séparait sa chambre de celle de Pénélope, prêt à frapper à la porte – cela durait depuis plusieurs minutes déjà. Finalement, il laissa retomber son bras. À quoi bon frapper ? Si la jeune femme lui demandait de s'en aller, il ne lui obéirait pas. Il entrerait de toute façon.

Ce qu'il fit.

Par chance, elle n'avait pas fermé à clef. Gabriel aurait détesté devoir expliquer à Stratford pourquoi il avait défoncé le battant à coups de pied.

Il ne la vit pas tout de suite. La pièce était plongée dans l'obscurité que perçait à peine le rougeoiement du feu mourant dans l'âtre. Son regard alla droit vers le lit, mais Pénélope ne s'y trouvait pas. Pas plus qu'elle n'était devant sa coiffeuse ni dans la confortable bergère au pied du grand lit à baldaquin ni même en train d'arpenter la pièce.

Enfin, il distingua sa silhouette, recroquevillée dans un fauteuil à haut dossier, dans le coin le plus sombre de la chambre. Elle avait replié les bras autour de ses genoux avant d'y poser la tête. Avec ses boucles blondes attachées simplement sur la nuque, elle ressemblait à une enfant. En la voyant si vulnérable, Gabriel sentit son cœur se serrer.

Il traversa la pièce en quelques enjambées et tomba à genoux devant elle.

— Pénélope ? Que se passe-t-il ?

Quand elle leva la tête et que Gabriel découvrit son visage ravagé par le chagrin, son inquiétude grimpa d'un cran. Elle avait pleuré, comme en témoignaient ses paupières gonflées et rougies. Elle prit une inspiration saccadée.

— Je ne peux plus valser, hoqueta-t-elle, comme si cela expliquait son désespoir.

— D'accord, dit Gabriel prudemment, bouleversé de la voir dans un tel état.

— Je… je déteste les salles de bal, ajouta-t-elle. Et je ne peux plus porter de couleurs.

Du menton, elle désigna une malle ouverte débordant de robes jetées en désordre. Les larmes jaillirent de nouveau, ce qui parut la surprendre. Elle pinça les lèvres en tremblant.

— Et cela me rend folle de rage !

— D'accord, répéta Gabriel avec douceur dans l'espoir de l'apaiser.

Il ne comprenait pas très bien ce qui arrivait à Pénélope, mais sa soudaine fragilité ne lui était pas étrangère. Sur les champs de bataille, il avait vu des hommes en proie à toutes sortes d'émotions qui allaient du désespoir en passant par la rage et la terreur, et bien d'autres encore. De toute évidence, Pénélope était en proie à une profonde souffrance.

— Vous êtes fâchée, admit-il. Contre moi ?

Elle battit des cils, visiblement décontenancée.

— Non, dit-elle.

Même s'il ne pensait pas avoir fait quoi que ce soit de nature à la heurter, il laissa tout de même échapper un soupir de soulagement. Pour rien au monde il n'aurait voulu être la cause de ses larmes.

— Contre vous-même ?

Elle répondit d'un signe de tête qui hésitait entre oui et non.

Bien, elle était en colère contre elle-même. Mais il n'y avait pas que cela. Gabriel glissa un regard à la malle pleine de robes. Si Pénélope ne pouvait plus porter de couleur, comme elle l'affirmait, cela signifiait qu'elle se sentait obligée de s'habiller en noir. La couleur du deuil – et de la culpabilité, dans son cas.

— Vous êtes fâchée contre Michael, comprit-il.

— Oui ! s'écria-t-elle, et son visage se décomposa. Quel genre de personne cela fait-il de moi ? Je ne peux pas lui en vouloir. Il était *malade*.

Gabriel posa la paume sur ses mains nouées. Elles étaient glacées.

— Bien sûr que vous le pouvez, Pénélope. Moi aussi, je suis en colère contre lui.

Écarquillant les yeux, elle le dévisagea.

— Vraiment ?

— Oui. Quand j'ai compris qu'il s'était donné la mort...

Gabriel s'interrompit, incapable de dire à voix haute tout ce qu'il ressentait. Non seulement il devait accepter que le décès de Michael ait été une tragédie inutile, non seulement il devait admettre qu'il était furieux contre son cousin, qui avait commis un acte aussi irresponsable, mais il devait aussi vivre avec l'idée que si Michael avait vécu, jamais Pénélope n'aurait été conduite à soigner d'anciens soldats et que, par conséquent, jamais elle n'aurait pu l'aider, lui. Elle ne serait pas dans son lit, et aujourd'hui, le Seigneur lui vienne en aide, il n'était pas certain qu'il aurait renoncé à elle, même pour ramener Michael à la vie. Quel genre de personne cela faisait-il de *lui* ?

— Je trouve parfaitement normal de lui en vouloir. Michael était peut-être malade, mais ses choix ont changé votre vie à jamais. Vous n'avez rien fait de mal, et pourtant tout ce que vous espériez de la vie vous a été retiré.

— Non, vous ne comprenez pas.

Les lèvres de Pénélope se mirent à trembler violemment.

— Si Michael est mort, c'est par ma faute. Il l'a dit lui-même dans la lettre que j'ai retrouvée près de son corps.

— Pardon ? s'écria Gabriel, stupéfait.

Sa surprise se transforma presque aussitôt en colère. Le salaud ! Comment Michael avait-il pu faire une chose pareille ?

— Il ne l'a pas formulé en ces termes, bien sûr, reprit-elle. Il a dit qu'il était…

Un sanglot lui échappa, qui acheva d'anéantir Gabriel.

— … qu'il était désolé de m'avoir à ce point déçue, reprit-elle en reniflant tandis que les larmes ruisselaient sur ses joues. Que jamais il ne… n'avait pensé qu'il avait un problème avant de me r… rencontrer.

— Oh, Seigneur. Pénélope !

Il voulut la prendre dans ses bras, mais elle pressa les épaules contre le dossier du fauteuil, comme pour échapper à son étreinte.

— Il avait une vie heureuse jusqu'à ce que j'arrive. Et il serait toujours en vie si je ne l'avais pas harcelé, si je n'avais pas été aussi insistante et que je m'étais contentée d'être la dame de qualité que mon éducation m'avait conduite à devenir, le laissant vivre sa vie quand il me l'avait demandé. Même sur ce point, je l'ai trahi.

— Ce ne sont que des…

Il retint de justesse un juron.

— Des inepties, dit-il. De parfaites absurdités. Vous l'aimiez. Vous ne vouliez que son bien. Il n'y a rien de mal à cela. Je me moque que vous ayez fini par lui crier après. Michael a fait ses choix lui-même. Il en est l'unique responsable.

Elle secoua la tête. C'était plus que Gabriel n'en pouvait supporter. Il s'inclina sur elle, l'enlaça tout en se relevant, l'entraînant avec lui. Elle tenta de résister, mais il ne céda pas. Au lieu de cela, il lui caressa les cheveux en lui murmurant des mots tendres, jusqu'à ce qu'elle se laisse aller contre lui, le corps secoué de sanglots étouffés.

Ils demeurèrent ainsi un long moment. Gabriel regrettant par moments de ne pouvoir se charger de sa souffrance à sa place, et rêvant à d'autres de déterrer son cousin pour l'abattre lui-même. Il se voyait tirer sur lui – une fois, dix fois, cinquante fois.

— Pénélope, soyez raisonnable... Vous n'étiez qu'une *enfant*, pour l'amour du Ciel ! murmura-t-il contre ses cheveux. Vous n'étiez pas armée pour affronter une maladie comme celle de Michael. Et d'après ce que vous m'avez dit, il a refusé de se soigner. Il aurait pu demander de l'aide – sinon à vous, du moins à *moi*. Ou à un parfait étranger, bon sang ! Il ne l'a pas fait. Il me semble qu'il n'a pensé qu'à lui, jusqu'à la fin. Je *prie* pour qu'il ait été malade. Je *prie* pour qu'il n'ait pas mesuré le mal qu'il a infligé à ceux qu'il a laissés derrière lui – à vous en particulier –, parce que s'il en était conscient, alors c'était de la pure cruauté de sa part.

Il la sentit frissonner entre ses bras, à plusieurs reprises, mais il se contenta de la serrer contre lui, jusqu'à ce que ses larmes s'apaisent. Quand elle le repoussa, il ne la retint pas. Elle recula d'un pas mais, au lieu de lever les yeux vers lui, elle laissa son regard dériver quelque part au-delà de son épaule, comme si son esprit était ailleurs. Elle avait une expression hantée – une expression que Gabriel ne connaissait que trop bien pour l'avoir vu bien des fois dans son propre miroir.

— Avez-vous... commença-t-il, frappé par une compréhension nouvelle. Avez-vous jamais envisagé que vous pourriez être *vous-même* atteinte d'un traumatisme de guerre ?

Enfin, elle tourna vers lui ses yeux clairs.

— Je ne parle pas de la guerre au sens propre, précisa-t-il, mais le principe reste le même. Une sorte de traumatisme affectif, peut-être ?

Elle fronça les sourcils, puis elle répondit d'une voix faible :

— Non. Bien sûr que non.

Gabriel avait raison. Il le savait.

— Je ne vois rien de plus traumatisant que ce que vous avez enduré, Pénélope. C'est d'ailleurs sans doute pour cela que vous avez réussi à soigner d'anciens soldats alors que vous n'aviez aucune connaissance théorique en la matière. Vous *comprenez* ce que nous avons traversé pour l'avoir vécu vous-même.

Différentes expressions se succédèrent sur son visage tandis qu'elle le regardait comme si elle le voyait pour la première fois. Au bout d'un long moment, son expression s'adoucit.

— Vous avez peut-être raison, admit-elle non sans réticence, comme si elle n'osait y croire.

— J'en suis certain. Et cela fait de vous une *survivante*. Au même titre que tous les hommes que vous avez aidés.

Il lui caressa la joue.

— De même que moi, reprit-il. À partir de maintenant, c'est *vous* qui décidez de la suite. Comme nous tous. Si vous souhaitez porter de nouveau des couleurs, ne vous en privez pas. Si vous avez envie d'aller dans les bals, allez-y. Et si vous voulez valser...

Il la prit par la taille et, faisant courir ses doigts le long de son bras, s'empara de sa main qu'il souleva. Une dernière larme solitaire roula sur sa joue tandis qu'elle levait les yeux vers lui, puis elle posa une main aussi légère et fragile qu'un papillon sur l'épaule de Gabriel.

— ... alors valsons, conclut-il tout en commençant à tourbillonner lentement.

Il se mit à fredonner un air à trois temps – affreusement faux, car il n'avait pas l'oreille musicale –, mais ils virevoltèrent à travers la chambre plongée dans l'obscurité jusqu'à ce qu'il en ait la voix enrouée.

Et quand elle s'endormit ce soir-là entre ses bras, il pria pour avoir réussi à la convaincre. Pénélope était une trop belle âme pour souffrir un instant de plus à cause d'événements dont elle n'était pas responsable. Il remercia aussi le Ciel d'avoir eu la chance de l'aider, ne fût-ce qu'un tout petit peu, comme elle-même l'avait aidé.

16

Quelques jours plus tard, assises dans le salon, Pénélope et Liliana examinaient les rouleaux de tissu qui venaient d'être livrés de Londres. Les deux femmes les triaient par couleurs et par styles, avant de les associer aux patrons que Pénélope avait sélectionnés. Le lendemain, elle irait au village des mineurs déposer le tout chez le drapier. L'épouse de celui-ci avait fait du si beau travail avec sa robe de bal jaune, et en si peu de temps, que Liliana avait décidé de lui confier la réalisation de la garde-robe de la petite Charlotte ainsi que celle de la layette du bébé à venir plutôt que de les faire faire à Londres.

— Non, Liliana ! s'écria Pénélope.

Sa cousine venait d'approcher une mousseline à rayures d'une soie damassée avec laquelle elle jurait terriblement.

— Tu ne peux pas associer ces tissus sur une même robe.

— C'est *toi* qui ne peux pas, rétorqua Lilian, narquoise. Cela dit, j'ai le sens de l'élégance de… eh bien, d'une chimiste. En revanche…

Elle esquissa une moue qui fit rire Pénélope, puis reposa le rouleau de tissu et, secouant la tête d'un air navré, regarda les d'étoffes éparpillées dans le salon.

— Charlotte, elle, sera en extase. Elle a beau n'avoir que deux ans, elle est plus douée que moi en matière de mode. Tu devrais voir son expression furieuse parfois, surtout lorsque je suis persuadée de l'avoir particulièrement bien habillée !

Liliana poussa un soupir.

— Je suis tellement heureuse de t'avoir près de moi.

— Moi aussi, assura Pénélope avec une chaleur non dépourvue de tristesse.

Sa petite cousine Charlotte était venue au monde une quinzaine de jours à peine après le suicide de Michael. À l'époque, Pénélope n'était pas en état d'aider Liliana à s'occuper de son nouveau-né, mais elle en avait éprouvé une indéniable culpabilité. Et elle savait que celle-ci, accaparée par l'arrivée de ce premier enfant, s'en voulait également de ne pas avoir pu la soutenir comme elle l'aurait voulu dans l'épreuve qu'elle traversait.

Pénélope n'avait pas davantage été capable de se tourner vers ses amies de la bonne société. Il lui avait fallu longtemps avant de se sentir prête à les fréquenter de nouveau, mais à ce moment-là, elle avait perdu tout intérêt pour les bals, les robes et tout ce qui était autrefois si important pour elle. Ce qui ne laissait plus grand-chose à partager avec ses anciennes amies. Sa vie était entrée, littéralement, dans une période noire dont elle commençait tout juste à sortir.

— Et pas uniquement parce que tu sauves cette pauvre Charlotte de la catastrophe vestimentaire, précisa Liliana. T'ai-je dit que tu avais raison au sujet de cette nurse, Mlle Eden ?

Pénélope sursauta et regarda sa cousine.

— Non. Que veux-tu dire ?

— Eh bien, figure-toi que, me fiant à ton instinct, j'ai suggéré à Geoffrey de demander à son homme d'affaires d'enquêter sur le passé de Mlle Eden. Il s'est avéré que ses références étaient forgées de toutes pièces. Elle ne s'appelle même pas Eden, mais Haley, et elle a été mise à la porte de chez son ancien employeur parce qu'elle buvait et ne s'occupait pas de l'enfant qu'on lui avait confié.

— Mon Dieu ! s'exclama Pénélope, choquée.

— N'est-ce pas ? Par chance, le bébé n'a pas été blessé, mais je te suis tellement reconnaissante d'avoir suivi ton instinct et de m'en avoir parlé.

— Et moi donc, murmura Pénélope.

Peut-être avait-elle été trop dure avec elle-même ces dernières années. Peut-être devait-elle se pardonner. Et peut-être devait-elle apprendre à se faire davantage confiance, également.

Les deux jeunes femmes s'absorbèrent dans leur tâche en silence, pendant un long moment, chacune perdue dans ses pensées.

— Je suis heureuse que tu aies renoncé au noir, dit soudain Liliana en associant deux échantillons qui n'allaient pas du tout ensemble. Je n'aimais pas te voir ainsi.

Pénélope jeta un regard surpris à sa cousine, mais celle-ci avait déjà baissé les yeux sur les patrons de layette étalés sur la table. Elle avait eu l'impression que tout le monde avait remarqué le changement, sauf Liliana. Apparemment, ce n'était plus le cas. Depuis ce fameux bal, elle n'avait pas porté une seule robe noire.

Et le regard de Gabriel s'était éclairé quand, le lendemain matin, elle était entrée dans la salle du petit déjeuner vêtue d'une robe de mousseline bleu clair. Le sourire qui avait illuminé son visage l'avait emplie d'un paisible bonheur. Cependant, assez curieusement, alors que cela ne la dérangeait plus de porter ses anciennes robes, ces dernières ne lui allaient plus, semblait-il. Même Gabriel lui avait fait remarquer, quelques jours plus tard, que les tons pastel ne lui convenaient plus. Il lui avait suggéré de commander une nouvelle garde-robe dans de riches nuances de pierres précieuses, davantage adaptée à la femme plus mûre, plus sage qu'elle était devenue. « Vous avez affronté l'épreuve du feu, Pénélope, avait-il murmuré tout en lui ôtant une jolie robe d'un rose profond. Vous ne pouviez qu'en sortir drapée de nuances plus vibrantes. » Après quoi, il l'avait entraînée dans un brasier d'une tout autre nature, qui avait enflammé toutes les fibres de son être, avant de la plonger dans une douce euphorie de femme comblée.

— As-tu renoncé à tes tenues de deuil parce que tu es prête à refaire ta vie ? demanda Liliana sans détour, en lui décochant un regard si appuyé que les joues de Pénélope s'empourprèrent.

À croire que sa cousine avait lu dans ses pensées !

Espérait-elle refaire sa vie avec Gabriel ? À cette perspective, une vive émotion lui noua la gorge, mélange d'excitation, d'espoir, de désir, et une peur panique de commettre une lourde erreur. « Tu vas souffrir », l'avertissait son cœur.

Pourtant, ces trois dernières semaines avaient été les plus belles de sa vie. Gabriel et elle avaient passé toutes leurs journées ensemble, dehors lorsque le temps le permettait, dans la grande galerie quand la pluie ou la neige les y contraignaient. Ils avaient consacré une grande partie de leur temps à de longues conversations afin d'exhumer de nouvelles associations erronées contribuant au traumatisme dont souffrait Gabriel. Certaines avaient été découvertes de façon fortuite, comme lorsqu'ils étaient passés devant les écuries alors que l'on ferrait un cheval. Le bruit des coups de marteau et les hennissements de protestation avaient rappelé à Gabriel le terrible épisode où sa monture avait été tuée sous lui par la lance d'un cavalier français. D'autres n'avaient été ramenées à la surface qu'au terme de longues séances de travail. Il y avait eu des moments difficiles, non seulement pour lui mais aussi pour elle. Quand il avait évoqué les terreurs et les horreurs qu'il avait traversées durant ses années de combats, elle avait souvent été incapable de retenir ses larmes.

Elle avait certes entendu plus d'un récit épouvantable de la bouche des soldats qu'elle avait soignés, mais jamais elle ne les avait aussi profondément ressentis que lorsqu'ils émanaient d'un homme qu'elle aimait…

Seigneur. *Un homme qu'elle aimait*.

— Est-ce que ce serait si terrible, Pénélope ? demanda Liliana avec douceur.

La jeune femme leva vivement les yeux vers sa cousine, qui la couvait d'un regard compréhensif. Juste Ciel, ses sentiments devaient être inscrits sur son visage pour que même Liliana ait compris ! Les affaires de cœur n'avaient jamais été son fort.

— Je ne sais pas, murmura Pénélope.

Elle disait vrai. Elle se représenta Gabriel tel qu'il s'était révélé ces dernières semaines, chaque jour un peu plus assuré et plus confiant en son avenir. Il existait entre Geoffrey et lui une réelle amitié, et Gabriel partait souvent à cheval avec lui, afin de l'assister dans ses projets relatifs au domaine. Il n'avait toujours pas pu se résoudre à descendre dans la mine, mais il avait passé nombre d'après-midi à participer à la construction de l'école du village des mineurs.

Les déjeuners et les dîners qui les réunissaient tous les quatre étaient pleins d'entrain et fort intéressants, car la conversation revenait souvent sur la façon dont Gabriel pourrait apporter son soutien aux veuves de guerre et à leurs enfants. S'il avait été beaucoup question de l'aspect politique du projet – que Geoffrey s'était engagé non seulement à appuyer mais surtout à présenter avec Gabriel devant la Chambre des lords –, le côté pratique n'avait pas été oublié. Il était question d'ouvrir un moulin sur la propriété de Gabriel dans le Birminghamshire et de bâtir un village sur le modèle de celui que Geoffrey était en train de construire à Somerton Park. Les hommes avaient même commencé à chiffrer le projet.

Chaque jour, en début de soirée, ils jouaient tous aux cartes. Pénélope avait découvert à cette occasion que Gabriel n'était pas mauvais du tout au whist. Lorsqu'elle lui avait demandé, une fois seuls, pourquoi il perdait si régulièrement autrefois, quand ils étaient partenaires à Londres, il lui avait avoué qu'à cette époque, il était incapable de se concentrer sur son jeu tant son esprit était distrait par le désir qu'il avait d'elle.

Et lorsque, montrant leurs gains de la soirée, elle lui avait demandé d'un ton acide si son jeu désormais virtuose signifiait qu'il ne la désirait plus, il l'avait prise dans ses bras en déclarant :

— Maintenant, c'est différent, parce que je peux vous faire l'amour.

Elle n'avait pas protesté quand, joignant le geste à la parole, il l'avait fait rouler sur le lit.

L'un dans l'autre, les journées – et les nuits – auprès de Gabriel offraient un mélange idéal de complicité paisible et de sensualité torride. Tout ce dont elle avait toujours rêvé.

Sauf que…

— Crains-tu toujours qu'il soit vraiment fou ? s'enquit Liliana. Je dois avouer que je n'en ai vu aucune preuve.

— Moi non plus, reconnut Pénélope. Pas vraiment. Pas depuis que nous avons quitté Vickering Place, en tout cas.

— Alors tu crois que cela pourrait avoir un lien avec son environnement là-bas ?

Pénélope secoua la tête.

— Impossible. Il a eu des crises bien avant d'y être admis. C'est peut-être simplement l'effet cumulatif des différents traumatismes de guerre qui les a déclenchées.

De fait, son état s'améliorait de jour en jour. L'aisance dont il avait fait preuve au bal de la semaine passée en était la démonstration éclatante.

— Je suis convaincue qu'il va continuer à aller de mieux en mieux.

La question était de savoir si elle était prête à miser son avenir sur cette conviction.

Son avenir, et celui des enfants qu'ils pourraient avoir.

À l'idée d'avoir un enfant, une profonde nostalgie l'étreignit. Elle pressa contre elle le patron d'une minuscule chemise de nuit en imaginant qu'il s'agissait d'un vêtement pour son bébé. Son bébé et celui de Gabriel. Était-ce cela qu'elle voulait ?

Il se pouvait qu'elle soit déjà enceinte, elle le savait. Ces trois dernières semaines, elle avait passé toutes ses nuits dans les bras de Gabriel.

Certes, après leur première étreinte sauvage contre la porte de sa chambre, il avait veillé à ne plus déverser sa semence en elle – preuve que la crainte de transmettre une maladie mentale à un éventuel héritier le taraudait, lui aussi –, mais une fois pouvait suffire.

Et le fait qu'elle ne soit pas tombée enceinte pendant les six mois qu'avait duré son mariage ne signifiait pas pour autant qu'elle était incapable de concevoir.

— Le fait qu'il soit le cousin de Michael est-il un problème ? demanda Liliana. As-tu le sentiment de trahir la mémoire de ton mari avec un homme de sa propre famille ?

— Non, répondit fermement Pénélope.

Elle n'était peut-être pas fière de l'épouse qu'elle avait été du vivant de Michael, mais elle n'avait pas l'impression d'être déloyale parce qu'elle avait de nouveau trouvé l'amour.

— Eh bien, conclut sa cousine, j'ignore si lord Bromwich est l'homme qu'il te faut, mais ce que je peux dire, c'est que je suis heureuse qu'il soit dans ta vie, quel que soit le temps qu'il y reste. Tu as été davantage toi-même ce mois-ci que ces deux dernières années. Je craignais que la mort de Michael ne t'ait définitivement brisée – que tu n'ouvres plus jamais ton cœur à un autre homme.

Pénélope dévisagea sa cousine, en proie à une étrange impression de déjà-vu. Elle lui avait dit exactement la même chose autrefois, voilà une éternité, dans cette même maison. Mais alors que Liliana pleurait à cette époque l'amour inconditionnel d'un père, Pénélope commençait tout juste à regarder en face la véritable nature de l'amour qu'elle avait connu avec Michael.

Grâce à Gabriel, elle avait compris que Michael n'avait aimé que… Michael. Oh, il avait eu de l'affection pour elle, à sa façon ! Mais s'il avait vu en elle une extension de lui-même, il ne l'avait pas aimée pour ce qu'elle était. Elle ignorait s'il aurait fini par faire ce qu'il fallait pour guérir. Sans doute avait-il été trop dépendant de l'euphorie qu'il éprouvait dans ses moments d'exaltation. Certes, personne ne pouvait guérir à la place de quelqu'un d'autre, mais Pénélope s'était interrogée. S'il avait pu renoncer à cette exaltation fiévreuse, pour elle, pour leur mariage, aurait-il fait passer son bonheur à elle avant le sien ?

Gabriel, lui, connaissait le sens du mot sacrifice. Elle avait la conviction qu'il donnerait tout pour l'être aimé.

La question était : l'aimait-il ? Et si tel était le cas, son amour méritait-il qu'elle prenne de nouveau des risques ?

Chassé par l'averse, Gabriel entra dans l'écurie à la suite de Stratford. Le déluge avait interrompu leur après-midi de travail au village, mais rien n'aurait pu altérer sa bonne humeur.

Jamais il ne s'était senti aussi vivant. Pas même lorsqu'il n'était qu'un jeune homme et que la guerre n'avait pas encore laissé sur lui sa marque indélébile. Il ne pouvait toujours pas dormir, mais ce n'étaient plus ses horribles cauchemars qui le tenaient éveillé jusqu'à l'aube. C'étaient ses projets. Ses projets d'avenir. Ils s'entrechoquaient dans son esprit, même quand il aurait dû être épuisé par ses rudes journées de labeur et ses douces nuits de passion entre les bras de Pénélope.

Pénélope.

Cela faisait tellement longtemps qu'il avait osé rêver de ce qui s'offrait enfin à lui. La crainte d'une lente descente dans l'enfer de la folie lui avait appris à vivre dans l'instant présent. À présent, pourtant, il lui semblait qu'un monde de possibilités s'ouvrait de nouveau à lui. Tout ce qu'il avait toujours appelé de ses vœux était enfin à portée de main.

Même elle ?

Jamais il ne s'était autorisé à l'espérer. Au début, parce qu'elle était l'épouse d'un autre. Ensuite parce que son état lui interdisait de se marier.

Certes, mais à présent ?

Pouvait-il se permettre d'espérer ? C'était une chose de partager un lit – comme pouvaient le faire deux adultes cherchant du plaisir et du réconfort dans les bras l'un de l'autre –, mais envisagerait-elle seulement de vivre avec lui après ce qu'elle avait enduré auprès de Michael ? Bien sûr, tandis que les jours se transformaient en semaines sans qu'il subisse la moindre crise, même lui avait commencé à croire que, peut-être, les traumatismes de la guerre suffisaient à expliquer ses crises de folie. Mais cela suffisait-il pour demander à Pénélope de mettre son destin entre ses mains ?

Le spectre de la folie ne demeurerait-il pas caché dans un coin de leur esprit, les empêchant d'être pleinement heureux ?

Alors que Stratford et lui descendaient de leurs montures, un puissant roulement de tonnerre ébranla le ciel, suivi d'un éclair. Des garçons d'écurie arrivèrent en courant pour calmer les chevaux affolés. Autour d'eux, ce n'étaient que cris et martèlement de sabots.

— Cela vous ennuie que nous brossions nos chevaux nous-mêmes ? s'enquit Stratford. Je crains que les palefreniers n'aient fort à faire.

— Pas du tout, assura Gabriel en attachant sa monture à côté de celle de son compagnon.

Il alla chercher des serviettes et une étrille en compagnie de ce dernier, puis commença à frotter l'animal de la tête à l'arrière-train. Certes, le grondement de l'orage et les hennissements des chevaux le rendaient un peu nerveux, mais s'occuper de son alezan lui occupait les mains et lui calmait l'esprit.

Faire face. Voilà comment Pénélope appelait cela. Chaque jour qui passait, il y parvenait un peu mieux. Peut-être, dans quelques mois, aurait-il retrouvé assez d'assurance pour demander la main de Pénélope. Et peut-être serait-elle suffisamment sûre d'elle pour accepter.

— Quel dommage qu'il pleuve, commenta Stratford tout en s'occupant de son étalon. Enfin, je suppose qu'il va vous falloir de la pluie maintenant que vous envisagez de bâtir un moulin sur vos terres ? Vous allez avoir besoin d'un courant puissant pour alimenter votre installation, même si vous décidez d'installer un de ces nouveaux moteurs à vapeur comme principale source d'énergie.

— En effet. Mais je pense avoir trouvé l'endroit idéal. Il y a une petite chute d'eau entourée d'un espace assez vaste. Je peux décider de le construire dans l'optique d'y adjoindre un moteur à vapeur, car cela semble être l'avenir, mais la présence de la cascade me permettra de choisir.

Tout en essuyant le dos de son cheval avec une serviette, il enchaîna :

— Toutefois, cela dépendra du coût, et de la nécessité de bâtir des habitations à proximité. Je songe à commencer directement par des cottages plutôt que par des baraquements comme vous l'avez fait. Comme je compte employer essentiellement des femmes, dont beaucoup auront des enfants, j'aimerais que les familles soient installées aussi rapidement que possible dans de vraies maisons. Et il me faudra aussi une école.

— Pensez-vous être capable d'assumer toutes ces dépenses dès le départ ? demanda Stratford.

— Ce n'est pas exclu, répondit Gabriel. Le domaine peut supporter l'investissement initial. J'ai écrit à mon notaire, ainsi qu'à mon homme d'affaires, pour leur demander d'étudier la possibilité d'emprunter afin de financer le reste du projet.

— Parfait, approuva Stratford. Je vois que vous avez mûrement réfléchi. Quand comptez-vous commencer les travaux ?

La main de Gabriel s'immobilisa sur le dos du cheval, qui fouetta l'air de sa queue avec nervosité. C'était là la question, n'est-ce pas ? Bâtir son projet et étudier les différentes possibilités avait été revigorant, mais s'il voulait les concrétiser, il allait devoir quitter la demeure de Stratford et rentrer chez lui.

Sans Pénélope.

À cette perspective son cœur se serrait. Ici, à Somerton Park, auprès de Pénélope, il avait trouvé un véritable havre de paix. C'était grâce à *elle* qu'il était sur le chemin de la guérison, cela ne faisait aucun doute. Mais lorsqu'il retournerait à sa vie d'avant, il serait seul. Il ne pouvait lui demander de l'accompagner et de vivre avec lui hors des liens du mariage. Quand bien même elle était veuve, cela demeurait inacceptable.

Mais il devait trouver le courage d'aller de l'avant et de reconstruire sa vie.

— J'aimerais commencer dès le printemps, déclara-t-il.

Comment y arriverait-il sans elle ?

« Rien ne t'y oblige », murmura une voix dans sa tête. Après tout, Stratford avait déclaré à plusieurs reprises que sans l'amour et le soutien de son épouse, il n'aurait rien accompli. Il ne lui avait pas caché que, pour donner le meilleur de lui-même, il avait besoin d'elle.

Gabriel aussi avait besoin de Pénélope.

Sauf que ses souffrances n'étaient pas les mêmes que celles de Stratford. Il aurait été injuste de demander à Pénélope de les faire siennes, même si elle était la seule femme capable de les guérir.

Un violent coup de tonnerre retentit.

Puis on entendit un fracas de bois brisé, suivi du hennissement d'un cheval fou d'angoisse. Lâchant sa serviette, Gabriel s'élança dans l'allée, Stratford sur ses talons.

Un étalon terrifié avait bondi par-dessus la barrière de son box et donnait de puissantes ruades. Ses sabots volaient dans les airs, obligeant les garçons d'écurie à se baisser pour les éviter.

Sans réfléchir, Gabriel poussa de côté l'un d'eux et attrapa les rênes d'une main ferme. Son expérience des champs de bataille lui avait appris l'art de calmer un cheval effrayé. Celui-ci n'était pas entraîné pour la guerre, mais il devrait réagir de la même façon. Lui ayant pris la tête pour l'appuyer contre son propre front, Gabriel se mit à lui murmurer des paroles apaisantes.

Quand il cessa de se cabrer, Gabriel tendit les rênes au maître d'écurie.

— Bien joué, milord, dit l'un des garçons tout tremblant.

— En effet, Bromwich, renchérit Stratford en lui donnant une claque amicale sur l'épaule. Quels réflexes ! Vous étiez hors du box avant que j'aie compris ce qui se passait.

Ce n'est qu'à cet instant que Gabriel se rendit compte que le fracas du tonnerre ne l'avait pas troublé le moins du monde. Quelques semaines plus tôt, il se serait mis à haleter, en proie à une crise de panique, assailli par les souvenirs d'un combat livré des années auparavant.

Là, même si son cœur battait plus vite à cause de l'effort fourni pour maîtriser l'étalon, il allait bien.

Décidément, son état s'améliorait de jour en jour.

Peut-être que l'épouser ne serait pas un tel fardeau pour Pénélope, après tout. Au fond, lui aussi l'avait aidée à sa façon – à se libérer peu à peu de sa culpabilité et à vivre pleinement le plaisir charnel. Mais cela suffirait-il à rétablir l'équilibre entre eux ?

Elle seule pouvait répondre à cette question.

Une question qu'il était soudain impatient de lui poser.

Se tournant vers Stratford, il déclara :

— Eh bien, cet orage aura au moins le mérite de nous valoir un après-midi avec les dames sans en éprouver la moindre culpabilité. Nous y allons ?

Le comte acquiesça avec un enthousiasme qui disait assez de quelle façon il comptait passer l'après-midi avec son épouse.

Tandis qu'il courait sous la pluie en direction de la maison, Gabriel décida d'en faire autant avec Pénélope. Mais d'abord, il allait la demander en mariage. Ou mieux, il commencerait peut-être par lui faire l'amour, et *ensuite* il ferait sa proposition, alors qu'elle serait encore dans cet état de douce euphorie d'après l'amour. Ce n'était peut-être pas digne d'un gentleman de profiter de la situation pour poser une question aussi cruciale, mais il préférait mettre toutes les chances de son côté.

Parce que en dépit des nombreuses heures passées ensemble, à partager une intimité de corps et d'esprit, il ne savait toujours pas exactement ce qu'elle éprouvait pour lui. Certes, il ne s'attendait pas qu'elle l'aime comme lui l'aimait, mais qu'était-il au juste pour elle ?

Une crainte sourde s'empara de lui. N'était-il qu'une pénitence – le moyen de réparer ce qu'elle considérait comme sa faute envers Michael ? Non pas que ce soit volontaire de sa part. Il savait qu'elle avait pour lui une affection sincère.

Mais était-elle amoureuse de lui ?

Il prit une profonde inspiration. Il allait bientôt le savoir.

Alors qu'il traversait la cour, il dut s'arrêter pour laisser passer une voiture qui venait de tourner à l'angle du manoir et se dirigeait vers la remise réservée aux attelages, à l'extrémité des écuries.

Un désagréable frisson courut le long de son échine lorsqu'il reconnut l'équipage comme étant l'un des siens. Dès que ce dernier fut passé, il se rua vers la maison, sachant que les passagers avaient été déposés devant le perron et devaient déjà être à l'intérieur.

Apparemment, sa famille avait retrouvé sa trace. La question était maintenant de savoir qui était là, et pourquoi.

17

— … sorti avec mon mari, je le crains.

Gabriel entendit la voix de Liliana comme il s'approchait du salon où l'on accueillait les visiteurs.

— Puis-je vous offrir une tasse de thé en attendant leur retour ? proposa la comtesse avec courtoisie.

— Ce ne sera pas nécessaire. Nous ne restons que le temps de récupérer mon frère.

Ainsi donc, c'était Edward. Gabriel n'avait pas encore atteint le salon, mais les voix lui parvenaient distinctement par les portes ouvertes.

— Où comptez-vous l'emmener, exactement ? demanda alors Pénélope d'un ton sec et sans réplique.

Gabriel, qui l'avait déjà entendue en user avec Allen, imagina sans peine Edward soumis au regard hautain qui accompagnait d'ordinaire ces inflexions. Son frère devait déjà avoir perdu un peu de sa superbe ! Il avait toujours eu du mal avec les femmes de caractère, et quand elle le voulait, Pénélope pouvait se comporter en digne fille de marquis. Gabriel sourit. Elle ferait aussi une parfaite épouse de marquis.

— À Vickering Place, bien sûr !

Ces paroles avaient été prononcées par Amélia. Que diable faisait-elle ici ?

— Là où est sa place, précisa-t-elle.

En un éclair, le sourire de Gabriel céda la place à l'agacement.

— Je ne pense pas… commença Pénélope, outrée.

— Bonjour, l'interrompit-il en franchissant le seuil.

Quatre paires d'yeux se braquèrent sur lui. À sa grande surprise, ceux d'Edward n'étaient pas bouffis et rougis par l'alcool – ce qui était devenu une habitude –, et son regard était étonnamment déterminé. Celui d'Amélia était rusé et calculateur. Celui de Liliana, intrigué. Et celui de Pénélope, à la fois inquiet et étincelant de colère.

Ce fut Amélia qui se ressaisit la première.

— Gabriel, dit-elle d'une voix suave, comme vous semblez aller… bien.

Elle l'étudia d'un air contrarié qui contredisait l'amabilité de son propos. Gabriel sentit ses joues le brûler. Sa tenue était davantage celle d'un paysan que d'un gentleman – de même que Stratford, du reste –, car ils avaient passé du temps à aider les hommes du village à construire l'école. Et l'averse n'avait pas amélioré son apparence, à n'en pas douter. S'il se fiait à l'expression de sa belle-sœur, il devait avoir l'air un peu inquiétant.

Stratford fit son entrée et alla rejoindre son épouse. Après des présentations un peu tendues, tous deux se retirèrent.

Edward et Amélia regardaient ostensiblement Pénélope, mais elle tint bon, refusant visiblement d'abandonner Gabriel. Il en fut heureux. Il avait besoin de l'avoir près de lui en cet instant où le monde extérieur faisait intrusion dans son havre de paix.

— Edward, Amélia, les salua-t-il finalement. Qu'est-ce qui vous amène dans le Shropshire ?

Pendant quelques instants, personne ne dit rien. Puis Amélia toussota en adressant des regards appuyés à son mari.

Ce dernier redressa les épaules.

— Nous avons été très inquiets en recevant la lettre d'Allen nous informant de ton *enlèvement* de Vickering Place, expliqua-t-il.

Il gratifia Pénélope d'un regard accusateur qui surprit Gabriel. Décidément, son frère avait plus de cran quand il était sobre. Lorsque Edward le regarda de nouveau, Gabriel vit qu'il semblait effectivement inquiet.

— Je suis navré de t'avoir donné du souci, Edward, mais ma lettre, que tu as dû recevoir peu après celle d'Allen, t'a rassuré, j'espère ?

Edward pinça les lèvres.

— Nous avons bien sûr été contents de te savoir vivant, mais ta place est à Vickering Place. Tu le sais. Nous sommes venus te chercher pour t'y ramener.

Près de lui, Pénélope se hérissa. Gabriel posa une main rassurante sur son bras.

— Je n'ai aucune intention d'y retourner. En vérité, j'ai même l'intention de…

— Que vous le souhaitiez ou non, le coupa Amélia, vous irez.

Gabriel ravala un hoquet de stupeur, tandis que la grossièreté de sa femme faisait rougir Edward.

— Ce qu'Amélia veut dire, c'est que nous sommes persuadés que ce serait dans ton intérêt d'y retourner. D'après Allen…

— M. Allen ignore ce qui est le mieux pour votre frère, l'interrompit Pénélope.

Edward la regarda de haut.

— M. Allen est l'éminent directeur d'une des institutions les plus réputées d'Angleterre, riposta-t-il. Une institution que, dois-je te le rappeler, mon cher frère, ajouta-t-il en tournant les yeux vers Gabriel, tu as toi-même choisie.

Il revint à Pénélope et enchaîna :

— Tandis que *vous* n'avez pas la moindre qualification. Je ne comprends pas pourquoi ma mère a seulement fait appel à vous.

— Parce que j'ai aidé un certain nombre d'anciens militaires atteints de traumatisme de guerre à…

— C'est cela, railla Amélia. Allen nous a raconté de quelle manière vous les aidiez.

Pénélope émit un hoquet indigné. Gabriel frémit, outré.

— Cela suffit ! rugit-il. Je ne vous autorise *pas* à insulter lady Manton.

Comme Edward et Amélia écarquillaient les yeux d'un air stupéfait, il ajouta dans un soupir :

— Et je ne retournerai pas à Vickering Place.

— Mais enfin, Gabriel, tes crises… protesta son frère en fronçant les sourcils, mais son inquiétude semblait authentique.

— Je n'en ai pas eu une seule en six semaines, dit-il. Depuis qu'elles ont commencé, elles ne m'avaient jamais laissé en paix plus de quinze jours. Le traitement de lady Manton est efficace, Edward.

Son frère ouvrit des yeux ronds, puis se rembrunit.

— Allen m'a dit que les moments de lucidité étaient tout à fait normaux. Cela ne signifie pas que la folie ne puisse ressurgir à tout moment.

— Votre frère n'est pas fou, intervint Pénélope. Il souffre seulement d'un traumatisme de guerre. Les horreurs que la plupart de nos soldats ont vécues ont tout autant blessé leur âme que leur corps. Je l'admets, les crises qu'il a connues étaient impressionnantes. J'ai bien dit *étaient*. Comme il vous l'a expliqué, voilà plusieurs semaines qu'il n'en a pas eu. Durant cette période, nous avons traité ses autres symptômes, et nous allons continuer. Je n'ai aucune raison de penser qu'il aura de nouvelles crises.

— Vous dites qu'il n'est pas fou ? demanda Edward, perdu.

— Non, il ne l'est pas, déclara fermement Pénélope.

— Eh bien, moi, je dis que c'est à la justice d'en décider, déclara Amélia.

Sans même regarder Edward, elle claqua des doigts. Celui-ci tressaillit, mais sortit docilement de la poche de sa veste un parchemin scellé qu'il tendit à Gabriel.

Qu'était-ce donc ? La lueur triomphante qui étincelait dans les yeux froids d'Amélia ne présageait rien de bon. Les doigts engourdis, Gabriel fit sauter le cachet de cire, ouvrit le document et commença à lire.

Sur ordre d'une commission, par effet d'une ordonnance en lunicato inquirendo, *sous le grand sceau de la Grande-Bretagne, nous vous mettons en demeure de nous présenter ledit Gabriel Devereaux afin de déterminer s'il est ou non atteint de folie, devant vingt-quatre hommes honnêtes et justes de la cité de Londres, le vingt-septième jour du mois de mars prochain, à dix heures du matin, au débit de boisson sis dans Piccadilly Street, communément appelé ou connu sous le nom ou l'enseigne du* Gun Tavern. *Soyez-y, sous peine de poursuites.*

Gabriel avait du mal à respirer. C'était dans moins de deux semaines.

— Quand as-tu déposé cette requête ? demanda-t-il d'une voix détestablement rauque.

— Il y a presque six semaines, répondit son frère.

— Mais votre mère m'a donné sa parole qu'aucune démarche de la sorte ne serait entreprise avant que j'aie eu le temps d'essayer mon traitement, protesta Pénélope.

Le visage soigneusement indéchiffrable, Edward répliqua :

— Je n'obéis pas à ma mère, lady Manton.

Le regard de Gabriel passa d'Edward à Amélia, qui arborait un sourire satisfait. « Non, tu obéis à ta femme », songea-t-il amèrement. Amélia avait des vues sur les coffres du marquisat. Une fois Edward chef de famille, elle pourrait y puiser sans compter. Edward ne s'y opposerait pas. Peut-être s'imaginait-il même que cela l'inciterait à lui être fidèle.

Le pauvre naïf !

— Edward, tu as effectué cette demande avant de savoir que j'étais guéri, dit-il.

Bon sang, il avait l'air de supplier, mais il ne pouvait s'en empêcher. La perspective, soudain affreusement réelle, d'être de nouveau enfermé à Vickering Place alors qu'il venait de goûter à sa liberté retrouvée lui était insupportable. Plutôt mourir !

— Tu dois annuler ta requête.

Edward secoua la tête d'un air désolé.

— Non. Je suis bien sûr très heureux d'apprendre que tes crises te frappent moins souvent ces derniers temps, mais je ne pense pas que tu sois parfaitement sain d'esprit. J'étais disposé à te laisser passer du temps à la campagne dans l'espoir que ton état s'améliorerait, mais notre notaire vient de m'informer que tu souhaites prendre un emprunt sur nos domaines. D'après lui, tu aurais l'intention de sacrifier des terres fertiles pour y installer je ne sais quel *moulin*. Sur le domaine des Devereaux ?

Il émit un reniflement incrédule et ajouta :

— Il n'en est pas question. Je dois protéger ma famille contre tes projets délirants.

Une rage froide envahit Gabriel.

— Ce n'est pas un projet délirant, articula-t-il posément.

Hélas, il savait déjà que toute explication serait vaine ! De même que cela ne le mènerait à rien de se fâcher avec Edward. C'était Amélia qui tirait les ficelles. Si elle ne pouvait prétendre au titre de marquise tant qu'il était en vie, elle pourrait tout de même vivre et dépenser comme si elle l'était… dès qu'il serait officiellement déclaré irresponsable. Quant à Edward, même s'il nourrissait quelques doutes, il pourrait toujours arguer de la nécessité de « protéger sa famille » et, faisant d'une pierre deux coups, rendre sa femme heureuse.

Son projet de moulin avait beau être parfaitement réaliste, cela ne compterait pas. Une fois que la commission aurait entendu Allen et le personnel de Vickering Place, elle le déclarerait fou.

Gabriel serra les dents. La peur et le sentiment d'avoir été trahi l'avaient envahi, glacials. Mais il ne supplierait pas, d'autant que cela ne servirait à rien.

— Très bien. Au 27, alors.

Il regarda son frère et sa belle-sœur quitter la pièce, puis se dirigea vers le buffet pour se servir à boire. Il versa deux doigts de cognac dans un verre, avant d'en ajouter un troisième pour faire bonne mesure. Oui, on n'était qu'au début de l'après-midi, mais s'il avait jamais eu de raison de se soûler avant le dîner, c'était bien aujourd'hui.

Il ferma les yeux, savourant la douce brûlure de l'alcool. Une fois de nouveau enfermé à Vickering Place, ce plaisir lui serait interdit.

De même que celui qu'il trouvait entre les bras de Pénélope.

Ses genoux se mirent à trembler. Il fit trois pas et se laissa tomber lourdement sur un canapé.

Sans faire le moindre bruit, Pénélope apparut devant lui. Elle s'agenouilla entre ses jambes et lui enleva doucement le verre des mains. Elle le posa de côté, puis se blottit contre son torse, lui entourant la taille de ses bras en un geste consolateur.

Gabriel la serra contre lui et enfouit le visage dans ses cheveux pour s'enivrer de son parfum. Tant qu'il vivrait, jamais il n'oublierait ce doux mélange de mandarine, de vanille et d'une mystérieuse fragrance qui n'appartenait qu'à elle.

— Tout va bien se passer, murmura-t-elle, répétant les paroles mêmes qu'elle avait prononcées à Vickering Place.

Seigneur, il avait autant envie de la croire aujourd'hui qu'autrefois, mais ce n'était pas possible.

— Vous savez que ce n'est pas vrai, Pénélope.

S'écartant de lui, elle le gratifia d'un regard résolu.

— Croyez-moi, j'irai témoigner que…

— Vous n'en ferez rien, coupa-t-il, dévorant son beau visage des yeux.

Elle paraissait si jeune, si fraîche, si jolie dans cette robe prune qui rehaussait le vert de ses prunelles. Gabriel s'efforça de graver cette vision dans sa mémoire sachant qu'elle hanterait souvent ses rêves.

Bon sang, même quand il serait réveillé, il lui suffirait de fermer les paupières pour la retrouver ! Pénélope avait toujours été son talisman ; désormais, elle l'aiderait aussi à supporter une vie derrière les barreaux. Sans elle.

— Je vous l'interdis, Pénélope. Si vous témoignez en ma faveur, Allen fera les mêmes insinuations qu'Amélia. Voilà le genre de remarques que cela vous attirera. Et ensuite ? Allez-vous mentir sous serment pour affirmer que nous ne sommes pas amants ?

L'inquiétude lui plissa le front ; cela n'avait duré qu'une seconde, mais n'avait pas échappé à Gabriel. Dans la bonne société, la réputation d'une femme était importante, et Pénélope le savait. Et cependant, elle esquissa cette petite moue têtue qu'il adorait. Bonté divine, que mijotait-elle ?

— Je vous rappelle que ces tribunaux se tiennent dans des tavernes, continua-t-il. Ce sera plein à craquer de curieux venus voir le fou comme on va au spectacle. Et quand ils apprendront que j'appartiens à l'aristocratie, ils seront comme au cirque ! Ils retourneront et déformeront chaque témoignage de la façon la plus odieuse, histoire de s'amuser un peu, et l'affaire finira dans les pages du *Times*. Vous tenez vraiment à ce qu'on vous surnomme la Catin du Marquis fou ?

Pénélope tressaillit sous l'insulte, puis, carrant les épaules, elle répliqua :

— Peu m'importe, Gabriel. Je ne céderai pas. Nous avons de solides arguments en notre faveur. J'ai chez moi des dossiers détaillés sur les hommes que j'ai guéris. Il y en a des dizaines. Je peux demander à quelques-uns d'entre eux de témoigner, j'en suis sûre. En outre, Geoffrey est un membre respecté et influent de la noblesse. Il sera le meilleur témoin de moralité qui soit. Après tout, il vous accueille sous son toit depuis un mois et demi, alors que sa femme *enceinte* est aussi présente. Personne n'imaginera qu'il accepterait cela s'il vous croyait fou. Il pourra également réfuter l'idée que votre projet de construire un moulin est délirante.

Ses paroles réchauffèrent le cœur de Gabriel.

— J'ai déjà assisté à ce genre d'audience, enchaîna-t-elle. Bien sûr, certaines de vos craintes sont justifiées, mais *vous* allez prendre votre propre défense. Si vous apparaissez sain d'esprit et rationnel… en plus de mon témoignage et de celui de Geoffrey, cela nous placera au moins à égalité avec ceux qui vous accusent. N'oubliez pas que cette commission sera constituée de vos pairs. Il n'y aura que des hommes issus de l'aristocratie, ainsi que quelques avocats et membres du clergé. Aucun d'entre eux n'aura vraiment envie de déclarer fou l'un des leurs s'ils ont le moindre doute. Cela créerait un précédent et il serait plus facile, par la suite, de faire enfermer un homme de leur rang.

Gabriel encadra son visage de ses mains et caressa du pouce sa joue infiniment douce.

— Et si je refuse de vous laisser témoigner ? risqua-t-il, sachant déjà, à la lueur déterminée qui brillait dans son regard, quelle serait la réponse de Pénélope.

— Je le ferai quand même. Je n'ai pas besoin de votre permission.

— Je pourrais refuser de prendre ma propre défense, ce qui rendrait inutile toute tentative de m'aider, menaça-t-il.

Pénélope pâlit.

— Vous ne feriez pas cela, murmura-t-elle, mais elle semblait ébranlée. Je vous en prie, dites-moi que vous ne le feriez pas.

Gabriel s'empara de ses lèvres avec passion. Elle était aussi belle qu'entêtée ! Pour leur donner toutes les chances de gagner ce procès, elle était prête à sacrifier sa réputation. Pour lui. Il l'embrassa jusqu'à ce qu'ils soient tous deux hors d'haleine, puis il s'écarta d'elle. Ce n'était pas ainsi qu'il avait prévu de faire sa demande, mais il n'avait pas le choix.

— Très bien, Pénélope, je ne le ferai pas. À une condition.

Elle inclina la tête de côté, le regard un peu voilé.

— Si nous réussissons et que je suis déclaré sain de corps et d'esprit, vous m'épouserez. Le jour même. Votre réputation en sera ternie, mais pas définitivement ruinée. Vous savez aussi bien que moi que la bonne société pardonne les péchés dès lors qu'ils se concluent par un mariage.

Pénélope battit vivement des paupières, puis le fixa sans mot dire.

Gabriel retint son souffle. Le silence était tel qu'il lui semblait entendre le sourd martèlement de son cœur dans sa poitrine. Pénélope était peut-être prête à mettre sa réputation en jeu pour lui, mais son avenir ? S'unirait-elle à un homme qui non seulement souffrirait sa vie durant de traumatismes de la guerre, mais qui risquait aussi de sombrer dans la folie s'ils s'étaient trompés sur ce point ?

— Est-ce…

Elle se passa la langue sur les lèvres et déglutit.

— Est-ce uniquement pour préserver ma réputation que vous souhaitez m'épouser ?

— Bonté divine, Pénélope, marmonna-t-il avant de reprendre sa bouche.

Il l'embrassa et lui caressa le visage, s'efforçant de faire passer dans ce baiser tout l'amour qu'il ressentait pour elle. Elle était tout pour lui – la femme qu'il aimait depuis si longtemps, l'ange qui l'avait sauvé des ténèbres, son soleil, son âme sœur.

Alors qu'ils étaient à deux doigts de s'arracher mutuellement leurs vêtements pour faire l'amour au beau milieu du grand salon – et au diable les domestiques, les maîtres de maison et la Terre entière –, Pénélope mit fin à leur baiser et enfouit le visage au creux de son cou.

— Je vous le promets, Gabriel, murmura-t-elle d'une voix un peu essoufflée et déjà rauque de passion. Si nous gagnons ce procès, je vous épouserai le jour même.

Envahi par une indicible euphorie, Gabriel l'étreignit, et déposa une pluie de baisers sur le sommet de son crâne.

— Et si nous perdons ? demanda-t-elle calmement.

La joie de Gabriel ne disparut pas tout à fait, mais elle s'atténua sensiblement. Un échec était impensable. Il serait déclaré fou, elle serait publiquement humiliée par des allusions obscènes… et ils ne pourraient pas se marier. S'il était considéré comme incapable de gouverner sa propre vie, aucune union ne serait considérée comme légale.

Ne sachant que répondre, il déposa un dernier baiser sur la tête de Pénélope. Il n'y avait aucune réponse acceptable à cela. Il n'y en aurait jamais.

18

Les jours qui suivirent furent consacrés à une intense préparation. Pénélope, qui avait envoyé chercher ses dossiers, passa des heures à les parcourir, et prit quantité de notes sur ses réussites les plus marquantes. Elle écrivit des lettres à quelques-uns des soldats qu'elle avait aidés, et reçut, au comble de la joie, des réponses de trois d'entre eux qui se déclaraient prêts à venir témoigner à l'audition de Gabriel.

Elle eut aussi de longs entretiens avec Gabriel. Elle savait déjà l'essentiel de ce qu'il lui dit, mais elle avait besoin de se rafraîchir la mémoire. Puis Liliana, Geoffrey, Gabriel et elle se réunirent pour examiner tout ce qu'elle avait compilé et établirent leur défense.

Jamais Pénélope n'avait ressenti une telle gratitude envers ses cousins. La logique n'était pas son point fort, mais à présent, ses émotions venaient encore compliquer la donne. Par chance, Liliana était la logique incarnée, et Geoffrey un redoutable stratège. Elle n'eut donc qu'à noter ce qu'ils lui dirent et à mettre ses preuves en ordre – ce qu'elle fit une vingtaine de fois dans l'espoir que cela lui devienne si naturel qu'elle n'aurait plus à chercher devant la commission. Sinon, elle craignait de se déconsidérer, ce qui non seulement la ridiculiserait, mais mettrait Gabriel en danger.

Elle s'efforça de ne pas penser à ce qu'elle éprouverait quand Allen répéterait ses accusations à son encontre. Elle pria pour que cette affaire ne soit pas une épreuve humiliante, puis se consola en se rappelant que même si c'était le cas, dans quelques jours, elle serait l'épouse de Gabriel. Ses efforts seraient récompensés.

Ensuite, elle se remettrait au travail afin que Gabriel soit définitivement guéri.

Si les journées étaient consacrées à la préparation du procès, les nuits étaient réservées à la passion. Depuis le jour où elle avait invité Gabriel dans son lit, celui-ci avait su, avec une habileté consommée, la rendre folle de désir. Il portait son plaisir à un point d'incandescence tel que c'en était à peine supportable, puis il l'entraînait encore plus loin, avant de la laisser sombrer enfin dans l'extase. Avec ses mains, avec ses lèvres, avec sa virilité, il l'avait comblée de bonheur, lui faisant découvrir des endroits de son corps dont jamais elle n'aurait imaginé qu'ils puissent être source de tant de volupté.

Pourtant, lorsqu'elle ferma la porte de la chambre à coucher, la veille de leur départ pour Londres, son intuition lui souffla que, ce soir, ce serait différent. Elle percevait une tension dans l'air, comme un goût à la fois métallique et sucré sur la langue – doux et entêtant, mais si intense qu'elle en avait des frissons.

À peine le battant se fut-il rabattu dans un déclic que Gabriel fut sur elle ; ce fut si rapide qu'elle laissa échapper un petit cri de surprise. Il la souleva alors dans ses bras d'un geste fluide, gagna le lit et l'y étendit avant de la rejoindre.

— Pénélope, articula-t-il d'une voix rauque, j'ai besoin de vous. Pouvez-vous me le pardonner ?

Sans attendre sa réponse, il déboutonna son pantalon, puis retroussa la robe de Pénélope jusqu'à sa taille.

Elle comprenait ce violent désir qu'il avait d'être en elle. Elle aussi avait envie de lui. Comme si, bien qu'ils se soient préparés avec soin à l'épreuve qui les attendait, ils savaient l'un et l'autre qu'ils pouvaient échouer. Comme si chacun craignait que cette nuit ne soit peut-être la dernière qu'ils passaient dans les bras l'un de l'autre.

— Venez, le supplia-t-elle.

D'un souple coup de reins, il entra en elle, dur et brûlant. Elle laissa échapper un cri de plaisir et de douleur mêlés, car elle n'était pas encore tout à fait prête à le recevoir. Une fois en elle, il prit appui de chaque côté de ses épaules et se hissa au-dessus d'elle, le souffle un peu précipité.

Pénélope sentit ses muscles intimes s'assouplir autour de lui, l'accueillir avec bonheur.

Ne pas plonger en elle demandait un tel effort à Gabriel qu'il en tremblait. S'appuyant sur un coude, il captura ses lèvres tout en glissant une main entre eux. Il chercha entre les replis de son sexe la petite crête, source de son plaisir, et entreprit de la caresser doucement, imprimant à ses doigts de petits mouvements circulaires tandis que sa langue dansait avec la sienne dans sa bouche. Ces attentions, auxquelles faisaient écho les pulsations de sa virilité entre ses cuisses, atteignirent leur but ; elle était à présent toute moite de désir.

À peine Gabriel l'eut-il senti que, se soulevant de nouveau, il se mit à la pilonner avec tant de vigueur que le lit gémit sous ses assauts.

Pénélope se contenta de l'accueillir, impatiente de recevoir ce qu'il avait à lui offrir. À un tel rythme, ni lui ni elle ne pourraient tenir longtemps... De fait, ils furent très vite emportés dans un tourbillon de jouissance qui leur arracha des cris.

Lorsqu'ils retombèrent sur terre, Gabriel les dévêtit tous les deux, puis les lava avec l'eau chaude qu'on avait apportée un peu plus tôt dans une aiguière. Tandis que Pénélope, épuisée par l'intensité d'une étreinte qui avait succédé à des journées de travail frénétique, sombrait dans le sommeil, elle le sentit se blottir contre elle.

Dans un ultime moment de lucidité qu'elle s'avisa que Gabriel, au lieu de se retirer au dernier moment, avait déversé sa semence en elle. Elle s'endormit, le sourire aux lèvres, en rêvant de bébés aux yeux d'or et aux cheveux bruns.

Pénélope fut réveillée peu avant l'aube par le fracas d'un éclair. Du moins, cela devait être l'aube, car le soleil qui aurait dû émerger de l'horizon dans toute sa gloire était obscurci par d'épais nuages. Elle regarda par la fenêtre le ciel traversé de nuées compactes qui, tel un mur gris, jetait une ombre sinistre sur le monde.

Gabriel s'étira derrière elle et, pressant son corps nu contre le sien, cala le menton sur son épaule.

— Vous comptez voyager à cheval par ce temps ? demanda-t-elle d'une voix anxieuse.

Il avait été décidé qu'ils partiraient tous ensemble pour Londres. Geoffrey avait tenté de convaincre

Liliana de rester dans le Shropshire, car le bébé devait naître sous peu, mais elle n'avait rien voulu entendre. Pénélope savait que sa cousine craignait que l'audience ne se déroule pas comme ils l'espéraient et refusait de la laisser affronter seule la situation, si tel était le cas, comme elle l'avait fait quand Michael était mort. Mais Pénélope savait que rien ni personne ne pourrait la consoler si elle perdait Gabriel. Jamais.

Ils avaient prévu quatre journées de voyage pour se rendre à Londres, afin de ménager Liliana. Les deux femmes devaient effectuer le trajet en voiture, et Gabriel et Geoffrey les accompagner à cheval. Geoffrey parce qu'il ne supporterait pas d'être enfermé avec deux femmes inquiètes, et Gabriel parce qu'il ne supporterait pas d'être enfermé tout court.

Sauf qu'ils n'avaient pas prévu qu'il pleuve...

Pénélope se retourna dans ses bras, juste assez pour voir son visage, qui semblait aussi sombre que le ciel.

— Oui, dit-il, répondant à sa question. À condition qu'il ne pleuve pas.

Le déluge survint avant même qu'ils aient attaqué le petit déjeuner. Ils retardèrent leur départ de quelques heures dans l'espoir que la pluie cesserait. En vain. Sachant que leur progression serait ralentie par les chemins boueux et d'éventuelles inondations, Gabriel demanda finalement que l'on prépare la voiture de Pénélope en plus de celle des Stratford. Il expliqua que Liliana serait moins à l'étroit et voyagerait plus confortablement que s'ils devaient s'entasser tous les quatre dans une seule voiture, mais Pénélope devina qu'il ne tenait pas à ce que ses cousins découvrent sa peur des espaces clos, et ne voulait pas non plus leur imposer le spectacle d'une attaque de panique.

Tandis qu'elle s'installait sur la banquette tendue de velours vert, Gabriel monta à sa suite. Contrairement à celle qui les avait amenés à Somerton Park, la voiture de Pénélope était une confortable berline pouvant accueillir quatre passagers et équipée de si nombreuses lampes que l'habitacle était presque aussi bien éclairé qu'un salon. Elle était également dotée de grandes fenêtres, dont Pénélope avait écarté les rideaux afin que Gabriel ait le moins possible l'impression d'être enfermé dans l'obscurité.

Malgré tout, elle le sentait tendu. Il s'installa en face d'elle avec des gestes raides qui ne lui ressemblaient pas, et elle nota que sa respiration était un peu trop rapide. Tandis que l'attelage s'ébranlait, elle lui dit avec douceur :

— Rappelez-vous, Gabriel, que tout ce que vous ressentez n'est *pas* réel. Il s'agit juste d'une réaction physique à une association que nous devons encore découvrir.

Il hocha brièvement la tête et ferma les yeux, mais il souffrait, de toute évidence.

Durant la demi-heure qui suivit, elle lui parla à mi-voix afin de l'apaiser. Le mauvais temps ne l'aida certes pas, les roulements du tonnerre et les éclairs la faisant sursauter elle aussi.

Après un coup de tonnerre particulièrement violent, Pénélope entendit un gémissement étouffé. Gabriel s'était agrippé les genoux, si fort que les jointures en étaient blanches. Pénélope se mordit la lèvre, au désespoir. Rien de ce qu'elle faisait ne l'aidait.

Elle ôta alors ses gants, puis se débarrassa de sa lourde cape, qu'elle étala sur le plancher avant de s'y laisser tomber à genoux, devant Gabriel.

Lorsqu'elle posa ses mains sur les siennes, il rouvrit les yeux.

— Chut, murmura-t-elle, répondant à l'interrogation muette qu'elle lisait dans son regard.

Il la fixa avec un mélange de désespoir et de soudaine compréhension.

— C'est bien, l'encouragea-t-elle tandis que ses mains couraient sur ses cuisses, caressantes.

Elle s'arrêta juste avant de frôler sa virilité.

— Continuez de me regarder, chuchota-t-elle. Concentrez toute votre attention sur ce que je fais.

Sans le quitter des yeux, elle déboutonna lentement son pantalon, dont les pans s'écartèrent. Son sexe n'était pas encore durci par le désir, sans doute parce qu'il avait besoin de toute son énergie pour ne pas voler en éclats, mais cela ne l'arrêta pas.

Elle le prit dans sa main, le caressa, d'abord doucement, puis avec plus de vigueur. Entre deux va-et-vient, elle traçait des cercles du pouce sur l'extrémité de son sexe.

Quelques secondes plus tard, Gabriel, dur comme le roc, laissa échapper un gémissement de volupté.

Lorsqu'elle le prit dans sa bouche, il avait oublié tout ce qui n'était pas la brûlante caresse de sa langue. Ses mains se crispèrent et se détendirent dans ses cheveux, encore et encore, jusqu'à ce qu'il jouisse en laissant échapper un cri rauque.

Il s'empressa de lui retourner la faveur, avec une habileté qui arracha à Pénélope des cris de bonheur. Ils somnolèrent ensuite dans les bras l'un de l'autre. Il avait enfin trouvé la paix, semblait-il, pourtant, peu après leur réveil, la tension s'empara de nouveau de lui, et Pénélope ne put que le serrer contre elle en lui murmurant des paroles d'encouragement.

Ce soir-là, ils retrouvèrent Geoffrey et Liliana dans une auberge pour le dîner. La pluie était tombée sans discontinuer, interdisant à Gabriel de chevaucher un seul instant. Il proposa alors à Pénélope, si elle était d'accord, qu'ils suppriment autant d'étapes que possible et continuent à marche forcée jusqu'à Londres. La perspective de ne sortir de la voiture que pour devoir y retourner était plus qu'il n'en pouvait supporter. Elle accepta sans hésiter, et ils décidèrent d'un rendez-vous avec les cousins de Pénélope lorsque ces derniers auraient rejoint Londres, deux jours après eux.

Ils reprirent la route à vive allure, ne faisant halte que pour changer de chevaux, toutes les trois heures environ. Mais plus le temps passait, plus Gabriel semblait perdre pied. Pénélope avait beau détester le voir souffrir ainsi, elle ne pouvait s'empêcher de se demander si ce confinement forcé n'était pas, sous certains aspects, une bonne chose.

Elle réfléchit. Jamais il n'avait enduré aussi longtemps un tel confinement. S'il n'y avait pas eu cette tempête, il serait sorti de la voiture depuis longtemps. Et si ce long enfermement avait pour effet de ramener à la surface de sa conscience ses souvenirs les plus profondément enfouis, telle une écharde ? Peut-être n'aurait-elle qu'à en localiser l'extrémité pour aider Gabriel à l'extraire.

Voilà pourquoi, quand il se réveilla d'un sommeil agité en criant d'effroi quelques heures plus tard, elle approcha les lèvres de son oreille et murmura d'une voix aussi sourde qu'hypnotique :

— Dites-moi de quoi vous avez rêvé. Ne laissez pas le rêve se volatiliser, Gabriel. Dites-moi ce que vous voyez.

Il gémit et détourna la tête.

— Où êtes-vous ? insista-t-elle. Sentez-vous une odeur ? Qu'entendez-vous ?

— Du sang, dit-il dans un souffle. La mort. Écœurante. La pourriture.

Le cœur de Pénélope se serra, puis s'emballa. Seigneur, où était Gabriel ?

— Entendez-vous quelque chose ?

Il secoua la tête, les yeux fermés.

— Non, c'est calme. Trop calme. Silencieux et... sombre. Ça appuie sur moi. Ça me cloue au sol. Je ne peux plus respirer.

Il se mit à hurler.

— Je ne peux plus respirer !

Son torse se soulevait sous la main de Pénélope. Il respirait, mais son souffle était trop rapide, désordonné. Elle sentait la panique monter en lui, pourtant, une voix en elle lui ordonnait de continuer. Si elle ne l'aidait pas à extirper maintenant cette peur qui le terrassait, peut-être ne pourrait-il plus jamais s'en libérer.

Mais si tu le pousses trop durement dans ses retranchements, comme tu l'as fait pour Michael ?

La peur lui arracha un frisson glacial. Non, elle n'avait fait qu'essayer d'aider Michael.

Tu n'essaies aussi que d'aider Gabriel.

L'espace d'un instant, le doute la saisit. Si violent qu'elle se mit à trembler. Puis elle le chassa. Depuis la mort de Michael, elle avait beaucoup appris et aidé quantité d'hommes. Gabriel avait confiance dans son intuition, il le lui avait dit. Elle aussi devait se faire confiance. Parce qu'il en avait besoin.

— Où êtes-vous, Gabriel ? Répondez-moi, fit-elle avec autorité.

— Enterré, gémit-il. Enterré vivant.

Quoi ? Pénélope cessa un instant de respirer. Il ne pouvait tout de même pas avoir été…

— Enterré, répéta Gabriel. Sous mon cheval mort… Sous les corps de mes hommes. Aidez-moi !

Ses paupières s'ouvrirent brutalement, puis il jeta autour de lui des regards affolés, comme s'il ne savait pas où il était. Son souffle avait pris une rapidité inquiétante et ses mains tremblaient violemment. Il projeta le poing contre la paroi de la voiture pour demander au cocher de s'arrêter, frappa à coups redoublés, au risque de se blesser.

Impuissante, le cœur serré, Pénélope le regardait en se demandant si elle n'avait pas été trop loin.

— Je suis là, Gabriel, dit-elle.

Elle tendit la main vers lui mais à l'instant où la voiture s'arrêta, Gabriel ouvrit la portière à la volée et bondit sous la pluie.

Elle le suivit. Une rafale d'eau glacée la frappa au visage alors qu'elle sautait à terre. À travers le rideau de pluie, elle chercha Gabriel des yeux. Un éclair déchira le ciel, révélant sa silhouette à quelques pas de là. Il était penché en avant, la tête près des genoux. Glissant dans la boue, manquant de tomber à plusieurs reprises, elle se précipita vers lui.

— Gabriel ? appela-t-elle comme elle se rapprochait.

Il leva la tête. C'est tout ce qu'elle pouvait voir dans l'obscurité, et tant qu'un nouvel éclair ne zébrerait pas le ciel, elle ne serait pas capable de discerner ses traits. Allait-il bien ?

Quand elle le rejoignit, elle se pencha, s'efforçant de distinguer ses traits. Ils étaient à présent aussi trempés l'un que l'autre, mais ce n'est qu'en voyant Gabriel frissonner qu'elle se rendit compte qu'elle aussi avait froid.

— Gabriel ? répéta-t-elle, un peu hésitante. Vous souvenez-vous de ce qui vient de se passer ?

Il se redressa péniblement.

— Je me souviens de davantage que cela.

Il y avait tant de souffrance dans sa voix que le cœur de Pénélope se brisa. Gabriel se frotta le visage des deux mains, mais elle n'aurait su dire si c'était pour en chasser la pluie qui ruisselait ou pour se protéger de son regard.

— Je sais ce que mon esprit refusait de me laisser voir.

— Qu'est-ce que c'est ? demanda-t-elle, partagée entre l'envie et la peur de savoir.

— C'était l'assaut final, sur le champ de bataille. J'ai été éjecté de mon cheval.

Le souffle court, il devait lutter pour poursuivre son récit.

— Un fantassin français m'a pris par surprise alors que je combattais le lancier qui me faisait face. Je suis tombé et j'ai heurté le sol si violemment que j'en ai eu le souffle coupé.

Pénélope imaginait sans peine la scène. Son Gabriel, défendant sa vie. Son propre souffle s'étrangla dans sa gorge, même s'il se tenait devant elle, bien vivant. Dieu merci. Dieu merci, il avait survécu !

— J'essayais de me relever lorsqu'un tir de canon m'a presque frôlé. J'y ai échappé, mais...

Il frémit, et elle fut parcourue à son tour d'un long frémissement, alors même qu'elle ignorait ce qui allait suivre.

— Un mélange de chairs et de sang a jailli, qui m'a fait de nouveau basculer en arrière. Avant que je puisse m'enfuir, je... j'ai été plaqué au sol, écrasé sous le poids de mon cheval, qui avait été mortellement touché.

Pénélope plaqua la main sur sa bouche pour retenir un cri d'effroi.

— Il a agonisé pendant ce qui m'a semblé des heures, poursuivit Gabriel en fermant les yeux. La bataille faisait rage autour de nous et personne n'entendait mes appels à l'aide. Des corps sont tombés et se sont entassés de part et d'autre. Des hommes, des chevaux...

Alors qu'il rouvrait les yeux, un éclair fendit le ciel. L'infinie tristesse qu'elle lut sur le visage de Gabriel transperça Pénélope.

— Je me souviens qu'une femme s'est effondrée à terre, près de moi, reprit-il d'une voix sans émotion. C'était peut-être une fille de joie, peut-être l'épouse d'un officier... Son visage était si joli, si *paisible* que, pendant un moment, j'ai pensé que c'était peut-être un ange venu me secourir. Puis je me suis rendu compte qu'elle était morte.

— Oh, Gabriel ! murmura Pénélope, les joues baignées de larmes.

Elle les sentit sur sa peau avant même de comprendre qu'elle pleurait. La terreur que Gabriel devait avoir éprouvée était inimaginable. Incapable de trouver les mots qu'il aurait fallu, elle ne put que répéter :

— Oh, Gabriel !

— Quand tout a été fini, je suis resté là, coincé sous les cadavres. Amis ou ennemis, ils se décomposaient de la même façon. Il planait une atmosphère de mort et le soleil était si chaud... Il avait plu la nuit avant la bataille. Tout était humide et moite. J'ai pensé que j'allais mourir de soif, et puis... et puis, à mesure que les jours passaient, j'ai prié pour que la mort m'emporte. Jusqu'à ce que je perde conscience.

— Vous êtes resté là trois jours, murmura Pénélope, se souvenant de ce que l'infirmière de l'hôpital avait dit à Gabriel.

— Oui.

Elle avait envie de le prendre dans ses bras, de le serrer sur son cœur et de lui promettre qu'il ne lui arriverait plus jamais rien d'aussi affreux. Que plus jamais il ne se retrouverait ainsi piégé et impuissant. Hélas ! S'ils échouaient devant la commission, c'était pourtant ce qui lui arriverait. Certes, il ne serait pas enterré sous des cadavres sur un champ de bataille, mais il serait tout de même emprisonné, et sans aucun pouvoir sur les décisions qui seraient prises à sa place, au nom de son bien-être. De sa vie.

Ils n'avaient d'autre choix que de réussir. Et pour cela, ils devaient atteindre Londres sans tomber malades.

— Venez, dit-elle en le tirant vers la voiture. Mettons-nous à l'abri.

Il hésita à peine avant de monter dans la voiture, même s'il était toujours tendu comme la corde d'un arc. Puis il la laissa le prendre dans ses bras tandis qu'il sombrait dans un sommeil profond. Ils demeurèrent ainsi enlacés jusqu'à l'auberge d'étape suivante.

Pénélope décida qu'ils y passeraient la nuit. Ils avaient tous deux besoin de vêtements secs et de temps pour se remettre de l'épreuve qu'ils venaient de traverser. Elle n'avait cessé de pleurer durant l'heure qui venait de s'écouler. Pas étonnant, songea-t-elle. Pas étonnant, vu les épouvantables souvenirs enfouis dans son esprit, que le traumatisme de Gabriel se soit manifesté à travers des crises de folie.

Tandis qu'elle le regardait dormir, elle pria pour qu'ils aient atteint le fond de ses souffrances et que désormais, seules la joie et la paix émergent des profondeurs de son âme.

Elle pria pour qu'il soit enfin guéri.

Le crépuscule tombait lorsqu'ils entrèrent dans Londres. La pluie tombait toujours, mais n'était plus à présent qu'un léger crachin. Toutefois, l'humidité ne suffisait pas à masquer les odeurs caractéristiques de la capitale.

Après trois jours de route ponctués de tempêtes émotionnelles, ni l'un ni l'autre n'étaient au mieux de leur forme quand la voiture approcha de l'hôtel particulier de Gabriel, une vaste maison à colonnades située tout près de Grosvenor Square. Oh, leurs vêtements étaient propres, quoique froissés par le voyage ! Mais ce n'était pas à cela que pensait Pénélope.

Elle regarda Gabriel avec inquiétude. Il avait gardé le silence une bonne partie de la journée. Ce matin-là, en le voyant monter dans la voiture avec à peine une hésitation, elle avait poussé un soupir de soulagement. Même s'il était encore un peu nerveux, cette dernière journée de voyage lui avait été visiblement moins difficile à supporter.

Il avait accepté avec bienveillance ses tentatives pour le distraire et avait même souri à l'une des histoires qu'elle lui avait racontées. Malgré tout, il semblait toujours... fragile. Vulnérable. Étaient-ce les cernes sous ses yeux alors qu'il regardait par la fenêtre ? S'inquiétait-il, comme elle, de l'issue de l'audience, qui devait avoir lieu dans deux jours ? Ou bien cherchait-elle simplement des excuses à son mutisme ?

Elle aurait bien aimé le savoir.

Des valets, vêtus de la livrée bleu et argent de la famille Devereaux, vinrent les accueillir. Gabriel sortit le premier et aida Pénélope à descendre. Glissant la main de la jeune femme au creux de son coude, il se dirigea vers le perron. Avant que le majordome à l'air revêche qui venait d'ouvrir la porte les salue, Gabriel se pencha vers Pénélope pour chuchoter :

— Dans deux nuits, vous entrerez ici en tant que maîtresse de maison, vous savez. Ce sera le plus beau jour de ma vie. Non pas parce que nous aurons gagné, mais parce que vous serez mon épouse.

Une douce chaleur envahit Pénélope, tel un baume apaisant sur ses nerfs tendus à se rompre.

Une femme apparut juste derrière le majordome, ses jupes noires soulignées par la lumière provenant du hall donnant l'étrange impression que ce dernier portait une robe. Quand il s'écarta pour les laisser passer, Pénélope découvrit qu'il s'agissait de la marquise de Bromwich – bientôt la marquise douairière, même si elle ne le savait pas encore. Pénélope s'autorisa un petit sourire.

— Lady Bromwich, dit-elle en s'inclinant.

Un sentiment d'irréalité s'empara soudain d'elle. Elle ne s'était jamais attardée sur cette bizarrerie du destin : sa future belle-mère était la jumelle de son ex-belle-mère. En vérité, Pénélope n'avait guère eu le temps de réfléchir à son mariage avec Gabriel.

Ce n'était certes pas ainsi qu'elle avait pensé retrouver l'amour. Elle avait prévu de prendre tout son temps, de choisir un homme bon et paisible. Un homme qui n'avait pas connu de drame dans sa vie.

Seulement, ce n'aurait pas été Gabriel.

Son futur mari s'approcha de sa mère pour l'embrasser sur la joue.

— C'est un plaisir de t'avoir de nouveau à la maison, déclara la marquise d'une voix qui semblait enrouée par l'émotion.

— Merci, mère, répondit Gabriel en se redressant. J'ai bien l'intention d'y rester.

Écoutant distraitement sa conversation avec sa mère, Pénélope se laissa entraîner par Gabriel.

— ... sœur est ici, dit la marquise, tandis qu'ils pénétraient plus avant dans le hall.

Un sourire éclaira le visage de Gabriel, puis disparut quand sa mère ajouta :

— Et bien sûr, ton frère et Amélia. Il y a autre chose que tu dois savoir...

Gabriel s'immobilisa soudain au pied du grand escalier. Pénélope sentit son bras se raidir sous sa main. Levant les yeux, elle comprit pourquoi et son estomac se noua. M. Allen.

— Bonsoir, lord Bromwich, dit ce dernier. Lady Bromwich, lady Manton.

Les inflexions mielleuses du directeur de Vickering Place arrachèrent un frémissement de dégoût à Pénélope.

— Je profite de l'occasion pour vous remercier, en mon nom et en celui dc mon personnel, de votre hospitalité, lady Bromwich, ajouta-t-il à l'adresse de la marquise.

Tournant la tête vers le salon, dont la double porte était grande ouverte, Pénélope reconnut Carter et Dunnings en grande conversation avec un autre homme qu'elle ne connaissait pas. Les deux surveillants ne portaient pas leurs blouses blanches de travail mais des costumes sombres, ce qui rendait leur présence encore plus étrange.

— Que diable font-ils ici ? demanda Gabriel.

Pénélope tressaillit. Cela ne lui ressemblait pas de s'exprimer d'un ton aussi cassant, mais elle en comprenait la raison. Il venait de passer trois jours particulièrement éprouvants, risquait de perdre du jour au lendemain tout ce qui faisait sa vie, et alors qu'il arrivait chez lui, il découvrait que les personnes mêmes qui complotaient contre lui étaient en train de boire du cognac dans son salon.

Il devait être furieux. Ou du moins à bout de nerfs.

Comme si cela ne suffisait pas, sa belle-sœur fit son apparition et déclara :

— Ils sont nos invités, bien entendu. Ils ont gracieusement accepté de venir à Londres afin de témoigner dans l'intérêt de la *famille*. Vous n'imaginiez tout de même pas que nous allions les envoyer à l'auberge ?

Puis, posant sur Pénélope un regard dédaigneux, elle demanda :

— Que fait-elle ici, celle-là ?

— Elle est venue témoigner dans l'intérêt du *chef* de famille, répliqua Gabriel d'une voix grondante.

— Cela suffit ! intervint lady Bromwich.

Le malaise qui s'était emparé de Pénélope en reconnaissant M. Allen et ses assistants ne fit que s'accroître. Après tout ce que Gabriel avait enduré pendant le voyage, il avait besoin de repos, dans un endroit paisible et silencieux, afin de se préparer à l'épreuve qui l'attendait.

— S'il vous plaît, Gabriel, dit-elle à voix basse, afin de n'être entendue que de lui. Allons plutôt à Stratford House.

Il répondit sur le même ton :

— Je ne laisserai personne me chasser, ni vous, de ma propre maison, Pénélope.

Elle pinça les lèvres, partagée entre l'inquiétude et l'agacement. Qu'il était têtu ! Et que sa famille était odieuse avec lui.

— À présent, ajouta-t-il en détachant délicatement la main de Pénélope de son bras pour y déposer un baiser, j'ai un mot à dire à mon frère en privé, après quoi, je vous conduirai à votre chambre.

Pénélope aurait préféré qu'il l'emmène à l'étage sur-le-champ et y reste avec elle, mais il s'était déjà dirigé vers Edward, qui se trouvait dans le grand salon.

— Edward m'a dit que Gabriel n'avait pas eu une seule crise depuis presque deux mois maintenant, fit la marquise.

Pénélope se tourna vers cette dernière, qui couvait son fils aîné du même regard que le sien – un regard où l'espoir se teintait d'inquiétude.

— En effet, confirma Pénélope. Pas une seule, depuis mon arrivée à Vickering Place.

Elle regarda Gabriel. Quel chemin il avait parcouru ! Elle voyait bien qu'il était en colère contre son frère non pas à son expression, mais parce qu'il venait d'avaler une solide gorgée du verre de cognac qu'une domestique venait de lui servir. Pénélope ne l'avait jamais vu boire que lorsqu'il était furieux. À part cela, il semblait parfaitement maître de lui.

— Hum, murmura la marquise. Alors vous pensez vraiment qu'il est guéri ?

— Oui, répondit Pénélope en posant de nouveau les yeux sur la mère de Gabriel.

Elle lui décrivit en détail les causes probables des crises de Gabriel, ainsi que les progrès qu'ils avaient accomplis. Elle garda bien sûr pour elle ce qui était plus personnel, mais en dit suffisamment pour que la marquise puisse comprendre.

— Même si son esprit en gardera des séquelles, conclut-elle, je suis persuadée que le pire est passé.

Elle regarda de nouveau Gabriel – de plus en plus souvent, elle avait tendance à le chercher instinctivement du regard dès qu'elle entrait dans une pièce. À ce rythme, dans un an ou deux, elle passerait chaque jour des heures à le regarder !

Elle observa avec attention son beau visage... et fronça les sourcils. Quelque chose clochait.

Il arborait une moue bizarre, qu'elle ne lui avait encore jamais vue. Quand il leva la main pour se gratter l'épaule, l'inquiétude la submergea.

— Voilà une excellente nouvelle, disait la marquise. C'est terrible de voir l'un de ses fils tenter de prendre la place de l'autre. Presque aussi terrible que de croire que l'un des deux a perdu la raison.

Mais Pénélope l'écoutait à peine. Comme dans un brouillard, elle fit quelques pas vers Gabriel. « Oh, non ! pensa-t-elle, éperdue, en le voyant tirer sur sa cravate. Non, non, non ! »

Quand il commença à déboutonner sa veste, Edward le regarda d'un air perplexe.

— Eh bien, Gabriel, que t'arrive-t-il ?

Entendant ces mots, M. Allen, qui avait descendu l'escalier, tourna la tête et fixa Gabriel, les yeux étrécis. Carter et Dunnings l'imitèrent comme il leur indiquait discrètement l'angle de la pièce où Gabriel portait à ses lèvres son verre de cognac vide, comme s'il y restait de quoi étancher sa soif.

Avec un grondement de frustration, Gabriel jeta le verre qui se fracassa sur le parquet.

Derrière Pénélope, lady Bromwich étouffa un cri de stupeur.

Ce n'était pas possible. Non ! Elle devait absolument le rejoindre. Si elle réussissait à l'approcher, peut-être pourrait-elle arrêter la crise avant qu'il ne soit trop tard.

Hélas ! Les employés de M. Allen la prirent de vitesse. Carter tenta d'agripper le bras de Gabriel, ce qui ne fit qu'accroître la colère de ce dernier.

— Lâchez-moi ! rugit-il en repoussant violemment l'assistant.

Dunnings s'efforça alors de saisir Gabriel par la jambe, mais celui-ci le repoussa d'un vigoureux coup de pied.

— Non ! hurla Pénélope.

Quelque part, Amélia glapit :

— Je le savais ! Je vous avais dit qu'il était fou !

Pénélope l'aurait giflée.

Dans l'angle du grand salon, Carter venait de se faufiler derrière Gabriel pour le ceinturer, mais ce dernier fit volte-face pour se défendre, tournant le dos à Pénélope.

Enfin, elle le rejoignit. Elle posa la main sur son épaule.

— Gabriel...

— J'ai dit, lâchez-moi !

Il détendit le bras derrière lui avec une telle force qu'elle fut projetée à plusieurs pas. Son front heurta l'angle d'une petite table, un éclair blanc voila sa vision tandis qu'un liquide tiède ruisselait sur son visage.

— Il est vraiment fou ! cria Edward. Il vient de frapper une dame.

— Pas du tout ! protesta Pénélope en tressaillant de douleur.

Elle pressa la paume sur son front dans l'espoir d'étancher le sang, et tenta de se relever. La tête lui tournait, et elle ne parvint qu'à se mettre à genoux.

— Pas du tout, répéta-t-elle. Il m'a prise pour l'un des assistants de M. Allen. Il ne voulait pas me faire mal. C'est ma faute, je n'aurais pas dû le toucher.

Mais personne ne lui prêtait plus la moindre attention. M. Allen s'était empressé d'aller prêter main-forte à ses employés, et tous trois étaient parvenus à maîtriser Gabriel. Les grondements de rage de celui-ci la transpercèrent, s'ajoutant à l'anxiété qui lui nouait déjà l'estomac. Que s'était-il passé ? Et comment cela avait-il pu arriver aussi vite ?

— Ça va, milady ?

Une petite bonne venait de s'agenouiller devant elle afin d'appuyer une compresse sur sa plaie qui saignait abondamment.

— Oui, répondit Pénélope en tendant le cou pour tenter de voir ce que l'on faisait à Gabriel. J'ai juste besoin de…

— Emmenez-le à l'étage et enfermez-le dans ses appartements, ordonna Edward Devereaux. Postez des hommes devant les deux portes.

— Non ! cria Pénélope.

Elle tenta de prendre appui sur la jeune femme toujours à genoux devant elle pour se relever tandis que les assistants d'Allen entraînaient un Gabriel qui se débattait sans relâche hors du grand salon.

— Gabriel !

Il tourna la tête en entendant son nom, mais les yeux aux pupilles dilatées qui la fixèrent n'étaient pas ceux de Gabriel.

Son Gabriel avait disparu, remplacé par un malheureux en pleine crise de démence.

19

Gabriel était assis, la tête entre les mains, pressant ses tempes qui palpitaient douloureusement.

Il était sur son lit dans ses appartements privés, où il était confiné depuis maintenant deux nuits et une journée dont il n'avait gardé presque aucun souvenir. On lui avait dit que cela valait mieux. D'après ce qu'on lui avait expliqué, sa dernière crise était survenue plus rapidement, et avec plus de violence, que toutes les autres. Et il le croyait. Le martèlement sous son crâne, les nausées et les impatiences dans les membres qui suivaient habituellement celles-ci étaient plus intenses que les autres fois.

J'ai blessé Pénélope.

À cette idée, une vive douleur lui transperça la poitrine tel un coup de poignard.

Jamais il n'aurait imaginé dire cela un jour, mais *Dieu merci*, il avait eu cette crise au bon moment. Si c'était arrivé le lendemain, le surlendemain, ou même une semaine ou un an plus tard, Pénélope aurait été unie à un fou par les liens du mariage.

S'il y avait bien une chose de positive dans ce gâchis, c'était qu'elle avait échappé à ce destin.

Son cœur se serra, ravivant en lui une souffrance qui, il le savait, ne le quitterait jamais tout à fait. La douleur planerait toujours au-dessus de lui telle l'épée du bourreau prête à s'abattre sur lui chaque fois qu'il songerait à Pénélope, chaque fois qu'elle lui manquerait... c'est-à-dire chaque jour de sa vie.

Le poids qui l'écrasait depuis qu'il était revenu à lui, la veille, s'alourdit encore. Sa vie telle qu'il l'avait connue était finie. Tous ses espoirs, tous les projets qu'il avait caressés avaient disparu en même temps que sa liberté. Il lui restait à présent plus qu'à attendre dans sa prison que la folie s'empare définitivement de lui. Peut-être l'aurait-il mieux supporté quelques semaines plus tôt, avant qu'il s'autorise à nourrir des rêves aussi merveilleux. Avant...

Il lui sembla que son cœur se comprimait, tel un linge que l'on tord pour l'essorer. Ses yeux s'embuèrent et sa gorge se serra.

Si ce qui l'attendait, c'était une lente descente solitaire dans la folie, à quoi bon vivre ?

La question résonna dans sa tête ; une voix lui murmura que rien ne l'obligeait à endurer une telle souffrance, lui rappela que pour l'heure, il avait encore un certain contrôle sur lui-même, qu'il avait le choix. Et qu'il pouvait mettre un terme à ce cauchemar avant de n'être plus capable de décider de son propre destin.

Des voix retentirent dans le couloir. Il leva la tête et tendit l'oreille, mais ne parvint pas à identifier la personne qui était en train de parler et ne distingua pas ses paroles. En revanche, il reconnut Edward, qui répondait :

— ... peut-être aussi bien ainsi. L'audience a lieu demain.

— Demain, ce n'est pas aujourd'hui, déclara une autre voix, qui ressemblait à celle du comte de Stratford. À présent ouvrez cette maudite porte.

Gabriel bondit sur ses pieds, et grimaça comme le sang affluait brusquement au cerveau. Pourquoi Stratford était-il venu ? Pénélope avait dû lui expliquer ce qui s'était passé.

La clé tourna dans la serrure, puis le battant s'ouvrit à la volée.

Le cœur de Gabriel se mit à battre la chamade. Pénélope venait d'entrer dans la pièce. Elle courut vers lui et passa ses bras sous les siens pour l'enlacer.

— Gabriel, s'écria-t-elle, tout contre son torse.

Jamais il n'avait rien entendu de plus doux que cette voix. Il ne put s'empêcher de l'étreindre en réponse, puis d'enfouir le visage dans ses cheveux pour humer son parfum. Fermant les yeux, il inspira de nouveau, s'efforçant d'emmagasiner dans sa mémoire ces fragrances si délicates dans l'espoir de les y garder jusqu'à la fin de ses jours.

Bien trop vite à son goût, elle s'écarta de lui.

Il baissa les yeux sur elle, et eut l'impression de recevoir un direct à l'estomac. Une vilaine marque rouge, longue d'environ un pouce, lui barrait le front. Elle était mince et superficielle, mais elle laisserait une cicatrice. Seigneur, il l'avait défigurée !

— J'ai eu si peur de ne plus te revoir ! murmura-t-elle, partagée entre l'angoisse et le soulagement. J'ai essayé hier toute la journée, mais ton maudit frère a refusé de me laisser entrer dans la maison.

À la pensée de tout ce qu'elle avait enduré par sa faute, Gabriel frémit de honte. Comment pouvait-elle être là, lui parler comme si elle tenait à lui, alors qu'il avait été jusqu'à la blesser physiquement ?

— Mais je suis là, maintenant, poursuivit-elle en lui prenant la main. Viens, je t'emmène.

— Quoi ?

Gabriel se libéra et la dévisagea, incrédule. Elle affichait la même expression déterminée que le jour où elle l'avait supplié de monter dans cette affreuse voiture noire, sur la route derrière Vickering Place.

Sa gorge se serra d'émotion. Il était heureux d'avoir accepté de s'en aller avec elle ce jour-là. Pour rien au monde il n'aurait renoncé à ces deux mois avec elle, pas même en échange de sa santé mentale. Mais il ne partirait pas de nouveau avec elle, quand bien même son cœur lui criait de la suivre.

— Pénélope, vous... tu ne peux pas m'enlever, lui dit-il doucement.

Elle redressa le menton d'un air décidé.

— Cette fois, il ne s'agit pas d'une évasion. Je me suis donné du mal, mais je t'emmène hors d'ici en toute *légalité*. J'ai demandé à Geoffrey de convaincre un avocat de la cour de justice que ta famille te retenait ici contre ta volonté de la façon la plus illégale, puisque tu n'as pas été déclaré irresponsable. Nous avons ensuite amené ledit avocat ici et nous sommes entrés de force. Maintenant, *viens*. Nous avons encore beaucoup à faire avant l'audition de demain et il nous reste peu de temps.

Il ne put s'empêcher d'exulter. Pénélope devait vraiment tenir à lui pour s'être battue comme elle venait de le faire. Il enfermerait ce précieux souvenir dans son cœur, pour l'en sortir quand il aurait besoin de se consoler.

S'il avait la tête dans les nuages, il gardait cependant les pieds sur terre.

— Tu ne penses pas sérieusement que nous avons désormais la moindre chance de prouver que je suis sain d'esprit, n'est-ce pas ?

Elle fronça les sourcils et son regard s'assombrit. Mais elle n'essaya pas de lui mentir.

— Non, en effet. Après ce qui s'est passé dans le salon, je pense qu'il est raisonnable de supposer que la balance ne penchera pas en ta faveur.

Il avait beau savoir qu'il n'y avait pas d'autre réponse possible, l'entendre exprimer à voix haute se révéla plus douloureux qu'il ne l'aurait cru.

— Et c'est normal. Je suis fou.

— Ne crois pas cela.

Devant tant d'obstination, une bouffée de colère le submergea.

— Bon sang, Pénélope, quand regarderas-tu les choses en face ?

Son regard s'arrêta sur sa blessure au front. L'entaille avait déjà commencé à cicatriser, mais la peau autour avait pris une vilaine nuance violacée. Gabriel fut de nouveau envahi par la culpabilité.

— Quand elles seront sensées ! rétorqua-t-elle, les yeux étincelants. La crise d'hier n'était qu'une rechute. Rien de plus.

— Une rechute ? s'exclama-t-il. J'aurais pu te *tuer*. Et si je t'avais repoussée plus violemment ? Si ç'avait été ta tempe et non ton front qui avait heurté cette table ? Si je t'avais donné un coup de poing ? Ou brisé la nuque ?

L'image de Pénélope gisant à ses pieds, sans vie, lui traversa l'esprit. Il crut que ses jambes allaient se dérober sous lui.

— Une rechute ? répéta-t-il avec un ricanement incrédule.

Pénélope avait écouté sa tirade sans broncher.

— Une rechute, déclara-t-elle posément. Cela arrive même dans les cas de guérison qui sont un succès. Et celle-ci...

Sa voix se brisa et ses yeux s'embuèrent.

En la voyant aussi désemparée, Gabriel sentit sa colère retomber.

— Celle-ci était entièrement ma faute, Gabriel, poursuivit-elle tandis qu'une larme roulait sur sa joue. Je n'aurais jamais dû t'obliger à te rappeler les horreurs de la guerre alors que tu souffrais déjà terriblement d'être confiné dans cette voiture et que l'audience à venir te mettait les nerfs à rude épreuve. J'aurais dû te laisser tranquille. Et maintenant, regarde le résultat.

Ses lèvres se mirent à trembler.

Bonté divine ! Il aurait dû se douter qu'elle se le reprocherait, si les choses tournaient mal. La voir souffrir ainsi le déchirait. Il avait eu tort de se réjouir d'avoir quitté Vickering Place avec elle. En cet instant, il aurait tout donné pour revenir en arrière et l'obliger à le laisser là-bas. S'il avait fait cela, elle ne serait pas là, devant lui, en larmes.

Il fit un pas vers elle et prit son visage entre ses mains.

— Ce n'est *pas* ta faute, Pénélope. Tu n'as rien fait d'autre que me guérir, de toutes les façons imaginables.

— Alors viens avec moi, insista-t-elle.

— Et ensuite ? demanda-t-il en laissant retomber ses mains. L'audience est prévue pour demain. Il n'y a plus d'espoir.

Et puis, qu'est-ce qui lui disait qu'il ne risquait pas une nouvelle « rechute » à tout moment ?

— Il y a toujours un espoir, Gabriel ! s'écria-t-elle. Nous pourrions essayer de négocier avec ton frère pour qu'il revienne sur sa demande, ou au moins qu'il la reporte. Tu pourrais accepter, à titre temporaire, de déléguer ton autorité légale en échange d'une certaine somme – de quoi t'acheter un cottage dans un endroit tranquille où nous pourrions poursuivre ton traitement. Cela nous laisserait du temps...

— Edward, ou plutôt *Amélia*, coupa-t-il, n'acceptera jamais une telle proposition. Pas maintenant, alors qu'ils sont sur le point d'avoir tous les pouvoirs sans la moindre restriction.

Pénélope laissa échapper un soupir dégoûté.

— Tu as sans doute raison.

Elle ferma les yeux un long moment. Si long que Gabriel commença à se demander ce qu'elle était en train de comploter.

Puis elle rouvrit les paupières et vrilla sur lui un regard farouche.

— Il existe une autre option, déclara-t-elle posément. Nous pouvons nous marier.

Gabriel faillit s'étrangler.

— Il n'en est pas question, Pénélope.

— Oh, que si ! Tu t'es déjà procuré une dispense de bans. Si nous nous marions aujourd'hui, avant l'audience, le mariage sera légal. Ou en tout cas, il sera difficile à contester. Au cas où tu serais déclaré *non compos*, ton frère obtiendrait ce qu'il veut, à savoir le contrôle du marquisat, et n'aurait donc aucune raison d'essayer d'obtenir l'annulation de notre mariage.

Elle marqua une pause avant d'enchaîner :

— Quant à moi, j'aurais aussi ce que je veux. L'autorité sur toi. En tant que parente la plus proche, c'est moi qui prendrais les décisions te concernant. Il n'y aurait plus de Vickering Place, plus de cautérisations ni de bains glacés. Et tout le temps nécessaire pour t'aider à redevenir toi-même.

Gabriel la fixa, bouche bée. Même Pénélope n'irait pas jusqu'à se sacrifier ainsi pour lui si elle n'était pas amoureuse de lui ! N'est-ce pas ?

— Pourquoi ferais-tu cela ? murmura-t-il.

Il fallait qu'il sache.

— Pourquoi lierais-tu de nouveau ton destin à celui d'un fou ?

Elle pinça les lèvres d'un air irrité.

— Je te l'ai dit, je ne crois pas que tu sois fou.

— Mais si je suis…

— Alors tu es fou ! s'emporta-t-elle, lui arrachant un sursaut. Et je t'épouserai quand même. Au moins, je saurai où tu es, et comment tu vas. As-tu idée de ce que j'ai enduré, hier et aujourd'hui ? Et quand j'ai vu ces gens en qui je n'ai aucune confiance t'emmener de force l'autre soir ? Je ne pouvais rien faire pour les arrêter ! Je n'avais pas mon mot à dire !

L'émotion qui vacillait dans le regard de Pénélope coupa le souffle de Gabriel.

— J'ai passé deux nuits blanches à imaginer le pire, continua-t-elle d'une voix hachée. La crise était-elle terminée ou étais-tu encore en train d'en souffrir, attaché à un lit et essayant de te protéger les yeux de la lumière ? T'étais-tu réveillé entouré de personnes malveillantes, désespéré parce que tu étais persuadé d'être réellement fou ?

Ses yeux brillaient de larmes, à présent.

— Étais-tu étendu, seul, te demandant si je t'avais abandonné ? chevrota-t-elle, le menton tremblant.

— Non, Pénélope, murmura-t-il. Pas une seconde je n'aurais pensé cela.

Se ressaisissant, elle déclara d'un ton ferme :

— Tant mieux. Parce que cela n'arrivera jamais. Je me fiche que tu sois fou, Gabriel. Si c'est le cas, nous vivrons avec. Nous apprendrons à lutter contre ces crises ensemble.

À ces mots, le cœur de Gabriel s'emplit d'une joie douce-amère. *Elle l'aimait.* Il le fallait pour accepter de nouveau un tel mariage. Pour prendre le risque de se lever chaque matin en se demandant si la prochaine crise aurait lieu ce jour-là.

Il avait besoin de la toucher. Une dernière fois. Il prit ses mains entre les siennes.

— Ce que tu proposes me bouleverse, chuchota-t-il. Profondément. Sincèrement. Mais je ne te laisserai pas te sacrifier pour moi.

Elle ferma les paupières.

— Gabriel...

— Regarde-toi, Pénélope. Fatiguée. Émotionnellement épuisée, après seulement deux jours. Ton dévouement est sans bornes. Tu te tuerais pour tenter de me rendre ma santé mentale.

Elle battit des cils, sans chercher à nier.

— Et cela me tuerait de te regarder faire cela, ajouta Gabriel.

Il porta ses mains à ses lèvres, déposa un baiser sur chacune.

— Tu m'as tant appris durant ces quelques semaines que nous avons passées ensemble. Comment me pardonner ce que je ne peux contrôler. Comment contrôler ce qui est en mon pouvoir. Eh bien, en cet instant, il y a une chose que je peux contrôler. Je reste ici. C'est *ma* décision.

Les larmes qui brillaient dans les yeux de Pénélope roulèrent sur ses joues.

— Tu ne vas pas renoncer, articula-t-elle. Tu ne peux pas !

Gabriel se rappela soudain ce soir à Vickering Place, lorsqu'il avait tenté de décourager Pénélope. Elle était si résolue à lui venir en aide, depuis le début ! Il se souvenait de son serment si plein de ferveur comme si elle l'avait prononcé la veille.

J'ignore si nous allons réussir. Mais ce que je sais, c'est que tant que vous vous battrez, jamais je ne renoncerai. Je vous le jure.

Ils se tenaient les mains comme en cet instant.

Il savait à présent ce qu'il devait dire pour la libérer de son engagement.

— Si, je le peux. Je renonce à me battre contre la folie, Pénélope. J'accepte mon destin.

Puis, même si cela le tuait, il lui lâcha les mains. Dieu qu'il l'aimait ! Rien d'autre n'aurait pu lui donner la force d'ajouter :

— Et toi aussi, tu dois l'accepter.

Pénélope serra les poings, comme pour retenir la chaleur de Gabriel qui déjà lui échappait, tout comme lui.

Il ne viendrait pas avec elle.

Il ne viendrait pas avec elle et elle ne pouvait rien y faire. Il resterait ici et elle devrait partir. Demain, la famille de Gabriel le présenterait devant cette maudite commission, et avant la fin du jour, il serait de nouveau enfermé à Vickering Place.

Elle ferma les yeux, mais les larmes continuaient de couler entre ses paupières. Dieu lui vienne en aide, jamais de sa vie elle ne s'était sentie aussi impuissante !

Et elle n'arrivait même pas à être en colère contre lui. Il était convaincu qu'il était fou et devait la protéger contre lui-même. Il se fourvoyait complètement, mais elle ne l'en aimait que plus.

Et elle continuait d'être persuadée qu'il avait toute sa santé mentale. Même sa rechute ne parvenait pas à la faire douter. Ses crises n'étaient pas dues à la folie selon elle. Cela dit, elle ne lui avait pas menti. Serait-il fou qu'elle voulait tout de même être avec lui.

Parce qu'elle n'avait plus peur. Gabriel n'était pas Michael. Michael avait aimé sa folie. Il l'avait crue nécessaire à son bonheur. Il avait attendu avec impatience les périodes d'exaltation, quel qu'en soit le prix à payer, pour lui comme pour elle.

Il n'était pas question qu'elle cède devant les arguments de Gabriel. Le Gabriel qu'elle connaissait ne se résignerait pas éternellement à un tel destin. Un jour ou l'autre, il voudrait se battre de nouveau.

Elle devait lui faire comprendre que, quelle que soit la raison de ses crises, il valait mieux *pour eux deux* qu'ils les combattent ensemble. Elle rouvrit les yeux en priant pour trouver les mots justes.

— Gabriel, je…

Un grattement se fit entendre à la porte, puis une domestique entra après avoir poussé le battant de la hanche, un plateau de thé entre les mains.

Pénélope se détourna pour essuyer discrètement ses larmes. Elle entendit le cliquetis de métal contre le bois comme la servante posait le plateau d'argent sur la console située près de la porte.

Elle s'efforça de ravaler son irritation. La malheureuse ne faisait que son travail. Elle ne pouvait deviner qu'elle venait d'interrompre une discussion dont dépendait – et de façon si précaire – le futur bonheur de Pénélope.

— Votre thé, milord, déclara la bonne. Exactement comme vous l'aimez.

Puis, comme elle se retournait, une tasse fumante à la main, elle remarqua la présence de Pénélope.

— Oh ! s'écria-t-elle.

Elle inclina la tête en guise de salut et ramena contre elle la tasse qu'elle avait tendue à Gabriel.

— Je suis désolée, milord. J'ignorais que vous aviez de la visite. Dois-je aller chercher une autre tasse ?

Gabriel secoua la tête.

— Non merci, Janey. Lady Manton ne va pas tarder à partir.

Le cœur de Pénélope se serra. Non, elle ne partirait pas. Elle ne le pouvait pas – pas tant qu'elle ne l'aurait pas convaincu de partir avec elle.

Serrant toujours la tasse contre elle, la domestique regarda tour à tour Pénélope puis Gabriel d'un air désemparé. Elle se dirigea ensuite vers la porte, et Pénélope se demanda pourquoi elle ne donnait pas tout simplement son thé à Gabriel, comme elle en avait eu l'intention.

— Je… je reviendrai plus tard, dans ce cas, bégaya-t-elle.

Les poils se dressèrent sur la nuque de Pénélope. Pourquoi cette servante avait-elle bafouillé ? Certes, elle était peut-être émotive, ou gênée d'avoir découvert son maître en compagnie d'une inconnue en larmes. Et pourtant… Pénélope plissa les yeux, mais déjà l'autre se détournait.

— Attendez, s'écria-t-elle, obéissant à une inexplicable impulsion.

Gabriel et la petite servante la regardèrent d'un air surpris. Peut-être se trompait-elle du tout au tout, mais il lui semblait que quelque chose n'allait pas.

Elle examina la jeune fille avec attention. Son visage ne lui était pas inconnu...

— Vous étiez dans le salon l'autre soir, dit-elle, se rappelant soudain où elle l'avait vue. C'est vous qui m'avez apporté une compresse quand je suis tombée.

La domestique rougit et baissa les yeux, comme si elle était embarrassée qu'on l'ait remarquée. Serrant toujours la tasse, elle répondit :

— Oui, milady.

— Je vous remercie de votre aide, dit Pénélope.

Elle aurait juré avoir vu une lueur de culpabilité s'allumer brièvement dans les yeux de la petite bonne. Étrange.

N'était-ce pas aussi elle qui avait tendu à Gabriel le verre de cognac qu'il avait bu juste avant sa crise ?

Pénélope se figea. Gabriel n'avait pas eu de crise depuis des semaines. Et à l'instant précis où il était revenu ici...

Elle regarda la tasse dans la main de la bonne. La tasse que cette dernière semblait hésiter à donner à Gabriel. Était-il possible que... ?

Non. Non ! Si Liliana avait bien admis qu'il était possible que Gabriel ait ingéré une substance qui soit à l'origine de ses crises, elle avait aussi déclaré n'en connaître aucune dont l'absorption déclenchait de tels symptômes. Du reste, il avait eu des crises non seulement chez lui, mais aussi à Vickering Place. Qui aurait pu être présent dans les deux endroits ?

Pénélope dévisagea la bonne... et réprima un hoquet de stupeur. Pas étonnant que son visage lui ait paru familier ! Elle avait d'abord cru que c'était parce qu'elle l'avait vue l'autre soir dans le salon, mais à présent, elle se souvenait de l'autre endroit où elle l'avait croisée.

— Mademoiselle Creevey ?

La jeune fille rougit.

— Pardonnez-moi de ne pas vous avoir reconnue, reprit Pénélope. C'est votre uniforme, probablement, ajouta-t-elle, s'efforçant de dissimuler sa stupéfaction derrière un embarras justifié par la distance sociale qui les séparait afin de ne pas éveiller ses soupçons.

Ou le fait qu'elle ne portait plus la cape à capuche dans laquelle elle était emmitouflée lorsqu'elles s'étaient croisées dans les jardins de Vickering Place.

— Ce n'est pas grave, milady, marmonna la servante.

Un flot de pensées envahit l'esprit de Pénélope, qui tenta de les rassembler de façon cohérente. Gabriel lui avait expliqué qu'il avait trouvé, au cours de l'année passée, un emploi pour la jeune sœur de la veuve atteinte de folie. Il avait juste omis de préciser que ce poste était dans sa propre maison. Il avait dû l'installer dans sa maison de campagne du Birminghamshire afin qu'elle soit près de sa sœur.

Ses crises avaient commencé neuf mois plus tôt. *Chez lui, dans le Birminghamshire*. Des crises qui, elle l'avait noté d'emblée, lui avaient paru étranges car elles ne ressemblaient en rien aux épisodes de folie auxquels elle avait assisté jusqu'alors.

Dans ce cas, que faisait Mlle Creevey ici, à Londres ? En général, les domestiques ne se déplaçaient pas d'une propriété à l'autre, à moins d'être au service particulier d'une des dames de la maison. Mlle Creevey était-elle la femme de chambre de lady Bromwich ? Ou... d'*Amélia* ?

Pour l'instant, cependant, l'important n'était pas la façon dont elle était arrivée ici. Pénélope fixa du regard la tasse de thé, tandis que Mlle Creevey jetait des regards éperdus vers la porte, visiblement pressée de s'en aller.

Bonté divine ! Il y avait quelque chose dans cette tasse. Toutes les fibres de son être le lui hurlaient. Mais comment le prouver ?

— Si vous n'avez plus besoin de moi, milord, milady, fit la bonne en commençant à pivoter sur ses talons.

Si Pénélope la laissait partir avec cette tasse, elle ne saurait jamais si elle avait vu juste. Et Gabriel se croirait définitivement fou.

Elle courut vers la jeune fille et lui arracha quasiment la tasse des mains, faisant jaillir quelques gouttes de liquide chaud sur leurs poignets.

— Pénélope ! s'écria Gabriel, alors que Mlle Creevey laissait échapper un petit cri.

Sans leur prêter la moindre attention, Pénélope porta la tasse à ses lèvres et la vida d'un trait. Au thé chaud et sucré avait été ajouté un solide trait de cognac. Afin de masquer le goût d'une potion plus amère ?

Quand elle eut terminé, elle regarda Gabriel, puis Mlle Creevey.

— Désolée, dit-elle en haussant les épaules, un sourire factice aux lèvres. J'avais soif.

Tous deux la dévisageaient comme si c'était *elle* qui était folle. Eh bien, si tout se passait comme elle l'escomptait, elle le serait dans quelques minutes. L'autre soir, dans le salon, la crise avait frappé Gabriel à une vitesse confondante.

Mlle Creevey était non seulement choquée, mais apparemment très nerveuse, remarqua Pénélope tandis qu'elle reculait jusqu'à la porte et s'esquivait prestement.

Peu importait. Si, comme elle le pensait, la crise était imminente, on aurait tout le temps de rattraper la jeune fille et de découvrir pour le compte de qui elle avait agi. Sans doute pour le satané frère de Gabriel et son épouse. Peut-être même avec la complicité de M. Allen.

Dès que la porte se fut refermée, Gabriel pivota vivement vers Pénélope.

— Qu'est-ce qu'il t'a pris, Pénélope ? demanda-t-il, partagé entre la stupéfaction et la perplexité, à en juger par son expression.

— J'avais juste envie d'un thé, répondit-elle d'un ton léger.

— De toute évidence, acquiesça-t-il avec un sourire.

— Mlle Creevey t'offrait-elle souvent le thé quand elle te rendait visite à Vickering Place ? demanda-t-elle.

Dieu qu'il faisait chaud, soudain ! Elle tira sur son corsage en regrettant de ne pas porter une tenue plus facile à enlever.

— Oui. Personne ne prépare aussi bien le thé qu'elle. De temps en temps, elle y ajoute même un trait de cognac. Au moins, elle me rendra visite, une fois qu'on m'aura renvoyé là-bas.

La voix de Gabriel lui semblait lointaine tout à coup.

Bon sang, sa peau la démangeait. C'était insupportable. Pénélope se gratta frénétiquement les bras. Puis elle les regarda. Et poussa un hurlement d'effroi. Des fourmis ! Des centaines de fourmis couraient sur ses manches, leur masse noire grouillante les recouvrant presque entièrement.

Gabriel se rua vers elle. Il était blanc comme un linge.

— Pénélope ?

Non. Non ! « Ce n'est qu'une drogue », s'efforça-t-elle de se rappeler. Hélas, la panique s'emparait rapidement d'elle, étouffant la raison ! *Je ne vois pas vraiment de fourmis*. Déjà, sa gorge se serrait et son cœur s'emballait. Les insectes semblaient tout à fait réels et ses bras en étaient bel et bien couverts. Dieu qu'elle avait soif ! Jamais elle n'avait eu la gorge aussi sèche. Et cette lumière qui l'aveuglait ! Elle ferma les yeux pour s'en protéger.

Gabriel prit son visage entre ses mains et le leva vers lui.

— Pénélope, que se passe-t-il ? Oh, Seigneur ! Tes yeux ! Que t'arrive-t-il ?

— Il m'arrive… ta folie, souffla-t-elle.

Ce fut la dernière chose dont elle se souvint.

20

— Tu savais que ce thé était drogué, n'est-ce pas ?

La voix de Gabriel flotta dans l'air, son écho se réverbéra longuement, puis atteignit enfin Pénélope. Au prix d'un effort surhumain, elle entrouvrit les paupières, et les referma en gémissant. Son corps entier était douloureux.

— J'avais de solides soupçons, avoua-t-elle d'une voix pâteuse avec l'impression que sa langue avait doublé de volume et qu'elle était aussi sèche que la poussière.

— Seigneur, Pénélope ! murmura Gabriel. Te rends-tu compte qu'il y avait assez de poison dans cette tasse pour déclencher une crise chez un homme adulte ?

Drogué. Poison. Malgré la douleur, un flot de joie s'empara de la jeune femme. Elle avait vu juste. Gabriel n'était pas fou. Et, plus important encore, il l'avait enfin compris, lui aussi.

— Tu as de la chance d'être encore en vie, fit la voix soucieuse de Liliana, quelque part sur sa gauche.

Avec mille précautions, Pénélope ouvrit imperceptiblement les paupières – juste assez pour reconnaître le profil de sa cousine.

Puis elle gémit. Son estomac venait de se soulever et son cœur lui martelait sourdement la poitrine. Elle referma les yeux.

— De la *chance* ? Hum… Ce n'est pas l'impression que j'ai pour le moment.

Elle entendit des bruits d'eau comme lorsqu'on plonge une compresse dans une cuvette et qu'on l'essore, puis elle sentit une bienfaisante fraîcheur sur son front. Elle laissa échapper un soupir de soulagement. Ce devait être Liliana qui tenait la compresse car les deux mains de Gabriel serraient les siennes, très fort, comme s'il ne voulait plus jamais les lâcher.

Ce qui lui convenait tout à fait.

— Quelle heure est-il ? demanda-t-elle, histoire de retrouver ses repères.

Elle ouvrit de nouveau les yeux. Peu à peu, sa vision se fit plus précise et la douleur moins vive.

— Bientôt midi, répondit Liliana.

Midi ? C'était impossible. Sauf si…

— Tu es restée inconsciente plus d'une journée, reprit sa cousine.

Mais alors…

— L'audience ?

Elle devait avoir lieu à 10 heures, le lendemain matin. Ou plutôt, aujourd'hui. Comme c'était étrange d'avoir perdu des heures et de savoir qu'elle ne les rattraperait jamais.

— Une fois confronté à la preuve que je n'étais pas fou, expliqua Gabriel, Edward a retiré sa demande. Et avant que tu poses la question, non, Mlle Creevey n'agissait pas à sa demande ni à celle d'Amélia.

L'esprit encore confus, Pénélope tenta de comprendre, en vain.

— Alors pour qui ?

Elle entendit, ou plus exactement, elle sentit Gabriel pousser un soupir.

— Elle me tenait responsable de la folie de sa sœur.

Quoi ? Les effets secondaires de la drogue devaient également affecter son audition, songea Pénélope.

— Cela n'a aucun sens, protesta-t-elle.

— Pour une personne saine d'esprit, non, mais Allen, qui a passé l'après-midi à parler avec elle, m'assure qu'elle n'a pas toute sa tête.

Pénélope fronça les sourcils.

— Ne pas avoir « toute sa tête » est plus facile à accepter qu'être « foncièrement malfaisante », je suppose, mais sur quoi se fonde-t-elle pour t'accuser, toi, de la folie de sa sœur ?

— À en croire Allen, dans l'esprit de Janey, j'ai pratiquement admis ma faute. Comme tu le sais, je me suis senti responsable de la mort du lieutenant Boyd et je le leur ai dit, à sa sœur et à elle, quand je les ai retrouvées alors qu'elles étaient dans une situation désespérée. Ce sont mes tentatives pour me racheter qui m'ont désigné comme coupable à ses yeux. Elle s'est mis en tête que je ne lui disais pas toute la vérité et que j'avais dû faire quelque chose d'épouvantable à son beau-frère pour me sentir coupable au point de payer à sa veuve une pension dans un établissement luxueux et de subvenir aux besoins de ses enfants. Apparemment, elle estimait que je ne devais pas m'en sortir aussi facilement.

Une bouffée de colère, aussi brève qu'intense, balaya Pénélope.

— Et en guise de remerciements, elle avait décidé que tu subirais le même sort que sa sœur ?

— Apparemment, répondit Gabriel avec un sourire flegmatique. Cruelle ironie du sort, n'est-ce pas ?

Quand Pénélope songeait au prix que Gabriel avait payé à cause de cette femme ! Au prix qu'elle-même avait failli payer…

— Que va-t-elle devenir ?

— Je lui ai trouvé une place à Vickering Place avec sa sœur. Et j'ai obtenu d'Allen la promesse qu'il mettrait un terme à ses méthodes les plus barbares et s'ouvrirait à de nouvelles approches médicales.

Elle aurait dû s'en douter ! Certes, la compassion de Gabriel envers celles et ceux qui avaient tant souffert de la guerre était l'une des raisons pour lesquelles elle l'aimait, mais tout de même…

— C'est plus qu'elle n'en méritait, marmonna-t-elle.

Peut-être serait-elle d'humeur plus charitable quand la souffrance physique qu'elle endurait pour l'heure à cause de cette femme commencerait à s'atténuer.

— Comment a-t-elle fait cela ?

— *Datura stramonium*, répondit Liliana.

Pénélope lui décocha un regard amusé. En bonne scientifique, sa cousine *pensait* pratiquement en latin.

— En anglais, s'il te plaît.

Liliana eut la bonne grâce de sourire.

— C'est une plante, expliqua-t-elle. Aussi connue sous le nom d'herbe aux fous. Au XVIIe siècle, une compagnie de soldats anglais en a accidentellement mélangé des feuilles dans ses salades. Il paraît que les malheureux en ont consommé une telle quantité que leur épisode de démence a duré onze jours, et qu'aucun d'eux ne se souvenait de rien lorsqu'ils ont retrouvé leurs esprits. Elle se la procurait au Jardin médicinal, ici à Londres, quand elle allait chercher des herbes officinales pour la maison.

Pénélope fit la grimace, encore nerveuse et affaiblie.

— A-t-elle un intérêt médical ? s'enquit-elle.

— Apparemment. On m'a dit qu'elle était prescrite à très faibles doses pour soigner l'asthme, ainsi que comme analgésique pour la chirurgie et la réduction des fractures.

Liliana esquissa une petite moue de méfiance.

— En ce qui me concerne, vu ses propriétés hallucinogènes et sa haute toxicité, je ne me risquerais pas à l'utiliser sur qui que ce soit. Ce qui explique sans doute pourquoi, ne m'y étant jamais vraiment intéressée, je n'en connaissais pas bien les effets. Je suis désolée de ne pas y avoir pensé.

Pénélope secoua la tête.

— Ne le sois pas. Comme tu l'as dit, tu ne peux pas tout savoir, fit-elle en esquissant un sourire.

Sa cousine se leva avec précaution du fauteuil qu'elle avait tiré près du lit.

Lâchant les mains de Pénélope, Gabriel se leva à son tour.

— Eh bien, dit Liliana en se penchant vers la jeune femme pour lui caresser la joue, le pire est passé, à présent. Je vais vous laisser discuter tous les deux, mais je ferai un saut dans l'après-midi pour voir comment tu te remets.

Pénélope la remercia d'un hochement de tête et ferma les yeux tandis que Gabriel raccompagnait Liliana à la porte.

Elle avait dû se rendormir, car la voix de Gabriel la réveilla en sursaut.

— Qu'est-ce qui t'a donné l'idée de goûter le thé ?

Au lieu de revenir s'asseoir à son chevet, Gabriel était resté à quelques pas du lit. Et si elle ne se trompait pas, il était en colère.

Elle battit des cils.

— Un pressentiment. Au début. Mais qui m'a poussée à regarder Mlle Creevey plus attentivement.

Dieu merci, elle avait écouté son instinct, cette fois, malgré les doutes et la culpabilité qui l'avaient assaillie quand elle s'était crue responsable de la supposée rechute de Gabriel. Si elle avait cédé à sa peur… si elle ne s'était pas fait confiance… Elle frémit, incapable d'envisager cela.

— J'ai compris que si je ne prenais pas une mesure radicale, nous ne saurions peut-être jamais la vérité.

— Pénélope, murmura Gabriel d'une voix rauque.

Plissant les yeux, elle le regarda avec attention. Ses pupilles étaient encore si dilatées que sa silhouette lui apparaissait vaporeuse, éclaboussée de lumière, elle vit toutefois distinctement son expression accablée.

C'est alors qu'elle comprit. Gabriel n'était pas fâché. Il l'avait vue en pleine crise de démence, comme elle-même l'avait vu. Et cela l'avait terrifié.

— Tu savais ce qui allait se passer si tu buvais ce thé. Tu avais été témoin d'une de mes crises, mais…

Il s'interrompit et reprit d'une voix étranglée :

— … tu l'as tout de même fait. *Pour moi*.

— Gabriel…

— Personne n'aurait agi comme toi. Personne ne l'aurait pu. Tu m'as *sauvé*, Pénélope. Toi, et ton intuition, et ta confiance, et ta maudite obstination…

Il ferma les yeux un long moment. Quand il les rouvrit, il la transperça d'un regard intense.

— Je ne pourrai jamais te remercier assez. Je…

Il déglutit péniblement, mais parut incapable d'en dire plus. Au demeurant, il n'en avait pas besoin.

— Si c'était à refaire, je le referais, souffla-t-elle.

— Moi aussi.

Enfin, il la rejoignit et s'empara de sa main.

— Moi aussi, articula-t-il avec émotion. J'endurerais de nouveau *tout* cela et plus encore s'il le fallait pour qu'à la fin tu sois à moi.

Il porta sa main à ses lèvres et y déposa un baiser. Brûlant. Respectueux. *Éloquent.*

Car cet unique et précieux baiser en disait plus qu'un millier de mots.

— Je t'aime, Pénélope.

Ma foi, c'était tout de même bien agréable de se l'entendre dire, décida Pénélope, envahie par une joie sans mélange.

En cet instant, elle n'éprouvait rien d'autre qu'un immense bonheur et une profonde gratitude. On leur avait offert une seconde chance à tous les deux, et ils avaient été assez courageux pour la saisir.

— Merci, Gabriel, dit-elle, incapable de réprimer le sourire qui lui incurvait les lèvres. À présent, veux-tu s'il te plaît venir sur ce lit et me prendre dans tes bras afin que je puisse te dire combien je t'aime, moi aussi ?

Il s'exécuta. Et Pénélope lui déclara son amour en lui murmurant des mots tendres entrecoupés de doux baisers. Étant donné sa fatigue, c'était tout ce dont elle était capable, mais c'était parfait.

Ensuite, étendue contre Gabriel, la tête au creux de son épaule, elle écouta le battement régulier de son cœur.

— Tu sais quel jour nous sommes, aujourd'hui, n'est-ce pas mon ange ? chuchota-t-il.

Elle leva vers lui un regard endormi et secoua la tête.

— Le 27, dit-il avec un sourire. Par chance, l'audience nous a été épargnée, mais nous pouvons parler de succès, je crois, puisque la preuve a été apportée que je ne suis *pas* fou. Par conséquent... tu dois tenir ta promesse de m'épouser aujourd'hui.

Dans un gémissement, Pénélope laissa retomber sa tête sur son torse. Elle doutait d'être capable de se lever pour l'instant, et encore moins de...

Gabriel s'esclaffa.

— Tu as de la chance que je sache ce que tu endures en ce moment, car sinon je serais très vexé.

Il déposa un baiser sur son front pour qu'elle sache bien qu'il plaisantait.

— Je suppose que je vais devoir t'accorder un délai, ne serait-ce que le temps de te faire confectionner une jolie robe de mariée.

— Laisse-moi deviner, dit-elle en étouffant un bâillement. Une robe jaune ?

Même si, selon elle, cette couleur ne lui allait plus du tout, elle se ferait une joie de la porter pour Gabriel. Cela signifiait apparemment tant, pour lui, de la voir en jaune.

— Je ne crois pas, répondit-il, songeur.

— Pardon ?

Intriguée, Pénélope leva la tête pour le regarder.

— Je t'ai toujours aimée en jaune, dans la réalité comme en imagination. C'est la couleur que tu portais toujours quand je pensais à toi. La couleur du soleil, de l'optimisme, de la lumière, de la joie... et je te verrai toujours en jaune.

Pénélope le savait, et c'est pour cette raison que la réponse de Gabriel la surprenait tellement.

— Seulement, c'est aussi la couleur de l'amour qui n'est pas payé de retour, continua-t-il posément. Cela me rassurait, je suppose, de t'imaginer en jaune, car cela me rappelait que tu ne serais jamais à moi. D'abord, parce que tu étais l'épouse de mon cousin. Puis, plus tard, parce malgré mon désir de vivre avec toi, je ne pouvais pas te l'avouer. Pas alors que je n'avais rien d'autre à t'offrir qu'une vie brisée par la folie.

Les larmes perlèrent aux yeux de Pénélope. Elle n'avait pas mesuré la profondeur de son amour. Que c'était émouvant de savoir qu'il était épris d'elle depuis si longtemps et qu'il avait gardé ses sentiments par-devers lui pour la protéger.

— Alors quelle couleur aimerais-tu que je porte ? demanda-t-elle tendrement.

— Je voudrais que tu aies une robe rouge, avoua-t-il en la dévorant du regard. La couleur de l'amour passionné, courageux, généreux. Car c'est *ainsi* que je te vois, maintenant.

Encadrant son visage entre ses mains, il déposa un baiser sur ses lèvres.

— Courageuse, moi ? Et passionnée, dis-tu ? se moqua-t-elle gentiment quand elle put de nouveau parler.

Elle aimait ce portrait qu'il peignait d'elle. Elle ne se serait pas attribué ces qualificatifs spontanément, mais si elle se retournait sur ces derniers mois – ou plutôt sur ces dernières années au moins depuis la mort de Michael –, elle devait admettre qu'elle avait été courageuse et passionnée. Et elle ne s'imaginait pas redevenir la femme qu'elle avait été autrefois.

Une pensée lui vint soudain à l'esprit – un peu irrévérencieuse, à coup sûr, mais elle ne résista pas à l'envie de la formuler à haute voix.

— Vois-tu, l'équilibre de l'esprit peut être mis à mal par un excès de passion, déclara-t-elle en imitant les inflexions pompeuses de M. Allen. C'est là une cause de folie bien connue.

Elle sourit comme Gabriel arquait un sourcil.

— Es-tu certain de vouloir prendre le risque de vivre avec une femme folle de passion ?

Gabriel l'embrassa à perdre haleine, puis lui chuchota à l'oreille :

— Oh oui, Pénélope, car je n'imagine pas de plus douce folie !

Note de l'auteur

J'espère que vous avez aimé *Tendre folie*. Pénélope a été une héroïne intéressante pour moi en tant qu'auteur, en particulier parce qu'elle est très différente de Liliana, la chimiste de *L'empreinte de tes lèvres*, et d'Emma, la géniale mathématicienne et criminologiste de *Douce illusion*. Alors que ces deux dernières sont dotées d'un esprit brillant et se sont battues contre ce que la société attendait d'elles, Pénélope, elle, est ravie d'être ce qu'elle est et satisfaite de l'existence censée être la sienne. Malheureusement pour elle, le destin (ou dans son cas, l'auteur !) a d'autres projets pour elle.

Le défi auquel je me suis trouvée confrontée était de lui faire accomplir quelque chose d'extraordinaire alors qu'elle n'est pas particulièrement exceptionnelle – du moins, pas dans le sens habituel du terme. Liliana et Emma se battent pour faire des découvertes et repousser délibérément leurs propres limites, mais pas elle. Non seulement elle n'en a pas le désir, mais elle ne s'en croit pas capable. Toutefois, pour venir en aide à Gabriel, elle n'a pas d'autre choix. Aussi ai-je dû lui donner une raison extrêmement douloureuse – le suicide de son mari – pour aller au plus profond d'elle-même et découvrir ses propres ressources.

Pénélope n'étant pas nécessairement un bas-bleu, j'ai dû respecter ce trait de caractère et résister à la tentation de la faire se plonger dans les livres et attaquer ses défis avec assurance, comme l'auraient fait mes deux précédentes héroïnes. Au demeurant, elle n'en aurait pas forcément été capable. La psychologie, à l'époque, était une tout autre science qu'aujourd'hui. Au XIXe siècle, l'étude des maladies mentales était encore un domaine confus, truffé de théories contradictoires et de malentendus. Les uns considéraient la folie comme la preuve d'une déchéance morale du patient. Les autres estimaient qu'elle était due à un déséquilibre des humeurs corporelles (la faute à ce maudit spleen !). Il y en avait même pour soupçonner le diable de ne pas être étranger à la question… Enfin, d'autres encore arguaient que la folie était « une lésion de l'entendement », et l'aliénation mentale rien de plus qu'un défaut inhérent de la raison, voire un mauvais usage de la volonté. Les philosophes de l'esprit de cette époque exposaient leurs différentes théories dans d'interminables traités qui auraient donné le vertige à Pénélope (ainsi qu'à moi-même, rien que de les lire !).

J'ai donc doté mon héroïne d'un solide bon sens et d'une excellente intuition. Elle prend les éléments qui lui semblent valides et les teste afin de mettre au point une méthode qui fonctionne. Elle ne tente pas de prouver quoi que ce soit. Elle veut simplement aider ses semblables. Son instinct très fiable, qui se vérifie déjà dans *L'empreinte de tes lèvres*, est à la fois sa force et sa faiblesse ; je l'ai développé dans sa propre histoire.

Les théories sur lesquelles je l'ai fait travailler sont issues de l'école de pensée anglaise associationniste, qui s'enracine dans l'œuvre d'Aristote, mais n'a vraiment commencé à prendre forme qu'au XVIIe siècle, avec le philosophe John Locke. Ce dernier considérait que nos idées se formaient à partir de nos expériences et de nos sensations, et que la folie pouvait résulter de l'association erronée d'idées, plutôt que de « passions animales » incontrôlables ou déséquilibrées. Au XVIIIe siècle et au début du XIXe, bien d'autres que lui ont adopté cette vision et élaboré des théories sur la façon dont ces idées et associations se construisaient et pouvaient être détruites (ainsi la loi de la cause et de l'effet de David Hume), ce qui a ouvert la voie à des traitements tels que la thérapie comportementale et cognitive. Pénélope ne fait qu'appliquer ces théories à des soldats par ailleurs sains d'esprit afin d'essayer d'expliquer d'où pourraient venir leurs associations douloureuses en lien avec leur expérience de la guerre.

Si « la thérapie par l'art » n'est devenue une approche à part entière qu'à partir du XXe siècle, l'expression visuelle et créative a toujours été utilisée pour soigner, selon l'Association américaine de thérapie par l'art. Les expérimentations de Pénélope en la matière sont liées à sa personnalité d'artiste. Peindre l'aidant à se sentir mieux, elle décide d'essayer avec ses patients et constate qu'elle obtient des résultats positifs.

En ce qui concerne les autres aspects du récit, les procès pour folie étaient bel et bien les spectacles publics que j'ai décrits ; ils étaient annoncés dans la presse comme des divertissements. Rien que dans les éditions du *Times* entre 1820 et 1860, on en dénombre environ deux cents. Leur retentissement est fonction de l'obscénité des faits jugés, de l'immoralité des témoignages ou de la notoriété des parties prenantes. L'un des cas les plus sordides est l'audience, en 1823, du comte de Portsmouth, troisième du nom, qui a choqué le lectorat en raison des faits de viol, adultère et triolisme, et après laquelle le mariage du comte fut annulé et ses enfants déclarés illégitimes.

Enfin, l'épisode où Gabriel se retrouve coincé sous le cadavre de son cheval est issu de la biographie du général prussien qui joue un petit rôle dans cette histoire. Au cours d'une cuisante défaite lors de la bataille de Ligny, Blücher, alors âgé de soixante-douze ans, coincé sous le corps sans vie de sa monture, a été à plusieurs reprises piétiné par la cavalerie. Il a été sauvé par son fidèle aide de camp et, après avoir nettoyé ses plaies avec du cognac (et en avoir bu un peu, je présume !), a pu rejoindre son armée et la mener à la victoire à Waterloo trois jours plus tard. Impressionnant, non ?

Remerciements

L'écriture n'est certes pas une traversée en solitaire. Durant toute l'aventure de ce livre, j'ai eu à mes côtés des gens extraordinaires.

Un merci tout particulier à Christie Novak et à Tatiana Henley, à qui j'ai soumis le premier jet le plus rudimentaire que j'aie jamais écrit, mais qui l'ont tout de même aimé et m'ont aidée à voir le bon roman qu'il contenait !

Merci aux dames de #gasleak12 : Erin Knightley, Erica O'Rourke, Eliza Evans et Hanna Martine, pour votre incroyable don pour les super histoires (et pour avoir eu le bon sens de quitter cet appartement avant qu'on se tape dessus !).

Merci à mes parents, Tom et Sarah Fry, pour tout ce que vous faites.

Merci à Gabrielle Wingert, pour avoir distrait mes petits chéris pendant que j'écrivais.

Merci à Georgina Green et à Carolyn Deane Reece qui m'ont non seulement encouragée tout au long du chemin mais m'ont aussi donné quelques (rares mais gentils) coups de pied au derrière quand j'en avais besoin.

Merci à mon éditrice, Danielle Perez, qui m'a une fois de plus témoigné une merveilleuse confiance, un cadeau qui n'a pas de prix.

Et enfin, merci à tous les lecteurs qui m'ont contactée pour me dire qu'ils attendaient l'histoire de Pénélope et de Gabriel – c'est en pensant à vous que j'ai écrit chaque mot de ce roman.

10782

Composition
FACOMPO

Achevé d'imprimer en Italie
par GRAFICA VENETA
Le 5 mai 2014

Dépôt légal : mai 2014
EAN 9782290077603
L21EPSN001136N001

ÉDITIONS J'AI LU
87, quai Panhard-et-Levassor, 75013 Paris

Diffusion France et étranger : Flammarion